Arthur Schopenhauer

Das große Lesebuch

Herausgegeben von
Rüdiger Safranski

Fischer Taschenbuch Verlag

Originalausgabe

Veröffentlicht im Fischer Taschenbuch Verlag,
einem Unternehmen der S. Fischer Verlag GmbH,
Frankfurt am Main, September 2010

Für diese Ausgabe:

Satz: Dörlemann Satz, Lemförde
Druck und Bindung: CPI – Clausen & Bosse, Leck
Printed in Germany
ISBN 978-3-596-90292-7

Unsere Adressen im Internet:
www.fischerverlage.de
www.fischer-klassik.de

Inhalt

Rüdiger Safranski

SCHOPENHAUER

Philosophie, hat Egon Friedell einmal sinngemäß gesagt, sei Reichtum an Problemen. Den aufgedeckten Problemen, nicht irgendwelchen Lösungen, verdanke sie ihr Fortleben. Mit der Philosophie Schopenhauers verhält es sich anders. Sie beansprucht kühn und geradezu grimmig, das Lösungswort auf die Frage aller Fragen gefunden zu haben: Was ist die Welt, was hat es mit dem Sein auf sich? Schopenhauers Antwort ist so kurz wie der Titel seines Hauptwerkes: Die Welt ist unsere »Vorstellung«, und darüber hinaus, ihrer eigentlichen Substanz nach, ist sie »Wille«.

»Vorstellung« ist sie im Medium unseres Bewußtseins. »Wille« ist sie als innere Erfahrung, als Realität, die wir am eigenen Leibe spüren und von der wir annehmen müssen, daß sie in der gesamten Natur wirkt, der belebten und unbelebten. Die Vorstellungen betreffen die Außenseite, der gespürte Wille die Innenseite der Welt. Dieser Wille aber ist auf kein Ziel gerichtet, er will nur sich selbst. Er ist blind und manifestiert sich in der Gestaltenreihe der Natur, nicht friedlich, sondern im Streit, im Fressen und Gefressenwerden, im Erwachen und Erlöschen. Im Menschen hat dieser Wille sich »ein Licht aufgesteckt«, um die Objekte seiner Begierde besser sehen zu können. Am dunklen Treiben der Welt hat sich dadurch im Prinzip nichts geändert.

Das ist der eine zentrale Gedanke, aus dem die ganze Schopenhauersche Philosophie sich entfaltet. Er verzweigt sich in die verschiedenen, üblicherweise getrennten Bereiche von Erkenntnistheorie, Ästhetik, Staatslehre, Moral. Diese Verwurzelung in dem einen Gedanken verleiht dieser Philosophie, die mit großer Sprachkunst vorgetragen wird, eine eigentümliche Abgeschlossenheit, so als hätte hier eine grundsätzliche Option des menschlichen Denkens – das Denken der Negativität – ihre klassische

Vollendung gefunden. Die Schopenhauersche Philosophie liegt wie ein gewaltiger Findling in der geistigen Landschaft des 19. Jahrhunderts. Und immer noch geht ein dunkler Glanz davon aus.

Zunächst aber ignorierte man diese Philosophie. Kein Wunder, wenn man die Zeitumstände bedenkt: Schopenhauers erster Auftritt fällt in die große Zeit des Deutschen Idealismus. Als Fichte, Schelling und Hegel noch lehrten, mußte Schopenhauers Philosophie als ärgerliches Paradox wirken. Es war eine Zeit, da man noch glaubte, daß es der Geist sei, der die Welt zuinnerst zusammenhält. Bei Schopenhauer aber ist der Grund ein Abgrund, und der Logos ist zum Herz der Finsternis geworden. Eben darum bedeutet seine Philosophie einen wirklichen Einschnitt in der Geschichte des abendländischen Denkens. Denn bis dahin war man, wenn man sich zu den letzten Dingen durchfragte, an die guten Gründe geraten. In dieser Tradition war man eigentlich nie über Platon hinausgekommen. Der fragende Geist entdeckt draußen in der Wirklichkeit etwas, das ihm entspricht, eben den alles durchwaltenden Geist. Gleiches wird durch Gleiches erkannt, hieß es. In Schopenhauers Philosophie verdüstert sich die Metaphysik, aber sie bleibt Metaphysik, denn sie fragt auch weiterhin nach den letzten Gründen, entdeckt aber statt einer höheren Vernunft nur den dunklen Trieb.

Dieser schwarze Metaphysiker Arthur Schopenhauer, 1788 als Sohn eines reichen Danziger Kaufherrn geboren, hätte nach dem Wunsch des Vaters Kaufmann werden sollen. Der Vater mußte zuerst sterben (1805) und die Mutter ihn gewähren lassen, damit er das werden konnte, was er sich beizeiten in den Kopf gesetzt hatte: ein Philosoph. Er war wirklich einer. Philosophieprofessor wurde er nie. Auf ausgedehnten Reisen, noch mit den Eltern unternommen, lernte der junge Arthur die Welt kennen. Er habe, wird er später stolz erklären, nicht nur in Büchern, sondern im Buch der Welt gelesen. Seine Leidenschaft für die Philosophie kommt aus dem Staunen über die Welt. Bekanntlich ist das der älteste Antrieb zur Philosophie. Früh mischt sich bei ihm in dieses Staunen auch ein Entsetzen. Die Lebenslasten, das Leid, die allgegenwärtige Ungerechtigkeit, Erfahrungen mit der Bosheit der Menschen, ihren Dummheiten und Verlogenheiten. Das alles notiert er in seinem Reisetagebuch. Eine besonders grelle Szene wird dort verzeichnet: Er besucht das berüchtigte Arsenal von Toulon, wo die Galeerensklaven gefangen gehalten werden: »läßt sich eine schrecklichere Empfindung dencken, wie die eines solchen Unglücklichen, während er an die Bank in der finstern Galeere geschmiedet wird, von der ihn nichts wie der Tod mehr trennen kann! – Manchem wird sein Leiden wohl noch durch die unzertrennliche Gesellschaft dessen erschwert, der mit ihm an Eine Kette geschmiedet ist.«

Aber auch über die Augenblicke von Erhabenheit, über die Aufschwünge und Beseligungen wird pünktlich Buch geführt. Er protokolliert sein Erlebnis bei der Besteigung des Pilatus: »Mir schwindelte als ich den ersten Blick auf den gefüllten Raum warf [...] Alle kleinen Gegenstände verschwinden, nur das große behält seine Gestalt bey. Alles verläuft in einander, man sieht nicht eine Menge kleiner abgesonderter Gegenstände, sondern ein großes, buntes, glänzendes Bild, auf dem das Auge mit Wohlgefallen weilt.« Das sind Augenblicke der Erhabenheit. Man gehört nicht mehr dazu, ist dem Gewühl und Getümmel entkommen. Auf der Bergeshöhe darf man nur noch sehen – man wird zum »Weltauge«, wie das Schopenhauer später nennen wird. Das Bergerlebnis der Jugend gibt ihm einen Vorgeschmack auf das Glück der Philosophie; wenn das Sein sich zum Sehen verwandelt. In einem Hüttenbuch hat sich die Eintragung des 16jährigen gefunden: »Wer kann steigen und schweigen. Arthur Schopenhauer aus Hamburg«.

Schopenhauer konnte, da er ererbtes Vermögen hatte, für die Philosophie leben. Er brauchte nicht von ihr zu leben. Im damaligen professionellen Philosophiebetrieb hatte er keine Chance. Nach der Veröffentlichung des Hauptwerkes 1818 bot er zwar Vorlesungen an. Aber die Vorlesungen fanden ausgerechnet in Berlin statt, wo Hegel, der König der Philosophie in Deutschland, residierte. Schopenhauer, selbstbewußt und streitlustig, las zur selben Zeit wie Hegel, mit der Folge, daß kaum jemand ihn hören wollte. Ohne einen richtigen Auftritt gehabt zu haben, tritt er ab, für annähernd dreißig Jahre, die er als Privatgelehrter von 1831 bis zu seinem Tode 1860 in Frankfurt am Main verbringt. Daß man nicht auf ihn hört und ihn nicht liest, hat ihn nicht an sich selbst zweifeln lassen. Die eigene Philosophie hat ihn enttäuschungsfest gemacht und ihm Kraft gegeben, das durchzustehen. Aber natürlich wartet auch er auf Antwort. Als dann, sehr spät, die ersten Klopfzeichen zu vernehmen sind, weiß er: Man ist endlich bei ihm angekommen. Dieser Kaspar Hauser der deutschen Philosophie wird am Ende sein langwährendes Inkognito als den langen Weg zur Wahrheit deuten.

In seinen letzten Jahren also beginnt, was er die »Komödie seines Ruhmes« nennt: ein behagliches Kokettieren mit der pessimistischen Weltsicht dieses in der verjährten Mode des späten 18. Jahrhunderts gekleideten Eremiten, den man alle Tage seinen Spaziergang hinüber nach Sachsenhausen machen sieht, begleitet vom unvermeidlichen Pudel. In Frankfurt schreitet man zur nachahmenden Anschaffung von Pudeln.

Es war nicht lange vor seinem Tod, als Schopenhauer sagte: »Die Menschheit hat Einiges von mir gelernt, was sie nie vergessen wird.« Man hat von ihm gelernt, hat aber oft vergessen, daß man von ihm gelernt hat. Vergessen hat man inzwischen, daß es bereits Schopenhauer war, der jene von Freud so genannten drei großen »Kränkungen« des menschlichen Größenwahns zu Ende gedacht hat, Kränkungen, die zur Signatur des modernen Welt- und Selbstbewußtseins gehören. Die kosmologische Kränkung: Unsere Welt ist eine der zahllosen Kugeln im unendlichen Raum, auf der ein »Schimmelüberzug lebender und erkennender Wesen« (Schopenhauer) existiert. Die biologische Kränkung: Der Mensch ist ein Tier, bei dem die Intelligenz den Mangel an Instinkten und die unzureichende organische Einpassung in die Lebenswelt kompensieren muß. Die psychologische Kränkung: Unser bewußtes Ich ist nicht Herr im eigenen Hause. Das

Bewußtsein wird vom Unbewußten beherrscht. Das wollte man aber zunächst nicht hören in einer vernunftgläubigen Zeit, als die Geschichtsphilosophie zunächst bei Hegel dann bei Marx zur Heilsgeschichte wurde und bei den aufstrebenden Naturwissenschaften der Geist des Machens, der allseitigen Nützlichkeit und der Naturbeherrschung triumphierte.

*

Schopenhauer steht noch im Banne der geistigen Revolution um 1800. Er geht, wie auch Schelling, Fichte und Hegel, von Kant aus. Der hatte die Begrenztheit der Erkenntnis nachgewiesen und die Welt, wie sie »an sich« ist, als das schlechthin Unbegreifliche, als das »Ding an sich« bezeichnet. Kant hatte das »Ding an sich« fern gerückt, auf sich beruhen lassen. Seine idealistischen Nachfolger aber nahmen es als ein Inkognito des absoluten Geistes oder Gottes, dem sich eine menschliche Vernunft in Höchstform durchaus nähern könnte. Bei Schopenhauer hingegen führen alle Wege in die dichte, dunkle Immanenz des Willens. Dieser am eigenen Leibe gespürte und in der Natur insgesamt erahnte Wille ist für ihn das schlechthin Lebendige, Mächtige, aber eben darum auch das Sinnlose; seine Bedeutung besteht darin, daß er keine hat, sondern nur – ist. Er ist das »Ding an sich« ohne vielversprechende Transzendenz. Für die anderen war das »Ding an sich« etwas geheimnisvoll Entrücktes, Fernes, eine Art Jenseits. Für Schopenhauer war es etwas sehr Nahes, ein zwar unmittelbar gelebtes, aber noch nicht genügend bedachtes Diesseits.

So prägnant der Titel des Hauptwerkes – »Die Welt als Wille und Vorstellung« – die Philosophie Schopenhauers benennt, so mißverständlich ist er auch. Denn Schopenhauer verwendet die Begriffe »Wille« und »Vorstellung« durchaus abweichend vom üblichen Gebrauch.

Gewöhnlich besagt »Vorstellen«: sich einbilden, vors geistige Auge stellen. Wenn wir etwas mit unseren wirklichen Augen sehen, dann würden wir das nicht ›Vorstellen‹ nennen. Aber genau dieses: etwas mit Augen sehen, mit der Hand spüren, mit der Nase riechen – das sind für Schopenhauer bereits Akte des Vorstellens. Warum? Weil es bei jeder Sinneswahrnehmung nur Erregungsdaten am eigenen Leibe gibt, die das Gehirn dann als Wirkungen einer Ursache versteht, die in den Raum dort draußen projiziert wird. Mit den Erregungsdaten am eigenen Leibe fängt es an. Alles andere gehört dann schon zu der Tätigkeit des – Vorstellens. Eigenkörperliche Zustände müssen als Wirkung begriffen werden, damit es draußen eine Wirklichkeit gibt. Darum gehört diese ganze äußere Wirklichkeit zur Welt der Vorstellung.

Wenn alles Wahrnehmen und Erkennen in diesem Sinne ›Vorstellen‹ ist, bleibt man dann nicht rettungslos in einem Traum befangen? Ja und Nein.

Was das ›Nein‹ betrifft, so weist Schopenhauer, im Anschluß an Kant, darauf hin, daß wir unsere Vorstellungen ständig einer alltäglichen Erfolgskontrolle unterwerfen, wodurch sie an die Wirklichkeit angepaßt werden, ohne daß wir deswegen schon wissen können, was die Wirklichkeit eigentlich sei. Mit unseren Vorstellungen kommen wir praktisch ganz gut zurecht, weil wir eben vieles ausprobieren. Wenn man einen Hund versteht, kann man sich auch von einem Menschen einen ganz guten Begriff machen, hat Schopenhauer einmal grimmig konstatiert. Wenn der Hund mit einem langen Stock im Maul durch die Tür hindurchkommen will, wird er den Kopf so lange drehen und wenden, bis es klappt. Wie der Hund durch die Tür, so kommt der Mensch durch die Pforte der Wahrheit, die dann aber nicht mehr ist, was sie einmal war: Sie hat ihr ehrwürdiges Pathos verloren. Das Examen Rigorosum der Metaphysik wird durch ein Praktikum vor Ort ersetzt.

Eingesponnen in unsere Vorstellungen, bleiben wir also doch nicht versunken in einem Traum, einerseits. Andererseits, so Schopenhauer, bleiben wir doch Träumer. Wir bewegen uns zwar ganz gut in der Wirklichkeit der Vorstellungen, aber wir werden das Gefühl nicht los, daß wir von der wirklichen Wirklichkeit getrennt bleiben. Was ist die Welt, außer daß sie meine Vorstellung ist? Finden wir einen Weg dorthin? Hier setzt Schopenhauers geniale Wendung ein. »Man ging nach Außen in alle Richtungen, statt in sich zu gehen, wo jedes Rätsel zu lösen ist.« Wie durch Verrat, schreibt Schopenhauer weiter, werden wir unversehens ins Innere der Festung versetzt, die wir von außen, ausgehend von unseren Vorstellungen, nicht erstürmen können. Schopenhauer verwendet auch gerne das Bild der Kugel. Wir können ihre Oberfläche vermessen, können immer genauer, wie es die empirischen Wissenschaften tun, die Relationen, Verknüpfungen und Kausalitäten erfassen, bleiben aber doch an der Oberfläche. So kommen wir nicht in den Mittelpunkt der Kugel. Der ist dort, wo das Bewußtsein das Sein wirklich berührt, und das geschieht nur an jenem Punkt, wo, wie Schopenhauer sagt, das Subjekt des Erkennens und das Subjekt des Wollens zusammenfallen – im Individuum. Hier und nur hier sind wir zugleich das, wovon wir Erkenntnis haben. Hier liegt der Einheitspunkt von Wille und Vorstellung: ein Wille, der sich weiß, und ein Wissen, das will. Das ist eine starke Allianz, aber eine, bei welcher der Wille eindeutig die Vorherrschaft ausübt.

Der von innen erlebte Wille ist uns so nahe, daß er vielleicht gerade deshalb von der Philosophie bis dahin so wenig bedacht wurde. Die Denkwege der Philosophie, die in die Welt hinausführen, beginnen in der Regel beim Intelligiblen, bei Gott, bei den Zahlen oder beim denkenden Ich. Das Denken verbürgt das Sein: Ich denke, also bin ich, erklärte Descartes. Anders Schopenhauer. Nicht das denkende, sondern das leibende Ich besitzt bei ihm die Schlüsselgewalt für das innere Geheimnis der Welt. Die Seinsvergewisserung darf nicht beim Sekundären beginnen, beim Denken also, sondern muß seinen Anfang nehmen bei der Erfahrung des eigenen Leibes und dessen Regungen.

Der Mensch kann seinen eigenen Körper natürlich auch von außen wahrnehmen, als Vorstellung – aber da gibt es eben noch den anderen Zugang: »von Innen«. Er spürt dann den eigenen

Körper als »jenes Jedem unmittelbar Bekannte, welches das Wort Wille bezeichnet«. Wille, das ist: Schmerz, Begehren, Lust, Antrieb – Modifikationen des Seins am eigenen Leibe. Und dann zieht Schopenhauer den außerordentlich kühnen Analogieschluß: Außer der Welt der Vorstellung und dem am eigenen Leibe erfahrenen Willen ist uns nichts bekannt. Soll also die übrige Körperwelt mehr sein als unsere Vorstellung – wovon wir selbstverständlich ausgehen müssen –, kommen wir nicht umhin, ihr »an sich und ihrem innersten Wesen nach« zuzusprechen, »was wir in uns selbst unmittelbar als Wille finden«. Auf die Frage, was die Welt sei, außer daß sie meine Vorstellung ist, gibt Schopenhauer also die Antwort: Sie ist Wille.

Man bemerkt: Schopenhauer gibt auch dem Begriff des Willens eine ungewöhnliche Bedeutung. Der Willens-Begriff der philosophischen Tradition und des alltäglichen Gebrauchs ist mit den Begriffen »Absicht«, »Zweck« und »Ziel« verbunden. Ich will etwas. Dieses »Etwas« habe ich mir vorgestellt, ausgedacht, gesehen. Auf jeden Fall ist das derart Gewollte, Bezweckte schon in meinem Geist, ehe ich zur Aktion des Wollens selbst komme. In solchem Verständnis ist der Wille bereits intellektualisiert. Er ist allenfalls der Treibsatz, den man zündet, nachdem der Verstand seine Pläne gemacht hat. So aber versteht Schopenhauer »Wille« gerade nicht. Wille ist ihm eine primäre, vitale Strebung und Bewegung, die sich im Grenzfall, im Menschen eben, auch noch ihrer selbst bewußt werden kann und dann erst das Bewußtsein eines Zieles, einer Absicht, eines Zweckes gewinnt. Schopenhauer weist darauf hin, daß wir häufig das bloße Wünschen mit dem Wollen verwechseln. Eine Regung des Willens setzt sich unmittelbar in Aktion um, so unmittelbar, daß wir erst an unseren Handlungen bemerken, was und daß wir gewollt haben. »Nur die Ausführung stempelt den Entschluß«, sagt Schopenhauer. Das Wünschen demgegenüber ist ein Vorklingen oder Nachklingen des Willens und liegt noch ganz im Bereich des Vorstellens. Gegenüber dem Willen ist das Bewußtsein immer zu spät oder zu früh. Die Willensaktion selbst ist der Ernstfall, alles andere sind Wünsche, Vorsätze, Pläne. Die Aktion allein ist das Phänomen, alles andere sind Epiphänomene. Mit anderen Worten: Wille ist der Kern des Lebendigen, die gleichsam heiße Sphäre des Seins. Wille ist primär kein Bewußtseinsphänomen. Er kommt uns aber zu Bewußtsein. Durch den Schmerz etwa merken wir, daß unser Wille verletzt, beeinträchtigt ist. Das Entsprechende gilt für die Lust. In ihr merken wir, daß dem Wille genüge getan ist.

Es ist ungemein wichtig, Schopenhauer an diesem Punkt richtig zu verstehen, weil man ihm andernfalls unterstellt, er würde im Stile der Bewußtseinsphilosophie den bewußtseinsgeleiteten Willen, also Geist, in die Natur projizieren. Es ist aber eher umgekehrt: Schopenhauer will nicht Natur vergeistigen, sondern den Geist naturalisieren. Doch hier gibt es schon wieder ein naheliegendes Mißverständnis. Denn diese »Natur«, die Schopenhauer im Willen entdeckt, ist nicht die »Natur« der modernen Naturwissenschaft, sondern ist das undurchdringliche dunkle X, der unauflösbare Rest, der übrig bleibt bei aller analytischen Zerlegung der Natursubstanz: Es ist der treibende Seinsgrund, den wir in uns spüren und von dem wir annehmen müssen, daß er überall wirkt, wo uns Wirklichkeit begegnet.

Indem sich Schopenhauer nicht zufrieden gibt mit der Erkundung der Relationen und Kausalitäten, die sich der Vorstellung darbieten, erweist er sich als ein Philosoph, der an der alten, zuerst von Platon glanzvoll begründeten metaphysischen Unterscheidung zwischen Erscheinung und Wesen festhält. In gut metaphysischer Manier fragt er nach dem »Wesen« der Welt. Schopenhauers Denken führt bis zu jenem Punkt, wo traditionellerweise mit der Frage: Was verbirgt sich hinter der erscheinenden Welt?, der Übergang zu irgendeiner Art von Transzendenz erfolgt. Auch Schopenhauer stellt diese Frage. Er schlägt dieselbe Bühne auf, wo sonst nur Gott, das Absolute, der Geist ihren Auftritt haben. Doch statt dieser erlauchten Gestalten der Sinngebung tritt der Wille auf die Bühne, wie die Erscheinung eines schwarzen Lochs, wo sich alle Energie konzentriert, wo aber auch alles Licht verschluckt wird. Eine eindrucksvolle Passage im Werk Schopenhauers, worin die Dunkelheit des Grundes oder des ›Wesens‹ der Natur ins helle Licht gesetzt wird, lautet: »Die Dunkelheit, welche über unser Dasein verbreitet ist, [...] muß man sich nicht daraus zu erklären suchen, daß wir von irgendeinem ursprünglichen Licht abgeschnitten wären, oder unser Gesichtskreis durch irgendein äußeres Hindernis beschränkt wäre, oder die Kraft unseres Geistes der Größe des Objekts nicht angemessen wäre; durch welche Erklärung alle jene Dunkelheit nur relativ wäre, nur in Beziehung auf uns und unsere Erkenntnisweise vorhanden. Nein, sie ist absolut und ursprünglich: sie ist daraus erklärlich daß das innre und ursprüngliche Wesen der Welt nicht Erkenntnis ist, sondern allein Wille, ein Erkenntnisloses. Die Erkenntnis überhaupt ist sekundären Ursprungs, ist ein Accidentelles und Äußeres: darum ist nicht jene Finsternis ein zufällig beschatteter Fleck mitten in der Region des Lichtes; sondern die Erkenntnis ist ein Licht mitten in der grenzenlosen ursprünglichen Finsternis, in welche sie sich verliert.«

Der Schopenhauersche »Wille« ist also das Wesen der Natur, und als Wille ist dieses Wesen das an sich selbst Dunkle in der Natur.

Bekanntlich aber weist die moderne Wissenschaft (übrigens auch schon zu Schopenhauers Spätzeit) solche Wesens-Fragen überhaupt zurück. Sie zerlegt in Elemente, aber nicht etwa, um das Wesen eines Phänomens in irgendeinem Element zu fixieren, so wie es etwa die Vorsokratiker taten, als sie wahlweise die Luft, das Feuer, das Wasser als Urstoff annahmen. Kein besonnener Naturwissenschaftler würde beispielsweise das DNS-Molekül oder die Gene als das »Wesen« des Menschen bezeichnen. Die Zerlegung in Elemente dient lediglich dazu, das Funktionieren eines Phänomens, seine Kausalitäten, Wechselwirkungen, Relationen zu erfassen. Man hat sich inzwischen von dem traditionellen Schema: Substanz und Akzidens (Eigenschaft), gelöst und untersucht strenggenommen nur noch die Akzidenzien. Man verzichtet also – schon aus methodischen Gründen – auf die Frage nach dem Wesen oder der eigentlichen Substanz. Das überläßt man der Spekulation, die man eben darum nicht ernst nimmt. Wenn man spekuliert, dann allenfalls auf das Geld, das die Forschung möglicherweise einbringt, indem sie Nutzen verspricht oder das Publikum sonstwie beeindruckt.

Schopenhauer indes bleibt hartnäckig. Er hört nicht auf, nach dem Wesen zu fragen. Genau das macht ihn zu einem großen Philosophen, denn er läßt sich die zwei fundamentalen Rätselhaftigkeiten, aus denen überhaupt erst die Frage nach dem Wesen entspringt, nicht abmarkten. Da ist zum einen das Rätsel des nackten ›Daß‹. Daß es überhaupt etwas gibt und nicht vielmehr nichts. Die christliche Metaphysik hatte dieses Rätsel in die Urgeschichte des Anfangs zurückverlegt: die Creatio ex nihilo, die Schöpfung aus dem Nichts. Das Nichts wird mitgedacht, damit das Vorkommen der Welt nicht aufhört, etwas überaus Erstaunliches zu sein. Unsere modernen Anfangshypothesen – Urknall usw. – sind demgegenüber schlechte Anfänge, weil sie immer schon angefangen haben, wenn es mit ihnen anfängt. Heidegger hat der abendländischen Philosophie ›Seinsvergessenheit‹ zum Vorwurf gemacht, mit Schopenhauer könnte man demgegenüber von einer Nichts-Vergessenheit der modernen Wissenschaften sprechen.

Die zweite Rätselhaftigkeit, welche die Frage nach dem Wesen veranlaßt, hängt damit zusammen, daß wir nicht nur das ›Daß‹ überhaupt erfahren, sondern immer auch ein ganz bestimmtes ›Daß‹. Daß etwas ist und daß es gerade so ist, wie es ist. Das Staunen darüber steht also am Anfang der Philosophie. Schopenhauer fragt nach dem Wesen der Welt, weil er noch einen Sinn für dieses doppelte Rätsel hat: daß es die Welt überhaupt gibt und daß sie so ist, wie sie ist.

Und wie ist sie?

*

»So sehn wir in der Natur überall Streit, Kampf und Wechsel des Sieges und werden ebendann weiterhin die dem Willen wesentliche Entzweiung mit sich selbst deutlicher erkennen. [...] Durch die gesamte Natur läßt sich dieser Streit verfolgen, ja sie besteht eben wieder nur durch ihn: [...] ist doch dieser Streit selbst nur die Offenbarung der dem Willen wesentlichen Entzweiung mit sich selbst. Die deutlichste Sichtbarkeit erreicht dieser allgemeine Kampf in der Tierwelt, welche die Pflanzenwelt zu ihrer Nahrung hat und in welcher selbst wieder jedes Tier die Beute und Nahrung eines andern wird [...], indem jedes Tier sein Dasein nur durch die beständige Aufhebung eines fremden erhalten kann; so daß der Wille zum Leben durchgängig an sich selber zehrt und in verschiedenen Gestalten seine eigene Nahrung ist, bis zuletzt das Menschengeschlecht, weil es alle andern überwältigt, die Natur für ein Fabrikat zu seinem Gebrauch ansieht, dasselbe Geschlecht jedoch auch [...] in sich selbst jenen Kampf, jene Selbstentzweiung des Willens zur furchtbarsten Deutlichkeit offenbart, und ›homo homini lupus‹ [der Mensch dem Menschen ein Wolf] wird.«

Warum aber diese mörderische »Selbstentzweiung« des Willens? Haben wir den »Willen« nicht soeben kennen gelernt als den treibenden Seinsgrund, als eine Art einheitliche Substanz, wovon alles zehrt? Gewiß, diese Einheit gibt es im Sinne der Einheitlichkeit der Grundqualität des Lebendigen, aber diese Einheit ist zugleich zersplittert in die unzähligen einzelnen Manifestationen des Lebendigen, und in Folge davon herrscht zwischen ihnen ein Verdrängungswettbewerb. Das ist logisch zwar nicht zwingend, aber die empirische Erfahrung zeigt, daß es so ist. Die »Entzweiung« verschärft sich unter der Voraussetzung des im Menschen erwachten Bewußtseins. Auch das könnte man sich anders vorstellen. Bewußtsein, dem sich ein ganzer Horizont des Verstehens öffnet, könnte versöhnend wirken und Verbundenheit herstellen. In Wirklichkeit aber führt es primär dazu, daß sich der Mensch um so deutlicher als ein abgegrenztes Individuum erfährt, sich unendlich wichtig nimmt und sein winziges Ich gegen den Rest der Welt zu behaupten versucht. In grandiosen Bildern führt Schopenhauer dieses Theater der Selbstbehauptung vor Augen: »Denn, wie auf dem tobenden Meere, das, nach allen Seiten unbegrenzt, heulend Wasserberge erhebt und senkt, auf einem Kahn ein Schiffer sitzt, dem schwachen Fahrzeug vertrauend; so sitzt mitten in einer Welle voll Qualen ruhig der einzelne Mensch, gestützt und vertrauend auf das principium individuationis«. Da man einerseits ein vereinzelter Wille ist, andererseits aber doch zur Substanz des Gesamtwillens gehört, überkommt einen bisweilen die Ahnung dieser Zugehörigkeit. »Aus dieser Ahndung«, schreibt Schopenhauer, »stammt jenes so unvertilgbare und allen Menschen [...] gemeinsame *Grausen*, das sie [die Menschen] plötzlich ergreift, wenn sie durch irgendeinen Zufall irrewerden am principio individuationis«.

Das »Grausen« darüber, daß es mit dem Individuum doch nicht so weit her ist, schlägt in der Regel um in hysterische Selbstbejahung; um so blindwütender mauert man sich in seiner sogenannten Identität ein, entwickelt einen Egoismus, der seine Selbstbejahung bis zur Bösartigkeit und Grausamkeit gegen andere ›Egos‹ steigert. Schopenhauer schildert eine Welt der mit sich verfeindeten Egoismen. Vor diesem Hintergrund entwikkelt er dann auch seine an Hobbes angelehnte Staatstheorie: Der Staat hängt den »Raubtieren« einen »Maulkorb« um, so werden sie zwar moralisch nicht besser, aber »unschädlich wie ein grasfressendes Tier«. Ausdrücklich widerspricht Schopenhauer den in der Nachfolge Kants entwickelten Theorien, die vom Staat eine Versittlichung des Menschen erwarten (Fichte, Schiller, Hegel) oder, in romantischem Geist, im Staat eine Art höheren Menschenorganismus erblicken (Novalis, Schleiermacher). Der Staat ist für Schopenhauer genau die von den Romantikern gestern und heute gefürchtete ›soziale Maschine‹, die im besten Falle die Egoismen bändigt und mit dem kollektiven Egoismus des Überlebensinteresses verknüpft. Schopenhauer wünscht sich für diesen Zweck einen mit starken Machtmitteln ausgestatteten Staat, aber er soll eine Macht des Äußeren bleiben. In der Gesinnung und Denkweise seiner Bürger hat er nichts zu suchen und anzuordnen. Ein starker Staat, aber ein abgemagerter Politikbegriff. Schopenhauer warnt vor einem Staat mit Seele, der dann womöglich nach der Seele seiner Bürger greift.

Das »Grausen« samt der daraus folgenden Steigerung des Selbstbehauptungswillens ist die eine Art, von diesem allseitigen Zusammenhang berührt zu werden. Die andere ist – das Mitleid. Auf diese Regung gründet Schopenhauer seine ganze Moralphilosophie. Bei Schopenhauers Begriff des Mitleids muß man alle sentimentalen Zutaten beiseite lassen. Auch handelt es sich für ihn dabei nicht um eine Norm, ein Sollen also, sondern es ist eine Erfahrung, eine bestimmte Art der Seinsverbundenheit. Im Mitleid ist, für Augenblicke jedenfalls, die wehrhafte Festung unseres Egoismus geschleift. Schopenhauer interpretiert das Mitleid als die gelegentlich durchschlagende Erfahrung, daß alles außerhalb meiner ebenso Wille ist wie ich selbst und ebenso Schmerz und Qual leidet wie ich selbst. Wer Mitleid empfindet, dem ist »der Schleier der Maja durchsichtig geworden und die Täuschung des principii individuationis hat ihn verlassen. Sich, sein Selbst, seinen Willen erkennt er in jedem Wesen, folglich auch in dem Leidenden.«

Mitleid ist eine individuelle Selbsterfahrung des Willens ohne individuelle Selbstbehauptung. Mitleid ist die Fähigkeit, in bestimmten Augenblicken die Intensität eigenleiblicher Willenserfahrung über die eigene Körpergrenze auszudehnen. Mitleid ist eine Erfahrung, sie ist kein Postulat. Es geht nur darum, ob man diese Erfahrung zuläßt oder versucht, sie zu verhindern. Man kann aber solches Verhindern – verhindern. Und darum kommt bei Schopenhauers Mitleidsphilosophie doch etwas Forderndes hinzu. Man kann es auch so sagen: Das Mitleid, diese Quelle der Solidarität, gibt es in uns, aber ob man sich dagegen sperrt oder es zuläßt und gar begünstigt – das ist tatsächlich eine Frage der moralischen Erziehung, des gesellschaftlichen Regelwerks und der einschlägigen gesellschaftlichen Einrichtungen.

Schopenhauer entwickelt einen rigorosen, aber radikal eingeschränkten Begriff der Moral. Nur was aus dem Mitleid kommt, rechnet er ihr zu, alles andere ist Selbstbehauptung, Egoismus, wenn auch oft moralisch bemäntelt. Egoismus bleibt der Regelfall, deshalb muß dafür gesorgt werden, daß er seine aggressive Spitze verliert und ein Minimum an Rücksichtnahme gesellschaftlich gewährleistet wird. Selbst dieses Minimum würde nicht zu erreichen sein, wenn das Mitleid nicht wenigstens als Beimischung mit im Spiel wäre.

Schopenhauers Mitleidsethik ist eine Ethik des Trotzdem. Ohne geschichtsphilosophische Absicherung und Rechtfertigung und auf dem Hintergrund einer sonst eher trostlosen Metaphysik plädiert sie für jene Spontaneität, die das fortdauernde Leiden wenigstens lindern will. Sie ermuntert zum Kampf gegen das Leiden und erklärt zugleich, daß es keine Aussicht auf prinzipielle Aufhebung des Leidens gibt. Aber sie ermuntert zu einer Solidarität, als ob es eine solche Chance gäbe. Schopenhauers Mitleidsphilosophie ist in diesem Sinne eine Philosophie des ›Als ob‹.

*

Von dieser Mitleidphilosophie leitet Schopenhauer über zur Philosophie der Verneinung des Willens. Wem das Leiden der anderen nicht mehr fremd ist, wem die Unio mystica des Mitleids widerfährt, dem kann es geschehen, daß sich sein Wille wendet, ihn schaudert vor den Genüssen des Lebens: »Der Mensch gelangt zum Zustande der freiwilligen Entsagung, der Resignation, der wahren Gelassenheit und gänzlichen Willenslosigkeit.« Mit der Erfahrung des Mitleids kann dieses Geschehen beginnen – es ist wirklich ein Geschehen in der Sphäre des Willens und nicht etwas, das auf ein vernünftiges Kommando hin erfolgt –, es kann sich vollenden in jenen Gestalten wie Christus, Buddha, Franz von Assisi, den großen Mystikern und Asketen, auf die Schopenhauer den Blick lenkt, mit dem deutlichen Eingeständnis allerdings, daß er selbst wohl doch von anderem Schlag ist. Er kann diese Sphäre beschreiben, aber er selbst, das erklärt er unumwunden, hat diese Wandlung nicht erreicht. Auf der Paßhöhe seiner Philosophie erreicht Schopenhauer die Grenze rationalen Argumentierens. Er muß sich damit begnügen, auf jene Genies des Herzens hinzuweisen, welche die Welt überwanden. Aber in einer wunderbaren Passage versucht er einmal die Welt so zu beschreiben, wie sie jemandem, der ihrem Drang und Treiben entronnen ist, vorkommen könnte: »Er blickt nun ruhig und lächelnd zurück auf die Gaukelbilder dieser Welt, die einst auch sein Gemüt zu bewegen und zu peinigen vermochten, die aber jetzt so gleichgültig vor ihm stehn wie die Schachfiguren nach geendigtem Spiel oder wie am Morgen die abgeworfenen Maskenkleider, deren Gestalten uns in der Faschingsnacht neckten und beunruhigten. Das Leben und seine Gestalten schweben nur noch vor ihm wie eine flüchtige Erscheinung, wie dem Halberwachten ein leichter Morgentraum, durch den schon die Wirklichkeit durchschimmert, und der nicht mehr täuschen kann«.

Schopenhauer kann diese Erfahrung beschreiben, weil sie ihm so ganz fremd nicht war. Sie steht sogar am Anfang seiner Arbeit am Hauptwerk. In seinen Tage- und Notizbüchern ist davon die Rede unter dem Titel des »bessren Bewußtseins«. Er grenzt das »bessre Bewußtsein« ab vom empirischen Bewußtsein und dem mit ihm verbundenen realitätstüchtigen Verhalten. »Ich aber sage«, so lautet eine Eintragung von 1813, »in dieser Zeitlichen, Sinnlichen, Verständlichen Welt giebt es wohl Persönlichkeit und Kausalität, ja sie sind sogar nothwendig. – Aber das bessre Bewußtseyn in mir erhebt mich in eine Welt wo es weder Persönlichkeit und Kausalität noch Subjekt und Objekt mehr giebt.« Unter dem Begriff des »bessren Bewußtseins« verbucht der junge Schopenhauer seine Erfahrungen der Entrücktheit. Das »bessre Bewußtsein« ist ihm eine Art Wachheit, die in sich ruht, nichts will, nichts befürchtet, nichts hofft. Das »bessre Bewußtsein« hat die Welt gewissermaßen unter sich, wie einst beim

Bergerlebnis. Der schwere Lauf der Welt und der Stand der Dinge erscheinen von hier aus als Spiel. Schopenhauer spricht in seinem Tagebuch von einem Bewußtsein »jenseits von Raum und Zeit«, ein paradoxer Ausdruck, den die Sprache einem aufzwingt. Gemeint ist die Entrücktheit einer in sich ruhenden Aufmerksamkeit: Man ist weder drinnen noch draußen, die Unrast der Zeit berührt einen nicht, die Trennung von Ich und Welt scheint aufgehoben. Die Mystiker gaben einst dieser Erfahrung den Namen »Nunc stans«, stehendes Jetzt. Etwas Ähnliches hatte Schopenhauer in seltenen Augenblicken des »bessren Bewußtseins« erfahren und später im Hauptwerk seinen Beschreibungen der Willensverneinung zugrunde gelegt.

Schopenhauer, der immer wieder betont, daß die Vernunft am »Gängelband« des Willens geht und insofern instrumentell bleibt, gerät hier denn doch in einen heiklen Widerspruch. Denn jene Fähigkeit, Abstand zu halten in der ruhigen Kontemplation, das »interesselose Wohlgefallen« (Kant) an der Kunst zu erleben oder gar bis zur mystischen Überwindung des Willens sich zu erheben – was ist diese Fähigkeit anderes als das sublime Werk einer lebendigen Vernunft, die eben damit beweist, daß sie nicht auf ihre instrumentelle Rolle beschränkt ist.

*

Schopenhauers Hauptwerk deutet am Ende ein eigentümliches Erwachen an. Wenn der Wille in der Verneinung erstirbt, so bleibt doch nicht Nichts übrig. Die Welt des Willens ist vielleicht doch nicht alles. Schopenhauer hat in einem späteren Kommentar zu seinem Hauptwerk erklärt, »daß bei mir die Welt nicht die ganze Möglichkeit alles Seins ausfüllt«. Das ist eine überraschende Aussage, denn sie bedeutet, daß die Verneinung nicht auf ein ersterbendes Nichtsein hinausläuft, sondern auf ein anderes Sein.

Jede große Philosophie hat ihr Unsagbares, ihr unformulierbares Mysterium. Bei Schopenhauer scheint es mir hier in diesem Satz angedeutet: »daß bei mir die Welt nicht die ganze Möglichkeit alles Seins ausfüllt«.

In Schopenhauers Philosophie drängt alles auf ein gewandeltes Leben. Die große Wandlung wäre die heilige Erleuchtung. Auf sie kann Schopenhauer nur hinweisen. Er selbst, erklärt er, bringt es ›nur‹ zur Philosophie oder Kunst. Sie liegen für ihn auf halbem Weg, ein Vorgeschmack auf die Weltüberwindung, prosaisch gesprochen: ästhetischer oder kontemplativer Weltabstand.

Wollte man Schopenhauers Philosophie insgesamt charakterisieren, müßte man sie als eine Metaphysik des ästhetischen Abstandnehmens bezeichnen. Im Unterschied zur traditionellen Metaphysik liegt ihr entlastender, emphatisch gesprochen: ihr erlösender Aspekt, nicht im Gehalt dessen, was da als »Wesen« hinter der erscheinenden Welt entdeckt wird. Dieser Wesensgehalt ist ja bei Schopenhauer der universelle Wille, also das unruhige qualvolle Sein, das Herz der Finsternis. Die Entlastung oder Erlösung liegt nicht im Gehalt, sondern im Akt des distanznehmenden Denkens selbst. Es ist ein ästhetischer Weltabstand, wobei hier ›ästhetisch‹ heißt: auf die Welt sehen und dabei »schlechterdings nicht tätig darin verflochten sein«. Dieses ästhetische Abstandnehmen eröffnet einen Ort der Transzendenz, der leer bleiben muß. Kein Wollen, kein Sollen, nur noch ein Sein, das ganz zum Sehen geworden ist, zum »Weltauge«, wie Schopenhauer sagt. Alle anderen Versöhnungsangebote weist er zurück. Kein Eintauchen in die dionysische Natur, wie etwa bei Nietzsche, kein gelassenes Sich-Einfügen in den spinozistischen Absolutismus der Natur, keine Erlösung durch Geschichtsphilosophie und Fortschrittsdenken. Nur das ästhetische Sehen, aus dem Schopenhauers Philosophie entspringt.

Solches »Sehen« ist jene Art der Verneinung des Willens, welche die Philosophie als Akt selbst noch vollziehen kann. Mehr kann sie nicht. Aber wenn sie so weit kommt, dann wird das auch die Wirkung haben können, die Schopenhauer der beseligenden Kunst zuschreibt: »denn wir sind für jenen Augenblick des schnöden Willendranges entledigt, wir feiern den Sabbath der Zuchthausarbeit des Wollens, das Rad des Ixion steht still.«

Kunst, philosophische Besonnenheit und Kontemplation – das sind die Augenblicke befristeter Befreiung. Aber Schopenhauer weiß, daß der Wille zur egoistischen Selbstbehauptung immer wieder obsiegt, auch bei ihm selbst, und deshalb denkt er gegen Ende seines Lebens darüber nach, wie man unter der Voraussetzung des obsiegenden egoistischen Lebenswillens das Leben klugerweise einrichten sollte, um das bescheidene Glück einer Begrenzung des Unglücks zu erreichen. Die Ergebnisse dieses Nachdenkens hat er niedergelegt in seinen berühmten »Aphorismen zur Lebensweisheit«. Das ist seine »Philosophie für die Welt«, ein Pessimismus zum halben Preis, auch ein Weltabstand zum halben Preis. Das große Unbehagen grundiert auch diese Überlegungen, es wird aber doch zurückgehalten – dem Leben zuliebe. Die Ironie der Geschichte: Gerade diese grimmigen und lakonischen Hinweise auf eine Lebenskunst trotz alledem haben in der zweiten Hälfte des 19. Jahrhunderts Karriere gemacht und erweisen sich auch heute noch als beherzigenswert. Man kann sie lesen als ein Ratgeber der besonderen Art.

Schopenhauer hat nun wirklich keine Philosophie des Glücks entwickelt, aber etwas anderes kann man bei ihm erfahren: das Glück der Philosophie. Das wird einem zuteil, auch wenn man sich nicht in allen Punkten das düstere Bild des Lebens, das Schopenhauer entwirft, zu eigen macht.

I. FRÜHE ERFAHRUNGEN

Zwei Jugendgedichte

[1]

An die Zeit

Flieh' neidsche Zeit, bis du dein Ziel erreichet,
Beschleunige der Stunden schweren Gang,
Des Eile nur dem Schritt des Senkbleys gleichet,
Es sättige dich was dein Rachen schlang,
Das Eitle, Falsche, denn nur das wird dein,
Nur Erdentand und Staub;
So wenig ist dein Raub,
Und der Verlust so klein.
Wirst endlich alles Böse du begraben,
Zulezt die eigne Gier verzehret haben,
Dann nahet Ewigkeit mit hohem Gruß
Und bringt den untheilbaren Kuß;
Und einer Fluth gleich wird die Freude steigen,
Wenn jedes wahrhaft Gute sich wird zeigen,
Das Göttliche hell scheinen
Und Wahrheit, Friede, Liebe sich vereinen
Um dessen Thron zu schweben,
Zu dem wir uns im Himmelsflug erheben,
Ihn anzuschaun durch alle Ewigkeit,
Ruhn ewig wir, in Sternen angethan,
Erhaben über Zufall, Tod und dich, o Zeit.

[2]

O Wollust, o Hölle,
O Sinne, o Liebe,
Nicht zu befried'gen
Und nicht zu besiegen!
Aus Höhen des Himmels
Hast du mich gezogen
Und hin mich geworfen
In Staub dieser Erde:
Da lieg' ich in Fesseln.
Wie wollt' ich mich schwingen
Zum Throne des Ew'gen,
Mich spiegeln im Abdruck
Des höchsten Gedankens,
Mich wiegen in Düften,
Die Räume durchfliegen,
Voll Andacht, voll Wunder,
Ausbrechend in Jubel,
In Demuth versinkend,
Den Einklang nur hörend;
Wie wollt' ich vergessen
Des niedrigen Staubes,
Nicht schelten die Thoren,
Nicht neiden die Großen,
Nicht spotten der Schwachen,
Die Bösen nicht sehen,
Den Meister im Werke,
In Körpern die Geister
Nur sehen und lieben –
Doch du, Band der Schwäche,
Du ziehest mich nieder,

Daß fest mich umklammert
Das Heer deiner Fäden.
Und jegliches Streben
Nach Oben mißlingt mir.

Was wäre wünschenswerther wohl
Als ganz zu siegen
Ueber das leere und so arme Leben,
Was keinen Wunsch uns je erfüllen kann,
Ob Sehnsucht gleich uns auch das Herz zersprengt.
Wie wär' es schön, mit leichtem leisen Schritte
Das wüste Erdenleben zu durchwandeln,
Daß nirgends je der Fuß im Staube hafte,
Das Auge nicht vom Himmel ab sich wende.

Zwei Urszenen aus den Reisetagebüchern

Die Niederungen des Lebens. Galeeren-Sklaven

Nachdem wir zehn Tage in *Marseille* gewesen waren, machten wir eine Ausfahrt nach *Toulon* u. *Hières*. Eine junge Engländerinn, *Miss Nichols*, hatte sich uns zur Reisegesellschaft angeboten: da sie in ihrem zweysizigen Wagen allein war, nahm ich den andern Platz ein, u. fuhr mit ihr. Wir kamen durch eine sehr bergige Gegend: fuhren fast immer zwischen zwey Reihen hoher Felsen, die zur Hälfte nackt, u. übrigens mit Fichten u. Rosmarin bewachsen waren. Wir waren um Mittag ausgefahren, u. gegen Abend sahen wir *Cuge* im Thale, von hohen Bergen umringt, unter uns liegen: wir brachten daselbst die Nacht zu. Es wachsen in dieser Gegend erstaunlich viel aromatische Kräuter, u. Rosmarin in so großer Menge, daß man nichts Anderes brennt: ein solches Rosmarinfeuer verbreitet einen sehr angenehmen Geruch im Zimmer.

Am andern Morgen fuhren wir früh aus um zu Mittag in *Toulon* zu seyn. Die Gegend wird, je weiter man kömmt, immer felsiger, immer wilder u. sonderbarer: die Berge werden kahler, große Fels-Massen ragen zwischen den Fichten hervor, das Thal wird immer enger, u. endlich, eine Post vor *Toulon*, schlängelt sich der Weg nur noch dicht zwischen zwey Reihen aufeinandergethürmter Felsen, längst einem schmalen Waldstrohm der sich schäumend durch die Felsen drängt. Hier sieht man keinen Baum, kaum hin u. wieder ein Gräschen; alles ist Fels, in den sonderbarsten Gestalten ragen die hellgrauen Massen übereinander hervor, bilden Spitzen u. Höhlen, und seltsame Figuren, u. hängen über den Weg herab. Selbst der Weg ist lauter Fels, u. geht in solchen Krümmungen, daß man den Ausgang zwischen den Felsen nicht sehn kann, u. es scheint als wäre man ganz eingeschlossen. Nachdem wir eine halbe Stunde zwischen diesen schauerlichen Felsen gefahren waren veränderte sich plötzlich die Gegend u. wir kamen in die fruchtbaren Fluren von *Toulon*, u. nahe vor der Stadt sahen wir schon Gärten mit Orangen-Bäumen in freier Erde. – Sobald wir angekommen waren gaben wir unsre Addreß-Briefe ab. Die größte Merckwürdigkeit konnten wir heute nicht sehn, das Arsenal, weil dazu eine besondere Erlaubniß gehört. Indessen führte uns Hr. *Aguillon* an den wir addressirt waren, herum. *Toulon* ist nicht groß, noch sehr gut gebaut, die Straßen sind meistentheils eng. Wir besahen den Theil des Hafens der nicht zum Arsenal gehört, u. die Kauffahrtey-Schiffe enthält: er ist sehr leer, u. still. Der schönste Platz von *Toulon* ist der *Champ de battaille*, er ist sehr groß, u. von schönen Häusern u. Alleen umgeben; in der Mitte werden die Soldaten exercirt.

Wir machten am andern Tage die Ausfarth nach *Hières* um die Orangen-Gärten zu sehn. Wir fuhren früh weg. Der Weg bis nach *Hières* ist ganz entsetzlich, bald Steine die den Wagen zu zertrümmern drohen, bald Moräste, in die er bis zur Axe versinckt. Wir kamen durch eine äußerst fruchtbare Gegend. Das Klima ist hier schon viel milder wie in *Marseille*. Wir fanden durchaus alles grün: die Weinfelder waren ausgeschlagen, u. die Feigen- u. Maulbeer-Bäume, die in *Marseille* noch größtentheils keine Blätter hatten. Auch gedeiht hier alles auffallend besser, was man besonders an den Oliven-Bäumen mercken kann; bey *Narbonne*, wo ich diese zuerst sah, sind sie klein u. krüpplich: je weiter man kömmt desto schöner werden sie; hier findet man sie von der Größe einer gewöhnlichen Linde: auch Feigen- u. Granaten-Bäume die wir hier in allen Feldern u. Landstraßen sahen, sind außerordentlich schön u. groß. Die Granaten-Bäume wachsen hier auch wild, doch haben die wilden weniger große Blumen u. Früchte. Die Felder duften hier von wilden wohlriechenden Blumen, Timian, Mayoran, u. wildem Lavendel. Wir kamen um zwölf Uhr in *Hières* an. Dicht davor hat man eine sehr schöne Aussicht, auf den Berg an dem *Hières* liegt, die Orangen-Gärten, u. die See mit den *Hièrischen* Inseln, die nah am Ufer liegen. *Hières* ist ein kleiner Flecken, der Berg an dem die Stadt liegt ist ehemals ein Vulkan gewesen, doch seit langer Zeit verloschen; die Stadt scheint ehemals auf dem Berge gelegen zu haben, da die Festungswercke bis an die Spitze gehen, u. man noch viele alte Thürme darauf sieht.

Nachdem wir gefrühstückt hatten, giengen wir sogleich in die Orangen-Pflanzungen. Dieser Anblick muß jeden Bewohner des Nordens entzücken: die edlen Bäume tragen immer Blätter, Früchte u. Blumen zugleich, kein Winter entlaubt sie: doch da man kürzlich geerndtet hatte, hatten sie jetzt grade fast keine Früchte, ausgenommen in einem Paterre, wo man sie gelassen hatte, u. wo wir die Bäume mit den großen goldnen Orangen u. Zitronen über u. über so beladen sahen, daß sich die Zweige zur Erde bogen. Diese Pflanzungen sollen den Besitzern erstaunlich viel eintragen; es sind nicht Gärten, sondern Wälder von Orangen-Bäumen, wo sie dicht nebeneinander stehn, von Gängen durchkreuzt, in denen man lauter Wohlgerüche einathmet. Wir besahen verschiedene Pflanzungen, sie sehn sich alle sehr ähnlich: in Einer fanden wir viele fremde Bäume; unter andern eine herrliche Dattel-Palme. Sie war hundert Jahr alt, schnurgrade u. so hoch wie die höchsten Eichen: sie hatte viele Früchte, die aber noch nicht reif waren, u. einen unangenehmen Geschmack hatten, indessen sollen sie im Sommer reif werden: auch sahen wir hier einen Kokosbaum der viel Ähnlichkeit mit dem Platanen-Baum hat. Nachdem wir uns an den schönen Orangen-Pflanzungen genug ergötzt hatten fuhren wir ohne weitern Aufenthalt nach *Toulon* zurück, wo wir um fünf Uhr ankamen, u. schon Hrn. *Bastianelli*, einen der Inspektors des Arsenals, an den wir addressirt waren, vorfanden, mit dem wir sogleich ins Arsenal giengen, um es ganz zu besehn ehe es dunkel ward. Das Arsenal ist gar nicht, was man sonst unter dem Namen versteht, ein Zeughaus: das Arsenal ist so groß wie die ganze Stadt: es ist eigentlich eine Abtheilung des Hafens, mit einer Menge Gebäude, in denen alles was zur Marine gebraucht wird verarbeitet wird. Wir sahen die große Schmiede, ein ungeheures gewölbtes Gebäude; man glaubt hier in der Werckstätte Vulkans zu seyn:

auf vier u. zwanzig großen Heerden glühte Eisen. In einer andern großen Abtheilung werden blos Nägel, von allerhand Größen u. Gestalten gemacht; in noch einer andern alle scharfe Werckzeuge, Beile, Meißel, Messer, Säbel u.s.w. – Von hier giengen wir zur *Corderie*, wo alle Stricke u. Ankertaue zu den Kriegs-Schiffen gemacht werden: dies Gebäude hat inwendig zwey Reihen steinerner Pfeiler, die es tragen u. drey Gänge bilden, in denen die Stricke gedreht werden, u. die einen sehr hübschen Anblick gewähren, da das Gebäude 1250 Fuß lang, u. von Einem Ende zum andern beinahe unabsehbar ist. Hierzu gehört wieder ein andres Gebäude in welchem die Stricke zu Strickleitern, Flaschenzügen etc. verarbeitet werden. Auch sahen wir die Kanonen u. Mörser, die zur Ausrüstung neuer Schiffe fertig liegen: man will jetzt keine andern wie eiserne Kanonen haben, weil der Knall der bronzernen zu starck ist, u. die Soldaten taub macht.

Eine der interressantesten Sachen im Arsenal ist das Modell-Haus. Es enthält eine sehr große Anzahl von kleinen hölzernen Modellen, von allen verschiedenen Bauarten der Schiffe, u. von allen Maschinen die im Hafen, oder zur Erbauung der Schiffe gebraucht werden, besondere Modelle von Schiffen die besonders schnell gesegelt haben; endlich alles, im Kleinen, was auf das Seewesen den entferntsten Bezug hat, bis auf alle Sorten Nägel die an Schiffen gebraucht werden. Alle diese Modelle sind außerordentlich fein, u. nach den genauesten Verhältnissen, gearbeitet. Junge Leute die sich dem *Ingénieur*-Stande widmen, werden nach diesen Modellen unterrichtet.

Im Hafen sahen wir nur zwey Linienschiffe, die auf ihre Mannschaft warten; wir giengen nicht hinein, weil sie von Innen noch in Unordnung sind. Zwey andre wurden gebaut. Und ein fünftes wurde ausgebessert: es lag zu dem Behuf in einem kleinen Bassin der mit ungeheuren Kosten dazu eingerichtet ist, u. von dem das Wasser durch eine Schleuse abgehalten wird, so daß das Schiff trocken liegt. Im Modell-Haus ist der Plan dieses Bassins, durch den man eine deutliche Idee davon bekömmt. Erst wenn man ein Kriegs-Schiff in diesem engen Raume, u. da es im Trocknen liegt, ganz u. gar übersieht, lernt man die ganze Größe der ungeheuren schwimmenden Maschine einsehn. Vom Hafen aus kann man sehr deutlich sieben Linien-Schiffe u. einige Fregatten sehn, die auf der Rhede liegen; bisweilen soll man sogar die englische Flotte unterscheiden können. Alle schweren Arbeiten im Arsenal werden durch die Galeeren-Sklaven verrichtet, deren Anblick für Fremde sehr auffallend ist. Sie werden in drey Klassen getheilt: die Erste machen diejenigen, die nur für leichte Verbrechen und kurze Zeit da sind, Deserteurs, Soldaten die gegen die Subordination gefehlt haben u.s.w: sie haben nur einen eisernen Ring am Fuß, u. gehn frey umher, d.h. im Arsenal, denn in die Stadt darf kein *Forçat* kommen. Die zweyte Klasse besteht aus größern Verbrechern: sie arbeiten zwey u. zwey mit schweren Ketten an den Füßen zusammengefesselt. Die dritte Klasse, die der schwersten Verbrecher, ist an die Bänke der Galeere geschmiedet, die sie garnicht verläßt: diese beschäftigen sich mit solchen Arbeiten, die sie im Sitzen verrichten können. Das Loos dieser Unglücklichen halte ich für bey weiten schrecklicher, wie Todes-Strafen. Die Galeeren, die ich von außen gesehn habe, scheinen der schmutzigste ekelhafteste Aufenthalt der sich dencken läßt. Die Galeeren gehn nicht mehr zur See: es sind alte kondemnirte Schiffe. Das Lager der *Forçats* ist die Bank an die sie gekettet sind. Ihre Nahrung bloß Wasser u. Brod: u. ich begreife nicht wie sie, ohne eine kräftigere Nahrung u. von Kummer verzehrt, bey der starcken Arbeit, nicht eher unterhegen; denn während ihrer Sklaverey werden sie ganz wie Lastthiere behandelt: es ist schrecklich wenn man es bedenckt, daß das Leben dieser elenden Galeeren-Sklaven, was viel sagen will, ganz freudenlos ist: u. bey denen, deren Leiden auch nach fünf u. zwanzig Jahren kein Ziel gesetzt ist, auch ganz hoffnungslos: läßt sich eine schrecklichere Empfindung dencken, wie die eines solchen Unglücklichen, während er an die Bank in der finstern Galeere geschmiedet wird, von der ihn nichts wie der Tod mehr trennen kann! – Manchem wird sein Leiden wohl noch durch die unzertrennliche Gesellschaft dessen erschwert, der mit ihm an Eine Kette geschmiedet ist. Und wenn dann nun endlich der Zeitpunkt herangekommen ist, den er, seit zehn od. zwölf, od., was selten kommt, zwanzig ewig langen Jahren, täglich mit verzweifelnden Seufzern herbeywünschte: das Ende der Sklaverei: was soll er werden? er kommt in eine Welt zurück, für die er seit zehn Jahren todt war: die Aussichten die er vielleicht hatte, als er zehn Jahr jünger war, sind verschwunden: keiner will den zu sich nehmen, der von der Galeere kommt: u. zehn Jahre Strafe haben ihn von dem Verbrechen des Augenblicks nicht reingewaschen. Er muß zum zweyten Mal ein Verbrecher werden, u. endet am Hoch-Gericht. – Ich erschrak als ich hörte, daß hier sechstausend Galeeren-Sklaven sind. Die Gesichter dieser Menschen können einen hinlänglichen Stoff zu physionomischen Betrachtungen geben. –

Das Höhenerlebnis. Die Besteigung des Pilatus

Sonntag. d. 3ten Juny.
Als die Gipfel der Schneeberge beym Sonnenaufgang in goldnem Purpur erglänzten, war ich diesen Morgen schon auf. Und die Glocke welche die frommen Landleute zur Frühmesse rief, gab auch mir das Signal zu eilen, um Gottes Wercke von oben zu betrachten. Ich war schon vor fünf mit meinem Führer auf dem Wege zum *Mt. Pilatus.*

Nachdem wir einige Wiesen durchstrichen hatten, waren wir am Fuß des *Pilatus*, u. zwar des sogenannten Vorgebürges, welches ganz mit Tannen bedeckt ist, zwischen denen die schönsten Wiesen liegen u. hin u. wieder Kohlenbrenner- u. Senn-Hütten *(Châlets)* stehn. Auf den untern Wiesen fand ich schon überall weidendes Rindvieh u. auf den obern die Ziegen, die so außerordentlich zahm sind daß sie zu einem jeden der sie ruft hinlaufen, u. ihm die Hände lecken.

Der *Pilatus* Berg ist so sehr steil, u. seine Felsen sind an so vielen Stellen unzugänglich, daß man besonders auf dem Vorgebürge, große Umwege machen muß um sich dem Gipfel zu nähern. Unten am Anfang des Vorgebürgs kamen wir an einen sehr hübschen Wasserfall, der stufenweise hinab fällt. Er hat das Eigenthümliche daß sein Stufenbette, ganz aus Einem Stein besteht, als wäre es eingehauen. Das Vorgebürge ist sehr wasserreich, es rieseln häufig Quellen herab, die mir unterwegs sehr willkommen waren. Um acht Uhr erreichte ich, sehr ermüdet den Gipfel des Vorgebürgs. Ich war oft vor Müdigkeit hingesunken, allein ein Paar Minuten Ruhe stellten immer meine Kräfte sogleich wieder her. Es ist sonderbar wie sehr viel eher man sich vom Bergsteigen erhohlt, als wie vom Gehn auf der Fläche. Man schreibt es der reinem erquickenderen Bergluft zu.

Wenn man das Vorgebürge verlassen hat, findet man weiter keine Bäume: der ganze Berg ist jetzt mit Gras, u. hervorragendem Felsengrund bedeckt. Als ich dem Gipfel näher kam fand ich Schnee, der immer häufiger ward, u. immer größere Strecken bedeckte: ich sah am Abgrund Stücke liegen die ungefähr zehn Fuß dick u. hoch waren. Der Schnee liegt hier indessen nicht das ganze Jahr. Im July ist er ganz weg, aber im September liegt er wieder da.

Ich wurde jetzt nach u. nach entsetzlich müde, meine Ruhepunkte wurden immer häufiger u. länger. Endlich sank ich wenn ich funfzehn Schritt gemacht hatte, jedes Mal ermattet nieder, u. stand dann auf um wieder so weit zu gehn. Sonderbar war es daß mein Führer beynahe eben so matt war als ich; er sagte es wäre weil er in diesem Sommer zum ersten Mal stieg. Um zehn Uhr erreichten wir endlich den Gipfel. Schon gleich nach dem ich das waldige Vorgebürge verlassen hatte, erhob sich nach u. nach die Aussicht: doch jetzt lag sie in ihrer unendlichen unbeschreiblichen Pracht vor mir. Mir schwindelte als ich den ersten Blick auf den gefüllten Raum warf, den ich vor mir hatte. Auf der Einen Seite übersah ich den größten Theil der sogenannten kleinen Kantone: u. wenn ich mich umwand reichte mein Blick bis zum fernen Jura der hell im Nebel verschwandt. Welche unzähliche Menge von Städten u. Dörfern, von niedrigern Bergen, von

Landseen u. glänzenden Flüssen, wie viel angebautes Land, u. Wiesen u. Wälder, erglänzten, jegliches in seiner eignen Farbe, verwirrten u. blendeten mich! Ich finde daß eine solche Aussicht von einem hohen Berge außerordentlich viel zur Erweiterung der Begriffe bey trägt. Sie ist von jeder andern so ganz verschieden, daß es unmöglich ist, ohne sie gesehn zu haben sich einen deutlichen Begriff davon zu machen. Alle kleinen Gegenstände verschwinden, nur das große behält seine Gestalt bey. Alles verläuft in einander, man sieht nicht eine Menge kleiner abgesonderter Gegenstände, sondern ein großes, buntes, glänzendes Bild, auf dem das Auge mit Wohlgefallen weilt. Dinge die unten so groß scheinen, die Gegenstände vieler Bemühungen u. Entwürfe sind, sind, wenn man oben steht verschwunden; und die Herrn der Schöpfung welche unten so gewaltig treiben, kann man jetzt nicht mehr entdecken. Die Städte u. großen Kirchen sind rothe glänzende Flecken, Wälder schwarze zerstreute Punkte, einen Theil des vierwaldstädter Sees, den Lungern, den Sardener See, sah ich als schöne glänzende Spiegelflächen, u. die unzähligen Felder von mannigfaltigem grün, waren der schimmernde Grund auf dem das andre abstach. Die Welt so von oben zu überschauen, ist ein so eigenthümlicher Anblick, daß ich dencke, daß er für den der von Sorgen gedrückt ist, etwas sehr tröstliches haben muß.

Die ungeheure Aussicht war nur an Einer Stelle begränzt, u. zwar so, daß sie dadurch noch unendlich gewann: durch die Schneeberge, die ich gestern von unten auf gesehn hatte, u. ich jetzt in der Nähe beynah in gleicher Höhe mit mir sah. Jetzt konnte ich mit den Augen die ungeheuren endlosen Wüsteneien von Schnee verfolgen, welche den obern Theil der ganzen Kette füllen. In der Mitte derselben sah ich den Titlis, den Höchsten von allen: zu seiner rechten ragten das Höckrige Gemsspiel, der Gitschin u. der Hohe Kasten mit gewaltigen schwarzen Spitzen, auf denen der Schnee nicht haften kann, hervor. Zur Linken des Titlis erheben sich das Wellhorn, der Rose-Laui-Gletscher, der Gendelstock, u. weiter hin das Schreckhorn u. Wetterhorn.

Ich hätte zum Besteigen des *Pilatus* keinen schöneren Tag wählen können als den heutigen. Die Luft war hell u. rein, am Himmel war keine Wolcke zu sehn. Unten im Thal soll die Hitze unleidlich gewesen seyn, doch hier oben herrschte eine sehr gemäßigte Temperatur: doch war es so warm daß es mich wunderte daß der Schnee nicht in Einem Tage herunterschmilzt: neben dem Schnee fand ich Felssteine die von der Sonnenhitze heiß waren.

Der Gipfel des Pilatus ist in mehrere Spitzen getheilt, die wenn man sie von unten sieht, höchst unbedeutend erscheinen, oben aber hohe Felsen sind, zwischen denen ein ungeheurer Abgrund liegt. Ich bin nicht auf der höchsten Spitze gewesen, weil ich von dieser aus nicht nach den andern Merckwürdigkeiten des Pilatus gehn, u. auch nicht, wie mein Vorhaben war, an der andern Seite des Bergs, an welcher Lucern liegt, herabkommen konnte. Die Spitze auf welcher ich war, ist ganz wenig niedriger als die höchste, von der sie durch den Abgrund getrennt ist: auch wird sie, aus denselben Gründen, von den Reisenden gewöhnlich besucht. Der Abgrund der die fünf Hauptspitzen des Berges trennt ist so, daß ich nicht ohne Grausen daran dencken kann. Er hat unten einen Eingang, auch soll man oft Gemsen darin sehn, doch konnte ich, so sehnlich ich es wünschte, keine erblikken. Man kann den Abgrund nicht längst der Felsenwand hinab sehn, denn diese geht nicht senckrecht hinunter; sondern der Fels auf welchen man steht hängt über dem Abgrund. Um sich von seiner schrecklichen Tiefe zu überzeugen, muß man einen Stein hinabwerfen. Es dauert über eine Minute ehe dieser unten ist: er reißet hundert andre Steine mit sich fort, sie zerschmettern sich gegen Felsen, u. es entsteht ein, vom Echo verstärcktes, Krachen, als wenn Häuser einstürzten. Bald verliert man den Stein aus dem Gesicht, bald sieht man ihn wiederkommen, über Schneeflächen hinweggleiten, daß der Schnee hoch in die Höhe sprüzt, u. dann mit unglaublicher Gewalt auf die hervorstehenden Felsen fallen, daß er zehn, zwölf Fuß in die Höhe springt, bis er endlich nach vielem Lerm den Boden der Tiefe erreicht.

Der Pilatusberg ist, nach Ebels Angabe, 5586 Fuß über die Meeresfläche erhaben. Ganz oben wächst noch, an den Stellen wo der Fels bedeckt ist, das schönste Gras, u. in der kurzen Zeit daß der Gipfel von Schnee frey ist, weiden oben die Ziegen. Ich habe hier eine Blume gefunden, welche von allen die ich kenne, beynahe den schönsten Geruch hat. Es ist die Fluen-Blume: sie hat das eigenthümliche, daß sie nicht allein auf der höchsten Spitze des Berges, u. nicht allein auf Felsengrund wächst; sondern sie steht blos an dem schwindelnden Abgrund, wo man sie in Menge sieht: der Führer legte sich mit dem halben Leib über den Abgrund hinaus, um sie mit ausgestrecktem Arm zu erreichen. Ich konnte nur eine einzige pflücken. Die Fluen Blume ähnelt im äußern vollkommen einer gelben Aurikel, ihr Geruch ist aber von dieser ganz verschieden, u. überaus balsamisch u. schön, sie haucht die reine Bergluft aus, von der sie sich nährt. Ich habe auf dem Berge verschiedene sonderbare Blumen u. Pflanzen gefunden welche blos auf den Alpen wachsen: auch die Alpen-Rose, welche an vielen Stellen große Strecken bedeckt, doch fand ich, so emsig ich auch suchte, noch keine in Blüthe.

Ich bin zwey Stunden oben geblieben […].

II. INSPIRATIONEN, IDEEN (IM TAGEBUCH)

Tief im Menschen liegt das Vertrauen, daß etwas außer ihm sich seiner bewußt ist wie er selbst; das Gegeiltheil lebhaft vorgestellt, neben der Unermeßlichkeit, ist ein schrecklicher Gedanke.

*

Nehmen wir aus dem Leben die wenigen Augenblicke der Religion, der Kunst und der reinen Liebe, was bleibt als eine Reihe trivialer Gedanken?

*

Ach kein Steg will dahin führen
Ach der Himmel über mir
Will die Erde nie berühren
Und das Dort ist niemals hier.
Schiller.

Erkenne die Wahrheit in dir, erkenne dich selbst in der Wahrheit: und siehe! im selben Augenblick wirst du die lange vergebens gesuchte, sehnsüchtig geträumte Heimath genau im Ganzen und in jedem Einzelnen zu deiner Verwunderung erkennen in dem Ort der dich grade dann umgiebt: *dort berührt der Himmel die Erde.*

*

Daß die meisten Menschen keine Philosophen werden kommt daher: daß das Konkrete Einzelne der Erscheinung, die Mannigfaltigkeit der Erfahrung, durch ihren Schein von Realität, ihre

Aufmerksamkeit fesseln, so daß wenn sie sich von jenen abziehn sollen zu einer Betrachtung des Ganzen der Erfahrung, ihnen angst und bang wird, wie dem Kind wenn die Amme weggeht; und sie fürchten etwas zu versäumen wenn sie jenen Strohm der Erfahrung außer Acht lassen sollen. Dem Philosophen hingegen wird eben in diesem Strohm der einzelnen Erscheinungen angst und bang; und wie jene nicht die Geduld haben sich vom Einzelnen und Mannigfaltigen zu entfernen und es fortfließen zu lassen, um das Ganze zu betrachten; so hat dieser nicht die Geduld das Einzelne zu betrachten, bevor er weiß was er aus dem Ganzen zu machen hat.

*

Den Anfechtungen deiner Sinnlichkeit siehe lachend so zu wie der Ausführung eines gegen dich verabredeten dir aber gesteckten Schelmstreichs.

*

Was uns fast unumgänglich zu lächerlichen Personen macht, ist der Ernst mit dem wir die jedesmalige Gegenwart behandeln, die einen nothwendigen Schein von Wichtigkeit an sich trägt. Wohl nur wenige große Geister sind darüber hinweggekommen, und aus lächerlichen zu lachenden Personen geworden.

*

Die Naturphilosophen sind nur eine besondre Klasse Narren, Natur-Narren, wie es Kleidernarren und Pferdenarren[,] Büchernarren giebt, d.h. Leute die irgend ein Relatives zum Absoluten erheben und eben dies drüber vergessen. Die Pythagoräer waren Mathematiknarren. Nun ist die Natur ein schön Ding, und es ist von keinem so sehr zu verzeihen wenn man sich drin vergafft, aber sie bleibt ein Ding, wenn auch das größte. Die Entdeckung ihrer Wunder hat auf die N[atur]philosophen gewirkt wie die der mathematischen auf die Pythagoräer. Die N[atur]philosophen gleichen Kindern die über die Schönheit eines physikalischen Geräths den Gebrauch vergessen, über den Einband das Buch. Es mußte freilich das schönste Geräth seyn mit dem das große Experiment des Lebens – was auch das Leben sey – gemacht werden konnte. Die Natur ist ja das Allein schlechthin Rechte, Nothwendige, eben der Gegensaz des Willens der Irren können muß, sie ist der feste Punkt, der Kern, des Lebens, das ewig Treue, Unschuldige gleich Kindern die noch nicht sündigen können. –

Aber versuch es ein Mal ganz Natur zu seyn. es ist entsezlich zu denken: du kannst nicht Geistesruhe haben wenn du nicht entschlossen bist nöthigenfalls dich und d.h. alle Natur für dich zu zerstöhren.

*

Antinomien der reinen Vernunft.

Jede Frage die die Vernunft aufwirft und nicht beantworten kann, ist *ungereimt*; denn die Vernunft ist ein in sich geschloßnes Ganzes. Ungereimt heißt hier einen Widerspruch in sich schließend, und da diesen die Frage nicht merkt so versteht sie sich nicht. Ein Beyspiel: »Was ist die Ursache der Welt?« – Sagst du Ursache so sezzest du schon die Welt, (dein Bewußtseyn) voraus, denn nur in dieser giebt es Relation z.B. Ursache: du fragst aber welches ist die Relation der Welt zu dem was nicht Welt ist; du willst in Gedanken die Welt aufheben um sie aus ihrer Ursache entstehn zu sehn: aber hebst du die Welt auf so hast du auch alle Möglichkeit einer Ursache aufgehoben: du willst also die Ursache zugleich aufheben und zugleich sezzen: das ist der Widerspruch.

2) Hat die Welt einen Anfang?

Sezzest du Anfang, so sezzest du Succession, also Zeit, und diese giebt es nur in der Welt, sie ist in dieser[,] nicht die Welt in ihr. Denkst du den Anfang der Welt, so denkst du eine Zeit wo die Welt nicht war; sobald du aber Zeit denkst, denkst du auch die Welt: also willst du die Welt zugleich aufheben und sezzen. Dies ist der Widerspruch.[1]

*

Meine Phantasie spielt oft (besonders bei Musik) mit dem Gedanken aller Menschen Leben und mein eignes seyen nur *Träume* eines ewigen Geistes, böse und gute Träume, und jeder *Tod* ein Erwachen.

*

Man hat *Gott* nach und nach, besonders in der scholastischen Periode und später, angekleidet mit allerhand Qualitäten: die Aufklärung aber hat genöthigt ihn wieder auszukleiden, ein Stück nach dem andern, und man zöge ihn gern ganz aus, wenn nicht der Skrupel wäre es möchte sich dann ergeben, daß blos Kleider wären und nichts drin. Nun sind zwei unablegbare Gewänder, d.h. unzertrennliche Qualitäten Gottes *Personalität* und *Kausalität*: die müssen immer im Begriff Gott vorkommen, sind die nothwendigsten Merkmale, sobald man sie weg nimmt kann man wohl noch von Gott reden, ihn aber nicht mehr denken.

Ich aber sage: in dieser Zeitlichen, Sinnlichen, Verständlichen Welt giebt es wohl Persönlichkeit und Kausalität, ja sie sind sogar nothwendig. – Aber das bessre Bewußtseyn in mir erhebt mich in eine Welt wo es weder Persönlichkeit und Kausalität noch Subjekt und Objekt mehr giebt. Meine Hoffnung und mein Glaube ist daß dieses bessre (übersinnliche außerzeitliche) Bewußtseyn mein einziges werden wird: darum hoffe ich es ist kein Gott. – Will man aber den Ausdruck Gott symbolisch gebrauchen für jenes bessre Bewußtseyn selbst, oder für manches

1 *conf:* Kritik d. R. V. [2. Aufl.] p 550.

das man nicht zu sondern und zu benennen weiß; so mags seyn: doch dächte ich [,] nicht unter Philosophen.

*

Unter meinen Händen und vielmehr in meinem Geiste erwächst ein Werk, eine Philosophie, die Ethik und Metaphysik in Einem seyn soll, da man sie bisher trennte so fälschlich als den Menschen in Seele und Körper. Das Werk wachst, concrescirt allmählig und langsam wie das Kind im Mutterleibe: ich weiß nicht was zuerst und was zulezt entstanden ist, wie beym Kind im Mutterleibe:[1] ich der [ich] hier sitze und den meine Freunde kennen, begreife das Entstehn des Werks nicht, wie die Mutter nicht das des Kindes in ihrem Leibe begreift. Ich seh' es an und spreche wie die Mutter »ich bin mit Frucht gesegnet.«[2] Zufall, Beherrscher dieser Sinnenwelt! laß mich leben und Ruhe haben noch wenige Jahre! denn ich liebe mein Werk wie die Mutter ihr Kind: wann es reif und geboren seyn wird; dann übe dein Recht an mir und nimm Zinse des Aufschubs. – Gehe ich aber früher unter in dieser eisernen Zeit, o so mögen diese unreifen Anfänge, diese meine Studien, der Welt gegeben werden wie sie sind und als was sie sind: dereinst erscheint vielleicht ein verwandter Geist der die Glieder zusammenzusetzen versteht und die Antike restaurirt.

*

1 Ich werde *ein* Glied, *ein* Gefäß, *einen* Theil nach dem andern gewahr d.h. ich schreibe auf, unbekümmert wie es zum Ganzen passen wird: denn ich weiß es ist alles aus einem Grund entsprungen. So entsteht ein organisches Ganzes und nur ein solches kann *leben*. Die da meinen man dürfe nur irgendwo einen Faden anzetteln und dann weiter dran knüpfen, eins nach dem andern, in hübsch ordentlicher Reihe, und als höchste Vollendung aus einem magern Faden durch Winden und Weben ein[en] Strumpf wirken – wie Fichte, (das Gleichniß gehört Jakobi), – die irren.

2 mein Geist nimmt Nahrung aus der Welt durch Verstand und Sinne, diese Nahrung giebt dem Werk einen Leib, doch weiß ich nicht wie, noch warum bei mir und nicht bei andern die dieselbe Nahrung haben.

Eine Erfahrung an der sich die *Duplicität unsers Bewußtseins* deutlich macht ist unsre in verschiednen Zeiten verschiedne Gesinnung gegen den Tod. Es giebt Augenblicke wo, wenn wir den Tod lebhaft denken, er in so fürchterlicher Gestalt erscheint, daß wir nicht begreifen wie man mit solcher Aussicht eine ruhige Minute haben könne und nicht Jeder sein Leben mit Klagen über die Nothwendigkeit des Todes zubringe. – In andern Zeiten denken wir mit ruhiger Freude, ja mit Sehnsucht an den Tod. – In beiden haben wir Recht. *(conf. Bogen F Berlin 1813.)* In der ersten Stimmung sind wir ganz vom zeitlichen Bewußtsein erfüllt, sind nichts als Erscheinung in der Zeit; als solcher ist uns der Tod Vernichtung, und als das größte Uebel mit Recht zu fürchten. In der andern Stimmung ist das bessre Bewußtsein lebendig und es freut sich mit Recht auf die Lösung des geheimnißvollen Bandes, durch welches es mit dem empirischen Bewußtsein, in die Identität *Eines* Ichs verknüpft ist. – Denn mit dem empirischen Bewußtsein ist nicht nur Sündhaftigkeit, sondern auch alle Uebel die aus diesem Reich des Irthums, des Zufalls, der Bosheit und Thorheit folgen, und endlich der Tod nothwendig gesezt: der Tod ist gleichsam eine durch das Leben kontrahirte Schuld, die andern minder gewiß bestimmten Uebel eben so (*– haec vivendi est conditio. Horat.*). Die Bibel und das Christenthum lassen daher mit Recht durch den Sündenfall den Tod in die Welt kommen und die Beschwerden und Noth des Lebens: (du sollst dein Brod im Schweiß deines Angesichts essen u.s.w.) – Die Bosheit Andrer, durch die wir leiden, ist der Anlage nach auch in uns, und also durch unsre Menschwerdung verschuldet und wir deshalb ihren Wirkungen mit Recht anheim gefallen. Das Zeitliche in uns gehört der Zeit muß in ihr leiden und vergehn: für selbiges ist keine Rettung. Nur das Ewige kann durch Selbstbejahung d.i. Tugend *(conf: l. c.)* sich retten. Verläugnen wir es hingegen, d.i. sind lasterhaft, so sind wir eben darum ganz Zeitwesen und ganz dem Uebel und Tod anheim gefallen.

Asketik (conf l. c.) ist Negation des zeitlichen Bewußtseins: und Hedonik seine Affirmation. Der Brennpunkt dieser Affirmation ist Befriedigung des Geschlechtstriebs: daher ist Keuschheit die erste Stufe zur Asketik und macht den Uebergang von der Tugend zu ihr. Daher würde, wenn sie allgemein würde, das Menschengeschlecht aussterben, d.h. das unerklärbare Bestehn des zeitlichen Bewußtseins neben dem bessern nicht mehr seyn, das bessre also sich rein affirmiren, von welcher Affirmation Tugend ja eben die Erscheinung ist.

Der höchste Grad der Asketik, die gänzliche Verneinung des zeitlichen Bewußtseins ist der *freiwillige Hungertod*, von dem mir bis jezt nur 2 Beispiele bekannt geworden: eines habe ich abgeschrieben aus dem Nürnberger Korrespondenten von und für Deutschland vom 29. Juli 1813, das andre steht in meinen Heften der Physiologie bei Blumenbach.

Auf einen andern als den Hungertod kann man aus ganz reiner Asketik nicht verfallen, weil die Absicht eine lange Quaal zu vermeiden schon Bejahung der Sinnenwelt ist: auch ist in jenen beiden Fällen der Hungertod besondrer Befehl Gottes gewesen. Eine Ausnahme machen aus Synkretismus positiver Religion mit der reinen Asketik gewählte Todesarten, z.B. die künstlich veranstaltete Selbstkreuzigung eines Schusters in Italien. Ich glaube daß diese auch im erwähnten Hefte steht.

Blumenbach *citirt:*

1) Breslauer Sammlung von Natur- und Medicin-Geschichten: 9ter Versuch. *September 1719.* 4°. p. 363 *seqq.* (im Wirthshause).

2) (Bayle's) *Nouvelles de la republique des lettres,* (im Tollhause) *Fevr. 1685.* p. 189 *seqq.*

3) Zimmermann über die Einsamkeit Bd. I. p 182.

*

Merke dir es, liebe Seele, ein für alle Mal, und sei klug. Die Menschen sind subjektiv; nicht objektiv, sondern durchaus subjektiv. Wenn Du einen Hund hättest und ihn dir anhänglich machen wolltest, und dächtest nun: »von meinen 100 seltnen und vortrefflichen Eigenschaften wird dem Köther doch wohl Eine einleuchten und das muß genug seyn um ihn mir auf immer mit Leib und Seel ergeben zu machen« – wenn du das dächtest, so wärst du ein Narr: streichle ihn, gieb ihm zu fressen, und sei dabei übrigens wie du willst, das genirt nicht, er wird dir treu und ergeben. Nun, merke dir's, mit den Menschen ist's eben so, grad' eben so: darum sagt auch Göthe: »denn ein erbärmlicher Schuft so wie der Mensch ist der Hund«. Darum machen die jämmerlichsten Wichte so viel Glück, weil sie eben gar nichts an sich, für sich, sich, sind, nichts Absolutes, sondern lauter relatives, immer nur für Andre, immer nur Mittel nie Zweck, bloßer Köder.[1] Und daß es Ausnahmen von der Regel gäbe gestehe ich nicht zu, nämlich totale Ausnahmen: es giebt zwar, wiewohl selten genug, Menschen die einige objektive Augenblicke haben, ja vielleicht welche die unter 100 subjektiven Augenblicken ein Paar objektive haben: höhere Vollendung giebt es schwerlich.[2] Nur nimm nicht gar dich selbst aus: untersuche deine Liebe, deine Freundschaft, sieh zu ob nicht deine objektiven Urtheile großentheils verkappte subjektive sind; sieh zu ob du die Vorzüge eines Menschen der dich nicht liebt gehörig anerkennst u.s.w. – und dann sei tolerant, es ist verfluchte Schuldigkeit. Und weil ihr nun Alle so subjektiv seid, so habt ein Einsehn mit eurer eignen Schwäche. Weil du weißt daß dir nur gefallen kann wer sich gegen dich freundlich bezeugt, und daß dies nur der auf die Länge thun kann dem du gefällst, und daß du dies nur kannst wenn du gegen ihn dich freundlich bezeugst; so thue das: aus der falschen Freundschaft wird allmählig eine wahre. Eure eigne Schwäche und Subjektivität will Täuschung. Dies ist eigentlich eine Deduktion *a priori* der Höflichkeit: doch könnte ich es noch tiefer aushohlen.

*

Die Quelle aller wahren Seeligkeit, alles sicheren und nicht auf losem Sande sondern unerschütterlichem Boden gebauten Trostes, (*das bessre Bewußtseyn*) ist ja für unser empirisches Be-

1 Dies Alles findet sich mit großer Euphemie ausgedrückt in dem Verse des Sophokles: χαρις χαριν γαρ εστι ἥ τικτουσ' αει. Ajax, 517.

2 Es ist klüger auf Reichthum, Macht, Ansehn, Stärke, und auf alles trotzen, als auf innern wahren Werth. – Was besser zu haben sei ist aber eine andre Frage.

wußtseyn gänzlicher Untergang, Tod und Vernichtung: kein Wunder daß wir aus ihr keinen Trost schöpfen können so lange wir auf dem Standpunkt des empirischen Bewußtseyns stehn, daß wir in dieses keinen Trost von dort herabtragen können (so wenig als wir eine Sommerstunde in den Winter hinübertragen, oder eine Schneeflocke in der heißen Stube bewahren, oder ein Stück eines schönen Traums in die Wirklichkeit bringen können oder so wenig die Töne einer Musik wenn sie ausgetönt hat eine Spur hinterlassen) sondern daß uns jenes bessre Bewußtseyn auf dem harten Boden des empirischen verläßt, und von uns weicht, (wie der Priester den Hinzurichtenden am Schafot verläßt): daher um jenem bessern Bewußtseyn treu zu seyn, wir diesem empirischen entsagen uns von ihm losreißen müssen. Selbstertödtung. – Vergl. T. p. 5.

*

Damit der Mensch eine erhabene Gesinnung in sich erhalte, seine Gedanken vom Zeitlichen auf das Ewige richte, mit einem Wort damit das *bessre Bewußtseyn* in ihm rege sey; ist ihm Schmerz, Leiden und Mißlingen so nothwendig wie dem Schiffe der es beschwerende Ballast, ohne welchen es keine Tiefe ermißt, ein Spiel der Wogen und Winde keinen bestimmten Weg gehet und leicht umschlägt.

*

Der allein ist wahrhaft glücklich, der, *im Leben, nicht das Leben* will, d.h. nicht nach dessen Gütern strebt. Denn er macht sich die Last leicht. Man stelle sich eine Last vor, die auf Stützen lose ruht, und einen Menschen der gebückt unter ihr steht. Hebt er sich und drängt ihr entgegen, so trägt er sie ganz: zieht er sich zurück von ihr, in sich zusammen, so trägt er nichts und ihm ist leicht.

*

Wenn dich der *Egoismus* ganz erfüllt und gefaßt hat, sey es als Freude, als Triumpf, als Begier, als Hoffnung, oder als wüthender Schmerz, als Aerger, als Zorn, als Furcht, als Mißtraun, als Eifer jeder Art; so bist du in des Teufels Klauen, und *wie* ist einerlei. – Daß du eilest herauszukommen thut Noth, und *wie* ist wieder einerlei.

*

Das *bessre Bewußtseyn* ist vom *empirischen* durch eine Gränze ohne Breite, eine *mathematische Linie*, getrennt: das wollen wir meistens nicht einsehn und glauben vielmehr es sei eine *physische*, auf der sich wandeln ließe, mitten zwischen beiden Gebieten, und von der man nach beiden sehn könnte: d.h. wir wollen den Himmel verdienen, und dabei die Blumen der Erde pflükken. Das geht aber nicht: wie wir das eine Gebiet betreten, haben wir auch gleich das andre verlassen und verleugnet: zu vermitteln und zu verbinden ist nichts, nur zu wählen, für jeden Augenblick.

*

Was macht den Philosophen? Der Muth keine Frage auf dem Herzen zu behalten.

*

Die Zeit ist dasjenige worin Alles was sich darin befindet, nachdem es einen untheilbaren Augenblick (Gegenwart) mit dem Schein eines Daseyns getäuscht hat, zum völligen Nichts wird (Vergangenheit). Und zwar verbirgt es nicht etwa diese Nichtigkeit hinter einem künstlichen Schein, um uns zu täuschen. Nein, frei und unverhohlen wird es immerfort, unter unsern Händen, zu nichts. Für uns ist nichts da als ein untheilbarer Augenblick (Gegenwart) und vor und nach ihm lauter Nichts. Und dieser unser Zustand heißt leben: den Menschen gefällt er so gut, daß sie sich nur in der Hoffnung beruhigen, nach diesem Leben gehe gleich ein neues wieder an!

*

Die *Unschuld* ist wesentlich dumm. Dies daher, weil der Zweck des Lebens (ich bediene mich dieses Ausdrucks eigentlich nur figürlich und könnte sagen das Wesen des Lebens oder der Welt) der ist, daß wir unsern eignen Bösen Willen erkennen, daß er Objekt für uns werde, und wir demnach uns im Innersten bekehren. Unser Leib ist schon der Objekt (der 1sten Klasse) gewordne Wille und die Thaten die wir seinetwegen vollbringen zeigen uns das Böse dieses Willens. Im Stand der Unschuld, wo aus Mangel an Versuchung das Böse unterbleibt, ist daher der Mensch gleichsam nur der Apparat zum Leben und das wozu dieser Apparat da ist, bleibt noch aus. Eine solche leere Form des Lebens, leere Schaubühne, ist an sich selbst wie alle sogenannte Realität (Welt) nichtig, und da sie nur durch Handlung, Irrthum, Erkenntniß, durch die Konvulsionen des Wollens, Bedeutung erhalten kann, ist ihr Karakter Nüchternheit, Dummheit. Ein goldnes Zeitalter der Unschuld, ein Schlaraffenland, ist daher fade, und dumm; auch eben nicht ehrwürdig. Der erste Verbrecher, der erste Mörder Kain, der die Schuld und durch sie erst in der Reue die Tugend und somit die Bedeutung des Lebens erkannt hat, ist eine tragische Figur, bedeutender und fast ehrwürdiger als alle die unschuldigen Schlaraffen.

*

Es giebt 2 *Arten das Leben zu betrachten*. Eine nach dem *Satz vom Grunde*, nach der *ratio*, λογος, Vernunft. Die Andre betrachtet *die Idee*. Jene erste führt von Folge zu Grund und umgekehrt ins Unendliche, und in Folge derselben leben die Menschen, hoffen die Menschen, erwarten die Menschen, lernen und bilden Wissenschaften, deren Erkenntniß durchaus relativ ist, d.h. überall nur in Beziehung der Folge auf den Grund besteht: und auf diesem Wege hoffen sie sogar die Philosophie zu erlangen! In ihrem Nachziehn dem Satz vom Grunde (der sie wie ein Kobold unter 4 Gestalten neckt und bei der Nase herumzieht) hoffen sie im Wissen Befriedigung und im Leben Glück, und gehn getrost nur immer vorwärts; sie gleichen dabei Einem der auf der Fläche dem Horizont entgegenläuft in der Hoffnung endlich die Wolken zu berühren: zum Wesentlichen gelangen sie dabei so wenig als Einer der eine Kugel nach allen Seiten wendet und befühlt dadurch zum Mittelpunkt gelangt; ja sie gleichen ganz und gar dem Eichhörnchen, das im Rade läuft. Aber auf diesem Wege erlangt man Wissenschaft, auch Klugheit und Erfahrung; so im Theoretischen. Im Praktischen erlangt man, wenn es dem Zufall gefällt, Glück: d.h. auf den Wunsch folgt die Befriedigung, auf diese wieder der Wunsch und so ins Unendliche.

Erscheint uns diese Betrachtungsweise des Lebens überall ähnlich einer horizontal laufenden Linie; so werden wir die 2te Betrachtungsart einer senkrechten Linie vergleichen, die jene in jedem Punkt schneiden und verlassen kann. Denn diese 2te Betrachtungsweise geht nicht dem Satz vom Grunde nach, sie ist daher kein Forschen, und praktisch ist sie kein Streben: sie hat nicht wie jene unendliche Reihen und zeigt nicht ein fernes Ziel, sondern überall und in jedem Punkt *ist* sie am Ziel: die *Idee* der Dinge betrachtet sie, das Was und Wie derselben, nicht das Warum: jeder Punkt jener ersten horizontalen Linie gilt bei ihr so viel als die ganze unendliche Länge derselben: sie durchschneidet sie: und dies Durchschneiden giebt im Theoretischen die Kunst, im Praktischen die Tugend.[1]

1 Die horizontale Linie ist der Weg der Wissenschaft und des Genusses: die senkrechte der Weg der Kunst und der *Tugend*.

Der Satz vom Grunde in seinen 4 Gestalten gleicht einem Sturm ohne Anfang und Ende, der Alles mit sich fortreißt; auch die Wissenschaft geht seinen Weg, stolzirend im Wahn eines Ziels: aber die Kunst gleicht dem ruhigen Sonnenlicht das kein Sturm erschüttert und das den Sturm durchschneidet. – Der

Die Philosophie ist so lange vergeblich versucht, weil man sie auf dem Wege der Wissenschaft, statt auf dem der Kunst suchte. Daher hat keine Kunst so entsetzliche Pfuscherei aufzuweisen als diese. Man suchte das Warum, statt das Was zu betrachten; man strebte nach der Ferne, statt das überall Nahe zu ergreifen; man gieng nach Außen in allen Richtungen, statt in sich zu gehn, wo jedes Räthsel zu lösen ist.

Man war im Theoretischen auf eben die Art thörigt, wie wir Alle es beständig im Praktischen sind, wo wir vom Wunsch zur Befriedigung und dann zum neuen Wunsch eilen und so das Glück endlich zu finden hoffen; statt nur ein einziges Mal in uns zu gehn, vom Wollen uns loszureißen und im bessern Bewußtseyn zu verharren.

*

Das Leben gleicht einer Seifenblase, die wir so lang als möglich erhalten und aufblasen, doch mit der festen Gewißheit daß sie platzen wird.

*

Daß nachdem man alle Leiden in die *Hölle* versetzt hatte, für den *Himmel* nichts übrig blieb als Langeweile, dies beweist daß unser Leben gar keine andern Bestandtheile hat als Leiden und Langeweile.

*

Philosoph vergesse nie daß er eine Kunst treibt und keine Wissenschaft. Läßt er sich im mindesten von jenem Sturm von der Stelle rücken, läßt er sich auf Ursach und Wirkung, auf früher und später, oder gar auf Abspinnen aus Begriffen ein; so ist ihm die Philosophie verloren, und an ihrer Statt werden ihm Mährchen. Nicht dem Warum gehe er nach wie der Physiker, Historiker und Mathematiker; sondern er betrachte blos das Was, lege es in Begriffen nieder (die ihm sind was der Marmor dem Bildner) indem er es sondert und ordnet, jedes nach seiner Art, treu die Welt wiederholend, in Begriffen, wie der Mahler auf der Leinwand.

Wer ein großes unsterbliches Werk vollendet hat, den wird die Aufnahme des Publikums und das Urtheil der Kritiker so wenig kränken oder bewegen können, als einen Vernünftigen der im Tollhause umhergeht das Schmähen und die Beleidigungen der Tollen. So lange freilich jener erstere die Menschen nicht kennt, und der letztere nicht weiß wo er ist, wird es anders seyn: aber nach dieser einmal erhaltenen Aufklärung nicht mehr.

III. GRUNDGEDANKEN

Die Welt als Vorstellung

Im unendlichen Raum zahllose leuchtende Kugeln, um jede von welchen etwan ein Dutzend kleinerer beleuchteter sich wälzt, die, inwendig heiß, mit erstarrter, kalter Rinde überzogen sind, auf der ein Schimmelüberzug lebende und erkennende Wesen erzeugt hat – dies ist die empirische Wahrheit, das Reale, die Welt. Jedoch ist es für ein denkendes Wesen eine mißliche Lage, auf einer jener zahllosen im grenzenlosen Raum frei schwebenden Kugeln zu stehn, ohne zu wissen woher noch wohin, und nur *eines* zu sein von unzählbaren ähnlichen Wesen, die sich drängen, treiben, quälen, rastlos und schnell entstehend und vergehend, in anfangs- und endloser Zeit: dabei nichts Beharrliches als allein die Materie und die Wiederkehr derselben verschiedenen organischen Formen mittelst gewisser Wege und Kanäle, die nun einmal dasind. Alles, was empirische Wissenschaft lehren kann, ist nur die genauere Beschaffenheit und Regel dieser Hergänge. – Da hat nun endlich die Philosophie der neueren Zeit, zumal durch *Berkeley* und *Kant*, sich darauf besonnen, daß jenes alles zunächst doch nur ein *Gehirnphänomen* und mit so großen, vielen und verschiedenen *subjektiven* Bedingungen behaftet sei, daß die gewähnte absolute Realität desselben verschwindet und für eine ganz andere Weltordnung Raum läßt, die das jenem Phänomen zum Grunde Liegende wäre, d.h. sich dazu verhielte wie zur bloßen Erscheinung das Ding an sich selbst.

›Die Welt ist meine Vorstellung‹ – ist gleich den Axiomen Euklids ein Satz, den jeder als wahr erkennen muß, sobald er ihn versteht; wenngleich nicht ein solcher, den jeder versteht, sobald er ihn hört. – Diesen Satz zum Bewußtsein gebracht und an ihn das Problem vom Verhältnis des Idealen zum Realen, d.h. der Welt im Kopf zur Welt außer dem Kopf, geknüpft zu haben, macht neben dem Problem von der moralischen Freiheit den auszeichnenden Charakter der Philosophie der Neueren aus. Denn erst nachdem man sich jahrtausendelang im bloß objektiven Philosophieren versucht hatte, entdeckte man, daß unter dem Vielen, was die Welt so rätselhaft und bedenklich macht, das Nächste und Erste dieses ist, daß, so unermeßlich und massiv sie auch sein mag, ihr Dasein dennoch an einem einzigen Fädchen hängt: und dieses ist das jedesmalige Bewußtsein, in welchem sie dasteht. Diese Bedingung, mit welcher das Dasein der Welt unwiderruflich behaftet ist, drückt ihr trotz aller *empirischen* Realität den Stempel der *Idealität* und somit der bloßen *Erscheinung* auf; wodurch sie wenigstens von einer Seite als dem Traume verwandt, ja als in dieselbe Klasse mit ihm zu setzen erkannt werden muß. Denn dieselbe Gehirnfunktion, welche während des Schlafes eine vollkommen objektive, anschauliche, ja handgreifliche Welt hervorzaubert, muß ebensoviel Anteil an der Darstellung der objektiven Welt des Wachens haben. Beide Welten nämlich sind, wenn auch durch ihre Materie verschieden, doch offenbar aus einer Form gegossen. Diese Form ist der Intellekt, die Gehirnfunktion. – Wahrscheinlich ist *Cartesius* [Descartes] der erste, welcher zu dem Grade von Besinnung gelangte, den jene Grundwahrheit erfordert und infolge hievon dieselbe, wenngleich vorläufig nur in der Gestalt skeptischer Bedenklichkeit, zum Ausgangspunkt seiner Philosophie machte. Wirklich war dadurch, daß er das ›Cogito, ergo sum‹ [Ich denke, also bin ich; ›Principia philosophiae‹ 1, 7 und 10] als allein gewiß, das Dasein der Welt aber vorläufig als problematisch nahm, der wesentliche und allein richtige Ausgangspunkt und zugleich der *wahre* Stützpunkt aller Philosophie gefunden. Dieser nämlich ist wesentlich und unumgänglich *das Subjektive, das eigene Bewußtsein*. Denn dieses allein ist und bleibt das Unmittelbare: alles andere, was immer es auch sei, ist durch dasselbe erst vermittelt und bedingt, sonach davon abhängig. Daher geschieht es mit Recht, daß man die Philosophie der Neueren vom *Cartesius* als dem Vater derselben ausgehn läßt. Auf diesem Wege weitergehend, gelangte nicht lange *darauf Berkeley* zum eigentlichen

Idealismus, d.h. zu der Erkenntnis, daß das im Raum Ausgedehnte, also die objektive, materielle Welt überhaupt als solche schlechterdings nur in unserer *Vorstellung* existiert und daß es falsch, ja absurd ist, ihr als *solcher* ein Dasein außerhalb aller Vorstellung und unabhängig vom erkennenden Subjekt beizulegen, also eine schlechthin vorhandene, an sich seiende Materie anzunehmen. Diese sehr richtige und tiefe Einsicht macht aber auch eigentlich *Berkeleys* ganze Philosophie aus: er hatte sich daran erschöpft.

Demnach muß die wahre Philosophie jedenfalls *idealistisch* sein: ja sie muß es, um nur redlich zu sein. Denn nichts ist gewisser, als daß keiner jemals aus sich herauskann, um sich mit den von ihm verschiedenen Dingen unmittelbar zu identifizieren: sondern alles, wovon er sichere, mithin unmittelbare Kunde hat, liegt innerhalb seines Bewußtseins. Über dieses hinaus kann es daher keine *unmittelbare* Gewißheit geben: eine solche aber müssen die ersten Grundsätze einer Wissenschaft haben. Dem empirischen Standpunkt der übrigen Wissenschaften ist es ganz angemessen, die objektive Welt als schlechthin vorhanden anzunehmen: nicht so dem der Philosophie, als welche auf das Erste und Ursprüngliche zurückzugehn hat. Nur das *Bewußtsein* ist unmittelbar gegeben, daher ist *ihre* Grundlage auf Tatsachen des Bewußtseins beschränkt: d.h. sie ist wesentlich *idealistisch*. – Der Realismus, der sich dem rohen Verstande dadurch empfiehlt, daß er sich das Ansehn gibt tatsächlich zu sein, geht gerade von einer willkürlichen Annahme aus und ist mithin ein windiges Luftgebäude, indem er die allererste Tatsache überspringt oder verleugnet, diese, daß alles, was wir kennen, innerhalb des Bewußtseins liegt. Denn daß das *objektive Dasein* der Dinge bedingt sei durch ein sie Vorstellendes und folglich die objektive Welt nur *als Vorstellung* existiere, ist keine Hypothese noch weniger ein Machtspruch oder gar ein disputierenshalber aufgestelltes Paradoxon; sondern es ist die gewisseste und einfachste Wahrheit, deren Erkenntnis nur dadurch erschwert wird, daß sie gar zu einfach ist und nicht alle Besonnenheit genug haben, um auf die ersten Elemente ihres Bewußtseins von den Dingen zurückzugehn. Nimmermehr kann es ein absolut und an sich selbst objektives Dasein geben; ja ein solches ist geradezu undenkbar: denn immer und wesentlich hat das Objektive als solches seine Existenz im Bewußtsein eines Subjekts, ist also dessen Vorstellung, folglich bedingt durch dasselbe und dazu noch durch dessen Vorstellungsformen, als welche dem Subjekt, nicht dem Objekt anhängen.

Daß die *objektive Welt dawäre*, auch wenn gar kein erkennendes Wesen existierte, scheint freilich auf den ersten Anlauf gewiß; weil es sich in abstracto denken läßt, ohne daß der Widerspruch zutage käme, den es im Innern trägt. – Allein wenn man diesen abstrakten Gedanken *realisieren*, d.h. ihn auf anschauliche Vorstellungen, von welchen allein er doch (wie alles Abstrakte) Gehalt und Wahrheit haben kann, zurückführen will und demnach versucht, *eine objektive Welt ohne erkennendes Subjekt zu imaginieren;* so wird man inne, daß das, was man da imaginiert, in Wahrheit das Gegenteil von dem ist, was man beabsichtigte, nämlich nichts anderes als eben nur der Vorgang im Intellekt eines Erkennenden, der eine objektive Welt anschaut, also gerade das, was man ausschließen gewollt hatte. Denn diese anschauliche und reale Welt ist offenbar ein Gehirnphänomen: daher liegt ein Widerspruch in der Annahme, daß sie auch unabhängig von allen Gehirnen als eine solche dasein sollte.

Der Haupteinwand gegen die unumgängliche und wesentliche *Idealität alles Objekts*, der Einwand, der sich in jedem deutlich oder undeutlich regt, ist wohl dieser: auch meine eigene Person ist Objekt für einen andern, ist also dessen Vorstellung; und doch weiß ich gewiß, daß ich dawäre, auch ohne daß jener mich vorstellte. In demselben Verhältnis aber, in welchem *ich* zu seinem Intellekt stehe, stehn auch alle andern Objekte zu diesem: folglich wären auch sie da, ohne daß jener andere sie vorstellte. – Hierauf ist die Antwort: jener andere, als dessen Objekt ich jetzt meine Person betrachte, ist nicht schlechthin *das Subjekt*, sondern zunächst ein erkennendes Individuum. Daher, wenn er auch *nicht* dawäre, ja sogar, wenn überhaupt kein anderes erkennendes Wesen als ich selbst existierte; so wäre damit noch keineswegs das *Subjekt* aufgehoben, in dessen Vorstellung allein alle Objekte existieren. Denn dieses *Subjekt* bin ja eben auch ich selbst, wie jedes Erkennende es ist. Folglich wäre im angenommenen Fall meine Person allerdings noch da, aber wieder als Vorstellung, nämlich in meiner eigenen Erkenntnis. Denn sie wird, auch von mir selbst, immer nur mittelbar, nie unmittelbar erkannt: weil alles Vorstellungsein ein mittelbares ist. Nämlich als *Objekt*, d.h. als ausgedehnt, raumerfüllend und wirkend, erkenne ich meinen Leib nur in der Anschauung meines Gehirns: diese ist vermittelt durch die Sinne, auf deren Data der anschauende Verstand seine Funktion, von der Wirkung auf die Ursache zu gehn, vollzieht und dadurch, indem das Auge den Leib sieht oder die Hände ihn betasten, die räumliche Figur konstruiert, die im Raume als mein Leib sich darstellt. Keineswegs aber ist mir unmittelbar, etwan im Gemeingefühl des Leibes oder im innern Selbstbewußtsein, irgendeine Ausdehnung, Gestalt und Wirksamkeit gegeben, welche dann zusammenfallen würde mit meinem Wesen selbst, das demnach, um so dazusein, keines andern, in dessen Erkenntnis es sich darstellte, bedürfte. Vielmehr ist jenes Gemeingefühl, wie auch das Selbstbewußtsein, unmittelbar nur in bezug auf den *Willen* da, nämlich als behaglich oder unbehaglich und als aktiv in den Willensakten, welche für die äußere Anschauung sich als Leibesaktionen darstellen. Hieraus nun folgt, daß das Dasein meiner Person oder meines Leibes *als eines Ausgedehnten und Wirkenden* allezeit ein davon verschiedenes *Erkennendes* voraussetzt: weil es wesentlich ein Dasein in der Apprehension, in der Vorstellung, also ein Dasein *für ein anderes* ist. In der Tat ist es ein Gehirnphänomen, gleichviel ob das Gehirn, in welchem es sich darstellt, der eigenen oder einer fremden Person angehört. Im ersten Fall zerfällt dann die eigene Person in Erkennendes und Erkanntes, in Objekt und Subjekt, die sich hier wie überall unzertrennlich und unvereinbar gegenüberstehn. – Wenn nun also meine eigene Person, um als solche dazusein, stets eines Erkennenden bedarf; so wird dies wenigstens ebensosehr von den übrigen Objekten gelten, welchen ein von der Erkenntnis und deren Subjekt unabhängiges Dasein zu vindizieren der Zweck des obigen Einwandes war.

Inzwischen versteht es sich, daß das Dasein, welches durch ein Erkennendes bedingt ist, ganz allein das Dasein *im Raum* und daher das eines Ausgedehnten und Wirkenden ist: dieses allein ist stets ein erkanntes, folglich ein Dasein *für ein anderes.* Hingegen mag jedes auf diese Weise Daseiende noch ein *Dasein für sich selbst* haben, zu welchem es keines Subjekts bedarf. Jedoch kann dieses Dasein für sich selbst nicht Ausdehnung und Wirksamkeit (zusammen Raumerfüllung) sein; sondern es ist notwendig ein Sein anderer Art, nämlich das eines *Dinges an sich selbst*, welches eben als solches nie *Objekt* sein kann. – Dies also wäre die Antwort auf den oben dargelegten Haupteinwand, der demnach die Grundwahrheit, daß die objektiv vorhandene Welt nur in der Vorstellung, also nur für ein Subjekt dasein kann, nicht umstößt.

Hier sei noch bemerkt, daß auch *Kant* unter seinen Dingen an sich, wenigstens solange er konsequent blieb, keine *Objekte* gedacht haben kann. Denn dies geht schon daraus hervor, daß er bewies, der Raum, wie auch die Zeit, sei eine bloße Form unserer Anschauung, die folglich nicht den Dingen an sich angehöre. Was nicht im Raum noch in der Zeit ist, kann auch nicht *Objekt* sein: also kann das Sein der *Dinge an sich* kein *objektives* mehr sein, sondern nur ein ganz anderartiges, ein metaphysisches. Folglich liegt in jenem Kantischen Satze auch schon dieser, daß die *objektive* Welt nur als *Vorstellung* existiert.

*

Aus dieser ganzen Darstellung geht sicher und deutlich hervor, daß die Absicht, *das Wesen an sich* der Dinge zu erfassen, schlechthin unerreichbar ist auf dem Wege der bloßen *Erkenntnis und Vorstellung;* weil diese stets *von außen* zu den Dingen kommt und daher ewig *draußen* bleiben muß. Jene Absicht könnte allein dadurch erreicht werden, daß *wir selbst* uns im Innern der Dinge befänden, wodurch es uns unmittelbar bekannt würde. Inwiefern dies nun wirklich der Fall sei, betrachtet mein zweites Buch. Solange wir aber, wie in diesem ersten Buche, bei der objektiven Auffassung, also bei der *Erkenntnis* stehnbleiben, ist und bleibt uns die Welt eine bloße *Vorstellung*, weil hier kein Weg möglich ist, der darüber hinausführte.

Die Welt als Wille

Was aber uns jetzt zum Forschen antreibt, ist eben, daß es uns nicht genügt zu wissen, daß wir Vorstellungen haben, daß sie solche und solche sind und nach diesen und jenen Gesetzen, deren allgemeiner Ausdruck allemal der Satz vom Grunde ist, zusammenhängen. Wir wollen die Bedeutung jener Vorstellungen wissen: wir fragen, ob diese Welt nichts weiter als Vorstellung sei; in welchem Falle sie wie ein wesenloser Traum oder ein gespensterhaftes Luftgebilde an uns vorüberziehn müßte, nicht unserer Beachtung wert; oder aber ob sie noch etwas anderes, noch etwas außerdem ist, und was sodann dieses sei. Soviel ist gleich gewiß, daß dieses Nachgefragte etwas von der Vorstellung völlig und seinem ganzen Wesen nach Grundverschiedenes sein muß, dem daher auch ihre Formen und ihre Gesetze völlig fremd sein müssen; daß man daher von der Vorstellung aus zu ihm nicht am Leitfaden derjenigen Gesetze gelangen kann, die nur Objekte, Vorstellungen, untereinander verbinden; welches die Gestaltungen des Satzes vom Grunde sind.

Wir sehn schon hier, daß *von außen* dem Wesen der Dinge nimmermehr beizukommen ist: wie immer man auch forschen mag, so gewinnt man nichts als Bilder und Namen. Man gleicht einem, der um ein Schloß herumgeht, vergeblich einen Eingang suchend und einstweilen die Fassaden skizzierend. Und doch ist dies der Weg, den alle Philosophen vor mir gegangen sind.

*

In der Tat würde die nachgeforschte Bedeutung der mir lediglich als meine Vorstellung gegenüberstehenden Welt oder der Übergang von ihr als bloßer Vorstellung des erkennenden Subjekts zu dem, was sie noch außerdem sein mag, nimmermehr zu finden sein, wenn der Forscher selbst nichts weiter als das rein erkennende Subjekt (geflügelter Engelskopf ohne Leib) wäre. Nun aber wurzelt er selbst in jener Welt, findet sich nämlich in ihr als *Individuum*, d, h. sein Erkennen, welches der bedingende Träger der ganzen Welt als Vorstellung ist, ist dennoch durchaus vermittelt durch einen Leib, dessen Affektionen, wie gezeigt, dem Verstande der Ausgangspunkt der Anschauung jener Welt sind. Dieser Leib ist dem rein erkennenden Subjekt als solchem eine Vorstellung wie jede andere, ein Objekt unter Objekten: die Bewegungen, die Aktionen desselben sind ihm insoweit nicht anders als wie die Veränderungen aller andern anschaulichen Objekte bekannt und wären ihm ebenso fremd und unverständlich, wenn die Bedeutung derselben ihm nicht etwan auf eine ganz andere Art enträtselt wäre. Sonst sähe er sein Handeln auf dargebotene Motive mit der Konstanz eines Naturgesetzes erfolgen, eben wie die Veränderungen anderer Objekte auf Ursachen, Reize, Motive. Er würde aber den Einfluß der Motive nicht näher verstehn als die Verbindung jeder andern ihm erscheinenden Wirkung mit ihrer Ursache. Er würde dann das innere, ihm unverständliche Wesen jener Äußerungen und Handlungen seines Leibes eben auch eine Kraft, eine Qualität oder einen Charakter, nach Belieben, nennen, aber weiter keine Einsicht darin haben. Diesem allen nun aber ist nicht so: vielmehr ist dem als Individuum erscheinenden Subjekt des Erkennens das Wort des Rätsels gegeben: und dieses Wort heißt *Wille*. Dieses, und dieses allein gibt ihm den Schlüssel zu seiner eigenen Erscheinung, offenbart ihm die Bedeutung, zeigt ihm das innere Getriebe seines Wesens, seines Tuns, seiner Bewegungen. Dem Subjekt des Erkennens, welches durch seine Identität mit dem Leibe als Individuum auftritt, ist dieser Leib auf zwei ganz verschiedene Weisen gegeben: einmal als Vorstellung in verständiger Anschauung, als Objekt unter Objekten, und den Gesetzen dieser unterworfen; sodann aber auch zugleich auf eine ganz andere Weise, nämlich als jenes jedem unmittelbar Bekannte, welches das Wort *Wille* bezeichnet.

*

Diesem allen zufolge wird man auf dem Wege der *objektiven Erkenntnis*, mithin von der *Vorstellung* ausgehend, nie über die Vorstellung, d.i. die Erscheinung hinausgelangen, wird also bei der Außenseite der Dinge stehnbleiben, nie aber in ihr Inneres dringen und erforschen können, was sie an sich selbst, d.h. für sich selbst sein mögen. So weit stimme ich mit *Kant* überein. Nun aber habe ich als Gegengewicht dieser Wahrheit jene andere hervorgehoben, daß wir nicht bloß das *erkennende Subjekt* sind, sondern andererseits auch *selbst zu* den erkennenden Wesen gehören, *selbst das Ding an sich sind;* daß mithin zu jenem selbst-eigenen und inneren Wesen der Dinge, bis zu welchem wir *von außen* nicht dringen können, uns ein Weg *von innen* offensteht, gleichsam ein unterirdischer Gang, eine geheime Verbindung, die uns wie durch Verrat mit einem Male in die Festung versetzt, welche durch Angriff von außen zu nehmen unmöglich war. – Das *Ding an sich* kann eben als solches nur ganz unmittelbar ins Bewußtsein kommen, nämlich dadurch, daß es *selbst sich seiner bewußt* wird: es objektiv erkennen wollen heißt etwas Widersprechendes verlangen. Alles Objektive ist Vorstellung, mithin Erscheinung, ja bloßes Gehirnphänomen.

Kants Hauptresultat läßt sich im wesentlichen so resumieren: ›Alle Begriffe, denen nicht eine Anschauung in Raum und Zeit (sinnliche Anschauung) zum Grunde liegt, d.h. also, die nicht aus einer solchen Anschauung geschöpft worden, sind schlechterdings leer, d.h. geben keine Erkenntnis, Da nun aber die Anschauung nur *Erscheinungen*, nicht Dinge an sich liefern kann; so haben wir auch von Dingen an sich gar keine Erkenntnis.‹ – Ich gebe dies von allem zu, nur nicht von der Erkenntnis, die jeder von seinem eigenen *Wollen* hat: diese ist weder eine Anschauung (denn alle Anschauung ist räumlich) noch ist sie leer; vielmehr ist sie realer als irgendeine andere. Auch ist sie nicht a priori wie die bloß formale, sondern ganz und gar a posteriori; daher eben wir sie auch nicht im einzelnen Fall antizipieren können, sondern hiebei oft des Irrtums über uns selbst überführt werden. – In der Tat ist unser *Wollen* die einzige Gelegenheit, die wir haben, irgendeinen sich äußerlich darstellenden Vorgang zugleich aus seinem Innern zu verstehn, mithin das einzige uns *unmittelbar* Bekannte und nicht wie alles übrige bloß in der Vorstellung Gegebene. Hier also liegt das Datum, welches allein tauglich ist, der Schlüssel zu allem andern zu werden oder, wie ich gesagt habe, die einzige enge Pforte zur Wahrheit. Demzufolge müssen wir die Natur verstehn lernen aus uns selbst, nicht umgekehrt uns selbst aus der Natur. Das uns unmittelbar Bekannte muß uns die Auslegung zu dem nur mittelbar Bekannten geben; nicht umgekehrt. Versteht man etwan das Fortrollen einer Kugel auf erhaltenen Stoß gründlicher als seine eigene Bewegung auf ein wahrgenommenes Motiv? Mancher mag es wähnen; aber ich sage: es ist umgekehrt. Wir werden jedoch zu der Einsicht gelangen, daß in den beiden soeben erwähnten Vorgängen das Wesentliche identisch ist, wiewohl so identisch, wie der tiefste noch hörbare Ton der Harmonie mit dem zehn Oktaven höher liegenden gleichnamigen derselbe ist.

Inzwischen ist wohl zu beachten, und ich habe es immer festgehalten, daß auch die innere Wahrnehmung, welche wir von unserm eigenen Willen haben, noch keineswegs eine erschöpfende und adäquate Erkenntnis des Dinges an sich liefert. Dies würde der Fall sein, wenn sie eine ganz unmittelbare wäre: weil sie nun aber dadurch vermittelt ist, daß der Wille mit und mittelst der Korporisation sich auch einen Intellekt (zum Behuf seiner Beziehungen zur Außenwelt) schafft und durch diesen nunmehr im Selbstbewußtsein (dem notwendigen Widerspiel der Außenwelt) sich als Willen erkennt; so ist diese Erkenntnis des Dinges an sich nicht vollkommen adäquat. Zunächst ist sie an die Form der Vorstellung gebunden, ist Wahrnehmung und zerfällt als solche in Subjekt und Objekt. Denn auch im Selbstbewußtsein ist das Ich nicht schlechthin einfach, sondern besteht aus einem Erkennenden, Intellekt, und einem Erkannten, Wille: jener wird nicht erkannt, und dieser ist nicht erkennend, wenngleich beide in das Bewußtsein eines Ich zusammenfließen. Aber ebendeshalb ist dieses Ich sich nicht durch und durch *intim*, gleichsam durchleuchtet, sondern ist opak und bleibt daher sich selber ein Rätsel. Also auch in der innern Erkenntnis findet noch ein Unterschied statt zwischen dem Sein an sich ihres Objekts und der Wahrnehmung desselben im erkennenden Subjekt. Jedoch ist die innere Erkenntnis von zwei Formen frei, welche der äußern anhängen, nämlich von der des *Raums* und von der alle Sinnesanschauung vermittelnden Form der *Kausalität*. Hingegen bleibt noch die Form der *Zeit*, wie auch die des Erkanntwerdens und Erkennens überhaupt. Demnach hat in dieser innern Erkenntnis das Ding an sich seine Schleier zwar großenteils abgeworfen, tritt aber doch noch nicht ganz nackt auf. Infolge der ihm noch anhängenden Form der Zeit erkennt jeder seinen *Willen* nur in dessen sukzessiven einzelnen *Akten*, nicht aber im ganzen, an und für sich: daher eben keiner seinen Charakter a priori kennt, sondern ihn erst erfahrungsmäßig und stets unvollkommen kennenlernt. Aber dennoch ist die Wahrnehmung, in der wir die Regungen und Akte des eigenen Willens erkennen, bei weitem unmittelbarer als jede andere: sie ist der Punkt, wo das Ding an sich am unmittelbarsten in die Erscheinung tritt und in größter Nähe vom erkennenden Subjekt beleuchtet wird; daher eben der also intim erkannte Vorgang der Ausleger jedes andern zu werden einzig und allein geeignet ist.

Denn bei jedem Hervortreten eines Willensaktes aus der dunkeln Tiefe unsers Innern in das erkennende Bewußtsein geschieht ein unmittelbarer Übergang des außer der Zeit liegenden Dinges an sich in die Erscheinung. Demnach ist zwar der Willensakt nur die nächste und deutlichste *Erscheinung* des Dinges an sich; doch folgt hieraus, daß, wenn alle übrigen Erscheinungen ebenso unmittelbar und innerlich von uns erkannt werden könnten, wir sie für eben das ansprechen müßten, was der Wille in uns ist. In diesem Sinne also lehre ich, daß das innere Wesen eines jeden Dinges *Wille* ist, und nenne den Willen das Ding an sich. Hiedurch wird *Kants* Lehre von der Unerkennbarkeit des Dinges an sich dahin modifiziert, daß dasselbe nur nicht schlechthin und von Grund aus erkennbar sei, daß jedoch die bei weitem unmittelbarste seiner Erscheinungen, welche durch diese Unmittelbarkeit sich von allen übrigen toto genere unterscheidet, es für uns vertritt und wir sonach die ganze Welt der Erscheinungen zurückzuführen haben auf diejenige, in welcher das Ding an sich in der allerleichtesten Verhüllung sich darstellt und nur noch insofern Erscheinung bleibt, als mein Intellekt, der allein das der Erkenntnis Fähige ist, von mir als dem Wollenden noch immer unterschieden bleibt und auch die Erkenntnisform der *Zeit* selbst bei der *innern* Perzeption nicht ablegt.

*

Wem nun durch alle diese Betrachtungen auch in abstracto, mithin deutlich und sicher, die Erkenntnis geworden ist, welche in concreto jeder unmittelbar, d.h. als Gefühl besitzt, daß nämlich das Wesen an sich seiner eigenen Erscheinung, welche als Vorstellung sich ihm sowohl durch seine Handlungen als durch das bleibende Substrat dieser, seinen Leib darstellt, sein *Wille* ist, der das Unmittelbarste seines Bewußtseins ausmacht, als solches aber nicht völlig in die Form der Vorstellung, in welcher Objekt und Subjekt sich gegenüberstehn, eingegangen ist; sondern auf eine unmittelbare Weise, in der man Subjekt und Objekt nicht ganz deutlich unterscheidet, sich kundgibt, jedoch auch nicht im ganzen, sondern nur in seinen einzelnen Akten dem Individuo selbst kenntlich wird – wer, sage ich, mit mir diese Überzeugung gewonnen hat, dem wird sie ganz von selbst der Schlüssel werden zur Erkenntnis des innersten Wesens der gesamten Natur, indem er sie nun auch auf alle jene Erscheinungen überträgt, die ihm nicht wie seine eigene in unmittelbarer Erkenntnis neben der mittelbaren, sondern bloß in letzterer, also bloß einseitig, als *Vorstellung* allein, gegeben sind. Nicht allein in denjenigen Erscheinungen, welche seiner eigenen ganz ähnlich sind, in Menschen und Tieren wird er als ihr innerstes Wesen jenen nämlichen Willen anerkennen; sondern die fortgesetzte Reflexion wird ihn dahin leiten, auch die Kraft, welche in der Pflanze treibt und vegetiert, ja die Kraft, durch welche der Kristall anschießt, die, welche den Magnet zum Nordpol wendet, die, deren Schlag ihm aus der Berührung heterogener Metalle entgegenfährt, die, welche in den Wahlverwandtschaften der Stoffe als Fliehn und Suchen, Trennen und Vereinen erscheint, ja zuletzt sogar die Schwere, welche in aller Materie so gewaltig strebt, den Stein zur Erde und die Erde zur Sonne zieht – diese alle nur in der Erscheinung für verschieden, ihrem innern Wesen nach aber als dasselbe zu erkennen, als jenes ihm unmittelbar so intim und besser als alles andere Bekannte, was da, wo es am deutlichsten hervortritt, *Wille* heißt. Diese Anwendung der Reflexion ist es allein, welche uns nicht mehr bei der Erscheinung stehnbleiben läßt, sondern hinüberführt zum *Ding an sich*. Erscheinung heißt Vorstellung, und weiter nichts: alle Vorstellung, welcher Art sie auch sei, alles *Objekt* ist *Erscheinung. Ding an sich* aber ist allein der *Wille:* als solcher ist er durchaus nicht Vorstellung, sondern toto genere von ihr verschieden: er ist es, wovon alle Vorstellung, alles Objekt, die Erscheinung, die Sichtbarkeit, die *Objektität* ist. Er ist das Innerste, der Kern jedes Einzelnen und ebenso des Ganzen: er erscheint in jeder blindwirkenden Naturkraft: er auch erscheint im überlegten Handeln des Menschen; welcher beiden große Verschiedenheit doch nur den Grad des Erscheinens, nicht das Wesen des Erscheinenden trifft.

*

Wenn wir sie nun mit forschendem Blicke betrachten, wenn wir den gewaltigen, unaufhaltsamen Drang sehn, mit dem die Gewässer der Tiefe zueilen, die Beharrlichkeit, mit welcher der Magnet sich immer wieder zum Nordpol wendet, die Sehnsucht, mit der das Eisen zu ihm fliegt, die Heftigkeit, mit welcher die Pole der Elektrizität zur Wiedervereinigung streben und welche, gerade wie die der menschlichen Wünsche, durch Hindernisse gesteigert wird; wenn wir den Kristall schnell und plötzlich anschießen sehn, mit so viel Regelmäßigkeit der Bildung, die offenbar nur eine von Erstarrung ergriffene und festgehaltene ganz entschiedene und genau bestimmte Bestrebung nach verschiedenen Richtungen ist; wenn wir die Auswahl bemerken, mit der die Körper, durch den Zustand der Flüssigkeit in Freiheit gesetzt und den Banden der Starrheit entzogen, sich suchen und fliehn, vereinigen und trennen; wenn wir endlich ganz unmittelbar fühlen, wie eine Last, deren Streben zur Erdmasse unser Leib hemmt, auf diesen unablässig drückt und drängt, ihre einzige Bestrebung verfolgend – so wird es uns keine große Anstrengung der Einbildungskraft kosten, selbst aus so großer Entfernung unser eigenes Wesen wiederzuerkennen, jenes Nämliche, das in uns beim Lichte der Erkenntnis seine Zwecke verfolgt, hier aber in den schwächsten seiner Erscheinungen nur blind, dumpf, einseitig und unveränderlich strebt, jedoch, weil es überall eines und dasselbe ist – so gut wie die erste Morgendämmerung mit den Strahlen des vollen Mittags den Namen des Sonnenlichts teilt – auch hier wie dort den Namen *Wille* führen muß, welcher das bezeichnet, was das Sein an sich jedes Dinges in der Welt und der alleinige Kern jeder Erscheinung ist.

*

So sehn wir in der Natur überall Streit, Kampf und Wechsel des Sieges und werden ebendann weiterhin die dem Willen wesentliche Entzweiung mit sich selbst deutlicher erkennen. Jede Stufe der Objektivation des Willens macht der andern die Materie, den Raum, die Zeit streitig. Beständig muß die beharrende Materie die Form wechseln, indem am Leitfaden der Kausalität mechanische, physische, chemische, organische Erscheinungen, sich gierig zum Hervortreten drängend, einander die Materie entreißen, da jede ihre Idee offenbaren will. Durch die gesamte Natur läßt sich dieser Streit verfolgen, ja sie besteht eben wieder nur durch ihn: εἰ γὰρ μὴ ἦν τὸ νεῖκος ἐν τοῖς πράγμασιν, ἓν ἂν ἦν ἅπαντα, ὥς φησιν Ἐμπεδοκλῆς, (nam si non inesset in rebus contentio, unum omnia essent, ut ait Empedocles) [denn wenn nicht der Streit in den Dingen herrschte, so würde alles Eines sein, wie Empedokles sagt] (Aristoteles, ›Metaphysica‹ 2,5): ist doch dieser Streit selbst nur die Offenbarung der dem Willen wesentlichen Entzweiung mit sich selbst. Die deutlichste Sichtbarkeit erreicht dieser allgemeine Kampf in der Tierwelt, welche die Pflanzenwelt zu ihrer Nahrung hat und in welcher selbst wieder jedes Tier die Beute und Nahrung eines andern wird, d.h. die Materie, in welcher seine Idee sich darstellte, zur Darstellung einer andern abtreten muß, indem jedes Tier sein Dasein nur durch die beständige Aufhebung eines fremden erhalten kann; so daß der Wille zum Leben durchgängig an sich selber zehrt und in verschiedenen Gestalten seine eigene Nahrung ist, bis zuletzt das Menschengeschlecht, weil es alle andern überwältigt, die Natur für ein Fabrikat zu seinem Gebrauch ansieht, dasselbe Geschlecht jedoch auch, wie wir im vierten Buche finden werden, in sich selbst jenen Kampf, jene Selbstentzweiung des Willens zur furchtbarsten Deutlichkeit offenbart, und ›homo homini lupus‹ [der Mensch ist dem Menschen ein Wolf; Plautus, ›Asinaria‹ 2, 495] wird.

Der Wille, der bis hieher im Dunkeln höchst sicher und unfehlbar seinen Trieb verfolgte, hat sich auf dieser Stufe ein Licht angezündet, als ein Mittel, welches notwendig wurde zur Aufhebung des Nachteils, der aus dem Gedränge und der komplizierten Beschaffenheit seiner Erscheinungen eben den vollendetesten erwachsen würde. Die bisherige unfehlbare Sicherheit und Gesetzmäßigkeit, mit welcher er in der unorganischen und bloß vegetativen Natur wirkte, beruhte darauf, daß er allein in seinem ursprünglichen Wesen als blinder Drang, Wille, tätig war, ohne Beihülfe, aber auch ohne Störung von einer zweiten, ganz andern Welt als Vorstellung, welche zwar nur das Abbild seines eigenen Wesens, aber doch ganz anderer Natur ist und jetzt eingreift in den Zusammenhang seiner Erscheinungen. Dadurch hört nunmehr die unfehlbare Sicherheit derselben auf. Die Tiere sind schon dem Schein, der Täuschung ausgesetzt. Sie haben indessen bloß anschauliche Vorstellungen, keine Begriffe, keine Reflexion, sind daher an die Gegenwart gebunden, können nicht die Zukunft berücksichtigen. – Es scheint, als ob diese vernunftlose Erkenntnis nicht in allen Fällen hinreichend zu ihrem Zweck gewesen sei und bisweilen gleichsam einer Nachhülfe bedurft habe. Denn es bietet sich uns die sehr merkwürdige Erscheinung dar, daß das blinde Wirken des Willens und das von der Erkenntnis erleuchtete in zwei Arten von Erscheinungen auf eine höchst überraschende Weise eines in das Gebiet des andern hinübergreifen. Einmal nämlich finden wir mitten unter dem von der anschaulichen Erkenntnis und ihren Motiven geleiteten Tun der Tiere ein ohne diese, also mit der Notwendigkeit des blindwirkenden Willens vollzogenes in den Kunsttrieben, welche, durch kein Motiv noch Erkenntnis geleitet, das Ansehn haben, als brächten sie ihre Werke sogar auf abstrakte, vernünftige Motive zustande. Der andere, diesem entgegengesetzte Fall ist der, wo umgekehrt das Licht der Erkenntnis in die Werkstätte des blindwirkenden Willens eindringt und die vegetativen Funktionen des menschlichen Organismus beleuchtet: im magnetischen Hellsehn. – Endlich nun da, wo der Wille zum höchsten Grade seiner Objektivation gelangt ist, reicht die den Tieren aufgegangene Erkenntnis des Verstandes, dem die Sinne die Data liefern, woraus bloße Anschauung, die an die Gegenwart gebunden ist, hervorgeht, nicht mehr zu: das komplizierte, vielseitige, bildsame, höchst bedürftige und unzähligen Verletzungen ausgesetzte Wesen, der Mensch, mußte, um bestehn zu können, durch eine doppelte Erkenntnis erleuchtet werden, gleichsam eine höhere Potenz der anschaulichen Erkenntnis mußte zu dieser hinzutreten, eine Reflexion jener: die Vernunft als das Vermögen abstrakter Begriffe. Mit dieser war Besonnenheit da, enthaltend Überblick der Zukunft und Vergangenheit, und infolge derselben Überlegung, Sorge, Fähigkeit des prämeditierten, von der Gegenwart unabhängigen Handelns, endlich auch völlig deutliches Bewußtsein der eigenen Willensentscheidungen als solcher. Trat nun schon mit der bloß anschauenden Erkenntnis die Möglichkeit des Scheines und der Täuschung ein, wodurch die vorige Unfehlbarkeit im erkenntnislosen Treiben des Willens aufgehoben wurde, deshalb Instinkt und Kunsttrieb als erkenntnislose Willensäußerungen mitten unter den von Erkenntnis geleiteten ihm zu Hülfe kommen mußten; so geht mit dem Eintritt der Vernunft jene Sicherheit und Untrüglichkeit der Willensäußerungen (welche am andern Extrem, in der unorganischen Natur, sogar als strenge Gesetzmäßigkeit erscheint) fast ganz verloren: der Instinkt tritt völlig zurück, die Überlegung, welche jetzt alles ersetzen soll, gebiert (wie im ersten Buche ausgeführt) Schwanken und Unsicherheit: der Irrtum wird möglich, welcher in vielen Fällen die adäquate Objektivation des Willens durch Taten hindert. Denn wenngleich der Wille schon im Charakter seine bestimmte und unveränderliche Richtung genommen hat, welcher entsprechend das Wollen selbst unfehlbar nach Anlaß der Motive eintritt; so kann doch der Irrtum die Äußerungen desselben verfälschen, indem dann Wahnmotive gleich wirklichen einfließen und diese aufheben[1]: so z.B. wenn Superstition eingebildete Motive unterschiebt, die den Menschen zu einer Handlungsweise zwingen, welche der Art, wie sein Wille unter den vorhandenen Umständen sich sonst äußern würde, gerade entgegengesetzt ist: Agamemnon schlachtet seine Tochter; ein Geizhals spendet Almosen aus reinem Egoismus, in der Hoffnung dereinstiger hundertfacher Wiedererstattung, usf.

Die Erkenntnis überhaupt, vernünftige sowohl als bloß anschauliche, geht also ursprünglich aus dem Willen selbst hervor, gehört zum Wesen der höhern Stufen seiner Objektivation als eine bloße μηχανή, ein Mittel zur Erhaltung des Individuums und der Art so gut wie jedes Organ des Leibes. Ursprünglich also zum Dienste des Willens, zur Vollbringung seiner Zwecke bestimmt, bleibt sie ihm auch fast durchgängig gänzlich dienstbar: so in allen Tieren und in beinahe allen Menschen. Jedoch

1 Die Scholastiker sagten daher recht gut: ›causa finalis movet non secundum suum esse reale, sed secundum esse cognitum‹ [die Endursache wirkt nicht nach ihrem wirklichen, sondern nach ihrem erkannten Wesen] (siehe Suarez: ›Disputationes metaphysicae‹ disputatio 23, sectiones 7 et 8).

werden wir im dritten Buche sehn, wie in einzelnen Menschen die Erkenntnis sich dieser Dienstbarkeit entziehn, ihr Joch abwerfen und frei von allen Zwecken des Wollens rein für sich bestehn kann als bloßer, klarer Spiegel der Welt, woraus die Kunst hervorgeht; endlich im vierten Buch, wie durch diese Art der Erkenntnis, wenn sie auf den Willen zurückwirkt, die Selbstaufhebung desselben eintreten kann, d.i. die Resignation, welche das letzte Ziel, ja das innerste Wesen aller Tugend und Heiligkeit und die Erlösung von der Welt ist.

IV. DIE ANSICHT DES LEBENS

Schmerz und Lust

Wir haben längst dieses den Kern und das An-sich jedes Dinges ausmachende Streben als dasselbe und nämliche erkannt, was in uns, wo es sich am deutlichsten, am Lichte des vollesten Bewußtseins manifestiert, *Wille* heißt. Wir nennen dann seine Hemmung durch ein Hindernis, welches sich zwischen ihn und sein einstweiliges Ziel stellt, *Leiden;* hingegen sein Erreichen des Ziels *Befriedigung*, Wohlsein, Glück. Wir können diese Benennungen auch auf jene, dem Grade nach schwächern, dem Wesen nach identischen Erscheinungen der erkenntnislosen Welt übertragen. Diese sehn wir alsdann in stetem Leiden begriffen und ohne bleibendes Glück. Denn alles Streben entspringt aus Mangel, aus Unzufriedenheit mit seinem Zustande, ist also Leiden, solange es nicht befriedigt ist; keine Befriedigung aber ist dauernd, vielmehr ist sie stets nur der Anfangspunkt eines neuen Strebens. Das Streben sehn wir überall vielfach gehemmt, überall kämpfend; so lange also immer als Leiden: kein letztes Ziel des Strebens, also kein Maß und Ziel des Leidens.

Was wir aber so nur mit geschärfter Aufmerksamkeit und mit Anstrengung in der erkenntnislosen Natur entdecken, tritt uns deutlich entgegen in der erkennenden, im Leben der Tierheit, dessen stetes Leiden leicht nachzuweisen ist. Wir wollen aber, ohne auf dieser Zwischenstufe zu verweilen, uns dahin wenden, wo, von der hellsten Erkenntnis beleuchtet, alles aufs deutlichste hervortritt: im Leben des Menschen. Denn wie die Erscheinung des Willens vollkommener wird, so wird auch das Leiden mehr und mehr offenbar. In der Pflanze ist noch keine Sensibilität, also kein Schmerz: ein gewiß sehr geringer Grad von Leiden wohnt den untersten Tieren, den Infusorien und Radiarien ein: sogar in den Insekten ist die Fähigkeit zu empfinden und zu leiden noch beschränkt: erst mit dem vollkommenen Nervensystem der Wirbeltiere tritt sie in hohem Grade ein, und in immer höherem, je mehr die Intelligenz sich entwickelt. In gleichem Maße also, wie die Erkenntnis zur Deutlichkeit gelangt, das Bewußtsein sich steigert, wächst auch die Qual, welche folglich ihren höchsten Grad im Menschen erreicht, und dort wieder um so mehr, je deutlicher erkennend, je intelligenter der Mensch ist: der, in welchem der Genius lebt, leidet am meisten. In diesem Sinne, nämlich in Beziehung auf den Grad der Erkenntnis überhaupt, nicht auf das bloße abstrakte Wissen, verstehe und gebrauche ich hier jenen Spruch des Koheleth: ›qui auget scientiam, auget et dolorem‹ [wer das Wissen vermehrt, vermehrt zugleich auch den Schmerz; Prediger Salomo 1, 18]. – Dieses genaue Verhältnis zwischen dem Grade des Bewußtseins und dem des Leidens hat durch eine anschauliche und augenfällige Darstellung überaus schön in einer Zeichnung ausgedrückt jener philosophische Maler oder malende Philosoph, *Tischbein.* Die obere Hälfte seines Blattes stellt Weiber dar, denen ihre Kinder entführt werden und die in verschiedenen Gruppen und Stellungen den tiefen mütterlichen Schmerz, Angst, Verzweiflung mannigfaltig ausdrücken; die untere Hälfte des Blattes zeigt, in ganz gleicher Anordnung und Gruppierung, Schafe, denen die Lämmer weggenommen werden: so daß jedem menschlichen Kopf, jeder menschlichen Stellung der obern Blatthälfte da unten ein tierisches Analogon entspricht und man nun deutlich sieht, wie sich der im dumpfen tierischen Bewußtsein mögliche Schmerz verhält zu der gewaltigen Qual, welche erst durch die Deutlichkeit der Erkenntnis, die Klarheit des Bewußtseins möglich ward.

Wir wollen dieserwegen im *menschlichen Dasein* das innere und wesentliche Schicksal des Willens betrachten. Jeder wird leicht im Leben des Tieres das nämliche, nur schwächer, in verschiedenen Graden ausgedrückt, wiederfinden und zur Genüge auch an der leidenden Tierheit sich überzeugen können, wie wesentlich *alles Leben Leiden ist.*

[...]

Auf jeder Stufe, welche die Erkenntnis beleuchtet, erscheint sich der Wille als Individuum. Im unendlichen Raum und [in] unendlicher Zeit findet das menschliche Individuum sich als endliche, folglich als eine gegen jene verschwindende Größe in sie hineingeworfen und hat wegen ihrer Unbegrenztheit immer nur ein relatives, nie ein absolutes *Wann* und *Wo* seines Daseins: denn sein Ort und seine Dauer sind endliche Teile eines Unendlichen und Grenzenlosen. – Sein eigentliches Dasein ist nur in der Gegenwart, deren ungehemmte Flucht in die Vergangenheit ein steter Übergang in den Tod, ein stetes Sterben ist; da sein vergangenes Leben, abgesehn von dessen etwanigen Folgen für die Gegenwart wie auch von dem Zeugnis über seinen Willen, das darin abgedrückt ist, schon völlig abgetan, gestorben und nichts mehr ist: daher auch es ihm vernünftigerweise gleichgültig sein muß, ob der Inhalt jener Vergangenheit Qualen oder Genüsse waren. Die Gegenwart aber wird beständig unter seinen Händen zur Vergangenheit: die Zukunft ist ganz ungewiß und immer kurz. So ist sein Dasein, schon von der formellen Seite allein betrachtet, ein stetes Hinstürzen der Gegenwart in die tote Vergangenheit, ein stetes Sterben. Sehn wir es nun aber auch von der physischen Seite an; so ist offenbar, daß, wie bekanntlich unser Gehn nur ein stets gehemmtes Fallen ist, das Leben unsers Leibes nur ein fortdauerndes gehemmtes Sterben, ein immer aufgeschobener Tod ist: endlich ist ebenso die Regsamkeit unsers Geistes eine fortdauernd zurückgeschobene Langeweile. Jeder Atemzug wehrt den beständig eindringenden Tod ab, mit welchem wir auf diese Weise in jeder Sekunde kämpfen, und dann wieder, in größeren Zwischenräumen, durch jede Mahlzeit, jeden Schlaf, jede Erwärmung usw. Zuletzt muß er siegen: denn ihm sind wir schon durch die Geburt anheimgefallen, und er spielt nur eine Weile mit seiner Beute, bevor er sie verschlingt. Wir setzen indessen unser Leben mit großem Anteil und vieler Sorgfalt fort, so lange als möglich, wie man eine Seifenblase so lange und so groß als möglich aufbläst, wiewohl mit der festen Gewißheit, daß sie platzen wird.

Sahen wir schon in der erkenntnislosen Natur das innere Wesen derselben als ein beständiges Streben ohne Ziel und ohne Rast; so tritt uns bei der Betrachtung des Tieres und des Menschen dieses noch viel deutlicher entgegen. Wollen und Streben ist sein ganzes Wesen, einem unlöschbaren Durst gänzlich zu vergleichen. Die Basis alles Wollens aber ist Bedürftigkeit, Mangel, also Schmerz, dem er folglich schon ursprünglich und durch sein Wesen anheimfällt. Fehlt es ihm hingegen an Objekten des Wollens, indem die zu leichte Befriedigung sie ihm sogleich wieder wegnimmt; so befällt ihn furchtbare Leere und Langeweile: d.h. sein Wesen und sein Dasein selbst wird ihm zur unerträglichen Last. Sein Leben schwingt also gleich einem Pendel hin und her zwischen dem Schmerz und der Langenweile, welche beide in der Tat dessen letzte Bestandteile sind. Dieses hat sich sehr seltsam auch dadurch aussprechen müssen, daß, nachdem der Mensch alle Leiden und Qualen in die Hölle versetzt hatte, für den Himmel nun nichts übrigblieb als eben Langeweile.

Das stete Streben aber, welches das Wesen jeder Erscheinung des Willens ausmacht, erhält auf den höheren Stufen der Objektivation seine erste und allgemeinste Grundlage dadurch, daß hier der Wille sich erscheint als ein lebendiger Leib, mit dem eisernen Gebot, ihn zu nähren: und was diesem Gebote die Kraft gibt ist eben, daß dieser Leib nichts anderes als der objektivierte Wille zum Leben selbst ist. Der Mensch als die vollkommenste Objektivation jenes Willens ist demgemäß auch das bedürftigste unter allen Wesen: er ist konkretes Wollen und Bedürfen durch und durch, ist ein Konkrement von tausend Bedürfnissen. Mit diesen steht er auf der Erde, sich selber überlassen, über alles in Ungewißheit, nur nicht über seine Bedürftigkeit und seine Not: demgemäß füllt die Sorge für die Erhaltung jenes Daseins unter so schweren, sich jeden Tag von neuem meldenden Forderungen in der Regel das ganze Menschenleben aus. An sie knüpft sich sodann unmittelbar die zweite Anforderung, die der Fortpflanzung des Geschlechts. Zugleich bedrohen ihn von allen Seiten die verschiedenartigsten Gefahren, denen zu entgehn es beständiger Wachsamkeit bedarf. Mit behutsamem Schritt und ängstlichem Umherspähen verfolgt er seinen Weg: denn tausend Zufälle und tausend Feinde lauern ihm auf. So ging er in der Wildnis, und so geht er im zivilisierten Leben; es gibt für ihn keine Sicherheit:

> Qualibus in tenebris vitae quantisque periclis
> Degitur hoc aevi, quodcumque est!
> [Ach, in welchem Dunkel des Seins, in wie großen Gefahren,
> Wird dies Leben verbracht, solang' es dauert!]
>
> Lucretius [›De rerum natura‹] 2, 15.

Das Leben der allermeisten ist auch nur ein steter Kampf um diese Existenz selbst, mit der Gewißheit, ihn zuletzt zu verlieren. Was sie aber in diesem so mühseligen Kampfe ausdauern läßt, ist nicht sowohl die Liebe zum Leben als die Furcht vor dem Tode, der jedoch als unausweichbar im Hintergrunde steht und jeden Augenblick herantreten kann. – Das Leben selbst ist ein Meer voller Klippen und Strudel, die der Mensch mit der größten Behutsamkeit und Sorgfalt vermeidet, obwohl er weiß, daß, wenn es ihm auch gelingt, mit aller Anstrengung und Kunst sich durchzuwinden, er ebendadurch mit jedem Schritt dem größten, dem totalen, dem unvermeidlichen und unheilbaren Schiffbruch näher kommt, ja gerade auf ihn zusteuert – dem Tode: dieser ist das endliche Ziel der mühseligen Fahrt und für ihn schlimmer als alle Klippen, denen er auswich.

Nun ist es aber sogleich sehr bemerkenswert, daß einerseits die Leiden und Qualen des Lebens leicht so anwachsen können, daß selbst der Tod, in der Flucht vor welchem das ganze Leben besteht, wünschenswert wird und man freiwillig zu ihm eilt; und andererseits wieder, daß, sobald Not und Leiden dem Menschen eine Rast vergönnen, die Langeweile gleich so nahe ist, daß er des Zeitvertreibes notwendig bedarf. Was alle Lebenden beschäftigt und in Bewegung erhält, ist das Streben nach Dasein. Mit dem Dasein aber, wenn es ihnen gesichert ist, wissen sie nichts anzufangen: daher ist das zweite, was sie in Bewegung setzt, das Streben, die Last des Daseins loszuwerden, es unfühlbar zu machen, ›die Zeit zu töten‹, d.h. der Langenweile zu entgehn. Demgemäß sehn wir, daß fast alle vor Not und Sorgen geborgene Menschen, nachdem sie nun endlich alle andern Lasten abgewälzt haben, jetzt sich selbst zur Last sind und nun jede durchgebrachte Stunde für Gewinn achten, also jeden Abzug von eben jenem Leben, zu dessen möglichst langer Erhaltung sie bis dahin alle Kräfte aufboten. Die Langeweile aber ist nichts weniger als ein gering zu achtendes Übel: sie malt zuletzt wahre Verzweiflung auf das Gesicht. Sie macht, daß Wesen, welche einander so wenig lieben wie die Menschen, doch so sehr einander suchen, und wird dadurch die Quelle der Geselligkeit. Auch werden überall gegen sie wie gegen andere allgemeine Kalamitäten öffentliche Vorkehrungen getroffen, schon aus Staatsklugheit; weil dieses Übel so gut als sein entgegengesetztes Extrem, die Hungersnot, die Menschen zu den größten Zügellosigkeiten treiben kann: ›panem et circenses‹ [Brot und Zirkusspiele] braucht das Volk. Das strenge philadelphische Pönitentiarsystem macht mittelst Einsamkeit und Untätigkeit bloß die Langeweile zum Strafwerkzeug: und es ist ein so fürchterliches, daß es schon die Züchtlinge zum Selbstmord geführt hat. Wie die Not die beständige Geißel des Volkes ist, so die Langeweile die der vornehmen Welt. Im bürgerlichen Leben ist sie durch den Sonntag wie die Not durch die sechs Wochentage repräsentiert.

Zwischen Wollen und Erreichen fließt nun durchaus jedes Menschenleben fort. Der Wunsch ist seiner Natur nach Schmerz: die Erreichung gebiert schnell Sättigung: das Ziel war nur scheinbar: der Besitz nimmt den Reiz weg: unter einer neuen Gestalt stellt sich der Wunsch, das Bedürfnis wieder ein: wo nicht, so folgt Öde, Leere, Langeweile, gegen welche der Kampf ebenso quälend ist wie gegen die Not. – Daß Wunsch und Befriedigung sich ohne zu kurze und ohne zu lange Zwischenräume folgen, verkleinert das Leiden, welches beide geben, zum geringsten Maße und macht den glücklichsten Lebenslauf aus. Denn das, was man sonst den schönsten Teil, die reinsten Freuden des Lebens nennen möchte, eben auch nur, weil es uns aus dem realen Dasein heraushebt und uns in anteilslose Zuschauer desselben verwandelt, also das reine Erkennen, dem alles Wollen fremd bleibt, der Genuß des Schönen, die echte Freude an der Kunst: dies ist, weil es schon seltene Anlagen erfordert, nur höchst wenigen und auch diesen nur als ein vorübergehender Traum vergönnt: und dann macht eben diese wenigen die höhere intellektuelle Kraft für viel größere Leiden empfänglich, als die Stumpferen je empfinden können, und stellt sie überdies einsam unter merklich von ihnen verschiedene Wesen: wodurch sich denn auch dieses ausgleicht. Dem bei weitem größten Teile der Menschen aber sind die rein intellektuellen Genüsse nicht zugänglich; der Freude, die im reinen Erkennen liegt, sind sie fast ganz unfähig: sie sind gänzlich auf das Wollen verwiesen. Wenn daher irgend etwas ihnen Anteil abgewinnen, ihnen *interessant* sein soll, so muß es (dies liegt auch schon in der Wortbedeutung) irgendwie ihren *Willen* anregen, sei es auch nur durch eine ferne und nur in der Möglichkeit liegende Beziehung auf ihn; er darf aber nie ganz aus dem Spiele bleiben, weil ihr Dasein bei weitem mehr im Wollen als im Erkennen liegt: Aktion und Reaktion ist ihr einziges Element. Die naiven Äußerungen dieser Beschaffenheit kann man aus Kleinigkeiten und alltäglichen Erscheinungen abnehmen: so z.B. schreiben sie an sehenswerten Orten, die sie besuchen, ihre Namen hin, um so zu reagieren, um auf den Ort zu wirken, da er nicht auf sie wirkte: ferner können sie nicht leicht ein fremdes, seltenes Tier bloß betrachten, sondern müssen es reizen, necken, mit ihm spielen, um nur Aktion und Reaktion zu empfinden; ganz besonders aber zeigt jenes Bedürfnis der Willensanregung sich an der Erfindung und Erhaltung des Kartenspieles, welches recht eigentlich der Ausdruck der kläglichen Seite der Menschheit ist.

Aber was auch Natur, was auch das Glück getan haben mag; wer man auch sei und was man auch besitze; der dem Leben wesentliche Schmerz läßt sich nicht abwälzen:

Πηλείδης δ' ᾤμωξεν ἰδὼν εἰς οὐρανὸν εὐρύν.
(Pelides autem eiulavit intuitus in coelum latum.)
[Peleus' Sohn wehklagte, den Blick zum Himmel hebend.
Homer, ›Ilias‹ 21, 272]

Und wieder:

Ζηνὸς μὲν πάις ἦα Κρονίονος, αὐτὰρ ὀιζὺν
Εἶχον ἀπειρεσίην.
(Iovis quidem filius eram Saturnii; verum aerumnam
Habebam infinitam.)
[Sohn zwar war ich des Zeus, des Kroniden,
und duldete dennoch
Unaussprechlichen Jammer.
Homer, ›Odyssee‹ 11, 620]

Die unaufhörlichen Bemühungen, das Leiden zu verbannen, leisten nichts weiter, als daß es seine Gestalt verändert. Diese ist ursprünglich Mangel, Not, Sorge um die Erhaltung des Lebens. Ist es, was sehr schwer hält, geglückt, den Schmerz in dieser Gestalt zu verdrängen, so stellt er sogleich sich in tausend andern ein, abwechselnd nach Alter und Umständen – als Geschlechtstrieb, leidenschaftliche Liebe, Eifersucht, Neid, Haß, Angst, Ehrgeiz, Geldgeiz, Krankheit usw. usw. Kann er endlich in keiner andern Gestalt Eingang finden, so kommt er im traurigen, grauen Gewand des Überdrusses und der Langenweile, gegen welche dann mancherlei versucht wird. Gelingt es endlich, diese zu verscheuchen, so wird es schwerlich geschehn, ohne dabei den Schmerz in einer der vorigen Gestalten wieder einzulassen und so den Tanz von vorne zu beginnen; denn zwischen Schmerz und Langerweile wird jedes Menschenleben hin und her geworfen. So niederschlagend diese Betrachtung ist, so will ich doch nebenher auf eine Seite derselben aufmerksam machen, aus der sich ein Trost schöpfen, ja vielleicht gar eine stoische Gleichgültigkeit gegen das vorhandene eigene Übel erlangen läßt. Denn unsere Ungeduld über dieses entsteht großenteils daraus, daß wir es als zufällig erkennen, als herbeigeführt durch eine Kette von Ursachen, die leicht anders sein könnte. Denn über die unmittelbar notwendigen und ganz allgemeinen Übel, z.B. Notwendigkeit des Alters und des Todes und vieler täglichen Unbequemlichkeiten, pflegen wir uns nicht zu betrüben. Es ist vielmehr die Betrachtung der Zufälligkeit der Umstände, die gerade auf uns ein Leiden brachten, was diesem den Stachel gibt. Wenn wir nun aber erkannt haben, daß der Schmerz als solcher dem Leben wesentlich und unausweichbar ist und nichts weiter als seine bloße Gestalt, die Form, unter der er sich darstellt, vom Zufall abhängt, daß also unser gegenwärtiges Leiden eine Stelle ausfüllt, in welche ohne dasselbe sogleich ein anderes träte, das jetzt von jenem ausgeschlossen wird, daß demnach im wesentlichen das Schicksal uns wenig anhaben kann; so könnte eine solche Reflexion, wenn sie zur lebendigen Überzeugung würde, einen bedeutenden Grad stoischen Gleichmuts herbeiführen und die ängstliche Besorgnis um das eigene Wohl sehr vermindern. In der Tat aber mag eine so viel vermögende Herrschaft der Vernunft über das unmittelbar gefühlte Leiden selten oder nie sich finden.

Übrigens könnte man durch jene Betrachtung über die Unvermeidlichkeit des Schmerzes und über das Verdrängen des einen durch den andern und das Herbeiziehn des neuen durch den Austritt des vorigen sogar auf die paradoxe, aber nicht ungereimte Hypothese geleitet werden, daß in jedem Individuum das Maß des ihm wesentlichen Schmerzes durch seine Natur ein für allemal bestimmt wäre, welches Maß weder leer bleiben noch überfüllt werden könnte, wie sehr auch die Form des Leidens wechseln mag. Sein Leiden und Wohlsein wäre demnach gar nicht von außen, sondern eben nur durch jenes Maß, jene Anlage bestimmt, welche zwar durch das physische Befinden einige Ab- und Zunahme zu verschiedenen Zeiten erfahren möchte, im ganzen aber doch dieselbe bliebe und nichts anderes wäre, als was man sein Temperament nennt oder genauer: der Grad, in welchem er, wie Platon es im ersten Buch der ›Republik‹ ausdrückt, εὔκολος oder δύσκολος, d.i. leichten oder schweren Sinnes wäre. – Für diese Hypothese spricht nicht nur die bekannte Erfahrung, daß große Leiden alle kleineren gänzlich unfühlbar machen, und umgekehrt, bei Abwesenheit großer Leiden selbst die kleinsten Unannehmlichkeiten uns quälen und verstimmen; sondern die Erfahrung lehrt auch, daß, wenn ein großes Unglück, bei dessen bloßem ist, daher plötzliche Veränderungen, weil sie immer äußere sind, seinen Grad eigentlich nicht ändern können; so liegt dem übermäßigen Jubel oder Schmerz immer ein Irrtum und Wahn zum Grunde: folglich ließen jene beiden Überspannungen des Gemüts sich durch Einsicht vermeiden. Jeder unmäßige Jubel (exultatio, insolens laetitia) beruht immer auf dem Wahn, etwas im Leben gefunden zu haben, was gar nicht darin anzutreffen ist, nämlich dauernde Befriedigung der quälenden, sich stets neu gebärenden Wünsche oder Sorgen. Von jedem einzelnen Wahn dieser Art muß man später unausbleiblich zurückgebracht werden und ihn dann, wann er verschwindet, mit ebenso bittern Schmerzen bezahlen, als sein Eintritt Freude verursachte. Er gleicht insofern durchaus einer Höhe, von der man nur durch Fall wieder herabkann; daher man sie vermeiden sollte: und jeder plötzliche, übermäßige Schmerz ist eben nur der Fall von so einer Höhe, das Verschwinden eines solchen Wahnes, und daher durch ihn bedingt. Man könnte folglich beide vermeiden, wenn man es über sich vermöchte, die Dinge stets im Ganzen und in ihrem Zusammenhang völlig klar zu übersehn und sich standhaft zu hüten, ihnen die Farbe wirklich zu leihen, die man wünschte, daß sie hätten. Die stoische Ethik ging hauptsächlich darauf aus, das Gemüt von allem solchen Wahn und dessen Folgen zu befreien und ihm stattdessen unerschütterlichen Gleichmut zu geben. Von dieser Einsicht ist Horatius erfüllt in der bekannten Ode:

Aequam memento rebus in arduis
Servare mentem, non secus in bonis
Ab insolenti temperatam
Laetitia.

[Denk stets in schweren Zeiten den Gleichmut dir
Zu wahren, wie in guten ein Herz,
Das klug die übermütige Freude meistert.
›Carmina‹ 2, 3]

Meistens aber verschließen wir uns der einer bittern Arzenei zu vergleichenden Erkenntnis, daß das Leiden dem Leben wesentlich ist und daher nicht von außen auf uns einströmt, sondern jeder die unversiegbare Quelle desselben in seinem eigenen Innern herumträgt. Wir suchen vielmehr zu dem nie von uns weichenden Schmerz stets eine äußere einzelne Ursache, gleichsam einen Vorwand; wie der Freie sich einen Götzen bildet, um einen Herrn zu haben. Denn unermüdlich streben wir von Wunsch zu Wunsch, und wenngleich jede erlangte Befriedigung, soviel sie auch verhieß, uns doch nicht befriedigt, sondern meistens bald als beschämender Irrtum dasteht, sehn wir doch nicht ein, daß wir mit dem Faß der Danaiden schöpfen; sondern eilen zu immer neuen Wünschen:

Sed, dum abest quod avemus, id exsuperare videtur
Caetera; post aliud, cum contigit illud, avemus;
Et sitis aequa tenet vitai semper hiantes.
[Denn solange uns fehlt, was wir wünschen, erscheint es an Wert uns
Alles zu übertreffen; sogleich aber, wenn es erlangt ward,
Stellt sich ein anderes ein, und so hält immer ein gleicher
Durst uns fest, die wir nach dem Leben lechzend verlangen.]
(Lucretius [›De rerum natura‹] 3, 1080–1083)

So geht es denn entweder ins unendliche oder, was seltener ist und schon eine gewisse Kraft des Charakters voraussetzt, bis wir auf einen Wunsch treffen, der nicht erfüllt und doch nicht aufgegeben werden kann: dann haben wir gleichsam, was wir suchten, nämlich etwas, das wir jeden Augenblick statt unsers eigenen Wesens als die Quelle unserer Leiden anklagen können und wodurch wir nun mit unserm Schicksal entzweit, dafür aber mit unserer Existenz versöhnt werden, indem die Erkenntnis sich wieder entfernt, daß dieser Existenz selbst das Leiden wesentlich und wahre Befriedigung unmöglich sei. Die Folge dieser letzten Entwickelungsart ist eine etwas melancholische Stimmung, das beständige Tragen eines einzigen, großen Schmerzes und daraus entstehende Geringschätzung aller kleineren Leiden oder Freuden; folglich eine schon würdigere Erscheinung als das stete Haschen nach immer andern Truggestalten, welches viel gewöhnlicher ist.

[...]

Alle Befriedigung, oder was man gemeinhin Glück nennt, ist eigentlich und wesentlich immer nur *negativ* und durchaus nie positiv. Es ist nicht eine ursprünglich und von selbst auf uns kommende Beglückung, sondern muß immer die Befriedigung eines Wunsches sein. Denn Wunsch, d.h. Mangel ist die vorhergehende Bedingung jedes Genusses. Mit der Befriedigung hört aber der Wunsch und folglich der Genuß auf. Daher kann die Befriedigung oder Beglückung nie mehr sein als die Befreiung von einem Schmerz, von einer Not: denn dahin gehört nicht nur jedes wirkliche, offenbare Leiden, sondern auch jeder Wunsch, dessen Importunität unsere Ruhe stört, ja sogar auch die ertötende Langeweile, die uns das Dasein zur Last macht. – Nun aber ist es so schwer, irgend etwas zu erreichen und durchzusetzen: jedem Vorhaben stehn Schwierigkeiten und Bemühungen ohne Ende entgegen, und bei jedem Schritt häufen sich die Hindernisse. Wann aber endlich alles überwunden und erlangt ist, so kann doch nie etwas anderes gewonnen sein, als daß man von irgendeinem Leiden oder einem Wunsche befreit ist, folglich nur sich so befindet wie vor dessen Eintritt. – Unmittelbar gegeben ist uns immer nur der Mangel, d.h. der Schmerz. Die Befriedigung aber und den Genuß können wir nur mittelbar erkennen, durch Erinnerung an das vorhergegangene Leiden und Entbehren, welches bei seinem Eintritt aufhörte. Daher kommt es, daß wir der Güter und Vorteile, die wir wirklich besitzen, gar nicht recht innewerden noch sie schätzen, sondern nicht anders meinen als eben, es müsse so sein; denn sie beglücken immer nur negativ, Leiden abhaltend. Erst nachdem wir sie verloren haben, wird uns ihr Wert fühlbar: denn der Mangel, das Entbehren, das Leiden ist das Positive, sich unmittelbar Ankündigende. Daher auch freut uns die Erinnerung überstandener Not, Krankheit, Mangel u. dgl., weil solche das einzige Mittel, die gegenwärtigen Güter zu genießen, ist. Auch ist nicht zu leugnen, daß in dieser Hinsicht und auf diesem Standpunkt des Egoismus, der die Form des Lebenswollens ist, der Anblick oder die Schilderung fremder Leiden uns auf eben jenem Wege Befriedigung und Genuß gibt, wie es Lucretius schön und offenherzig ausspricht im Anfang des zweiten Buches:

Suave mari magno turbantibus aequora ventis
E terra magnum alterius spectare laborem:
Non quia vexari quemquam est iucunda voluptas;
Sed quibus ipse malis careas, quia cernere suave est.
[Freude macht es am Meer, wenn stürmische Winde es peitschen,
An dem Ufer zu stehn und zu sehn, wie der Schiffer in Not ist:
Nicht als machte es Lust zu sehn, wie der andre gequält wird,
Sondern weil es dich freut, vom Übel befreit dich zu wissen,
›De rerum natura‹ 2, 1]

Jedoch wird sich uns weiterhin zeigen, daß diese Art der Freude, durch so vermittelte Erkenntnis seines Wohlseins, der Quelle der eigentlichen positiven Bosheit sehr nahe liegt.

Daß alles Glück nur negativer, nicht positiver Natur ist, daß es ebendeshalb nicht dauernde Befriedigung und Beglückung sein kann, sondern immer nur von einem Schmerz oder Mangel erlöst, auf welchen entweder ein neuer Schmerz oder auch languor, leeres Sehnen und Langeweile folgen muß; dies findet einen Beleg auch in jenem treuen Spiegel des Wesens der Welt und des Lebens, in der Kunst, besonders in der Poesie. Jede epische oder dramatische Dichtung nämlich kann immer nur ein Ringen, Streben und Kämpfen um Glück, nie aber das bleibende und vollendete Glück selbst darstellen. Sie führt ihren Helden durch tausend Schwierigkeiten und Gefahren bis zum Ziel: sobald es erreicht ist, läßt sie schnell den Vorhang fallen. Denn es bliebe ihr jetzt nichts übrig als zu zeigen, daß das glänzende Ziel, in welchem der Held das Glück zu finden wähnte, auch ihn nur geneckt hatte und er nach dessen Erreichung nicht besser daran war als zuvor. Weil ein echtes, bleibendes Glück nicht möglich ist, kann es kein Gegenstand der Kunst sein. Zwar ist der Zweck des Idylls wohl eigentlich die Schilderung eines solchen: allein man sieht auch, daß das Idyll als solches sich nicht halten kann. Immer wird es dem Dichter unter den Händen entweder episch und ist dann nur ein sehr unbedeutendes Epos, aus kleinen Leiden, kleinen Freuden und kleinen Bestrebungen zusammengesetzt: dies ist der häufigste Fall; oder aber es wird zur bloß beschreibenden Poesie, schildert die Schönheit der Natur, d.h. eigentlich das reine willensfreie Erkennen, welches freilich auch in der Tat das einzige reine Glück ist, dem weder Leiden noch Bedürfnis vorhergeht, noch auch Reue, Leiden, Leere, Überdruß notwendig folgt: nur kann dieses Glück nicht das ganze Leben füllen, sondern bloß Augenblicke desselben. – Was wir in der Poesie sehn, finden wir in der Musik wieder, in deren Melodie wir ja die allgemein ausgedrückte innerste Geschichte des sich selbst bewußten Willens, das geheimste Leben, Sehnen, Leiden und Freuen, das Ebben und Fluten des menschlichen Herzens wiedererkannt haben. Die Melodie ist immer ein Abweichen vom Grundton durch tausend wunderliche Irrgänge bis zur schmerzlichsten Dissonanz, darauf sie endlich den Grundton wiederfindet, der die Befriedigung und Beruhigung des Willens ausdrückt, mit welchem aber nachher weiter nichts mehr zu machen ist und dessen längeres Anhalten nur lästige und nichtssagende Monotonie wäre, der Langenweile entsprechend.

Alles, was diese Betrachtungen deutlich machen sollten, die Unerreichbarkeit dauernder Befriedigung und die Negativität alles Glückes, findet seine Erklärung in dem, was am Schlusse des zweiten Buches gezeigt ist: daß nämlich der Wille, dessen Objektivation das Menschenleben wie jede Erscheinung ist, ein Streben ohne Ziel und ohne Ende ist. Das Gepräge dieser Endlosigkeit finden wir auch allen Teilen seiner gesamten Erscheinung aufgedrückt, von der allgemeinsten Form dieser, der Zeit und dem Raum ohne Ende an bis zur vollendetesten aller Erscheinungen, dem Leben und Streben des Menschen, – Man kann drei Extreme des Menschenlebens theoretisch annehmen und sie als Elemente des wirklichen Menschenlebens betrachten. Erstlich das gewaltige Wollen, die großen Leidenschaften (Radscha-Guna). Es tritt hervor in den großen historischen Charakteren; es ist geschildert im Epos und Drama: es kann sich aber auch in der kleinen Sphäre zeigen, denn die Größe der Objekte mißt sich hier nur nach dem Grade, in welchem sie den Willen bewegen, nicht nach ihren äußeren Verhältnissen. Sodann zweitens das reine Erkennen, das Auffassen der Ideen, bedingt durch Befreiung der Erkenntnis vom Dienste des Willens: das Leben des Genius (Satva-Guna). Endlich drittens die größte Lethargie des Willens und damit der an ihn gebundenen Erkenntnis, leeres Sehnen, lebenerstarrende Langeweile (Tama-Guna). Das Leben des Individuums, weit entfernt, in einem dieser Extreme zu verharren, berührt sie nur selten und ist meistens nur ein schwaches und schwankendes Annähern zu dieser oder jener Seite, ein dürftiges Wollen kleiner Objekte, stets wiederkehrend und so der Langenweile entrinnend. – Es ist wirklich unglaublich, wie nichtssagend und bedeutungsleer, von außen gesehn, und wie dumpf und besinnungslos, von innen empfunden, das Leben der allermeisten Menschen dahinfließt. Es ist ein mattes Sehnen und Quälen, ein träumerisches Taumeln durch die vier Lebensalter hindurch zum Tode, unter Begleitung einer Reihe trivialer Gedanken. Sie gleichen Uhrwerken, welche aufgezogen werden und gehn, ohne zu wissen warum; und jedesmal, daß ein Mensch gezeugt und geboren worden, ist die Uhr des Menschenlebens aufs neue aufgezogen, um jetzt ihr schon zahllose Male abgespieltes Leierstück abermals zu wiederholen, Satz vor Satz und Takt vor Takt, mit unbedeutenden Variationen. – Jedes Individuum, jedes Menschengesicht und dessen Lebenslauf ist nur ein kurzer Traum mehr des unendlichen Naturgeistes, des beharrlichen Willens zum Leben, ist nur ein flüchtiges Gebilde mehr, das er spielend hinzeichnet auf sein unendliches Blatt, Raum und Zeit, und eine gegen diese verschwindend kleine Weile bestehn läßt, dann auslöscht, neuen Platz zu machen. Dennoch, und hier liegt die bedenkliche Seite des Lebens, muß jedes dieser flüchtigen Gebilde, dieser schalen Einfälle, vom ganzen Willen zum Leben, in aller seiner Heftigkeit, mit vielen und tiefen Schmerzen und zuletzt mit einem lange gefürchteten, endlich eintretenden bittern Tode bezahlt werden. Darum macht uns der Anblick eines Leichnams so plötzlich ernst.

Das Leben jedes einzelnen ist, wenn man es im Ganzen und Allgemeinen übersieht und nur die bedeutendsten Züge heraushebt, eigentlich immer ein Trauerspiel; aber im Einzelnen durchgegangen, hat es den Charakter des Lustspiels. Denn das Treiben und die Plage des Tages, die rastlose Neckerei des Augenblicks, das Wünschen und Fürchten der Woche, die Unfälle jeder Stunde mittelst des stets auf Schabernack bedachten Zufalls sind lauter Komödienszenen. Aber die nie erfüllten Wünsche, das vereitelte Streben, die vom Schicksal unbarmherzig zertretenen Hoffnungen, die unseligen Irrtümer des ganzen Lebens, mit dem steigenden Leiden und [dem] Tode am Schlusse, geben immer ein Trauerspiel. So muß, als ob das Schicksal zum Jammer unsers Daseins noch den Spott fügen gewollt, unser Leben alle Wehen des Trauerspiels enthalten, und wir dabei doch nicht einmal die Würde tragischer Personen behaupten können, sondern im breiten Detail des Lebens unumgänglich läppische Lustspielcharaktere sein.

Sosehr nun aber auch große und kleine Plagen jedes Menschenleben füllen und in steter Unruhe und Bewegung erhalten, so vermögen sie doch nicht die Unzulänglichkeit des Lebens zur Erfüllung des Geistes, das Leere und Schale des Daseins zu verdecken oder die Langeweile auszuschließen, die immer bereit ist, jede Pause zu füllen, welche die Sorge läßt. Daraus ist es entstanden, daß der menschliche Geist, noch nicht zufrieden mit den Sorgen, Bekümmernissen und Beschäftigungen, die ihm die wirkliche Welt auflegt, sich in der Gestalt von tausend verschiedenen Superstitionen noch eine imaginäre Welt schafft, mit dieser sich dann auf alle Weise zu tun macht und Zeit und Kräfte an ihr verschwendet, sobald die wirkliche ihm die Ruhe gönnen will, für die er gar nicht empfänglich ist. Dieses ist daher auch ursprünglich am meisten der Fall bei den Völkern, welchen die Milde des Himmelsstriches und Bodens das Leben leicht macht, vor allen bei den Hindus, dann bei den Griechen, Römern und später bei den Italienern, Spaniern usw. – Dämonen, Götter und Heilige schafft sich der Mensch nach seinem eigenen Bilde; diesen müssen dann unablässig Opfer, Gebete, Tempelverzierungen, Gelübde und deren Lösung, Wallfahrten, Begrüßungen, Schmückung der Bilder usw. dargebracht werden. Ihr Dienst verwebt sich überall mit der Wirklichkeit, ja verdunkelt diese: jedes Ereignis des Lebens wird dann als Gegenwirkung jener Wesen aufgenommen: der Umgang mit ihnen füllt die halbe Zeit des Lebens aus, unterhält beständig die Hoffnung und wird durch den Reiz der Täuschung oft interessanter als der mit wirklichen Wesen. Er ist der Ausdruck und das Symptom der doppelten Bedürftigkeit des Menschen teils nach Hülfe und Beistand und teils nach Beschäftigung und Kurzweil: und wenn er auch dem erstern Bedürfnis oft gerade entgegenarbeitet, indem bei vorkommenden Unfällen und Gefahren kostbare Zeit und Kräfte, statt auf deren Abwendung, auf Gebete und Opfer unnütz verwendet werden; so dient er dem zweiten Bedürfnis dafür desto besser durch jene phantastische Unterhaltung mit einer erträumten Geisterwelt: und dies ist der gar nicht zu verachtende Gewinn aller Superstitionen.

Zeit und Tod

Der Wille, welcher, rein an sich betrachtet, erkenntnislos und nur ein blinder, unaufhaltsamer Drang ist, wie wir ihn noch in der unorganischen und vegetabilischen Natur und ihren Gesetzen, wie auch im vegetativen Teil unsers eigenen Lebens erscheinen sehn, erhält durch die hinzugetretene, zu seinem Dienst entwickelte Welt der Vorstellung die Erkenntnis von seinem Wollen und von dem, was es sei, das er will, daß es nämlich nichts anderes sei als diese Welt, das Leben, gerade so, wie es dasteht. Wir nannten deshalb die erscheinende Welt seinen Spiegel, seine Objektität: und da, was der Wille will, immer das Leben ist, eben weil dasselbe nichts weiter als die Darstellung jenes Wollens für die Vorstellung ist; so ist es einerlei und nur ein Pleonasmus, wenn wir, statt schlechthin zu sagen ›der Wille‹, sagen ›der Wille zum Leben‹.

Da der Wille das Ding an sich, der innere Gehalt, das Wesentliche der Welt ist; das Leben, die sichtbare Welt, die Erscheinung aber nur der Spiegel des Willens; so wird diese den Willen so unzertrennlich begleiten wie den Körper sein Schatten: und wenn Wille daist, wird auch Leben, Welt dasein. Dem Willen zum Leben ist also das Leben gewiß, und solange wir von Lebenswillen erfüllt sind, dürfen wir für unser Dasein nicht besorgt sein, auch nicht beim Anblick des Todes. Wohl sehn wir das Individuum entstehn und vergehn: aber das Individuum ist nur Erscheinung, ist nur da für die im Satz vom Grunde, dem principio individuationis befangene Erkenntnis: für diese freilich empfängt es sein Leben wie ein Geschenk, geht aus dem Nichts hervor, leidet dann durch den Tod den Verlust jenes Geschenks und geht ins Nichts zurück. Aber wir wollen ja eben das Leben philosophisch, d.h. seinen Ideen nach betrachten, und da werden wir finden, daß weder der Wille, das Ding an sich in allen Erscheinungen, noch das Subjekt des Erkennens, der Zuschauer aller Erscheinungen, von Geburt und von Tod irgend berührt werden. Geburt und Tod gehören eben zur Erscheinung des Willens, also zum Leben, und es ist diesem wesentlich, sich in Individuen darzustellen, welche entstehn und vergehn als flüchtige, in der Form der Zeit auftretende Erscheinungen desjenigen, was an sich keine Zeit kennt, aber gerade auf die besagte Weise sich darstellen muß, um sein eigentliches Wesen zu objektivieren. Geburt und Tod gehören auf gleiche Weise zum Leben und halten sich das Gleichgewicht als wechselseitige Bedingungen von einander oder, wenn man etwan den Ausdruck liebt, als Pole der gesamten Lebenserscheinung. Die weiseste aller Mythologien, die indische, drückt dieses dadurch aus, daß sie gerade dem Gotte, welcher die Zerstörung, den Tod symbolisiert (wie Brahma, der sündigste und niedrigste Gott des Trimurtis, die Zeugung, Entstehung und Wischnu die Erhaltung), daß sie, sage ich, gerade dem Schiwa zugleich mit dem Halsband von Totenköpfen den Lingam zum Attribut gibt, dieses Symbol der Zeugung, welche also hier als Ausgleichung des Todes auftritt, wodurch angedeutet wird, daß Zeugung und Tod wesentliche Korrelate sind, die sich gegenseitig neutralisieren und aufheben. – Ganz dieselbe Gesinnung war es, welche Griechen und Römer antrieb, die kostbaren Sarkophage gerade so zu verzieren, wie wir sie noch sehn, mit Festen, Tänzen, Hochzeiten, Jagden, Tierkämpfen, Bacchanalien, also mit Darstellungen des gewaltigsten Lebensdranges, welchen sie nicht nur in solchen Lustbarkeiten, sondern sogar in wollüstigen Gruppen, selbst bis zur Begattung zwischen Satyren und Ziegen uns vorführen. Der Zweck war offenbar, vom Tode des betrauerten Individuums mit dem größten Nachdruck auf das unsterbliche Leben der Natur hinzuweisen und dadurch, wenngleich ohne abstraktes Wissen anzudeuten, daß die ganze Natur die Erscheinung und auch die Erfüllung des Willens zum Leben ist. Die Form dieser Erscheinung ist Zeit, Raum und Kausalität, mittelst dieser aber Individuation, die es mit sich bringt, daß das Individuum entstehn und vergehn muß, was aber den Willen zum Leben, von dessen Erscheinung das Individuum gleichsam nur ein einzelnes Exempel oder Spezimen ist, so wenig anficht, als das Ganze der Natur gekränkt wird durch den Tod eines Individuums. Denn nicht dieses, sondern die Gattung allein ist es, woran der Natur gelegen ist und auf deren Erhaltung sie mit allem Ernst dringt, indem sie für dieselbe so verschwenderisch sorgt durch die ungeheure Überzahl der Keime und die große Macht des Befruchtungstriebes. Hingegen hat das Individuum für sie keinen Wert und kann ihn nicht haben, da unendliche Zeit, unendlicher Raum und in diesen unendliche Zahl möglicher Individuen ihr Reich sind; daher sie stets bereit ist, das Individuum fallenzulassen, welches demnach nicht nur auf tausendfache Weise, durch die unbedeutendsten Zufälle dem Untergang ausgesetzt, sondern ihm schon ursprünglich bestimmt ist und ihm von der Natur selbst entgegengeführt wird von dem Augenblick an, wo es der Erhaltung der Gattung gedient hat. Ganz naiv spricht hiedurch die Natur selbst die große Wahrheit aus, daß nur die Ideen, nicht die Individuen eigentliche Realität haben, d.h. vollkommene Objektität des Willens sind. Da nun der Mensch die Natur selbst, und zwar im höchsten Grade ihres Selbstbewußtseins ist, die Natur aber nur der objektivierte Wille zum Leben ist; so mag der Mensch, wenn er diesen Gesichtspunkt gefaßt hat und dabei stehnbleibt, allerdings und mit Recht sich über seinen und seiner Freunde Tod trösten durch den Rückblick auf das unsterbliche Leben der Natur, die er selbst ist. So folglich ist Schiwa mit dem Lingam, so jene antiken Sarkophage zu verstehn, die mit ihren Bildern des glühendesten Lebens dem klagenden Betrachter zurufen; ›natura non contristatur‹ [die Natur wird nicht traurig gestimmt].

Daß Zeugung und Tod als etwas zum Leben Gehöriges und dieser Erscheinung des Willens Wesentliches zu betrachten sind, geht auch daraus hervor, daß beide sich uns als die nur höher potenzierten Ausdrücke dessen, woraus auch das ganze übrige Leben besteht, darstellen. Dieses nämlich ist durch und durch nichts anderes als ein steter Wechsel der Materie unter dem festen Beharren der Form; und ebendas ist die Vergänglichkeit der Individuen bei der Unvergänglichkeit der Gattung. Die beständige Ernährung und Reproduktion ist nur dem Grade nach von der Zeugung und die beständige Exkretion nur dem Grade nach vom Tode verschieden. Ersteres zeigt sich am einfachsten und deutlichsten bei der Pflanze. Diese ist durch und durch nur die stete Wiederholung desselben Triebes, ihrer einfachsten Faser, die sich zu Blatt und Zweig gruppiert; ist ein systematisches Aggregat gleichartiger, einander tragender Pflanzen, deren beständige Wiedererzeugung ihr einziger Trieb ist: zur vollständigern Befriedigung desselben steigert sie sich mittelst der Stufenleiter der Metamorphose endlich bis zur Blüte und Frucht, jenem Kompendium ihres Daseins und Strebens, in welchem sie nun auf einem kürzern Wege das erlangt, was ihr einziges Ziel ist, und nunmehr mit einem Schlage tausendfach vollbringt, was sie bis dahin im einzelnen wirkte: Wiederholung ihrer selbst. Ihr Treiben bis zur Frucht verhält sich zu dieser wie die Schrift zur Buchdruckerei. Offenbar ist es beim Tiere ganz dasselbe. Der Ernährungsprozeß ist ein stetes Zeugen, der Zeugungsprozeß ein höher potenziertes Ernähren; die Wollust bei der Zeugung die höher potenzierte Behaglichkeit des Lebensgefühls. Andererseits ist die Exkretion, das stete Aushauchen und Abwerfen von Materie, dasselbe, was in erhöhter Potenz der Tod, der Gegensatz der Zeugung, ist. Wie wir nun hiebei allezeit zufrieden sind, die Form zu erhalten, ohne die abgeworfene Materie zu betrauern; so haben wir uns auf gleiche Weise zu verhalten, wenn im Tode dasselbe in erhöhter Potenz und im ganzen geschieht, was täglich und stündlich im einzelnen bei der Exkretion vor sich geht: wie wir beim erstern gleichgültig sind, sollten wir beim andern nicht zurückbeben. Von diesem Standpunkt aus erscheint es daher ebenso verkehrt, die Fortdauer seiner Individualität zu verlangen, welche durch andere Individuen ersetzt wird, als den Bestand der Materie seines Leibes, die stets durch neue ersetzt wird: es erscheint ebenso töricht, Leichen einzubalsamieren, als es wäre, seine Auswürfe sorgfältig zu bewahren. Was das an den individuellen Leib gebundene individuelle Bewußtsein betrifft, so wird es täglich durch den Schlaf gänzlich unterbrochen. Der tiefe Schlaf ist vom Tode, in welchen er oft, z.B. beim Erfrieren, ganz stetig übergeht, für die Gegenwart seiner Dauer gar nicht verschieden, sondern nur für die Zukunft, nämlich in Hinsicht auf das Erwachen. Der Tod ist ein Schlaf, in welchem die Individualität vergessen wird: alles andere erwacht wieder oder vielmehr ist wach geblieben[1].

Vor allem müssen wir deutlich erkennen, daß die Form der Erscheinung des Willens, also die Form des Lebens oder der Realität eigentlich nur die *Gegenwart* ist, nicht Zukunft noch Vergangenheit: diese sind nur im Begriff, sind nur im Zusammenhange der Erkenntnis da, sofern sie dem Satz vom Grunde folgt. In der Vergangenheit hat kein Mensch gelebt, und in der Zukunft wird nie einer leben; sondern die *Gegenwart* allein ist die Form alles Lebens, ist aber auch sein sicherer Besitz, der ihm nie entrissen werden kann. Die Gegenwart ist immer da, samt ihrem Inhalt: beide stehn fest, ohne zu wanken; wie der Regenbogen auf dem Wasserfall. Denn dem Willen ist das Leben, dem Leben die Gegenwart sicher und gewiß. – Freilich, wenn wir zurückdenken an die verflossenen Jahrtausende, an die Millionen von Menschen, die in ihnen lebten; dann fragen wir: Was waren sie? Was ist aus

1 Auch kann folgende Betrachtung dem, welchem sie nicht zu subtil ist, dienen, sich deutlich zu machen, daß das Individuum nur die Erscheinung, nicht das Ding an sich ist. Jedes Individuum ist einerseits das Subjekt des Erkennens, d.h. die ergänzende Bedingung der Möglichkeit der ganzen objektiven Welt, und andererseits einzelne Erscheinung des Willens, desselben, der sich in jedem Dinge objektiviert. Aber diese Duplizität unsers Wesens ruht nicht in einer für sich bestehenden Einheit: sonst würden wir uns unserer selbst *an uns selbst und unabhängig von den Objekten des Erkennens und Wollens* bewußt werden können: dies können wir aber schlechterdings nicht, sondern sobald wir, um es zu versuchen, in uns gehn und uns, indem wir das Erkennen nach innen richten, einmal völlig besinnen wollen; so verlieren wir uns in eine bodenlose Leere, finden uns gleich der gläsernen Hohlkugel, aus deren Leere eine Stimme spricht, deren Ursache aber nicht darin anzutreffen ist, und indem wir so uns selbst ergreifen wollen, erhaschen wir mit Schaudern nichts als ein bestandloses Gespenst.

ihnen geworden? – Aber wir dürfen dagegen nur die Vergangenheit unsers eigenen Lebens uns zurückrufen und ihre Szenen lebhaft in der Phantasie erneuern und nun wieder fragen: Was war dies alles? Was ist aus ihm geworden? – Wie mit ihm, so ist es mit dem Leben jener Millionen. Oder sollten wir meinen, die Vergangenheit erhielte dadurch, daß sie durch den Tod besiegelt ist, ein neues Dasein? Unsere eigene Vergangenheit, auch die nächste und der gestrige Tag, ist nur noch ein nichtiger Traum der Phantasie, und dasselbe ist die Vergangenheit aller jener Millionen. Was war? Was ist? – Der Wille, dessen Spiegel das Leben ist, und das willensfreie Erkennen, welches in jenem Spiegel ihn deutlich erblickt. Wer dies noch nicht erkannt hat oder nicht erkennen will, muß zu jener obigen Frage nach dem Schicksal vergangener Geschlechter auch noch diese fügen: warum gerade er, der Fragende, so glücklich ist, diese kostbare, flüchtige, allein reale Gegenwart innezuhaben, während jene Hunderte von Menschengeschlechtern, ja auch die Helden und Weisen jener Zeiten in die Nacht der Vergangenheit gesunken und dadurch zu nichts geworden sind; er aber, sein unbedeutendes Ich, wirklich daist? – oder kürzer, wenngleich sonderbar: warum dies Jetzt, sein Jetzt – doch gerade jetzt ist und nicht auch schon längst *war?* – Er sieht, indem er so seltsam frägt, sein Dasein und seine Zeit als unabhängig voneinander an und jenes als in diese hineingeworfen: er nimmt eigentlich zwei Jetzt an, eines, das dem Objekt, das andere, das dem Subjekt angehört, und wundert sich über den glücklichen Zufall ihres Zusammentreffens. In Wahrheit aber macht (wie in der Abhandlung ›Über den Satz vom Grunde‹ gezeigt ist) nur der Berührungspunkt des Objekts, dessen Form die Zeit ist, mit dem Subjekt, welches keine Gestaltung des Satzes vom Grunde zur Form hat, die Gegenwart aus. Nun ist aber alles Objekt der Wille, sofern er Vorstellung geworden, und das Subjekt ist das notwendige Korrelat des Objekts; reale Objekte gibt es aber nur in der Gegenwart: Vergangenheit und Zukunft enthalten bloße Begriffe und Phantasmen, daher ist die Gegenwart die wesentliche Form der Erscheinung des Willens und von dieser unzertrennlich. Die Gegenwart allein ist das, was immer daist und unverrückbar feststeht. Empirisch aufgefaßt das Flüchtigste von allem, stellt sie dem metaphysischen Blick, der über die Formen der empirischen Anschauung hinwegsieht, sich als das allein Beharrende dar, das ›Nunc stans‹ [das beharrende Jetzt] der Scholastiker. Die Quelle und der Träger ihres Inhalts ist der Wille zum Leben oder das Ding an sich – welches wir sind. Das, was immerfort wird und vergeht, indem es entweder schon gewesen ist oder noch kommen soll, gehört der Erscheinung als solcher an, vermöge ihrer Formen, welche das Entstehn und Vergehn möglich machen. Demnach denke man: Quid fuit? – Quod est. – Quid erit? – Quod fuit. [Was war? – Was ist. – Was wird sein? – Was war.]; und nehme es im strengen Sinne der Worte, verstehe also nicht simile [ähnlich], sondern idem [dasselbe]. Denn dem Willen ist das Leben, dem Leben die Gegenwart gewiß. Daher auch kann jeder sagen: ›Ich bin ein für allemal Herr der Gegenwart, und durch alle Ewigkeit wird sie mich begleiten wie mein Schatten: demnach wundere ich mich nicht, wo sie nur hergekommen sei und wie es zugehe, daß sie gerade jetzt sei.‹ – Wir können die Zeit einem endlos drehenden Kreise vergleichen: die stets sinkende Hälfte wäre die Vergangenheit, die stets steigende die Zukunft; oben aber der unteilbare Punkt, der die Tangente berührt, wäre die ausdehnungslose Gegenwart: wie die Tangente nicht mit fortrollt, so auch nicht die Gegenwart, der Berührungspunkt des Objekts, dessen Form die Zeit ist, mit dem Subjekt, das keine Form hat, weil es nicht zum Erkennbaren gehört, sondern Bedingung alles Erkennbaren ist. Oder: die Zeit gleicht einem unaufhaltsamen Strom und die Gegenwart einem Felsen, an dem sich jener bricht, aber nicht ihn mit fortreißt. Der Wille als Ding an sich ist so wenig als das Subjekt der Erkenntnis, welches zuletzt doch in gewissem Betracht er selbst oder seine Äußerung ist, dem Satze vom Grunde unterworfen; und wie dem Willen das Leben, seine eigene Erscheinung, gewiß ist, so ist es auch die Gegenwart, die einzige Form des wirklichen Lebens, Wir haben demnach nicht nach der Vergangenheit vor dem Leben noch nach der Zukunft nach dem Tode zu forschen: vielmehr haben wir als die einzige Form, in welcher der Wille sich erscheint, die *Gegenwart* zu erkennen[2]; sie wird ihm nicht entrinnen, aber er ihr wahrlich auch nicht. Wen daher das Leben, wie es ist, befriedigt, wer es auf alle Weise bejaht, der kann es mit Zuversicht als endlos betrachten und die Todesfurcht als eine Täuschung bannen, welche ihm die ungereimte Furcht eingibt, er könne der Gegenwart je verlustig werden, und ihm eine Zeit vorspiegelt ohne eine Gegenwart darin: eine Täuschung, welche in Hinsicht auf die Zeit das ist, was in Hinsicht auf den Raum jene andere, vermöge welcher jeder in seiner Phantasie die Stelle auf der Erdkugel, welche er gerade einnimmt, als das Oben und alles übrige als das Unten ansieht: ebenso knüpft jeder die Gegenwart an seine Individualität und meint, mit dieser verlösche alle Gegenwart; Vergangenheit und Zukunft seien nun ohne dieselbe. Wie aber auf der Erdkugel überall oben ist, so ist auch die Form alles Lebens *Gegenwart*, und den Tod fürchten, weil er uns die Gegenwart entreißt, ist nicht weiser als fürchten, man könne von der runden Erdkugel, auf welcher man glücklicherweise nun gerade oben steht, hinuntergleiten. Der Objektivation des Willens ist die Form der Gegenwart wesentlich, welche als ausdehnungsloser Punkt die nach beiden Seiten unendliche Zeit schneidet und unverrückbar feststeht, gleich einem immerwährenden Mittag ohne kühlenden Abend; wie die wirkliche Sonne ohne Unterlaß brennt, während sie nur scheinbar in den Schoß der Nacht sinkt: daher, wenn ein Mensch den Tod als seine Vernichtung fürchtet, es nicht anders ist, als wenn man dächte, die Sonne könne am Abend klagen: ›Wehe mir! ich gehe unter in ewige

2 Scholastici docuerunt, quod aeternitas non sit temporis sine fine aut principio successio, sed *Nunc stans;* i. e. idem nobis *Nunc* esse, quod erat *Nunc* Adamo: i.e. inter *nunc* et *tunc* nullam esse differentiam. [Die Scholastiker lehrten, die Ewigkeit sei nicht eine Aufeinanderfolge ohne Ende oder Anfang, sondern ein beharrendes *Jetzt*, d.h. daß wir dasselbe *Jetzt* besitzen, welches das *Jetzt* für Adam war; d.h. daß zwischen dem *Jetzt* und dem *Damals* kein Unterschied sei.] Hobbes: ›Leviathan‹ cap. 46.

Nacht.‹[3] – Hingegen auch umgekehrt: wen die Lasten des Lebens drücken, wer zwar wohl das Leben möchte und es bejaht, aber die Qualen desselben verabscheut und besonders das harte Los, das gerade ihm zugefallen ist, nicht länger tragen mag: ein solcher hat nicht vom Tode Befreiung zu hoffen und kann sich nicht durch Selbstmord retten; nur mit falschem Scheine lockt ihn der finstere kühle Orkus als Hafen der Ruhe. Die Erde wälzt sich vom Tage in die Nacht; das Individuum stirbt: aber die Sonne selbst brennt ohne Unterlaß ewigen Mittag. Dem Willen zum Leben ist das Leben gewiß: die Form des Lebens ist Gegenwart ohne Ende; gleichviel wie die Individuen. Erscheinungen der Idee, in der Zeit entstehn und vergehn, flüchtigen Träumen zu vergleichen. – Der Selbstmord erscheint uns also schon hier als eine vergebliche und darum törichte Handlung: wenn wir in unserer Betrachtung weiter vorgedrungen sein werden, wird er sich uns in einem noch ungünstigern Lichte darstellen.

Die Dogmen wechseln und unser Wissen ist trüglich; aber die Natur irrt nicht: ihr Gang ist sicher und sie verbirgt ihn nicht. Jedes ist ganz in ihr, und sie ist ganz in jedem. In jedem Tier hat sie ihren Mittelpunkt: es hat seinen Weg sicher ins Dasein gefunden, wie es ihn sicher hinausfinden wird: inzwischen lebt es furchtlos vor der Vernichtung und unbesorgt, getragen durch das Bewußtsein, daß es die Natur selbst ist und wie sie unver-

3 In Eckermanns ›Gesprächen mit Goethe‹ (zweite Auflage Bd. 1, S. 154) sagt Goethe: ›Unser Geist ist ein Wesen ganz unzerstörbarer Natur: es ist ein Fortwirkendes von Ewigkeit zu Ewigkeit. Es ist der Sonne ähnlich, die bloß unsern irdischen Augen unterzugehn scheint, die aber eigentlich nie untergeht, sondern unaufhörlich fortleuchtet.‹ – Goethe hat das Gleichnis von mir; nicht etwan ich von ihm. Ohne Zweifel gebraucht er es in diesem 1824 gehaltenen Gespräch infolge einer vielleicht unbewußten Reminiszenz obiger Stelle; da solche mit denselben Worten wie hier in der ersten Auflage S. 401 steht; auch ebendaselbst S. 528 wie hier am Schlusse des § 65 wiederkehrt. Jene erste Auflage war ihm im Dezember 1818 übersandt worden, und im März 1819 ließ er mir nach Neapel, wo ich mich damals befand, seinen Beifall durch meine Schwester brieflich berichten und hatte einen Zettel beigelegt, worauf er die Zahlen einiger Seiten, welche ihm besonders gefallen, angemerkt hatte: also hatte er mein Buch gelesen

gänglich. Der Mensch allein trägt in abstrakten Begriffen die Gewißheit seines Todes mit sich herum: diese kann ihn dennoch, was sehr seltsam ist, nur auf einzelne Augenblicke, wo ein Anlaß sie der Phantasie vergegenwärtigt, ängstigen. Gegen die mächtige Stimme der Natur vermag die Reflexion wenig. Auch in ihm wie im Tiere, das nicht denkt, waltet als dauernder Zustand jene aus dem innersten Bewußtsein, daß er die Natur, die Welt selbst ist, entspringende Sicherheit vor, vermöge welcher keinen Menschen der Gedanke des gewissen und nie fernen Todes merklich beunruhigt, sondern jeder dahinlebt, als müsse er ewig leben; was so weit geht, daß sich sagen ließe, keiner habe eine eigentlich lebendige Überzeugung von der Gewißheit seines Todes, da sonst zwischen seiner Stimmung und der des verurteilten Verbrechers kein so großer Unterschied sein könnte; sondern jeder erkenne zwar jene Gewißheit in abstracto und theoretisch an, lege sie jedoch wie andere theoretische Wahrheiten, die aber auf die Praxis nicht anwendbar sind, beiseite, ohne sie irgend in sein lebendiges Bewußtsein aufzunehmen. Wer diese Eigentümlichkeit der menschlichen Sinnesart wohl beachtet, wird einsehn, daß die psychologischen Erklärungsarten derselben aus der Gewohnheit und dem Sich-zufrieden-Geben über das Unvermeidliche keineswegs ausreichen, sondern der Grund derselben der angegebene tieferliegende ist. Aus demselben ist es auch zu erklären, warum zu allen Zeiten, bei allen Völkern Dogmen von irgendeiner Art von Fortdauer des Individuums nach dem Tode sich finden und in Ansehn stehn, da doch die Beweise dafür immer höchst unzulänglich sein mußten, die für das Gegenteil aber stark und zahlreich, ja dieses eigentlich keines Beweises bedarf, sondern vom gesunden Verstande als Tatsache erkannt wird und als solche bekräftigt durch die Zuversicht, daß die Natur sowenig lügt als irrt, sondern ihr Tun und Wesen offen darlegt, sogar naiv ausspricht, während nur wir selbst es durch Wahn verfinstern, um herauszudeuten, was unserer beschränkten Ansicht eben zusagt.

Was aber wir jetzt zum deutlichen Bewußtsein gebracht haben, daß, wiewohl die einzelne Erscheinung des Willens zeitlich anfängt und zeitlich endet, der Wille selbst als Ding an sich hievon nicht getroffen wird noch auch das Korrelat alles Objekts, das erkennende, nie erkannte Subjekt, und daß dem Willen zum Leben das Leben immer gewiß ist – dies ist nicht jenen Lehren von der Fortdauer beizuzählen. Denn dem Willen, als Ding an sich betrachtet, wie auch dem reinen Subjekt des Erkennens, dem ewigen Weltauge, kommt so wenig ein Beharren als ein Vergehn zu, da dieses in der Zeit allein gültige Bestimmungen sind, jene aber außer der Zeit liegen. Daher kann der Egoismus des Individuums (dieser einzeln vom Subjekt des Erkennens beleuchteten Willenserscheinung) für seinen Wunsch, sich eine unendliche Zeit hindurch zu behaupten, aus unserer dargelegten Ansicht so wenig Nahrung und Trost schöpfen, als er es könnte aus der Erkenntnis, daß nach seinem Tode doch die übrige Außenwelt in der Zeit fortbestehn wird, welches nur der Ausdruck ebenderselben Ansicht, aber objektiv und daher zeitlich betrachtet ist. Denn zwar ist jeder nur als Erscheinung vergänglich, hingegen als Ding an sich zeitlos, also auch endlos: aber auch nur als Erscheinung ist er von den übrigen Dingen der Welt verschieden, als Ding an sich ist er der Wille, der in allem erscheint, und der Tod hebt die Täuschung auf, die sein Bewußtsein von dem der übrigen trennt: dies ist die Fortdauer. Sein Nichtberührtwerden vom Tode, welches ihm nur als Ding an sich zukommt, fällt für die Erscheinung mit der Fortdauer der übrigen Außenwelt zusammen[4]. Daher auch kommt es, daß das innige und bloß gefühlte Bewußtsein dessen, was wir soeben zur deutlichen Erkenntnis erhoben haben, zwar, wie gesagt, verhindert,

4 Im Veda ist dies dadurch ausgedrückt, daß gesagt wird, indem ein Mensch sterbe, werde seine Sehkraft eins mit der Sonne, sein Geruch mit der Erde, sein Geschmack mit dem Wasser, sein Gehör mit der Luft, seine Rede mit dem Feuer usw. (›Oupnekhat‹ Bd. 1, S. 249ff. [erweitert aus ›Brihadazanyaka-Upanischad‹ 4,4,2]) – wie auch dadurch, daß in einer besonderen Förmlichkeit der Sterbende seine Sinne und gesamten Fähigkeiten einzeln seinem Sohne übergibt, als in welchem sie nun fortleben sollen (ebendaselbst Bd. 2, S. 82ff.).

daß der Gedanke des Todes sogar dem vernünftigen Wesen das Leben nicht vergiftet, indem solches Bewußtsein die Basis jenes Lebensmutes ist, der alles Lebendige aufrecht erhält und munter fortleben läßt, als gäbe es keinen Tod, solange nämlich, als es das Leben im Auge hat und auf dieses gerichtet ist; aber hiedurch wird nicht verhindert, daß, wann der Tod im einzelnen und in der Wirklichkeit oder auch nur in der Phantasie an das Individuum herantritt und dieses nun ihn ins Auge fassen muß, es nicht von Todesangst ergriffen würde und auf alle Weise zu entfliehn suchte. Denn wie, solange seine Erkenntnis auf das Leben als solches gerichtet war, es in demselben auch die Unvergänglichkeit erkennen mußte, so muß, wann der Tod ihm vor die Augen tritt, es diesen erkennen für das, was er ist: das zeitliche Ende der einzelnen zeitlichen Erscheinung. Was wir im Tode fürchten, ist keineswegs der Schmerz: denn teils liegt dieser offenbar diesseit des Todes; teils fliehn wir oft vor dem Schmerz zum Tode ebensowohl als wir auch umgekehrt bisweilen den entsetzlichsten Schmerz übernehmen, um nur dem Tode, wiewohl er schnell und leicht wäre, noch eine Weile zu entgehn. Wir unterscheiden also Schmerz und Tod als zwei ganz verschiedene Übel: was wir im Tode fürchten, ist in der Tat der Untergang des Individuums, als welcher er sich unverhohlen kundgibt, und da das Individuum der Wille zum Leben selbst in einer einzelnen Objektivation ist, sträubt sich sein ganzes Wesen gegen den Tod. – Wo nun solchermaßen das Gefühl uns hülflos preisgibt, kann jedoch die Vernunft eintreten und die widrigen Eindrücke desselben großenteils überwinden, indem sie uns auf einen höhern Standpunkt stellt, wo wir statt des Einzelnen nunmehr das Ganze im Auge haben. Darum könnte eine philosophische Erkenntnis des Wesens der Welt, die bis zu dem Punkt, auf welchem wir jetzt in unserer Betrachtung stehn, gekommen wäre, aber nicht weiterginge, selbst schon auf diesem Standpunkte die Schrecken des Todes überwinden in dem Maß, als im gegebenen Individuum die Reflexion Macht hätte über das unmittelbare Gefühl. Ein Mensch, der die bisher vorgetragenen Wahrheiten seiner Sinnesart fest einverleibt hätte, nicht aber zugleich durch eigene Erfahrung oder durch eine weitergehende Einsicht dahin gekommen wäre, in allem Leben dauerndes Leiden als wesentlich zu erkennen; sondern der im Leben Befriedigung fände, dem vollkommen wohl darin wäre und der bei ruhiger Überlegung seinen Lebenslauf, wie er ihn bisher erfahren, von endloser Dauer oder von immer neuer Wiederkehr wünschte und dessen Lebensmut so groß wäre, daß er gegen die Genüsse des Lebens alle Beschwerde und Pein, der es unterworfen ist, willig und gern mit in den Kauf nähme; ein solcher stände ›mit festen, markigen Knochen auf der wohl gegründeten, dauernden Erde‹ [Goethe, ›Grenzen der Menschheit‹] und hätte nichts zu fürchten: gewaffnet mit der Erkenntnis, die wir ihm beilegen, sähe er dem auf den Flügeln der Zeit heraneilenden Tode gleichgültig entgegen, ihn betrachtend als einen falschen Schein, ein ohnmächtiges Gespenst, Schwache zu schrecken, das aber keine Gewalt über den hat, der da weiß, daß ja er selbst jener Wille ist, dessen Objektivität oder Abbild die ganze Welt ist, dem daher das Leben allezeit gewiß bleibt und auch die Gegenwart, die eigentliche, alleinige Form der Erscheinung des Willens, den daher keine unendliche Vergangenheit oder Zukunft, in denen er nicht wäre, schrecken kann, da er diese als das eitle Blendwerk und Gewebe der Maja betrachtet, der daher sowenig den Tod zu fürchten hätte wie die Sonne die Nacht. – Auf diesen Standpunkt stellt im ›Bhagavad-Gita‹ Krischna seinen angehenden Zögling, den Ardschuna, als dieser beim Anblick der schlagfertigen Heere (auf etwas ähnliche Art wie Xerxes) von Wehmut ergriffen wird, verzagen und vom Kampfe ablassen will, um den Untergang so vieler Tausende zu verhüten: Krischna stellt ihn auf jenen Standpunkt, und der Tod jener Tausende kann ihn nicht mehr aufhalten: er gibt das Zeichen zur Schlacht. – Diesen Standpunkt auch bezeichnet Goethes Prometheus, besonders wenn er sagt:

Hier sitz' ich, forme Menschen
Nach meinem Bilde,
Ein Geschlecht, das mir gleich sei,
Zu leiden, zu weinen,
Zu genießen und zu freuen sich
Und dein nicht zu achten
Wie ich!

Auf diesen Standpunkt könnte auch die Philosophie des Bruno und die des Spinoza denjenigen führen, dem ihre Fehler und Unvollkommenheiten die Überzeugung nicht störten oder schwächten. Eine eigentliche Ethik hat die des Bruno nicht, und die in der Philosophie des Spinoza geht gar nicht aus dem Wesen seiner Lehre hervor, sondern ist, obwohl an sich lobenswert und schön, doch nur mittelst schwacher und handgreiflicher Sophismen daran geheftet. – Auf dem bezeichneten Standpunkt endlich würden wohl viele Menschen stehn, wenn ihre Erkenntnis mit ihrem Wollen gleichen Schritt hielte, d.h. wenn sie imstande wären, frei von jedem Wahn sich selbst klar und deutlich zu werden. Denn dieses ist für die Erkenntnis der Standpunkt der gänzlichen *Bejahung des Willens zum Leben*.

Der Wille bejaht sich selbst, besagt: indem in seiner Objektität, d.i. der Welt und dem Leben, sein eigenes Wesen ihm als Vorstellung vollständig und deutlich gegeben wird, hemmt diese Erkenntnis sein Wollen keineswegs; sondern ebendieses so erkannte Leben wird auch als solches von ihm gewollt, wie bis dahin ohne Erkenntnis als blinder Drang, so jetzt mit Erkenntnis, bewußt und besonnen. – Das Gegenteil hievon, die *Verneinung des Willens zum Leben*, zeigt sich, wenn auf jene Erkenntnis das Wollen endet, indem sodann nicht mehr die erkannten einzelnen Erscheinungen als *Motive* des Wollens wirken, sondern die ganze durch Auffassung der *Ideen* erwachsene Erkenntnis des Wesens der Welt, die den Willen spiegelt, zum *Quietiv* des Willens wird und so der Wille frei sich selbst aufhebt. Diese ganz unbekannten und in diesem allgemeinen Ausdruck schwerlich verständlichen Begriffe werden hoffentlich deutlich werden durch die bald folgende Darstellung der Phänomene, hier Handlungsweisen, in welchen sich einerseits die Bejahung in ihren verschiedenen Graden und andererseits die Verneinung ausspricht. Denn beide gehn zwar von der *Erkenntnis* aus, aber nicht von einer abstrakten, die sich in Worten, sondern von einer lebendigen, die sich durch die Tat und den Wandel allein ausdrückt und unabhängig bleibt von den Dogmen, welche dabei als abstrakte Erkenntnis die Vernunft beschäftigen. Beide darzustellen und zur deutlichen Erkenntnis der Vernunft zu bringen kann allein mein Zweck sein, nicht aber eine oder die andere vorzuschreiben oder anzuempfehlen, welches so töricht wie zwecklos wäre, da der Wille an sich der schlechthin freie, sich ganz allein selbst bestimmende ist und es kein Gesetz für ihn gibt.

Das Ende einer Illusion

Will man wissen, was die Menschen, moralisch betrachtet, im ganzen und allgemeinen wert sind; so betrachte man ihr Schicksal im Ganzen und Allgemeinen. Dieses ist Mangel, Elend, Jammer, Qual und Tod. Die ewige Gerechtigkeit waltet: wären sie nicht, im ganzen genommen, nichtswürdig; so würde ihr Schicksal, im ganzen genommen, nicht so traurig sein. In diesem Sinne können wir sagen: die Welt selbst ist das Weltgericht. Könnte man allen Jammer der Welt in *eine* Waagschale legen und alle Schuld der Welt in die andere; so würde gewiß die Zunge einstehn.

Freilich aber stellt sich der Erkenntnis, so, wie sie, dem Willen zu seinem Dienst entsprossen, dem Individuo als solchem wird, die Welt nicht so dar, wie sie dem Forscher zuletzt sich enthüllt, als die Objektität des einen und alleinigen Willens zum Leben, der er selbst ist; sondern den Blick des rohen Individuums trübt, wie die Inder sagen, der Schleier der Maja: ihm zeigt sich statt des Dinges an sich nur die Erscheinung in Zeit und Raum, dem principio individuationis, und in den übrigen Gestaltungen des Satzes vom Grunde: und in dieser Form seiner beschränkten Erkenntnis sieht er nicht das Wesen der Dinge, welches eines ist, sondern dessen Erscheinungen, als gesondert, getrennt, unzählbar, sehr verschieden, ja entgegengesetzt. Da erscheint ihm die Wollust als eines und die Qual als ein ganz anderes, dieser Mensch als Peiniger und Mörder, jener als Dulder und Opfer, das Böse als eines und das Übel als ein anderes. Er sieht den einen in Freuden, Überfluß und Wollüsten leben und zugleich vor dessen Türe den andern durch Mangel und Kälte qualvoll sterben. Dann frägt er: wo bleibt die Vergeltung? Und er selbst, im heftigen Willensdrange, der sein Ursprung und sein Wesen ist, ergreift die Wollüste und Genüsse des Lebens, hält sie umklammert fest und weiß nicht, daß er durch ebendiesen Akt seines Willens alle die Schmerzen und Qualen des Lebens, vor deren Anblick er schaudert, ergreift und fest an sich drückt. Er sieht das Übel, er sieht das Böse in der Welt: aber weit entfernt zu erkennen, daß beide nur verschiedene Seiten der Erscheinung des einen Willens zum Leben sind, hält er sie für sehr verschieden, ja ganz entgegengesetzt und sucht oft durch das Böse, d.h. durch Verursachung des fremden Leidens, dem Übel, dem Leiden des eigenen Individuums, zu entgehn, befangen im principio individuationis, getäuscht durch den Schleier der Maja. – Denn wie auf dem tobenden Meere, das, nach allen Seiten unbegrenzt, heulend Wasserberge erhebt und senkt, auf einem Kahn ein Schiffer sitzt, dem schwachen Fahrzeug vertrauend; so sitzt mitten in einer Welt voll Qualen ruhig der einzelne Mensch, gestützt und vertrauend auf das principium individuationis oder der Weise, wie das Individuum die Dinge erkennt, als Erscheinung. Die unbegrenzte Welt, voll Leiden überall, in unendlicher Vergangenheit, in unendlicher Zukunft, ist ihm fremd, ja ist ihm ein Märchen: seine verschwindende Person, seine ausdehnungslose Gegenwart, sein augenblickliches Behagen, dies allein hat Wirklichkeit für ihn: und dies zu erhalten tut er alles, solange nicht eine bessere Erkenntnis ihm die Augen öffnet. Bis dahin lebt bloß in der innersten Tiefe seines Bewußtseins die ganz dunkle Ahndung, daß ihm jenes alles doch wohl eigentlich so fremd nicht ist, sondern einen Zusammenhang mit ihm hat, vor welchem das principium individuationis ihn nicht schützen kann. Aus dieser Ahndung stammt jenes so unvertilgbare und allen Menschen (ja vielleicht selbst den klügeren Tieren) gemeinsame *Grausen*, das sie plötzlich ergreift, wenn sie durch irgendeinen Zufall irrewerden am principio individuationis, indem der Satz vom Grunde in irgendeiner seiner Gestaltungen eine Ausnahme zu erleiden scheint: z.B. wenn es scheint, daß irgendeine Veränderung ohne Ursache vor sich ginge oder ein Gestorbener wieder da wäre oder sonst irgendwie das Vergangene oder das Zukünftige gegenwärtig oder das Ferne nah wäre. Das ungeheure

Entsetzen über so etwas gründet sich darauf, daß sie plötzlich irrewerden an den Erkenntnisformen der Erscheinung, welche allein ihr eigenes Individuum von der übrigen Welt gesondert halten. Diese Sonderung aber eben liegt nur in der Erscheinung und nicht im Dinge an sich: ebendarauf beruht die ewige Gerechtigkeit. – In der Tat steht alles zeitliche Glück und wandelt alle Klugheit – auf untergrabenem Boden. Sie schützen die Person vor Unfällen und verschaffen ihr Genüsse; aber die Person ist bloße Erscheinung, und ihre Verschiedenheit von andern Individuen und das Freisein von den Leiden, welche diese tragen, beruht auf der Form der Erscheinung, dem principio individuationis. Dem wahren Wesen der Dinge nach hat jeder alle Leiden der Welt als die seinigen, ja alle nur möglichen als für ihn wirklich zu betrachten, solange er der feste Wille zum Leben ist, d.h. mit aller Kraft das Leben bejaht. Für die das principium individuationis durchschauende Erkenntnis ist ein glückliches Leben in der Zeit, vom Zufall geschenkt oder ihm durch Klugheit abgewonnen, mitten unter den Leiden unzähliger andern – doch nur der Traum eines Bettlers, in welchem er ein König ist, aber aus dem er erwachen muß, um zu erfahren, daß nur eine flüchtige Täuschung ihn von dem Leiden seines Lebens getrennt hatte.

Dem in der Erkenntnis, welche dem Satz vom Grunde folgt, in dem principio individuationis befangenen Blick entzieht sich die ewige Gerechtigkeit: er vermißt sie ganz, wenn er nicht etwan sie durch Fiktionen rettet. Er sieht den Bösen nach Untaten und Grausamkeiten aller Art in Freuden leben und unangefochten aus der Welt gehn. Er sieht den Unterdrückten ein Leben voll Leiden bis ans Ende schleppen, ohne daß sich ein Rächer, ein Vergelter zeigte. Aber die ewige Gerechtigkeit wird nur der begreifen und fassen, der über jene am Leitfaden des Satzes vom Grunde fortschreitende und an die einzelnen Dinge gebundene Erkenntnis sich erhebt, die Ideen erkennt, das principium individuationis durchschaut und innewird, daß dem Dinge an sich die Formen der Erscheinung nicht zukommen. Dieser ist es auch allein, der vermöge derselben Erkenntnis das wahre Wesen der

Tugend, wie es im Zusammenhang mit der gegenwärtigen Betrachtung sich uns bald aufschließen wird, verstehn kann; wiewohl zur Ausübung derselben diese Erkenntnis in abstracto keineswegs erfordert wird. Wer also bis zu der besagten Erkenntnis gelangt ist, dem wird es deutlich, daß, weil der Wille das An-sich aller Erscheinung ist, die über andere verhängte und die selbsterfahrene Qual, das Böse und das Übel immer nur jenes eine und selbe Wesen treffen; wenngleich die Erscheinungen, in welchen das eine und das andere sich darstellt, als ganz verschiedene Individuen dastehn und sogar durch ferne Zeiten und Räume getrennt sind. Er sieht ein, daß die Verschiedenheit zwischen dem, der das Leiden verhängt, und dem, welcher es dulden muß, nur Phänomen ist und nicht das Ding an sich trifft, welches der in beiden lebende Wille ist, der hier, durch die an seinen Dienst gebundene Erkenntnis getäuscht, sich selbst verkennt, in *einer* seiner Erscheinungen gesteigertes Wohlsein suchend, in der *andern* großes Leiden hervorbringt und so im heftigen Drange die Zähne in sein eigenes Fleisch schlägt, nicht wissend, daß er immer nur sich selbst verletzt, dergestalt durch das Medium der Individuation den Widerstreit mit sich selbst offenbarend, welchen er in seinem Innern trägt. Der Quäler und der Gequälte sind eines. Jener irrt, indem er sich der Qual, dieser, indem er sich der Schuld nicht teilhaft glaubt. Gingen ihnen beiden die Augen auf, so würde, der das Leid verhängt, erkennen, daß er in allem lebt, was auf der weiten Weit Qual leidet und, wenn mit Vernunft begabt, vergeblich nachsinnt, warum es zu so großem Leiden, dessen Verschuldung es nicht einsieht, ins Dasein gerufen ward: und der Gequälte würde einsehn, daß *alles* Böse, das auf der Welt verübt wird oder je ward, aus jenem Willen fließt, der auch *sein* Wesen ausmacht, auch in *ihm* erscheint und er durch diese Erscheinung und ihre Bejahung alle Leiden auf sich genommen hat, die aus solchem Willen hervorgehn und sie mit Recht erduldet, solange er dieser Wille ist. – Aus dieser Erkenntnis spricht der ahndungsvolle Dichter Calderon im ›Leben ein Traum‹ [1,2]:

Pues el delito mayor
Del hombre es haber nacido.
(Denn die größte Schuld des Menschen
Ist, daß er geboren ward.)

Wie sollte es nicht eine Schuld sein, da nach einem ewigen Gesetze der Tod darauf steht? Calderon hat auch nur das christliche Dogma von der Erbsünde durch jenen Vers ausgesprochen.

Die lebendige Erkenntnis der ewigen Gerechtigkeit, des Waagebalkens, der das malum culpae [Übel der Schuld] mit dem malo poenae [Übel der Strafe] unzertrennlich verbindet, erfordert gänzliche Erhebung über die Individualität und das Prinzip ihrer Möglichkeit: sie wird daher wie auch die ihr verwandte und sogleich zu erörternde reine und deutliche Erkenntnis des Wesens aller Tugend der Mehrzahl der Menschen stets unzugänglich bleiben. – Daher haben die weisen Urväter des indischen Volkes sie zwar in den den drei wiedergeborenen Kasten allein erlaubten Veden oder in der esoterischen Weisheitslehre direkt, soweit nämlich Begriff und Sprache es fassen und ihre immer noch bildliche, auch rhapsodische Darstellungsweise es zuläßt, ausgesprochen; aber in der Volksreligion oder exoterischen Lehre nur mythisch mitgeteilt. Die direkte Darstellung finden wir in den Veden, der Frucht der höchsten menschlichen Erkenntnis und Weisheit, deren Kern in den Upanischaden uns als das größte Geschenk dieses Jahrhunderts endlich zugekommen ist, auf mancherlei Weise ausgedrückt, besonders aber dadurch, daß vor den Blick des Lehrlings alle Wesen der Welt, lebende und leblose, der Reihe nach vorübergeführt werden und über jedes derselben jenes zur Formel gewordene und als solche die Mahavakya genannte Wort ausgesprochen wird: ›tatoumes‹, richtiger ›tat tvam asi‹, welches heißt: ›dies bist du‹[1]. – Dem Volke aber wurde jene große Wahrheit, soweit es in seiner Beschränktheit sie fassen konnte, in die Erkenntnisweise, welche

1 ›Oupnekhat‹ Bd. 1, S. 60ff.

dem Satz vom Grunde folgt, übersetzt, die zwar ihrem Wesen nach jene Wahrheit rein und an sich durchaus nicht aufnehmen kann, sogar im geraden Widerspruch mit ihr steht, allein in der Form des Mythos ein Surrogat derselben empfing, welches als Regulativ für das Handeln hinreichend war, indem es die ethische Bedeutung desselben, in der dieser selbst ewig fremden Erkenntnisweise gemäß dem Satz vom Grunde, doch durch bildliche Darstellung faßlich macht; welches der Zweck aller Glaubenslehren ist, indem sie sämtlich mythische Einkleidungen der dem rohen Menschensinn unzugänglichen Wahrheit sind. Auch könnte in diesem Sinne jener Mythos, in Kants Sprache, ein Postulat der praktischen Vernunft genannt werden: als ein solches betrachtet aber hat er den großen Vorzug, gar keine Elemente zu enthalten, als die im Reiche der Wirklichkeit vor unsern Augen liegen, und daher alle seine Begriffe mit Anschauungen belegen zu können. Das hier Gemeinte ist der Mythos von der Seelenwanderung. Er lehrt, daß alle Leiden, welche man im Leben über andere Wesen verhängt, in einem folgenden Leben auf ebendieser Welt genau durch dieselben Leiden wieder abgebüßt werden müssen; welches so weit geht, daß, wer nur ein Tier tötet, einst in der unendlichen Zeit auch als eben ein solches Tier geboren werden und denselben Tod erleiden wird. Er lehrt, daß böser Wandel ein künftiges Leben auf dieser Welt in leidenden und verachteten Wesen nach sich zieht, daß man demgemäß sodann wieder geboren wird in niedrigeren Kasten oder als Weib oder als Tier, als Paria oder Tschandala, als Aussätziger, als Krokodil usw. Alle Qualen, die der Mythos droht, belegt er mit Anschauungen aus der wirklichen Welt, durch leidende Wesen, welche auch nicht wissen, wie sie ihre Qual verschuldet haben, und er braucht keine andere Hölle zur Hülfe zu nehmen. Als Belohnung aber verheißt er dagegen Wiedergeburt in besseren, edleren Gestalten, als Brahmane, als Weiser, als Heiliger. Die höchste Belohnung, welche der edelsten Taten und der völligen Resignation wartet, welche auch dem Weibe wird, das in sieben Leben hintereinander freiwillig auf dem Scheiterhaufen des Gatten starb, nicht weniger auch dem Menschen, dessen reiner Mund nie eine einzige Lüge gesprochen hat, diese Belohnung kann der Mythos in der Sprache dieser Welt nur negativ ausdrücken, durch die so oft vorkommende Verheißung, gar nicht mehr wiedergeboren zu werden: ›non adsumes iterum existentiam apparentem‹ [du wirst nicht wieder die erscheinende Existenz annehmen; ›Chandogya-Upanischad‹ 8, 15], oder wie die Buddhaisten, welche weder Veda noch Kasten gelten lassen, es ausdrücken: ›Du sollst Nirwana erlangen, d.i. einen Zustand, in welchem es vier Dinge nicht gibt: Geburt, Alter, Krankheit und Tod.‹

Nie hat ein Mythos und nie wird einer sich der so wenigen zugänglichen, philosophischen Wahrheit enger anschließen als diese uralte Lehre des edelsten und ältesten Volkes, bei welchem sie, so entartet es auch jetzt in vielen Stücken ist, doch noch als allgemeiner Volksglaube herrscht und auf das Leben entschiedenen Einfluß hat, heute so gut wie vor vier Jahrtausenden. Jenes non plus ultra mythischer Darstellung haben daher schon Pythagoras und Platon mit Bewunderung aufgefaßt, von Indien oder Ägypten herübergenommen, verehrt, angewandt und, wir wissen nicht wie weit, selbst geglaubt. – Wir hingegen schicken nunmehr den Brahmanen englische clergymen und Herrnhuterische Leinweber, um sie aus Mitleid eines Bessern zu belehren und ihnen zu bedeuten, daß sie aus nichts gemacht sind und sich dankbarlich darüber freuen sollen. Aber uns widerfährt was dem, der eine Kugel gegen einen Felsen abschießt. In Indien fassen unsere Religionen nie und nimmermehr Wurzel: die Urweisheit des Menschengeschlechts wird nicht von den Begebenheiten in Galiläa verdrängt werden. Hingegen strömt indische Weisheit nach Europa zurück und wird eine Grundveränderung in unserm Wissen und Denken hervorbringen.

Das Mitleid

Wir haben gesehn, wie aus der Durchschauung des principii individuationis im geringern Grade die Gerechtigkeit, im höhern die eigentliche Güte der Gesinnung hervorging, welche sich als reine, d.h. uneigennützige Liebe gegen andere zeigte. Wo nun diese vollkommen wird, setzt sie das fremde Individuum und sein Schicksal dem eigenen völlig gleich: weiter kann sie nie gehn, da kein Grund vorhanden ist, das fremde Individuum dem eigenen vorzuziehn. Wohl aber kann die Mehrzahl der fremden Individuen, deren ganzes Wohlsein oder Leben in Gefahr ist, die Rücksicht auf das eigene Wohl des einzelnen überwiegen. In solchem Falle wird der zur höchsten Güte und zum vollendeten Edelmut gelangte Charakter sein Wohl und sein Leben gänzlich zum Opfer bringen für das Wohl vieler andern: so starb Kodros, so Leonidas, so Regulus, so Decius Mus, so Arnold von Winkelried, so jeder, der freiwillig und bewußt für die Seinigen, für das Vaterland in den gewissen Tod geht. Auch steht auf dieser Stufe jeder, der zur Behauptung dessen, was der gesamten Menschheit zum Wohle gereicht und rechtmäßig angehört, d.h. für allgemeine, wichtige Wahrheiten und für Vertilgung großer Irrtümer Leiden und Tod willig übernimmt: so starb Sokrates, so Jordanus Brunus [Giordano Bruno], so fand mancher Held der Wahrheit den Tod auf dem Scheiterhaufen unter den Händen der Priester.

Nunmehr aber habe ich in Hinsicht auf das oben ausgesprochene Paradoxon daran zu erinnern, daß wir früher dem Leben im ganzen das Leiden wesentlich und von ihm unzertrennlich gefunden haben und daß wir einsahen, wie jeder Wunsch aus einem Bedürfnis, einem Mangel, einem Leiden hervorgeht, daß daher jede Befriedigung nur ein hinweggenommener Schmerz, kein gebrachtes positives Glück ist, daß die Freuden zwar dem

Wunsche lügen, sie wären ein positives Gut, in Wahrheit aber nur negativer Natur sind und nur das Ende eines Übels. Was daher auch Güte, Liebe und Edelmut für andere tun, ist immer nur Linderung ihrer Leiden, und folglich ist, was sie bewegen kann zu guten Taten und Werken der Liebe, immer nur die *Erkenntnis des fremden Leidens*, aus dem eigenen unmittelbar verständlich und diesem gleichgesetzt. Hieraus aber ergibt sich, daß die reine Liebe (ἀγάπη, Caritas) ihrer Natur nach Mitleid ist; das Leiden, welches sie lindert, mag nun ein großes oder ein kleines, wohin jeder unbefriedigte Wunsch gehört, sein. Wir werden daher keinen Anstand nehmen, im geraden Widerspruch mit *Kant*, der alles wahrhaft Gute und alle Tugend allein für solche anerkennen will, wenn sie aus der abstrakten Reflexion, und zwar dem Begriffe der Pflicht und des kategorischen Imperativs hervorgegangen ist, und der gefühltes Mitleid für Schwäche, keineswegs für Tugend erklärt – im geraden Widerspruch mit Kant zu sagen: der bloße Begriff ist für die echte Tugend so unfruchtbar wie für die echte Kunst: alle wahre und reine Liebe ist Mitleid, und jede Liebe, die nicht Mitleid ist, ist Selbstsucht. Selbstsucht ist der ἔρως, Mitleid ist die ἀγάπη. Mischungen von beiden finden häufig statt. Sogar die echte Freundschaft ist immer Mischung von Selbstsucht und Mitleid: erstere liegt im Wohlgefallen an der Gegenwart des Freundes, dessen Individualität der unserigen entspricht, und sie macht fast immer den größten Teil aus; Mitleid zeigt sich in der aufrichtigen Teilnahme an seinem Wohl und Wehe und den uneigennützigen Opfern, die man diesem bringt. Sogar Spinoza sagt: ›Benevolentia nihil aliud est quam cupiditas ex commiseratione orta‹ [Das Wohlwollen ist nichts anderes als ein aus dem Mitleid entsprungenes Verlangen] (›Ethica‹ lib. 3, prop. 27, cor. 3, schol.). Als Bestätigung unsers paradoxen Satzes mag man bemerken, daß Ton und Worte der Sprache und Liebkosungen der reinen Liebe ganz zusammenfallen mit dem Tone des Mitleids: beiläufig auch, daß im Italienischen

Mitleid und reine Liebe durch dasselbe Wort pietà bezeichnet werden.

Auch ist hier die Stelle zur Erörterung einer der auffallendesten Eigenheiten der menschlichen Natur, des *Weinens*, welches wie das Lachen zu den Äußerungen gehört, die ihn vom Tiere unterscheiden. Das Weinen ist keineswegs geradezu Äußerung des Schmerzes: denn bei den wenigsten Schmerzen wird geweint. Meines Erachtens weint man sogar nie unmittelbar über den empfundenen Schmerz, sondern immer nur über dessen Wiederholung in der Reflexion. Man geht nämlich von dem empfundenen Schmerz, selbst wann er körperlich ist, über zu einer bloßen Vorstellung desselben und findet dann seinen eigenen Zustand so bemitleidenswert, daß, wenn ein anderer der Dulder wäre, man voller Mitleid und Liebe ihm helfen zu werden fest und aufrichtig überzeugt ist: nun aber ist man selbst der Gegenstand seines eigenen aufrichtigen Mitleids: mit der hülfreichsten Gesinnung ist man selbst der Hülfsbedürftige, fühlt, daß man mehr duldet, als man einen andern dulden sehn könnte, und in dieser sonderbar verflochtenen Stimmung, wo das unmittelbar gefühlte Leid erst auf einem doppelten Umwege wieder zur Perzeption kommt, als fremdes vorgestellt, als solches mitgefühlt und dann plötzlich wieder als unmittelbar eigenes wahrgenommen wird – schafft sich die Natur durch jenen sonderbaren körperlichen Krampf Erleichterung. – Das *Weinen* ist demnach *Mitleid mit sich selbst* oder das auf seinen Ausgangspunkt zurückgeworfene Mitleid. Es ist daher durch Fähigkeit zur Liebe und zum Mitleid und durch Phantasie bedingt: daher weder hartherzige noch phantasielose Menschen leicht weinen, und das Weinen sogar immer als Zeichen eines gewissen Grades von Güte des Charakters angesehn wird und den Zorn entwaffnet, weil man fühlt, daß, wer noch weinen kann, auch notwendig der Liebe, d. h, des Mitleids gegen andere fähig sein muß, eben weil dieses auf die beschriebene Weise in jene zum Weinen führende Stimmung eingeht. – Ganz der aufgestellten Erklärung gemäß ist die Beschreibung, welche Petrarca, sein Gefühl naiv und wahr aussprechend, vom Entstehn seiner eigenen Tränen macht:

> I' vo pensando: e nel pensar m'assale
> *Una pietà si forte di me stesso,*
> Che mi conduce spesso,
> Ad alto lagrimar, ch'i' non soleva[1].
> [canzone 21]

Auch bestätigt sich das Gesagte dadurch, daß Kinder, die einen Schmerz erlitten, meistens erst dann weinen, wenn man sie beklagt, also nicht über den Schmerz, sondern über die Vorstellung desselben. – Wann wir nicht durch eigene, sondern durch fremde Leiden zum Weinen bewegt werden; so geschieht dies dadurch, daß wir uns in der Phantasie lebhaft an die Stelle des Leidenden versetzen oder auch in seinem Schicksal das Los der ganzen Menschheit und folglich vor allem unser eigenes erblikken und also durch einen weiten Umweg immer doch wieder über uns selbst weinen, Mitleid mit uns selbst empfinden. Dies scheint auch ein Hauptgrund des durchgängigen, also natürlichen Weinens bei Todesfällen zu sein. Es ist nicht sein Verlust, den der Trauernde beweint: solcher egoistischer Tränen würde man sich schämen; statt daß er bisweilen sich schämt, nicht zu weinen. Zunächst beweint er freilich das Los des Gestorbenen: jedoch weint er auch, wenn diesem nach langen, schweren und unheilbaren Leiden der Tod eine wünschenswerte Erlösung war. Hauptsächlich also ergreift ihn Mitleid über das Los der gesamten Menschheit, welche der Endlichkeit anheimgefallen ist, der zufolge jedes so strebsame, oft so tatenreiche Leben verlöschen und zu nichts werden muß: in diesem Lose der Menschheit aber erblickt er vor allem sein eigenes, und zwar um so mehr, je näher ihm der Verstorbene stand, daher am meisten, wenn es sein Vater

1 Indem ich gedankenvoll wandele, befällt mich ein so starkes *Mitleid mit mir selber*, daß ich oft laut weinen muß; was ich doch sonst nicht pflegte.

war. Wenn auch diesem durch Alter und Krankheit das Leben eine Qual und durch seine Hülflosigkeit dem Sohn eine schwere Bürde war; so weint er doch heftig über den Tod des Vaters: aus dem angegebenen Grunde[2].

2 Hiezu Kap. 47 des zweiten Bandes. Es ist wohl kaum nötig zu erinnern, daß die ganze §§ 61–67 im Umriß aufgestellte Ethik ihre ausführlichere und vollendetere Darstellung erhalten hat in meiner ›Preisschrift über die Grundlage der Moral‹.

V. STUFEN DER VERNEINUNG

Askese

Wie wir früher Haß und Bosheit bedingt sahen durch den Egoismus und diesen beruhen auf dem Befangensein der Erkenntnis im principio individuationis; so fanden wir als den Ursprung und das Wesen der Gerechtigkeit, sodann, wann es weitergeht, der Liebe und des Edelmuts bis zu den höchsten Graden die Durchschauung jenes principii individuationis, welche allein, indem sie den Unterschied zwischen dem eigenen und den fremden Individuen aufhebt, die vollkommene Güte der Gesinnung bis zur uneigennützigsten Liebe und zur großmütigsten Selbstaufopferung für andere möglich macht und erklärt.

Ist nun aber dieses Durchschauen des principii individuationis, diese unmittelbare Erkenntnis der Identität des Willens in allen seinen Erscheinungen in hohem Grade der Deutlichkeit vorhanden; so wird sie sofort einen noch weitergehenden Einfluß auf den Willen zeigen. Wenn nämlich vor den Augen eines Menschen jener Schleier der Maja, das principium individuationis, so sehr gelüftet ist, daß derselbe nicht mehr den egoistischen Unterschied zwischen seiner Person und der fremden macht, sondern an den Leiden der andern Individuen so viel Anteil nimmt wie an seinen eigenen und dadurch nicht nur im höchsten Grade hülfreich ist, sondern sogar bereit, sein eigenes Individuum zu opfern, sobald mehrere fremde dadurch zu retten sind; dann folgt von selbst, daß ein solcher Mensch, der in allen Wesen sich, sein innerstes und wahres Selbst erkennt, auch die endlosen Leiden alles Lebenden als die seinen betrachten und so den Schmerz der ganzen Welt sich zueignen muß. Ihm ist kein Leiden mehr fremd. Alle Qualen anderer, die er sieht und so selten zu lindern vermag, alle Qualen, von denen er mittelbar Kunde hat, ja die er nur als möglich erkennt, wirken auf seinen Geist wie seine eigenen. Es ist nicht mehr das wechselnde Wohl und Wehe seiner Person, was er im Auge hat, wie dies bei dem noch im Egoismus befangenen

Menschen der Fall ist; sondern, da er das principium individuationis durchschaut, liegt ihm alles gleich nahe. Er erkennt das Ganze, faßt das Wesen desselben auf und findet es in einem steten Vergehn, nichtigem Streben, innerm Widerstreit und beständigem Leiden begriffen, sieht, wohin er auch blickt, die leidende Menschheit und die leidende Tierheit und eine hinschwindende Welt. Dieses alles aber liegt ihm jetzt so nahe wie dem Egoisten nur seine eigene Person. Wie sollte er nun bei solcher Erkentnnis der Welt ebendieses Leben durch stete Willensakte bejahen und ebendadurch sich ihm immer fester verknüpfen, es immer fester an sich drücken? Wenn also der, welcher noch im principio individuationis, im Egoismus befangen ist, nur einzelne Dinge und ihr Verhältnis zu seiner Person erkennt und jene dann zu immer erneuerten *Motiven* seines Wollens werden; so wird hingegen jene beschriebene Erkenntnis des Ganzen, des Wesens der Dinge an sich, zum *Quietiv* alles und jedes Wollens. Der Wille wendet sich nunmehr vom Leben ab: ihm schaudert jetzt vor dessen Genüssen, in denen er die Bejahung desselben erkennt. Der Mensch gelangt zum Zustande der freiwilligen Entsagung, der Resignation, der wahren Gelassenheit und gänzlichen Willenslosigkeit. – Wenn uns andern, welche noch der Schleier der Maja umfängt, auch zuzeiten im schwer empfundenen eigenen Leiden oder im lebhaft erkannten fremden die Erkenntnis der Nichtigkeit und Bitterkeit des Lebens nahetritt und wir durch völlige und auf immer entschiedene Entsagung den Begierden ihren Stachel abbrechen, allem Leiden den Zugang verschließen, uns reinigen und heiligen möchten; so umstrickt uns doch bald wieder die Täuschung der Erscheinung, und ihre Motive setzen den Willen aufs neue in Bewegung: wir können uns nicht losreißen. Die Lockungen der Hoffnung, die Schmeichelei der Gegenwart, die Süße der Genüsse, das Wohlsein, welches unserer Person mitten im Jammer einer leidenden Welt unter der Herrschaft des Zufalls und des Irrtums zuteil wird, zieht uns zu ihr zurück und befestigt aufs neue die Banden. Darum sagt Jesus: ›Es ist leichter, daß ein Ankertau durch ein Nadelöhr gehe, denn daß ein Reicher ins Reich Gottes komme.‹

Vergleichen wir das Leben [mit] einer Kreisbahn aus glühenden Kohlen mit einigen kühlen Stellen, welche Bahn wir unablässig zu durchlaufen hätten; so tröstet den im Wahn Befangenen die kühle Stelle, auf der er jetzt eben steht oder die er nahe vor sich sieht, und er fährt fort, die Bahn zu durchlaufen. Jener aber, der, das principium individuationis durchschauend, das Wesen der Dinge an sich und dadurch das Ganze erkennt, ist solchen Trostes nicht mehr empfänglich: er sieht sich an allen Stellen zugleich und tritt heraus. – Sein Wille wendet sich, bejaht nicht mehr sein eigenes sich in der Erscheinung spiegelndes Wesen, sondern verneint es. Das Phänomen, wodurch dieses sich kundgibt, ist der Übergang von der Tugend zur *Askesis*. Nämlich es genügt ihm nicht mehr, andere sich selbst gleich zu lieben und für sie so viel zu tun wie für sich; sondern es entsteht in ihm ein Abscheu vor dem Wesen, dessen Ausdruck seine eigene Erscheinung ist, dem Willen zum Leben, dem Kern und Wesen jener als jammervoll erkannten Welt. Er verleugnet daher eben dieses in ihm erscheinende und schon durch seinen Leib ausgedrückte Wesen, und sein Tun straft jetzt seine Erscheinung Lügen, tritt in offenen Widerspruch mit derselben. Wesentlich nichts anderes als Erscheinung des Willens, hört er auf, irgend etwas zu wollen, hütet sich, seinen Willen an irgend etwas zu hängen, sucht die größte Gleichgültigkeit gegen alle Dinge in sich zu befestigen. – Sein Leib, gesund und stark, spricht durch Genitalien den Geschlechtstrieb aus; aber er verneint den Willen und straft den Leib Lügen: er will keine Geschlechtsbefriedigung, unter keiner Bedingung. Freiwillige vollkommene Keuschheit ist der erste Schritt in der Askese oder der Verneinung des Willens zum Leben. Sie verneint dadurch die über das individuelle Leben hinausgehende Bejahung des Willens und gibt damit die Anzeige, daß mit dem Leben dieses Leibes auch der Wille, dessen Erscheinung er ist, sich aufhebt. Die Natur, immer wahr und naiv, sagt aus, daß, wenn diese Maxime, allgemein würde, das Menschengeschlecht ausstürbe [...].

*

Es ist uns aus dem dritten Buche erinnerlich, daß die ästhetische Freude am Schönen einem großen Teile nach darin besteht, daß wir, in den Zustand der reinen Kontemplation tretend, für den Augenblick allem Wollen, d.h. allen Wünschen und Sorgen enthoben, gleichsam uns selbst loswerden, nicht mehr das zum Behuf seines beständigen Wollens erkennende Individuum, das Korrelat des einzelnen Dinges, dem die Objekte zu Motiven werden, sondern das willensreine, ewige Subjekt des Erkennens, das Korrelat der Idee sind: und wir wissen, daß diese Augenblicke, wo wir, vom grimmen Willensdrange erlöst, gleichsam aus dem schweren Erdenäther auftauchen, die seligsten sind, welche wir kennen. Hieraus können wir abnehmen, wie selig das Leben eines Menschen sein muß, dessen Wille nicht auf Augenblicke wie beim Genuß des Schönen, sondern auf immer beschwichtigt ist, ja gänzlich erloschen bis auf jenen letzten glimmenden Funken, der den Leib erhält und mit diesem erlöschen wird. Ein solcher Mensch, der nach vielen bitteren Kämpfen gegen seine eigene Natur endlich ganz überwunden hat, ist nur noch als rein erkennendes Wesen, als ungetrübter Spiegel der Welt übrig. Ihn kann nichts mehr ängstigen, nichts mehr bewegen: denn alle die tausend Fäden des Wollens, welche uns an die Welt gebunden halten und als Begierde, Furcht, Neid, Zorn uns hin und her reißen, unter beständigem Schmerz, hat er abgeschnitten. Er blickt nun ruhig und lächelnd zurück auf die Gaukelbilder dieser Welt, die einst auch sein Gemüt zu bewegen und zu peinigen vermochten, die aber jetzt so gleichgültig vor ihm stehn wie die Schachfiguren nach geendigtem Spiel oder wie am Morgen die abgeworfenen Maskenkleider, deren Gestalten uns in der Faschingsnacht neckten und beunruhigten. Das Leben und seine Gestalten schweben nur noch vor ihm wie eine flüchtige Erscheinung, wie dem Halberwachten ein leichter Morgentraum, durch den schon die Wirklichkeit durchschimmert und der nicht mehr täuschen kann: und eben auch wie dieser verschwinden sie zuletzt ohne gewaltsamen Übergang.

Selbstmord?

Von der nunmehr in den Grenzen unserer Betrachtungsweise hinlänglich dargestellten Verneinung des Willens zum Leben, welche der einzige in der Erscheinung hervortretende Akt seiner Freiheit und daher, wie Asmus [Matthias Claudius] es nennt, die transzendentale Veränderung ist, unterscheidet nichts sich mehr als die willkürliche Aufhebung seiner einzelnen Erscheinung, der *Selbstmord*. Weit entfernt, Verneinung des Willens zu sein, ist dieser ein Phänomen starker Bejahung des Willens. Denn die Verneinung hat ihr Wesen nicht darin, daß man die Leiden, sondern daß man die Genüsse des Lebens verabscheuet. Der Selbstmörder will das Leben und ist bloß mit den Bedingungen unzufrieden, unter denen es ihm geworden. Daher gibt er keineswegs den Willen zum Leben auf, sondern bloß das Leben, indem er die einzelne Erscheinung zerstört. Er will das Leben, will des Leibes ungehindertes Dasein und Bejahung; aber die Verflechtung der Umstände läßt dieses nicht zu, und ihm entsteht großes Leiden. Der Wille zum Leben selbst findet sich in dieser einzelnen Erscheinung so sehr gehemmt, daß er sein Streben nicht entfalten kann. Daher entscheidet er sich gemäß seinem Wesen an sich, welches außerhalb der Gestaltungen des Satzes vom Grunde liegt und dem daher jede einzelne Erscheinung gleichgültig ist; indem es selbst unberührt bleibt von allem Entstehn und Vergehn und das Innere des Lebens aller Dinge ist. Denn jene nämliche feste innere Gewißheit, welche macht, daß wir alle ohne beständige Todesschauer leben, die Gewißheit nämlich, daß dem Willen seine Erscheinung nie fehlen kann, unterstützt auch beim Selbstmorde die Tat. Der Wille zum Leben also erscheint ebensowohl in diesem Selbsttöten (Schiwa) als im Wohlbehagen der Selbsterhaltung (Wischnu) und in der Wollust der Zeugung (Brahma). Dies ist die innere Bedeutung der *Einheit des Trimurtis*, welche jeder Mensch ganz ist, obwohl sie in der Zeit bald das eine, bald das andere der drei Häupter hervorhebt. – Wie das einzelne Ding zur Idee, so verhält sich der Selbstmord zur Verneinung des Willens: der Selbstmörder verneint bloß das Individuum, nicht die Spezies. Wir fanden schon oben, daß, weil dem Willen zum Leben das Leben immer gewiß und diesem das Leiden wesentlich ist, der Selbstmord, die willkürliche Zerstörung einer einzelnen Erscheinung, bei der das Ding an sich ungestört stehnbleibt, wie der Regenbogen feststeht, so schnell auch die Tropfen, welche auf Augenblicke seine Träger sind, wechseln, eine ganz vergebliche und törichte Handlung sei. Aber sie ist auch überdies das Meisterstück der Maja, als der schreiendeste Ausdruck des Widerspruchs des Willens zum Leben mit sich selbst. Wie wir diesen Widerspruch schon bei den niedrigsten Erscheinungen des Willens erkannten im beständigen Kampf aller Äußerungen von Naturkräften und aller organischen Individuen um die Materie und die Zeit und den Raum, und wie wir jenen Widerstreit auf den steigenden Stufen der Objektivation des Willens immer mehr mit furchtbarer Deutlichkeit hervortreten sahen; so erreicht er endlich auf der höchsten Stufe, welche die Idee des Menschen ist, diesen Grad, wo nicht bloß die dieselbe Idee darstellenden Individuen sich unter einander vertilgen, sondern sogar dasselbe Individuum sich selbst den Krieg ankündigt, und die Heftigkeit, mit welcher es das Leben will und gegen die Hemmung desselben, das Leiden, andringt, es dahin bringt, sich selbst zu zerstören, so daß der individuelle Wille den Leib, welcher nur seine eigene Sichtbarwerdung ist, durch einen Willensakt aufhebt, eher als daß das Leiden den Willen breche. Eben weil der Selbstmörder nicht aufhören kann zu wollen, hört er auf zu leben, und der Wille bejaht sich hier eben durch die Aufhebung seiner Erscheinung, weil er sich anders nicht mehr bejahen kann. Weil aber eben das Leiden, dem er sich so entzieht, es war, welches als Mortifikation des Willens ihn zur Verneinung seiner selbst und zur Erlösung hätte führen können; so gleicht in dieser Hinsicht der

Selbstmörder einem Kranken, der eine schmerzhafte Operation, die ihn von Grund aus heilen könnte, nachdem sie angefangen, nicht vollenden läßt, sondern lieber die Krankheit behält. Das Leiden naht sich und eröffnet als solches die Möglichkeit zur Verneinung des Willens; aber er weist es von sich, indem er die Erscheinung des Willens, den Leib zerstört, damit der Wille ungebrochen bleibe. – Dies ist der Grund, warum beinahe alle Ethiken, sowohl philosophische als religiöse, den Selbstmord verdammen; obgleich sie selbst hiezu keine andere als seltsame sophistische Gründe angeben können. Sollte aber je ein Mensch aus rein moralischem Antriebe sich vom Selbstmord zurückgehalten haben, so war der innerste Sinn dieser Selbstüberwindung (in was für Begriffe ihn seine Vernunft auch kleidete) dieser; ›Ich will mich dem Leiden nicht entziehn, damit es den Willen zum Leben, dessen Erscheinung so jammervoll ist, aufzuheben beitragen könne, indem es die mir schon jetzt aufgehende Erkenntnis vom eigentlichen Wesen der Welt dahin verstärke, daß sie zum endlichen Quietiv meines Willens werde und mich auf immer erlöse.‹

Nichts?

Indem ich hier die Grundzüge der Ethik und mit ihnen die ganze Entwickelung jenes einen Gedankens, dessen Mitteilung mein Zweck war, beendige, will ich einen Vorwurf, der diesen letzten Teil der Darstellung trifft, keineswegs verhehlen, sondern vielmehr zeigen, daß er im Wesen der Sache liegt und ihm abzuhelfen schlechthin unmöglich ist. Es ist dieser, daß, nachdem unsere Betrachtung zuletzt dahin gelangt ist, daß wir in der vollkommenen Heiligkeit das Verneinen und Aufgeben alles Wollens und ebendadurch die Erlösung von einer Welt, deren ganzes Dasein sich uns als Leiden darstellte, vor Augen haben, uns nun ebendieses als ein Übergang in das leere *Nichts* erscheint.

Hierüber muß ich zuvörderst bemerken, daß der Begriff des *Nichts* wesentlich relativ ist und immer sich nur auf ein bestimmtes Etwas bezieht, welches er negiert. Man hat (namentlich Kant) diese Eigenschaft nur dem nihil privativum, welches das im Gegensatz eines + mit – Bezeichnete ist, zugeschrieben, welches – bei umgekehrtem Gesichtspunkte zu + werden könnte, und hat im Gegensatz dieses nihil privativum das nihil negativum aufgestellt, welches in jeder Beziehung nichts wäre, wozu man als Beispiel den logischen, sich selbst aufhebenden Widerspruch gebraucht. Näher betrachtet aber ist kein absolutes Nichts, kein ganz eigentliches nihil negativum auch nur denkbar; sondern jedes dieser Art ist, von einem höhern Standpunkt aus betrachtet oder einem weitern Begriff subsumiert, immer wieder nur ein nihil privativum. Jedes Nichts ist ein solches nur im Verhältnis zu etwas anderm gedacht und setzt dieses Verhältnis, also auch jenes andere voraus. Selbst ein logischer Widerspruch ist nur ein relatives Nichts. Er ist kein Gedanke der Vernunft; aber er ist darum kein absolutes Nichts. Denn er ist eine

Wortzusammensetzung, er ist ein Beispiel des Nichtdenkbaren, dessen man in der Logik notwendig bedarf, um die Gesetze des Denkens nachzuweisen: daher, wenn man zu diesem Zweck auf ein solches Beispiel ausgeht, man den Unsinn als das Positive, welches man eben sucht, festhalten, den Sinn als das Negative überspringen wird. So wird also jedes nihil negativum oder absolute Nichts, wenn einem höhern Begriff untergeordnet, als ein bloßes nihil privativum oder relatives Nichts erscheinen, welches auch immer mit dem, was es negiert, die Zeichen vertauschen kann, so daß dann jenes als Negation, es selbst aber als Position gedacht würde. Hiemit stimmt auch das Resultat der schwierigen dialektischen Untersuchung über das Nichts, welche Platon im ›Sophisten‹ (258 D, editio Bipontini 258, 12) anstellt, überein: Τὴν τοῦ ἑτέρου φύσιν ἀποδείξαντες οὖσάν τε, καὶ κατακεκερματισμένην ἐπὶ πάντα τὰ ὄντα πρὸς ἄλληλα, τὸ πρὸς τὸ ὂν ἑκάστου μόριον αὐτῆς ἀντιτιθέμενον ἐτολμήσαμεν εἰπεῖν, ὡς αὐτὸ τοῦτό ἐστιν ὄντως τὸ μὴ ὄν. (Cum enim ostenderemus *alterius* ipsius naturam esse perque omnia entia divisam atque dispersam *invicem;* tunc partem eius oppositam ei, quod cuiusque ens est, esse ipsum revera *non ens* asseruimus.) [Indem wir bewiesen, daß die Natur des Andersseins bestehe und sich erstrecke über alles Seiende in seinem Verhältnis gegen einander, und indem wir jedes einzelne Teilchen dieser Natur dem Seienden entgegensetzten, wagten wir zu behaupten, daß eben dieses in Wahrheit das Nichtseiende ist.]

Das allgemein als positiv Angenommene, welches wir das *Seiende* nennen und dessen Negation der Begriff *Nichts* in seiner allgemeinsten Bedeutung ausspricht, ist eben die Welt der Vorstellung, welche ich als die Objektität des Willens, als seinen Spiegel, nachgewiesen habe. Dieser Wille und diese Welt sind eben auch wir selbst, und zu ihr gehört die Vorstellung überhaupt als ihre eine Seite: die Form dieser Vorstellung ist Raum und Zeit, daher alles für diesen Standpunkt Seiende irgendwo und irgendwann sein muß. Zur Vorstellung gehört sodann auch der Begriff, das Material der Philosophie, endlich das Wort, das

Zeichen des Begriffs. Verneinung, Aufhebung, Wendung des Willens ist auch Aufhebung und Verschwinden der Welt, seines Spiegels. Erblicken wir ihn in diesem Spiegel nicht mehr, so fragen wir vergeblich, wohin er sich gewendet, und klagen dann, da er kein Wo und Wann mehr hat, er sei ins Nichts verlorengegangen.

Ein umgekehrter Standpunkt, wenn er für uns möglich wäre, würde die Zeichen vertauschen lassen und das für uns Seiende als das Nichts und jenes Nichts als das Seiende zeigen. Solange wir aber der Wille zum Leben selbst sind, kann jenes letztere von uns nur negativ erkannt und bezeichnet werden, weil der alte Satz des Empedokles, daß Gleiches nur von Gleichem erkannt wird, gerade hier uns alle Erkenntnis benimmt, so, wie umgekehrt eben auf ihm die Möglichkeit aller unserer wirklichen Erkenntnis, d.h. die Welt als Vorstellung oder die Objektität des Willens zuletzt beruht. Denn die Welt ist die Selbsterkenntnis des Willens,

Würde dennoch schlechterdings darauf bestanden, von dem, was die Philosophie nur negativ als Verneinung des Willens ausdrücken kann, irgendwie eine positive Erkenntnis zu erlangen; so bliebe uns nichts übrig, als auf den Zustand zu verweisen, den alle die, welche zur vollkommnen Verneinung des Willens gelangt sind, erfahren haben und den man mit den Namen Ekstase, Entrückung, Erleuchtung, Vereinigung mit Gott usw. bezeichnet hat; welcher Zustand aber nicht eigentlich Erkenntnis zu nennen ist, weil er nicht mehr die Form von Subjekt und Objekt hat und auch übrigens nur der eigenen, nicht weiter mitteilbaren Erfahrung zugänglich ist.

Wir aber, die wir ganz und gar auf dem Standpunkt der Philosophie stehnbleiben, müssen uns hier mit der negativen Erkenntnis begnügen, zufrieden, den letzten Grenzstein der positiven erreicht zu haben. Haben wir also das Wesen an sich der Welt als Wille und in allen ihren Erscheinungen nur seine Objektität erkannt und diese verfolgt vom erkenntnislosen Drange dunkler Naturkräfte bis zum bewußtvollsten Handeln des Menschen; so weichen wir keineswegs der Konsequenz aus, daß mit der freien Verneinung, dem Aufgeben des Willens, nun auch alle jene Erscheinungen aufgehoben sind, jenes beständige Drängen und Treiben ohne Ziel und ohne Rast auf allen Stufen der Objektität, in welchem und durch welches die Welt besteht, aufgehoben die Mannigfaltigkeit stufenweise folgender Formen, aufgehoben mit dem Willen seine ganze Erscheinung, endlich auch die allgemeinen Formen dieser, Zeit und Raum, und auch die letzte Grundform derselben, Subjekt und Objekt. Kein Wille: keine Vorstellung, keine Welt.

Vor uns bleibt allerdings nur das Nichts. Aber das, was sich gegen dieses Zerfließen ins Nichts sträubt, unsere Natur, ist ja eben nur der Wille zum Leben, der wir selbst sind, wie er unsere Welt ist. Daß wir so sehr das Nichts verabscheuen, ist nichts weiter als ein anderer Ausdruck davon, daß wir so sehr das Leben wollen und nichts sind als dieser Wille und nichts kennen als eben ihn. – Wenden wir aber den Blick von unserer eigenen Dürftigkeit und Befangenheit auf diejenigen, welche die Welt überwanden, in denen der Wille, zur vollen Selbsterkenntnis gelangt, sich in allem wiederfand und dann sich selbst frei verneinte und welche dann nur noch seine letzte Spur mit dem Leibe, den sie belebt, verschwinden zu sehn abwarten; so zeigt sich uns statt des rastlosen Dranges und Treibens, statt des steten Überganges von Wunsch zu Furcht und von Freude zu Leid, statt der nie befriedigten und nie ersterbenden Hoffnung, daraus der Lebenstraum des wollenden Menschen besteht, jener Friede, der höher ist als alle Vernunft, jene gänzliche Meeresstille des Gemüts, jene tiefe Ruhe, unerschütterliche Zuversicht und Heiterkeit, deren bloßer Abglanz im Antlitz, wie ihn Raffael und Correggio dargestellt haben, ein ganzes und sicheres Evangelium ist: nur die Erkenntnis ist geblieben, der Wille ist verschwunden. Wir aber blicken dann mit tiefer und schmerzlicher Sehnsucht auf diesen Zustand, neben welchem das Jammervolle und Heillose unsers eigenen durch den Kontrast in vollem Lichte erscheint. Dennoch ist diese Betrachtung die einzige, welche uns dauernd trösten kann, wann wir einerseits unheilbares Leiden und endlosen Jammer als der Erscheinung des Willens, der Welt, wesentlich erkannt haben und andererseits bei aufgehobenem Willen die Welt zerfließen sehn und nur das leere Nichts vor uns behalten. Also auf diese Weise, durch Betrachtung des Lebens und Wandels der Heiligen, welchen in der eigenen Erfahrung zu begegnen freilich selten vergönnt ist, aber welche ihre aufgezeichnete Geschichte und, mit dem Stempel innerer Wahrheit verbürgt, die Kunst uns vor die Augen bringt, haben wir den finstern Eindruck jenes Nichts, das als das letzte Ziel hinter aller Tugend und Heiligkeit schwebt und das wir wie die Kinder das Finstere fürchten, zu verscheuchen; statt selbst es zu umgehn wie die Inder durch Mythen und bedeutungsleere Worte wie Resorption in das *Brahm* oder *Nirwana* der Buddhaisten. Wir bekennen es vielmehr frei: was nach gänzlicher Aufhebung des Willens übrigbleibt, ist für alle die, welche noch des Willens voll sind, allerdings nichts. Aber auch umgekehrt ist denen, in welchen der Wille sich gewendet und verneint hat, diese unsere so sehr reale Welt mit allen ihren Sonnen und Milchstraßen – nichts[1].

1 Dieses ist eben auch das Pradschna-paramita der Buddhaisten, das ›Jenseit aller Erkenntnis‹, d.h. der Punkt, wo Subjekt und Objekt nicht mehr sind (siehe Isaak Jakob Schmidt, ›Über das Mahayana und Pradschna-paramita‹).

VI. DER SINN UND DIE SINNE DES SCHÖNEN

Kontemplation, Willenlosigkeit

Alles *Wollen* entspringt aus Bedürfnis, also aus Mangel, also aus Leiden. Diesem macht die Erfüllung ein Ende; jedoch gegen einen Wunsch, der erfüllt wird, bleiben wenigstens zehn versagt; ferner, das Begehren dauert lange, die Forderungen gehn ins unendliche; die Erfüllung ist kurz und kärglich bemessen. Sogar aber ist die endliche Befriedigung selbst nur scheinbar; der erfüllte Wunsch macht gleich einem neuen Platz; jener ist ein erkannter, dieser ein noch unerkannter Irrtum. Dauernde, nicht mehr weichende Befriedigung kann kein erlangtes Objekt des Wollens geben: sondern es gleicht immer nur dem Almosen, das, dem Bettler zugeworfen, sein Leben heute fristet, um seine Qual auf Morgen zu verlängern. – Darum nun, solange unser Bewußtsein von unserm Willen erfüllt ist, solange wir dem Drange der Wünsche mit seinem steten Hoffen und Fürchten hingegeben sind, solange wir Subjekt des Wollens sind, wird uns nimmermehr dauerndes Glück noch Ruhe. Ob wir jagen oder fliehn, Unheil fürchten oder nach Genuß streben, ist im wesentlichen einerlei: die Sorge für den stets fordernden Willen, gleichviel in welcher Gestalt, erfüllt und bewegt fortdauernd das Bewußtsein; ohne Ruhe aber ist durchaus kein wahres Wohlsein möglich. So liegt das Subjekt des Wollens beständig auf dem drehenden Rade des Ixion, schöpft immer im Siebe der Danaiden, ist der ewig schmachtende Tantalus.

Wann aber äußerer Anlaß oder innere Stimmung uns plötzlich aus dem endlosen Strome des Wollens heraushebt, die Erkenntnis dem Sklavendienste des Willens entreißt, die Aufmerksamkeit nun nicht mehr auf die Motive des Wollens gerichtet wird, sondern die Dinge frei von ihrer Beziehung auf den Willen auffaßt, also ohne Interesse, ohne Subjektivität, rein objektiv sie betrachtet, ihnen ganz hingegeben, sofern sie bloß Vorstellungen, nicht sofern sie Motive sind: dann ist die auf jenem ersten Wege des Wollens immer gesuchte, aber immer entfliehende Ruhe mit einem Male von selbst eingetreten, und uns ist völlig wohl. Es ist der schmerzenslose Zustand, den Epikuros als das höchste Gut und als den Zustand der Götter pries: denn wir sind für jenen Augenblick des schnöden Willensdranges entledigt, wir feiern den Sabbath der Zuchthausarbeit des Wollens, das Rad des Ixion steht still.

Dieser Zustand ist aber eben der, welchen ich oben beschrieb als erforderlich zur Erkenntnis der Idee, als reine Kontemplation, Aufgehn in der Anschauung, Verlieren ins Objekt, Vergessen aller Individualität, Aufhebung der dem Satz vom Grunde folgenden und nur Relationen fassenden Erkenntnisweise, wobei zugleich und unzertrennlich das angeschaute einzelne Ding zur Idee seiner Gattung, das erkennende Individuum zum reinen Subjekt des willenlosen Erkennens sich erhebt und nun beide als solche nicht mehr im Strome der Zeit und aller andern Relationen stehn. Es ist dann einerlei, ob man aus dem Kerker oder aus dem Palast die Sonne untergehn sieht.

Innere Stimmung, Übergewicht des Erkennens über das Wollen kann unter jeder Umgebung diesen Zustand hervorrufen. Dies zeigen uns jene trefflichen Niederländer, welche solche rein objektive Anschauung auf die unbedeutendesten Gegenstände richteten und ein dauerndes Denkmal ihrer Objektivität und Geistesruhe im *Stilleben* hinstellten, welches der ästhetische Beschauer nicht ohne Rührung betrachtet, da es ihm den ruhigen, stillen, willensfreien Gemütszustand des Künstlers vergegenwärtigt, der nötig war, um so unbedeutende Dinge so objektiv anzuschauen, so aufmerksam zu betrachten und diese Anschauung so besonnen zu wiederholen: und indem das Bild auch ihn zur Teilnahme an solchem Zustand auffordert, wird seine Rührung oft noch vermehrt durch den Gegensatz der eigenen unruhigen, durch heftiges Wollen getrübten Gemütsverfassung, in der er sich eben befindet. Im selben Geiste haben oft Landschaftsmaler, besonders Ruisdael, höchst unbedeutende landschaftliche Gegenstände gemalt und dadurch dieselbe Wirkung noch erfreulicher hervorgebracht.

So viel leistet ganz allein die innere Kraft eines künstlerischen Gemütes: aber erleichtert und von außen befördert wird jene rein objektive Gemütsstimmung durch entgegenkommende Objekte, durch die zu ihrem Anschauen einladende, ja sich aufdringende Fülle der schönen Natur. Ihr gelingt es, sooft sie mit einem Male unserm Blicke sich auftut, fast immer, uns, wenn auch nur auf Augenblicke, der Subjektivität, dem Sklavendienste des Willens zu entreißen und in den Zustand des reinen Erkennens zu versetzen. Darum wird auch der von Leidenschaften oder Not und Sorge Gequälte durch einen einzigen freien Blick in die Natur so plötzlich erquickt, erheitert und aufgerichtet: der Sturm der Leidenschaften, der Drang des Wunsches und der Furcht und alle Qual des Wollens sind dann sogleich auf eine wundervolle Art beschwichtigt. Denn in dem Augenblicke, wo wir, vom Wollen losgerissen, uns dem reinen willenlosen Erkennen hingegeben haben, sind wir gleichsam in eine andere Welt getreten, wo alles, was unsern Willen bewegt und dadurch uns so heftig erschüttert, nicht mehr ist. Jenes Freiwerden der Erkenntnis hebt uns aus dem allen ebensosehr und ganz heraus wie der Schlaf und der Traum: Glück und Unglück sind verschwunden; wir sind nicht mehr das Individuum, es ist vergessen, sondern nur noch reines Subjekt der Erkenntnis: wir sind nur noch da als das *eine* Weltauge, was aus allen erkennenden Wesen blickt, im Menschen allein aber völlig frei vom Dienste des Willens werden kann, wodurch aller Unterschied der Individualität so gänzlich verschwindet, daß es alsdann einerlei ist, ob das schauende Auge einem mächtigen König oder einem gepeinigten Bettler angehört. Denn weder Glück noch Jammer wird über jene Grenze mit hinübergenommen. So nahe liegt uns beständig ein Gebiet, auf welchem wir allem unserm Jammer gänzlich entronnen sind; aber wer hat die Kraft, sich lange darauf zu erhalten? Sobald irgendeine Beziehung eben jener also rein angeschauten Objekte zu unserm Willen, zu unserer Person wieder ins Bewußtsein tritt, hat der Zauber ein Ende: wir fallen zurück in die Erkenntnis, welche der Satz vom Grunde beherrscht, erkennen nun nicht mehr die Idee, sondern das einzelne Ding, das Glied einer Kette, zu der auch wir gehören, und wir sind allem unserm Jammer wieder hingegeben. – Die meisten Menschen stehn, weil ihnen Objektivität, d.i. Genialität, gänzlich abgeht, fast immer auf diesem Standpunkt. Daher sind sie nicht gern allein mit der Natur: sie brauchen Gesellschaft, wenigstens ein Buch. Denn ihr Erkennen bleibt dem Willen dienstbar: sie suchen daher an den Gegenständen nur die etwanige Beziehung auf ihren Willen, und bei allem, was keine solche Beziehung hat, ertönt in ihrem Innern, gleichsam wie ein Grundbaß, ein beständiges, trostloses ›Es hilft mir nichts‹: dadurch erhält in der Einsamkeit auch die schönste Umgebung ein ödes, finsteres, fremdes, feindliches Ansehn für sie.

Jene Seligkeit des willenlosen Anschauens ist es endlich auch, welche über die Vergangenheit und Entfernung einen so wundersamen Zauber verbreitet und sie in so sehr verschönerndem Lichte uns darstellt, durch eine Selbsttäuschung. Denn indem wir längst vergangene Tage, an einem fernen Ort verlebt, uns vergegenwärtigen, sind es die Objekte allein, welche unsere Phantasie zurückruft, nicht das Subjekt des Willens, das seine unheilbaren Leiden damals ebensowohl mit sich herumtrug wie jetzt: aber diese sind vergessen, weil sie seitdem schon oft andern Platz gemacht haben. Nun wirkt die objektive Anschauung in der Erinnerung ebenso, wie die gegenwärtige wirken würde, wenn wir es über uns vermöchten, uns willensfrei ihr hinzugeben. Daher kommt es, daß besonders, wann mehr als gewöhnlich irgendeine Not uns beängstiget, die plötzliche Erinnerung an Szenen der Vergangenheit und Entfernung wie ein verlorenes Paradies an uns vorüberfliegt. Bloß das Objektive, nicht das Individuell-Subjektive ruft die Phantasie zurück, und wir bilden uns ein, daß jenes Objektive damals ebenso rein, von keiner Beziehung auf den Willen getrübt vor uns gestanden habe wie jetzt sein Bild in der Phantasie: da doch vielmehr die Beziehung der

Objekte auf unser Wollen uns damals Qual schuf so gut wie jetzt. Wir können durch die gegenwärtigen Objekte ebensowohl wie durch die entfernten uns allem Leiden entziehn, sobald wir uns zur rein objektiven Betrachtung derselben erheben und so die Illusion hervorzubringen vermögen, daß allein jene Objekte, nicht wir selbst gegenwärtig wären: dann werden wir, des leidigen Selbst entledigt, als reines Subjekt des Erkennens mit jenen Objekten völlig eins, und so fremd unsere Not ihnen ist, so fremd ist sie in solchen Augenblicken uns selbst. Die Welt als Vorstellung ist dann allein noch übrig, und die Welt als Wille ist verschwunden.

Durch alle diese Betrachtungen wünsche ich deutlich gemacht zu haben, welcher Art und wie groß der Anteil sei, den am ästhetischen Wohlgefallen die subjektive Bedingung desselben hat, nämlich die Befreiung des Erkennens vom Dienste des Willens, das Vergessen seines Selbst als Individuums und die Erhöhung des Bewußtseins zum reinen, willenlosen, zeitlosen, von allen Relationen unabhängigen Subjekt des Erkennens. Mit dieser subjektiven Seite der ästhetischen Beschauung tritt als notwendiges Korrelat immer zugleich die objektive Seite derselben ein, die intuitive Auffassung der Platonischen Idee. Bevor wir uns aber zur nähern Betrachtung dieser und zu den Leistungen der Kunst in Beziehung auf dieselbe wenden, ist es zweckmäßiger, noch etwas bei der subjektiven Seite des ästhetischen Wohlgefallens zu verweilen, um deren Betrachtung durch die Erörterung des von ihr allein abhängigen und durch eine Modifikation derselben entstehenden Eindrucks des *Erhabenen* zu vollenden. Danach wird unsere Untersuchung des ästhetischen Wohlgefallens durch die Betrachtung der objektiven Seite desselben ihre ganze Vollständigkeit erhalten.

Dem Bisherigen aber gehören zuvor noch folgende Bemerkungen an. Das Licht ist das Erfreulichste der Dinge: es ist das Symbol alles Guten und Heilbringenden geworden. In allen Religionen bezeichnet es das ewige Heil und die Finsternis die Verdammnis, Ormuzd wohnt im reinsten Lichte, Ahriman in ewiger Nacht. In Dantes Paradiese sieht es ungefähr aus wie im Vauxhall zu London, indem alle seligen Geister daselbst als Lichtpunkte erscheinen, die sich zu regelmäßigen Figuren zusammenstellen. Die Abwesenheit des Lichtes macht uns unmittelbar traurig; seine Wiederkehr beglückt: die Farben erregen unmittelbar ein lebhaftes Ergötzen, welches, wenn sie transparent sind, den höchsten Grad erreicht. Dies alles kommt allein daher, daß das Licht das Korrelat und die Bedingung der vollkommensten anschaulichen Erkenntnisweise ist, der einzigen, die unmittelbar durchaus nicht den Willen affiziert. Denn das Sehn ist gar nicht wie die Affektion der andern Sinne an sich unmittelbar und durch seine sinnliche Wirkung einer Annehmlichkeit oder Unannehmlichkeit der *Empfindung* im Organ fähig, d.h. hat keine unmittelbare Verbindung mit dem Willen: sondern erst die im Verstande entspringende Anschauung kann eine solche haben, die dann in der Relation des Objekts zum Willen liegt. Schon beim Gehör ist dies anders: Töne können unmittelbar Schmerz erregen und auch unmittelbar sinnlich, ohne Bezug auf Harmonie oder Melodie, angenehm sein. Das Getast, als mit dem Gefühl des ganzen Leibes eines, ist diesem unmittelbaren Einfluß auf den Willen noch mehr unterworfen: doch gibt es noch ein schmerz- und wollustloses Tasten. Gerüche aber sind immer angenehm oder unangenehm: Geschmäcke noch mehr. Die beiden letzteren Sinne sind also am meisten mit dem Willen inquiniert: daher sind sie immer die unedelsten und von Kant die subjektiven Sinne genannt worden. Die Freude über das Licht ist also in der Tat nur die Freude über die objektive Möglichkeit der reinsten und vollkommensten anschaulichen Erkenntnisweise und als solche daraus abzuleiten, daß das reine, von allem Wollen befreite und entledigte Erkennen höchst erfreulich ist und schon als solches einen großen Anteil am ästhetischen Genusse hat. – Aus dieser Ansicht des Lichtes ist wieder die unglaublich große Schönheit abzuleiten, die wir der Abspiegelung der Objekte im Wasser zuerkennen. Jene leichteste, schnellste, feinste Art der Einwirkung von Körpern auf einander, sie, der auch wir die bei weitem vollkommenste und reinste unserer Wahrnehmungen verdanken: die Einwirkung mittelst zurückgeworfener Lichtstrahlen; diese wird uns hier ganz deutlich, übersehbar und vollständig in Ursache und Wirkung, und zwar im Großen vor die Augen gebracht: daher unsere ästhetische Freude darüber, welche der Hauptsache nach ganz im subjektiven Grunde des ästhetischen Wohlgefallens wurzelt und Freude über das reine Erkennen und seine Wege ist.

Die Darstellung des Menschen

Der Mensch, der sein Leben aufzeichnet, überblickt es im Ganzen und Großen, das Einzelne wird klein, das Nahe entfernt sich, das Ferne kommt wieder nah, die Rücksichten schrumpfen ein: er sitzt sich selbst zur Beichte und hat sich freiwillig hingesetzt; der Geist der Lüge faßt ihn hier nicht so leicht: denn es liegt in jedem Menschen auch eine Neigung zur Wahrheit, die bei jeder Lüge erst überwältigt werden muß und die eben hier eine ungemein starke Stellung angenommen hat. Das Verhältnis zwischen Biographie und Völkergeschichte läßt sich durch folgendes Gleichnis anschaulich machen. Die Geschichte zeigt uns die Menschheit, wie uns eine Aussicht von einem hohen Berge die Natur zeigt: wir sehn vieles auf einmal, weite Strecken, große Massen; aber deutlich wird nichts, noch seinem ganzen eigentlichen Wesen nach erkennbar. Dagegen zeigt uns das dargestellte Leben des einzelnen den Menschen so, wie wir die Natur erkennen, wenn wir zwischen ihren Bäumen, Pflanzen, Felsen und Gewässern umhergehn. Wie aber durch die Landschaftsmalerei, in welcher der Künstler uns durch seine Augen in die Natur blicken läßt, uns die Erkenntnis ihrer Ideen und der zu dieser erforderte Zustand des willenlosen, reinen Erkennens sehr erleichtert wird; so hat für die Darstellung der Ideen, welche wir in Geschichte und Biographie suchen können, die Dichtkunst sehr vieles vor beiden voraus: denn auch hier hält uns der Genius den verdeutlichenden Spiegel vor, in welchem alles Wesentliche und Bedeutsame zusammengestellt und, ins hellste Licht gesetzt, uns entgegentritt, das Zufällige und Fremdartige aber ausgeschieden ist.

Die Darstellung der Idee der Menschheit, welche dem Dichter obliegt, kann er nun entweder so ausführen, daß der Dargestellte zugleich auch der Darstellende ist: dieses geschieht in der lyrischen Poesie, im eigentlichen Liede, wo der Dichtende nur seinen eigenen Zustand lebhaft anschaut und beschreibt, wobei daher durch den Gegenstand dieser Gattung eine gewisse Subjektivität wesentlich ist – oder aber der Darzustellende ist vom Darstellenden ganz verschieden wie in allen andern Gattungen, wo mehr oder weniger der Darstellende hinter dem Dargestellten sich verbirgt und zuletzt ganz verschwindet. In der Romanze drückt der Darstellende seinen eigenen Zustand noch durch Ton und Haltung des Ganzen in etwas aus: viel objektiver als das Lied hat sie daher noch etwas Subjektives, dieses verschwindet schon mehr im Idyll, noch viel mehr im Roman, fast ganz im eigentlichen Epos, und bis auf die letzte Spur endlich im Drama, welches die objektiveste und in mehr als einer Hinsicht vollkommenste, auch schwierigste Gattung der Poesie ist. Die lyrische Gattung ist ebendeshalb die leichteste, und wenn die Kunst sonst nur dem so seltenen echten Genius angehört, so kann selbst der im ganzen nicht sehr eminente Mensch, wenn in der Tat durch starke Anregung von außen irgendeine Begeisterung seine Geisteskräfte erhöht, ein schönes Lied zustande bringen: denn es bedarf dazu nur einer lebhaften Anschauung seines eigenen Zustandes im aufgeregten Moment. Dies beweisen viele einzelne Lieder übrigens unbekannt gebliebener Individuen, besonders die deutschen Volkslieder, von denen wir im ›Wunderhorn‹ eine treffliche Sammlung haben, und ebenso unzählige Liebes- und andere Lieder des Volkes in allen Sprachen. Denn die Stimmung des Augenblickes zu ergreifen und im Liede zu verkörpern ist die ganze Leistung dieser poetischen Gattung. Dennoch bildet in der lyrischen Poesie echter Dichter sich das Innere der ganzen Menschheit ab, und alles, was Millionen gewesener, seiender, künftiger Menschen in denselben, weil stets wiederkehrenden Lagen empfunden haben und empfinden werden, findet darin seinen entsprechenden Ausdruck. Weil jene Lagen durch die beständige Wiederkehr, eben wie die Menschheit selbst, als bleibende dastehn und stets dieselben Empfindungen hervorrufen, bleiben die lyrischen Produkte echter Dichter Jahrtausende hindurch richtig, wirksam und frisch. Ist doch überhaupt der Dichter der allgemeine Mensch: alles, was irgendeines Menschen Herz bewegt hat und was die menschliche Natur in irgendeiner Lage aus sich hervortreibt, was irgendwo in einer Menschenbrust wohnt und brütet – ist sein Thema und sein Stoff; wie daneben auch die ganze übrige Natur. Daher kann der Dichter so gut die Wollust wie die Mystik besingen, Anakreon oder Angelus Silesius sein, Tragödien oder Komödien schreiben, die erhabene oder die gemeine Gesinnung darstellen – nach Laune und Beruf. Demnach darf niemand dem Dichter vorschreiben, daß er edel und erhaben, moralisch, fromm, christlich oder dies oder das sein soll, noch weniger ihm vorwerfen, daß er dies und nicht jenes sei. Er ist der Spiegel der Menschheit und bringt ihr, was sie fühlt und treibt, zum Bewußtsein.

Die Tragödie

Als der Gipfel der Dichtkunst sowohl in Hinsicht auf die Größe der Wirkung als auf die Schwierigkeit der Leistung ist das Trauerspiel anzusehn und ist dafür anerkannt. Es ist für das Ganze unserer gesamten Betrachtung sehr bedeutsam und wohl zu beachten, daß der Zweck dieser höchsten poetischen Leistung die Darstellung der schrecklichen Seite des Lebens ist, daß der namenlose Schmerz, der Jammer der Menschheit, der Triumph der Bosheit, die höhnende Herrschaft des Zufalls und der rettungslose Fall der Gerechten und Unschuldigen uns hier vorgeführt werden: denn hierin liegt ein bedeutsamer Wink über die Beschaffenheit der Welt und des Daseins. Es ist der Widerstreit des Willens mit sich selbst, welcher hier, auf der höchsten Stufe seiner Objektität am vollständigsten entfaltet, furchtbar hervortritt. Am Leiden der Menschheit wird er sichtbar, welches nun herbeigeführt wird teils durch Zufall und Irrtum, die als Beherrscher der Welt, und durch ihre bis zum Schein der Absichtlichkeit gehende Tücke als Schicksal personifiziert, auftreten; teils geht er aus der Menschheit selbst hervor durch die sich kreuzenden Willensbestrebungen der Individuen, durch die Bosheit und Verkehrtheit der meisten. Ein und derselbe Wille ist es, der in ihnen allen lebt und erscheint, dessen Erscheinungen aber sich selbst bekämpfen und sich selbst zerfleischen. In diesem Individuo tritt er gewaltig, in jenem schwächer hervor, hier mehr, dort minder zur Besinnung gebracht und gemildert durch das Licht der Erkenntnis, bis endlich in einzelnen diese Erkenntnis, geläutert und gesteigert durch das Leiden selbst, den Punkt erreicht, wo die Erscheinung, der Schleier der Maja, sie nicht mehr täuscht, die Form der Erscheinung, das principium individuationis, von ihr durchschaut wird, der auf diesem beruhende Egoismus ebendamit erstirbt, wodurch nunmehr die vorhin so gewaltigen *Motive* ihre Macht verlieren und statt ihrer die vollkommene Erkenntnis des Wesens der Welt, als *Quietiv* des Willens wirkend, die Resignation herbeiführt, das Aufgeben nicht bloß des Lebens, sondern des ganzen Willens zum Leben selbst. So sehn wir im Trauerspiel zuletzt die Edelsten nach langem Kampf und Leiden den Zwecken, die sie bis dahin so heftig verfolgten, und allen den Genüssen des Lebens auf immer entsagen oder es selbst willig und freudig aufgeben: so den standhaften Prinzen des Calderon; so das Gretchen im ›Faust‹; so den Hamlet, dem sein Horatio willig folgen möchte, welchen aber jener bleiben und noch eine Weile in dieser rauhen Welt mit Schmerzen atmen heißt, um Hamlets Schicksal aufzuklären und dessen Andenken zu reinigen – so auch die Jungfrau von Orleans, die Braut von Messina: sie alle sterben durch Leiden geläutert, d.h. nachdem der Wille zu leben zuvor in ihnen erstorben ist; im ›Mohammed‹ von Voltaire spricht sich dieses sogar wörtlich aus in den Schlußworten, welche die sterbende Palmira dem Mohammed zuruft: ›Die Welt ist für Tyrannen: Lebe Du!‹ – Hingegen beruht die Forderung der sogenannten poetischen Gerechtigkeit auf gänzlichem Verkennen des Wesens des Trauerspiels, ja selbst des Wesens der Welt. Mit Dreistigkeit tritt sie in ihrer ganzen Plattheit auf in den Kritiken, welche Dr. Samuel Johnson zu den einzelnen Stücken Shakespeares geliefert hat, indem er recht naiv über die durchgängige Vernachlässigung derselben klagt; welche allerdings vorhanden ist: denn was haben die Ophelien, die Desdemonen, die Cordelien verschuldet? – Aber nur die platte, optimistische, protestantisch-rationalistische oder eigentlich jüdische Weltansicht wird die Forderung der poetischen Gerechtigkeit machen und an deren Befriedigung ihre eigene finden. Der wahre Sinn des Trauerspiels ist die tiefere Einsicht, daß, was der Held abbüßt, nicht seine Partikularsünden sind, sondern die Erbsünde, d.h. die Schuld des Daseins selbst:

Pues el delito mayor
Del hombre es haber nacido.
(Da die größte Schuld des Menschen
Ist, daß er geboren ward.)
[›Das Leben ein Traum‹ I, 2]

wie Calderon es geradezu ausspricht.

Die Behandlungsart des Trauerspiels näher betreffend, will ich mir nun eine Bemerkung erlauben. Darstellung eines großen Unglücks ist dem Trauerspiel allein wesentlich. Die vielen verschiedenen Wege aber, auf welchen es vom Dichter herbeigeführt wird, lassen sich unter drei Artbegriffe bringen. Es kann nämlich geschehn durch außerordentliche, an die äußersten Grenzen der Möglichkeit streifende Bosheit eines Charakters, welcher der Urheber des Unglücks wird; Beispiele dieser Art sind: Richard III., Jago im ›Othello‹, Shylock im ›Kaufmann von Venedig‹, Franz Moor, Phaidra des Euripides, Kreon in der ›Antigone‹ u.dgl. mehr. Es kann ferner geschehn durch blindes Schicksal, d.i. Zufall oder Irrtum: von dieser Art ist ein wahres Muster der König Oidipus des Sophokles, auch die Trachinierinnen, und überhaupt gehören die meisten Tragödien der Alten hieher: unter den Neuern sind Beispiele: ›Romeo und Juliet‹, ›Tancrède‹ von Voltaire, ›Die Braut von Messina‹. Das Unglück kann aber endlich auch herbeigeführt werden durch die bloße Stellung der Personen gegen einander, durch die Verhältnisse; so daß es weder eines ungeheuren Irrtums oder eines unerhörten Zufalls noch auch eines die Grenzen der Menschheit im Bösen erreichenden Charakters bedarf; sondern Charaktere, wie sie in moralischer Hinsicht gewöhnlich sind, unter Umständen, wie sie häufig eintreten, sind so gegen einander gestellt, daß ihre Lage sie zwingt, sich gegenseitig, wissend und sehend, das größte Unheil zu bereiten, ohne daß dabei das Unrecht auf irgendeiner Seite ganz allein sei. Diese letztere Art scheint mir den beiden andern weit vorzuziehn: denn sie zeigt uns das größte Unglück nicht als eine Ausnahme, nicht als etwas durch seltene Umstände oder monstrose Charaktere Herbeigeführtes, sondern als etwas aus dem Tun und den Charakteren der Menschen leicht und von selbst, fast als wesentlich Hervorgehendes, und führt es ebendadurch furchtbar nahe an uns heran. Und wenn wir in den beiden andern Arten das ungeheure Schicksal und die entsetzliche Bosheit als schreckliche, aber nur aus großer Ferne von uns drohende Mächte erblicken, denen wir selbst wohl entgehn dürften, ohne zur Entsagung zu flüchten; so zeigt uns die letzte Gattung jene Glück und Leben zerstörenden Mächte von der Art, daß auch zu uns ihnen der Weg jeden Augenblick offensteht, und das größte Leiden, herbeigeführt durch Verflechtungen, deren Wesentliches auch unser Schicksal annehmen könnte, und durch Handlungen, die auch wir vielleicht zu begehn fähig wären, und also nicht über Unrechtklagen dürften: dann fühlen wir schaudernd uns schon mitten in der Hölle. Die Ausführung in dieser letztern Art hat aber auch die größte Schwierigkeit; da man darin mit dem geringsten Aufwand von Mitteln und Bewegungsursachen, bloß durch ihre Stellung und Verteilung die größte Wirkung hervorzubringen hat: daher ist selbst in vielen der besten Trauerspiele diese Schwierigkeit umgangen. Als ein vollkommenes Muster dieser Art ist jedoch ein Stück anzuführen, welches von mehreren andern desselben großen Meisters in anderer Hinsicht weit übertroffen wird: es ist ›Clavigo‹. ›Hamlet‹ gehört gewissermaßen hierher, wenn man nämlich bloß auf sein Verhältnis zum Laertes und zur Ophelia sieht; auch hat ›Wallenstein‹ diesen Vorzug; ›Faust‹ ist ganz dieser Art, wenn man bloß die Begebenheit mit dem Gretchen und ihrem Bruder als die Haupthandlung betrachtet; ebenfalls der ›Cid‹ des Corneille, nur daß diesem der tragische Ausgang fehlt, wie ihn hingegen das analoge Verhältnis des Max zur Thekla hat.

Die Musik

Nachdem wir nun im bisherigen alle schönen Künste in derjenigen Allgemeinheit, die unserm Standpunkt angemessen ist, betrachtet haben, anfangend von der schönen Baukunst, deren Zweck als solcher die Verdeutlichung der Objektivation des Willens auf der niedrigsten Stufe seiner Sichtbarkeit ist, wo er sich als dumpfes, erkenntnisloses, gesetzmäßiges Streben der Masse zeigt und doch schon Selbstentzweiung und Kampf offenbart, nämlich zwischen Schwere und Starrheit – und unsere Betrachtung beschließend mit dem Trauerspiel, welches, auf der höchsten Stufe der Objektivation des Willens, eben jenen seinen Zwiespalt mit sich selbst in furchtbarer Größe und Deutlichkeit uns vor die Augen bringt – so finden wir, daß dennoch eine schönste Kunst von unserer Betrachtung ausgeschlossen geblieben ist und bleiben mußte, da im systematischen Zusammenhang unserer Darstellung gar keine Stelle für sie passend war: es ist die *Musik*. Sie steht ganz abgesondert von allen andern. Wir erkennen in ihr nicht die Nachbildung, Wiederholung irgendeiner Idee der Wesen in der Welt: dennoch ist sie eine so große und überaus herrliche Kunst, wirkt so mächtig auf das Innerste des Menschen, wird dort so ganz und so tief von ihm verstanden als eine ganz allgemeine Sprache, deren Deutlichkeit sogar die der anschaulichen Welt selbst übertrifft – daß wir gewiß mehr in ihr zu suchen haben als ein ›exercitium arithmeticae occultum nescientis se numerare animi‹ [eine unbewußte Übung in der Arithmetik, bei der der Geist nicht weiß, daß er zählt], wofür sie Leibniz ansprach[1] und dennoch ganz recht hatte, sofern er nur ihre unmittelbare und äußere Bedeutung, ihre Schale, betrachtete. Wäre sie jedoch nichts weiter, so müßte die Befriedigung, wel-

1 ›Leibnitii epistulae‹ collectio Kortholti: epistula 154

che sie gewährt, der ähnlich sein, die wir beim richtigen Aufgehn eines Rechnungsexempels empfinden, und könnte nicht jene innige Freude sein, mit der wir das tiefste Innere unsers Wesens zur Sprache gebracht sehn. Auf unserm Standpunkte daher, wo die ästhetische Wirkung unser Augenmerk ist, müssen wir ihr eine viel ernstere und tiefere, sich auf das innerste Wesen der Welt und unser Selbst beziehende Bedeutung zuerkennen, in Hinsicht auf welche die Zahlenverhältnisse, in die sie sich auflösen läßt, sich nicht als das Bezeichnete, sondern selbst erst als das Zeichen verhalten. Daß sie zur Welt in irgendeinem Sinne sich wie Darstellung zum Dargestellten, wie Nachbild zum Vorbilde verhalten muß, können wir aus der Analogie mit den übrigen Künsten schließen, denen allen dieser Charakter eigen ist und mit deren Wirkung auf uns die ihrige im ganzen gleichartig, nur stärker, schneller, notwendiger, unfehlbarer ist. Auch muß jene ihre nachbildliche Beziehung zur Welt eine sehr innige, unendlich wahre und richtig treffende sein, weil sie von jedem augenblicklich verstanden wird und eine gewisse Unfehlbarkeit dadurch zu erkennen gibt, daß ihre Form sich auf ganz bestimmte, in Zahlen auszudrückende Regeln zurückführen läßt, von denen sie gar nicht abweichen kann, ohne gänzlich aufzuhören, Musik zu sein. – Dennoch liegt der Vergleichungspunkt zwischen der Musik und der Welt, die Hinsicht, in welcher jene zu dieser im Verhältnis der Nachahmung oder Wiederholung steht, sehr tief verborgen. Man hat die Musik zu allen Zeiten geübt, ohne hierüber sich Rechenschaft geben zu können: zufrieden, sie unmittelbar zu verstehn, tut man Verzicht auf ein abstraktes Begreifen dieses unmittelbaren Verstehns selbst.

*

Das unaussprechlich Innige aller Musik, vermöge dessen sie als ein so ganz vertrautes und doch ewig fernes Paradies an uns vorüberzieht, so ganz verständlich und doch so unerklärlich ist, beruht darauf, daß sie alle Regungen unsers innersten Wesens wiedergibt, aber ganz ohne die Wirklichkeit und fern von ihrer Qual. Imgleichen ist der ihr wesentliche Ernst, welcher das Lächerliche aus ihrem unmittelbar eigenen Gebiet ganz ausschließt, daraus zu erklären, daß ihr Objekt nicht die Vorstellung ist, in Hinsicht auf welche Täuschung und Lächerlichkeit allein möglich sind; sondern ihr Objekt unmittelbar der Wille ist und dieser wesentlich das Allerernsteste, als wovon alles abhängt. – Wie inhaltsreich und bedeutungsvoll ihre Sprache sei, bezeugen sogar die Repetitionszeichen nebst dem Da capo, als welche bei Werken in der Wortsprache unerträglich wären, bei jener hingegen sehr zweckmäßig und wohltuend sind: denn um es ganz zu fassen, muß man es zweimal hören.

Wenn ich nun in dieser ganzen Darstellung der Musik bemüht gewesen bin, deutlich zu machen, daß sie in einer höchst allgemeinen Sprache das innere Wesen, das An-sich der Welt, welches wir nach seiner deutlichsten Äußerung unter dem Begriff Willen denken, ausspricht, in einem einartigen Stoff, nämlich bloßen Tönen, und mit der größten Bestimmtheit und Wahrheit; wenn ferner, meiner Ansicht und Bestrebung nach, die Philosophie nichts anderes ist als eine vollständige und richtige Wiederholung und Aussprechung des Wesens der Welt in sehr allgemeinen Begriffen, da nur in solchen eine überall ausreichende und anwendbare Übersicht jenes ganzen Wesens möglich ist; so wird, wer mir gefolgt und in meine Denkungsart eingegangen ist, es nicht so sehr paradox finden, wenn ich sage, daß, gesetzt, es gelänge, eine vollkommen richtige, vollständige und in das einzelne gehende Erklärung der Musik, also eine ausführliche Wiederholung dessen, was sie ausdrückt, in Begriffen zu geben, diese sofort auch eine genügende Wiederholung und Erklärung der Welt in Begriffen oder einer solchen ganz gleichlautend, also die wahre Philosophie sein würde [...].

Kunst als befristete Erlösung

Der Genuß alles Schönen, der Trost, den die Kunst gewährt, der Enthusiasmus des Künstlers, welcher ihn die Mühen des Lebens vergessen läßt, dieser eine Vorzug des Genius vor den andern, der ihn für das mit der Klarheit des Bewußtseins in gleichem Maße gesteigerte Leiden und für die öde Einsamkeit unter einem heterogenen Geschlechte allein entschädigt – dieses alles beruht darauf, daß, wie sich uns weiterhin zeigen wird, das An-sich des Lebens, der Wille, das Dasein selbst, ein stetes Leiden und teils jämmerlich, teils schrecklich ist; dasselbe hingegen als Vorstellung allein, rein angeschaut oder durch die Kunst wiederholt, frei von Qual, ein bedeutsames Schauspiel gewährt. Diese rein erkennbare Seite der Welt und die Wiederholung derselben in irgendeiner Kunst ist das Element des Künstlers. Ihn fesselt die Betrachtung des Schauspiels der Objektivation des Willens: bei demselben bleibt er stehn, wird nicht müde es zu betrachten und darstellend zu wiederholen und trägt derweilen selbst die Kosten der Aufführung jenes Schauspiels, d.h. ist ja selbst der Wille, der sich also objektiviert und in stetem Leiden bleibt. Jene reine wahre und tiefe Erkenntnis des Wesens der Welt wird ihm nun Zweck an sich: er bleibt bei ihr stehn. Daher wird sie ihm nicht, wie wir es im folgenden Buche bei dem zur Resignation gelangten Heiligen sehn werden, Quietiv des Willens, erlöst ihn nicht auf immer, sondern nur auf Augenblicke vom Leben und ist ihm so noch nicht der Weg aus demselben, sondern nur einstweilen ein Trost in demselben; bis seine dadurch gesteigerte Kraft endlich des Spieles müde den Ernst ergreift. Als Sinnbild dieses Überganges kann man die ›Heilige Cäcilie‹ von Raffael betrachten. Zum Ernst also wollen nun auch wir uns im folgenden Buche wenden.

VII. DER MENSCH – DAS METAPHYSISCHE TIER

Den Menschen ausgenommen, wundert sich kein Wesen über sein eigenes Dasein; sondern ihnen allen versteht dasselbe sich so sehr von selbst, daß sie es nicht bemerken. Aus der Ruhe des Blickes der Tiere spricht noch die Weisheit der Natur; weil in ihnen der Wille und der Intellekt noch nicht weit genug auseinandergetreten sind, um bei ihrem Wiederbegegnen sich über einander verwundern zu können. So hängt hier die ganze Erscheinung noch fest am Stamme der Natur, dem sie entsprossen, und ist der unbewußten Allwissenheit der großen Mutter teilhaft. – Erst nachdem das innere Wesen der Natur (der Wille zum Leben in seiner Objektivation) sich durch die beiden Reiche der bewußtlosen Wesen und dann durch die lange und breite Reihe der Tiere rüstig und wohlgemut gesteigert hat, gelangt es endlich beim Eintritt der Vernunft, also im Menschen zum ersten Male zur Besinnung: dann wundert es sich über seine eigenen Werke und frägt sich, was es selbst sei. Seine Verwunderung ist aber um so ernstlicher, als es hier zum ersten Male mit Bewußtsein *dem Tode* gegenübersteht und neben der Endlichkeit alles Daseins auch die Vergeblichkeit alles Strebens sich ihm mehr oder minder aufdringt. Mit dieser Besinnung und dieser Verwunderung entsteht daher das dem Menschen allein eigene *Bedürfnis einer Metaphysik:* er ist sonach ein ›animal metaphysicum‹ [metaphysisches Wesen]. Im Anfang seines Bewußtseins freilich nimmt auch er sich als etwas, das sich von selbst versteht. Aber dies währt nicht lange; sondern sehr früh, zugleich mit der ersten Reflexion, tritt schon diejenige Verwunderung ein, welche dereinst Mutter der Metaphysik werden soll. – Diesem gemäß sagt auch *Aristoteles* im Eingang seiner ›Metaphysik‹ [1; 982 b 12]: Διὰ γὰρ τὸ θαυμάζειν οἱ ἄνθρωποι καὶ νῦν καὶ τὸ πρῶτον ἤρξαντο φιλοσοφεῖν. (Propter admirationem enim et nunc et primo inceperunt homines philosophari.) [Denn wegen der Verwunderung haben die Menschen, wie jetzt so auch vordem, angefangen zu philosophieren.] Auch besteht die eigentliche philosophische Anlage zunächst darin, daß man über das Gewöhnliche und Alltägliche sich zu verwundern fähig ist, wodurch man eben veranlaßt wird, das *Allgemeine* der Erscheinung zu seinem Problem zu machen; während die Forscher in den Realwissenschaften sich nur über ausgesuchte und seltene Erscheinungen verwundern und ihr Problem bloß ist, diese auf bekanntere zurückzuführen. Je niedriger ein Mensch in intellektueller Hinsicht steht, desto weniger Rätselhaftes hat für ihn das Dasein selbst: ihm scheint vielmehr sich alles, wie es ist und daß es sei, von selbst zu verstehn. Dies beruht darauf, daß sein Intellekt seiner ursprünglichen Bestimmung, als Medium der Motive dem Willen dienstbar zu sein, noch ganz treu geblieben und deshalb mit der Welt und Natur als integrierender Teil derselben eng verbunden, folglich weit entfernt davon ist, sich vom Ganzen der Dinge gleichsam ablösend, demselben gegenüberzutreten und so einstweilen als für sich bestehend die Welt rein objektiv aufzufassen. Hingegen ist die hieraus entspringende philosophische Verwunderung im einzelnen durch höhere Entwickelung der Intelligenz bedingt, überhaupt jedoch nicht durch diese allein; sondern ohne Zweifel ist es das Wissen um den Tod und neben diesem die Betrachtung des Leidens und der Not des Lebens, was den stärksten Anstoß zum philosophischen Besinnen und zu metaphysischen Auslegungen der Welt gibt. Wenn unser Leben endlos und schmerzlos wäre, würde es vielleicht doch keinem einfallen zu fragen, warum die Welt dasei und gerade diese Beschaffenheit habe; sondern eben auch sich alles von selbst verstehn. Dementsprechend finden wir, daß das Interesse, welches philosophische oder auch religiöse Systeme einflößen, seinen allerstärksten Anhaltspunkt durchaus an dem Dogma irgendeiner Fortdauer nach dem Tode hat: und wenngleich die letzteren das Dasein ihrer Götter zur Hauptsache zu machen und dieses am eifrigsten zu verteidigen scheinen; so ist dies im Grunde doch nur, weil sie an dasselbe ihr Unsterblichkeitsdogma geknüpft haben und es für unzertrennlich von ihm halten: nur um dieses ist es ihnen eigentlich zu tun. Denn wenn man ihnen dasselbe anderweitig sicherstellen könnte; so würde der lebhafte Eifer für ihre Götter alsbald erkalten, und er würde fast gänzlicher Gleichgültigkeit Platz machen, wenn umgekehrt die völlige Unmöglichkeit einer Unsterblichkeit ihnen bewiesen wäre: denn das Interesse am Dasein der Götter verschwände mit der Hoffnung einer nähern Bekanntschaft mit ihnen bis auf den Rest, der sich an ihren möglichen Einfluß auf die Vorfälle des gegenwärtigen Lebens knüpfen möchte. Könnte man aber gar die Fortdauer nach dem Tode, etwan weil sie Ursprünglichkeit des Wesens voraussetzte, als unverträglich mit dem Dasein von Göttern nachweisen; so würden sie diese bald ihrer eigenen Unsterblichkeit zum Opfer bringen und für den Atheismus eifern. Auf demselben Grunde beruht es, daß die eigentlich materialistischen Systeme wie auch die absolut skeptischen niemals einen allgemeinen oder dauernden Einfluß haben erlangen können.

Tempel und Kirchen, Pagoden und Moscheen, in allen Landen, aus allen Zeiten, in Pracht und Größe, zeugen vom metaphysischen Bedürfnis des Menschen, welches stark und unvertilgbar dem physischen auf dem Fuße folgt. Freilich könnte, wer satirisch gelaunt ist, hinzufügen, daß dasselbe ein bescheidener Bursche sei, der mit geringer Kost vorliebnehme. An plumpen Fabeln und abgeschmackten Märchen läßt er sich bisweilen genügen: wenn nur früh genug eingeprägt, sind sie ihm hinlängliche Auslegungen seines Daseins und Stützen seiner Moralität. Man betrachte z.B. den Koran: dieses schlechte Buch war hinreichend, eine Weltreligion zu begründen, das metaphysische Bedürfnis zahlloser Millionen Menschen seit 1200 Jahren zu befriedigen, die Grundlage ihrer Moral und einer bedeutenden Verachtung des Todes zu werden, wie auch, sie zu blutigen Kriegen und den ausgedehntesten Eroberungen zu begeistern. Wir finden in ihm die traurigste und ärmlichste Gestalt des Theismus. Viel mag durch die Übersetzungen verlorengehn; aber ich habe keinen einzigen wertvollen Gedanken darin entdecken können. Dergleichen beweist, daß mit dem metaphysischen Bedürfnis die metaphysische Fähigkeit nicht Hand in Hand geht. Doch will es scheinen, daß in den frühen Zeiten der gegenwärtigen Erdoberfläche diesem anders gewesen sei und daß die, welche der Entstehung des Menschengeschlechts und dem Urquell der organischen Natur bedeutend näher standen als wir, auch noch teils größere Energie der intuitiven Erkenntniskräfte, teils eine richtigere Stimmung des Geistes hatten, wodurch sie einer reineren, unmittelbaren Auffassung des Wesens der Natur fähig und dadurch imstande waren, dem metaphysischen Bedürfnis auf eine würdigere Weise zu genügen: so entstanden in den Urvätern der Brahmanen, den Rischis, die fast übermenschlichen Konzeptionen, welche später in den Upanischaden der *Veden* niedergelegt wurden.

Niemals hingegen hat es an Leuten gefehlt, welche auf jenes metaphysische Bedürfnis des Menschen ihren Unterhalt zu gründen und dasselbe möglichst auszubeuten bemüht waren; daher es unter allen Völkern Monopolisten und Generalpächter desselben gibt: die Priester. Ihr Gewerbe mußte ihnen jedoch überall dadurch gesichert werden, daß sie das Recht erhielten, ihre metaphysischen Dogmen den Menschen sehr früh beizubringen, ehe noch die Urteilskraft aus ihrem Morgenschlummer erwacht ist, also in der ersten Kindheit: denn da haftet jedes wohl eingeprägte Dogma, sei es auch noch so unsinnig, auf immer. Hätten sie zu warten, bis die Urteilskraft reif ist; so würden ihre Privilegien nicht bestehn können.

Eine zweite, wiewohl nicht zahlreiche Klasse von Leuten, welche ihren Unterhalt aus dem metaphysischen Bedürfnis der Menschen zieht, machen die aus, weiche von der *Philosophie* leben: bei den Griechen hießen sie Sophisten, bei den Neueren Professoren der Philosophie. *Aristoteles* zählt (›Metaphysica‹ 2, 2) den *Aristipp* unbedenklich den Sophisten bei: den Grund dazu finden wir beim Diogenes Laertios (2, 65), daß nämlich er der erste unter den Sokratikern gewesen, der sich seine Philosophie bezahlen ließ; weshalb auch *Sokrates* ihm sein Geschenk zurücksandte. Auch bei den Neueren sind die, welche *von* der Philosophie leben, nicht nur in der Regel und mit den seltensten Ausnahmen ganz andere als die, welche *für* die Philosophie leben; sondern sogar sind sie sehr oft die Widersacher, die heimlichen und unversöhnlichen Feinde dieser: denn jede echte und bedeutende philosophische Leistung wird auf die ihrigen zu viel Schatten werfen und überdies den Absichten und Beschränkungen der Gilde sich nicht fügen; weshalb sie allezeit bemüht sind, eine solche nicht aufkommen zu lassen, wozu dann nach Maßgabe der jedesmaligen Zeiten und Umstände bald Verhehlen, Zudecken, Verschweigen, Ignorieren, Sekretieren, bald Verneinen, Verkleinern, Tadeln, Lästern, Verdrehen, bald Denunzieren und Verfolgen die üblichen Mittel sind. Daher hat denn auch schon mancher große Kopf, unerkannt, ungeehrt, unbelohnt, sich keuchend durchs Leben schleppen müssen, bis endlich nach seinem Tode die Welt über ihn enttäuscht wurde, und [er] über sie. Inzwischen hatten sie ihren Zweck erreicht, hatten gegolten dadurch, daß sie ihn nicht gelten ließen, und hatten mit Weib und Kind *von* der Philosophie gelebt, während jener *für* diese lebte. Ist er aber tot; da kehrt die Sache sich um: die neue Generation jener stets Vorhandenen wird nun der Erbe seiner Leistungen, schneidet sie nach ihrem Maßstab sich zurecht und lebt jetzt *von ihm*. Daß jedoch *Kant* zugleich *von* und *für* die Philosophie leben konnte, beruhte auf dem seltenen Umstande, daß zum ersten Male wieder seit dem Divo Antonio [Marc Aurel] und Divo Juliano [Julian Apostata] ein Philosoph auf dem Throne saß: nur unter solchen Auspizien konnte die ›Kritik der reinen Vernunft‹ das Licht erblicken. Kaum war der König tot, so sehn wir auch schon *Kanten*, weil er zur Gilde gehörte, von Furcht ergriffen sein Meisterwerk in der zweiten Ausgabe modifizieren, kastrieren und verderben, dennoch aber bald in Gefahr kommen, seine Stelle zu verlieren; so daß ihn *Campe* in Braunschweig einlud, zu ihm zu kommen, um als das Oberhaupt seiner Familie bei ihm zu leben (*Ring*, ›Ansichten aus

Kants Leben‹ S. 68). Mit der Universitätsphilosophie ist es in der Regel bloße Spiegelfechterei: der wirkliche Zweck derselben ist, den Studenten im tiefsten Grunde ihres Denkens diejenige Geistesrichtung zu geben, welche das die Professuren besetzende Ministerium seinen Absichten angemessen hält. Daran mag dieses im staatsmännischen Sinn auch ganz recht haben: nur folgt daraus, daß solche Kathederphilosophie ein ›nervis alienis mobile lignum‹ [eine Holzpuppe, die von fremden Fäden bewegt wird; Horaz, ›Sermones‹ 2, 7, 82] ist und nicht für ernstliche, sondern nur für Spaßphilosophie gelten kann. Auch bleibt es jedenfalls billig, daß eine solche Beaufsichtigung oder Leitung sich bloß auf die Kathederphilosophie erstrecke, nicht aber auf die wirkliche, welche es ernstlich meint. Denn wenn irgend etwas auf der Welt wünschenswert ist, so wünschenswert, daß selbst der rohe und dumpfe Haufen in seinen besonneneren Augenblicken es höher schätzen würde als Silber und Gold; so ist es, daß ein Lichtstrahl fiele auf das Dunkel unsers Daseins und irgendein Aufschluß uns würde über diese rätselhafte Existenz, an der nichts klar ist als ihr Elend und ihre Nichtigkeit. Dies aber wird, gesetzt, es sei an sich erreichbar, durch aufgedrungene und aufgezwungene Lösungen des Problems unmöglich gemacht.

Jetzt aber wollen wir die verschiedenen Weisen der Befriedigung, welche diesem so starken metaphysischen Bedürfnisse wird, einer allgemeinen Betrachtung unterwerfen.

Unter *Metaphysik* verstehe ich jede angebliche Erkenntnis, welche über die Möglichkeit der Erfahrung, also über die Natur oder die gegebene Erscheinung der Dinge hinausgeht, um Aufschluß zu erteilen über das, wodurch jene in einem oder dem andern Sinne bedingt wäre; oder populär zu reden: über das, was hinter der Natur steckt und sie möglich macht. – Nun aber setzt die große ursprüngliche Verschiedenheit der Verstandeskräfte, wozu noch die der viele Muße erfordernden Ausbildung derselben kommt, einen so großen Unterschied zwischen Menschen, daß, sobald ein Volk sich aus dem Zustande der Roheit herausgearbeitet hat, nicht wohl *eine* Metaphysik für alle ausreichen kann; daher wir bei den zivilisierten Völkern durchgängig zwei verschiedene Arten derselben antreffen, welche sich dadurch unterscheiden, daß die eine ihre Beglaubigung *in sich*, die andere sie *außer sich* hat. Da die metaphysischen Systeme der ersten Art zur Rekognition ihrer Beglaubigung Nachdenken, Bildung, Muße und Urteil erfordern; so können sie nur einer äußerst geringen Anzahl von Menschen zugänglich sein, auch nur bei bedeutender Zivilisation entstehn und sich erhalten. Für die große Anzahl der Menschen hingegen, als welche nicht zu denken, sondern nur zu glauben befähigt und nicht für Gründe, sondern nur für Auktorität empfänglich ist, sind ausschließlich die Systeme der zweiten Art: diese können deshalb als Volksmetaphysik bezeichnet werden, nach Analogie der Volkspoesie, auch der Volksweisheit, worunter man die Sprichwörter versteht. Jene Systeme sind indessen unter dem Namen der Religionen bekannt und finden sich bei allen Völkern, mit Ausnahme der allerrohesten. Ihre Beglaubigung ist, wie gesagt, äußerlich und heißt als solche Offenbarung, welche dokumentiert wird durch Zeichen und Wunder. Ihre Argumente sind hauptsächlich Drohungen mit ewigen, auch wohl mit zeitlichen Übeln, gerichtet gegen die Ungläubigen, ja schon gegen die bloßen Zweifler: als ›ultima ratio theologorum‹ [letzten Beweisgrund der Theologen] finden wir bei manchen Völkern den Scheiterhaufen oder dem ähnliches. Suchen sie eine andere Beglaubigung oder gebrauchen sie andere Argumente; so machen sie schon einen Übergang in die Systeme der ersten Art und können zu einem Mittelschlag beider ausarten; welches mehr Gefahr als Vorteil bringt. Denn ihnen gibt die sicherste Bürgschaft für den fortdauernden Besitz der Köpfe ihr unschätzbares Vorrecht, den *Kindern* beigebracht zu werden, als wodurch ihre Dogmen zu einer Art von zweitem angeborenen Intellekt einwachsen, gleich dem Zweige auf dem gepfropften Baum; während hingegen die Systeme der ersten Art sich immer nur an Erwachsene wenden, bei diesen aber allemal schon ein System der zweiten Art im Besitz der Überzeugung vorfinden. – Beide Arten der Metaphysik, deren Unterschied sich kurz durch Überzeugungslehre und Glaubenslehre bezeichnen läßt, haben dies gemein, daß jedes einzelne System derselben in einem feindlichen Verhältnis zu allen übrigen seiner Art steht. Zwischen denen der ersten Art wird der Krieg nur mit Wort und Schrift, zwischen denen der zweiten auch mit Feuer und Schwert geführt: manche von diesen haben ihre Verbreitung zum Teil dieser letztern Art der Polemik zu danken, und alle haben nach und nach die Erde unter sich geteilt, und zwar mit so entschiedener Herrschaft, daß die Völker sich mehr nach ihnen als nach der Nationalität oder der Regierung unterscheiden und sondern. Nur *sie* sind, jede in ihrem Bezirke, *herrschend*, in der ersten Art hingegen höchstens *toleriert*, und auch dies nur, weil man wegen der geringen Anzahl ihrer Anhänger sie meistens der Bekämpfung durch Feuer und Schwert nicht wert hält; wiewohl, wo es nötig schien, auch diese mit Erfolg gegen sie angewendet worden sind: zudem finden sie sich bloß sporadisch. Meistens hat man sie jedoch nur in einem Zustande der Zähmung und Unterjochung geduldet, indem das im Lande herrschende System der zweiten Art ihnen vorschrieb, ihre Lehren seinen eigenen mehr oder weniger eng anzupassen. Bisweilen hat es sie nicht nur unterjocht, sondern sogar dienstbar gemacht und als Vorspann gebraucht; welches jedoch ein gefährliches Experiment ist; da jene Systeme der ersten Art, weil ihnen die Gewalt genommen ist, sich durch List helfen zu dürfen glauben und eine geheime Tücke nie ganz ablegen, die sich dann bisweilen unvermutet hervortut und schwer zu heilenden Schaden stiftet. Denn überdies wird ihre Gefährlichkeit dadurch erhöht, daß sämtliche Realwissenschaften, sogar die unschuldigsten nicht ausgenommen, ihre heimlichen Alliierten gegen die Systeme der zweiten Art sind und, ohne selbst mit diesen in offenem Kriege zu stehn, plötzlich und unerwartet großen Schaden auf dem Gebiete derselben anrichten. Zudem ist der durch die erwähnte Dienstbarmachung bezweckte Versuch, einem System, welches ursprünglich seine Beglaubigung außerhalb hat, dazu noch eine von innen geben zu wollen, seiner Natur nach mißlich: denn wäre es einer solchen Beglaubigung fähig; so hätte es keiner äußern bedurft. Und überhaupt ist es stets ein Wagestück, einem fertigen Gebäude ein neues Fundament unterschieben zu wollen. Wie sollte überdies eine Religion noch des Suffragiums einer Philosophie bedürfen! Sie hat ja alles auf ihrer Seite: Offenbarung, Urkunden, Wunder, Prophezeiungen, Schutz [seitens] der Regierung, den höchsten Rang, wie er der Wahrheit gebührt, Beistimmung und Verehrung aller, tausend Tempel, in denen sie verkündigt und geübt wird, geschworene Priesterscharen und, was mehr als alles ist, das unschätzbare Vorrecht, ihre Lehren dem zarten Kindesalter einprägen zu dürfen, wodurch sie fast zu angeborenen Ideen werden. Um bei solchem Reichtum an Mitteln noch die Beistimmung armseliger Philosophen zu verlangen, müßte sie habsüchtiger oder, um den Widerspruch derselben zu besorgen, furchtsamer sein, als mit einem guten Gewissen vereinbar scheint.

An den oben aufgestellten Unterschied zwischen Metaphysik der ersten und der zweiten Art knüpft sich noch folgender. Ein System der ersten Art, also eine Philosophie, macht den Anspruch und hat daher die Verpflichtung, in allem, was sie sagt, sensu stricto et proprio [im strengen und eigentlichen Sinne] wahr zu sein: denn sie wendet sich an das Denken und die Überzeugung. Eine Religion hingegen, für die Unzähligen bestimmt, welche, der Prüfung und des Denkens unfähig, die tiefsten und schwierigsten Wahrheiten sensu proprio nimmermehr fassen würden, hat auch nur die Verpflichtung, sensu allegorico [im übertragenen Sinne] wahr zu sein. Nackt kann die Wahrheit vor dem Volke nicht erscheinen. Ein Symptom dieser *allegorischen* Natur der Religionen sind die vielleicht in jeder anzutreffenden *Mysterien*, nämlich gewisse Dogmen, die sich nicht einmal deutlich denken lassen, geschweige wörtlich wahr sein können. Ja vielleicht ließe sich behaupten, daß einige völlige Widersinnigkeiten, einige wirkliche Absurditäten ein wesentliches Ingredienz einer vollkommenen Religion seien: denn diese sind eben der Stempel ihrer *allegorischen* Natur und die allein passende

Art, dem gemeinen Sinn und rohen Verstande *fühlbar* zu machen, was ihm unbegreiflich wäre, nämlich daß die Religion im Grunde von einer ganz andern, von einer Ordnung der *Dinge an sich* handelt, vor welcher die Gesetze dieser Erscheinungswelt, denen gemäß sie sprechen muß, verschwinden, und daß daher nicht bloß die widersinnigen Dogmen, sondern auch die begreiflichen eigentlich nur Allegorien und Akkommodationen zur menschlichen Fassungskraft sind. In diesem Geiste scheint mir Augustinus und selbst Luther die Mysterien des Christentums festgehalten zu haben, im Gegensatz des Pelagianismus, der alles zur platten Verständlichkeit herabziehn möchte. Von diesem Gesichtspunkte aus wird auch begreiflich, wie Tertullian ohne zu spotten sagen konnte: ›Prorsus credibile est, quia ineptum est: … certum est, quia impossibile.‹ [Es ist durchaus glaubwürdig, weil es unsinnig ist: … es ist gewiß, weil es unmöglich ist.] (›De carne Christi‹ cap. 5), – Diese ihre *allegorische* Natur entzieht auch die Religionen den der Philosophie obliegenden Beweisen und überhaupt der Prüfung; statt deren sie Glauben verlangen, d.h. eine freiwillige Annahme, daß es sich so verhalte. Da sodann der Glaube das Handeln leitet und die Allegorie allemal so gestellt ist, daß sie in Hinsicht auf das Praktische eben dahin führt, wohin die Wahrheit sensu proprio auch führen würde; so verheißt die Religion denen, welche glauben, mit Recht die ewige Seligkeit. Wir sehn also, daß die Religionen die Stelle der Metaphysik überhaupt, deren Bedürfnis der Mensch als unabweisbar fühlt, in der Hauptsache und für die große Menge, welche nicht dem Denken obliegen kann, recht gut ausfüllen, teils nämlich zum praktischen Behuf als Leitstern ihres Handelns, als öffentliche Standarte der Rechtlichkeit und Tugend, wie *Kant* es vortrefflich ausdrückt; teils als unentbehrlicher Trost in den schweren Leiden des Lebens, als wo sie die Stelle einer objektiv wahren Metaphysik vollkommen vertreten, indem sie, so gut wie diese nur irgend könnte, den Menschen über sich selbst und das zeitliche Dasein hinausheben: hierin zeigt sich glänzend der große Wert derselben, ja ihre Unentbehrlichkeit. Denn φιλόσοφον πλῆθος ἀδύνατον εἶναι (vulgus philosophum esse impossibile est) [es ist unmöglich, daß die Menge gebildet sei], sagt schon Platon und mit Recht (›Res publica‹ 6, [8, 494 A]; p. 89 editio Bipontini). Der einzige Stein des Anstoßes hingegen ist dieser, daß die Religionen ihre allegorische Natur nie eingestehn dürfen, sondern sich als sensu proprio wahr zu behaupten haben. Dadurch tun sie einen Eingriff in das Gebiet der eigentlichen Metaphysik und rufen den Antagonismus dieser hervor, der daher zu allen Zeiten, in denen sie nicht an die Kette gelegt worden, sich äußert. – Auf dem Verkennen der allegorischen Natur jeder Religion beruht auch der in unsern Tagen so anhaltend geführte Streit zwischen Supernaturalisten und Rationalisten. Beide nämlich wollen das Christentum sensu proprio wahr haben: in diesem Sinne wollen die ersteren es ohne Abzug, gleichsam mit Haut und Haar behaupten; wobei sie den Kenntnissen und der allgemeinen Bildung des Zeitalters gegenüber einen schweren Stand haben. Die andern hingegen suchen alles eigentümlich Christliche hinauszuexegesieren; wonach sie etwas übrigbehalten, das weder sensu proprio noch sensu allegorico wahr ist, vielmehr eine bloße Platitüde, beinahe nur Judentum oder höchstens seichter Pelagianismus und, was das schlimmste, niederträchtiger Optimismus, der dem eigentlichen Christentum durchaus fremd ist. Überdies versetzt der Versuch, eine Religion aus der Vernunft zu begründen, sie in die andere Klasse der Metaphysik, in die, welche ihre Beglaubigung *in sich selbst* hat, also auf einen fremden Boden, auf den der philosophischen Systeme und sonach in den Kampf, den diese auf ihrer eigenen Arena gegeneinander führen, folglich unter das Gewehrfeuer des Skeptizismus und das schwere Geschütz der ›Kritik der reinen Vernunft‹: sich aber dahin zu begeben wäre für sie offenbare Vermessenheit.

Beiden Arten der Metaphysik wäre es am zuträglichsten, daß jede von der andern rein gesondert bliebe und sich auf ihrem eigenen Gebiete hielte, um daselbst ihr Wesen vollkommen entwickeln zu können. Statt dessen ist man schon das ganze christliche Zeitalter hindurch bemüht, vielmehr eine Fusion beider zu bewerkstelligen, indem man die Dogmen und Begriffe der einen in die andere überträgt, wodurch man beide verdirbt. Am unverhohlensten ist dies in unsern Tagen geschehn in jenem seltsamen Zwitter oder Kentauren, der sogenannten Religionsphilosophie, welche als eine Art Gnosis bemüht ist, die gegebene Religion zu deuten und das sensu allegorico Wahre durch ein sensu proprio Wahres auszulegen. Allein dazu müßte man die Wahrheit sensu proprio schon kennen und besitzen: alsdann aber wäre jene Deutung überflüssig. Denn bloß aus der Religion die Metaphysik, d.i. die Wahrheit sensu proprio durch Auslegung und Umdeutung erst finden zu wollen wäre ein mißliches und gefährliches Unternehmen, zu welchem man sich nur dann entschließen könnte, wenn es ausgemacht wäre, daß die Wahrheit gleich dem Eisen und andern unedlen Metallen nur im vererzten, nicht im gediegenen Zustande vorkommen könne, daher man sie nur durch Reduktion aus der Vererzung gewinnen könnte. –

Religionen sind dem Volke notwendig und sind ihm eine unschätzbare Wohltat. Wenn sie jedoch den Fortschritten der Menschheit in der Erkenntnis der Wahrheit sich entgegenstellen wollen; so müssen sie mit möglichster Schonung beiseite geschoben werden. Und zu verlangen, daß sogar ein großer Geist – ein Shakespeare, ein Goethe – die Dogmen irgendeiner Religion simpliciter, bona fide et sensu proprio zu seiner Überzeugung mache, ist wie verlangen, daß ein Riese den Schuh eines Zwerges anziehe.

Religionen können, als auf die Fassungskraft der großen Menge berechnet, nur eine mittelbare, nicht eine unmittelbare Wahrheit haben: diese von ihnen verlangen ist, wie wenn man die im Buchdruckerrahmen aufgesetzten Lettern lesen wollte statt ihres Abdrucks. Der Wert einer Religion wird demnach abhängen von dem größern oder geringern Gehalt an Wahrheit, den sie unter dem Schleier der Allegorie in sich trägt, sodann von der größern oder geringem Deutlichkeit, mit welcher derselbe durch diesen Schleier sichtbar wird, also von der Durchsichtigkeit des letztern. Fast scheint es, daß, wie die ältesten Sprachen die vollkommensten sind, so auch die ältesten Religionen. Wollte ich die Resultate meiner Philosophie zum Maßstabe der Wahrheit nehmen, so müßte ich dem Buddhaismus den Vorzug vor den andern zugestehn. Jedenfalls muß es mich freuen, meine Lehre in so großer Übereinstimmung mit einer Religion zu sehn, welche die Majorität auf Erden für sich hat; da sie viel mehr Bekenner zählt als irgendeine andere. Diese Übereinstimmung muß mir aber um so erfreulicher sein, als ich bei meinem Philosophieren gewiß nicht unter ihrem Einfluß gestanden habe. Denn bis 1818, da mein Werk erschien, waren über den Buddhaismus nur sehr wenige höchst unvollkommene und dürftige Berichte in Europa zu finden, welche sich fast gänzlich auf einige Aufsätze in den früheren Bänden der ›Asiatic researches‹ beschränkten und hauptsächlich den Buddhaismus der Birmanen betrafen. Erst seitdem ist nach und nach eine vollständigere Kunde von dieser Religion zu uns gelangt, hauptsächlich durch die gründlichen und lehrreichen Abhandlungen des verdienstvollen Petersburger Akademikers *Isaak Jakob Schmidt* in den Denkschriften seiner Akademie und sodann allmälig durch mehrere englische und französische Gelehrte, so daß ich habe ein ziemlich zahlreiches Verzeichnis der besten Schriften über diese Glaubenslehre liefern können in meiner Schrift ›Über den Willen in der Natur‹ unter der Rubrik ›Sinologie‹. – Leider ist uns *Csoma Körösi*, dieser beharrliche Ungar, der, um die Sprache und die heiligen Schriften des Buddhaismus zu studieren, viele Jahre in Tibet und besonders in den buddhaistischen Klöstern zugebracht hat, gerade dann durch den Tod entrissen, als er anfing, den Ertrag seiner Forschungen für uns auszuarbeiten. Ich kann inzwischen die Freude nicht verleugnen, mit welcher ich in seinen vorläufigen Berichten manche unmittelbar aus dem ›*Kahgyur*‹ selbst referierte[n] Stellen lese, z.B. folgende Unterredung des sterbenden *Buddha* mit dem ihm huldigenden *Brahma:* ›There is a description of their conversation on the subject of creation – by whom was the world made. *Shakya* asks several questions of *Brahma* – whether was it he, who made or produced such and such things, and endowed or blessed them with such and such virtues or properties – whether was it he who caused the several revolutions in the destruction and regeneration of the world. He denies that he had ever done anything to that effect. At last he himself asks *Shakya* how the world was made – by whom? Here are attributed all changes in the world to the moral works of the animal beings, and it is stated that in the world all is illusion, there is no reality in the things; all is empty. *Brahma* being instructed in his doctrine, becomes his follower‹[1] (›Asiatic researches‹ vol. 20, p. 434).

Den *Fundamentalunterschied* aller Religionen kann ich nicht, wie durchgängig geschieht, darin setzen, ob sie monotheistisch, polytheistisch, pantheistisch oder atheistisch sind; sondern nur darin, ob sie optimistisch oder pessimistisch sind, d.h. ob sie das Dasein dieser Welt als durch sich selbst gerechtfertigt darstellen, mithin es loben und preisen oder aber es betrachten als etwas, das nur als Folge unserer Schuld begriffen werden kann und daher eigentlich nicht sein sollte, indem sie erkennen, daß Schmerz und Tod nicht liegen können in der ewigen, ursprünglichen, unabänderlichen Ordnung der Dinge, in dem, was in jedem Betracht sein sollte. Die Kraft, vermöge welcher das Christentum zunächst das Judentum und dann das griechische und römische Heidentum überwinden konnte, liegt ganz allein in seinem Pessimismus, in dem Eingeständnis, daß unser Zustand ein höchst

1 ›Es findet sich eine Beschreibung ihrer Unterredung, deren Gegenstand die Schöpfung ist – durch wen die Welt hervorgebracht sei? Buddha richtet mehrere Fragen an Brahma: ob *er* es gewesen, der dies oder jenes Ding gemacht oder hervorgebracht und es mit dieser oder jener Eigenschaft begabt habe? ob *er* es gewesen, der die verschiedenen Umwälzungen zur Zerstörung und Wiederherstellung der Welt verursacht habe? – Brahma leugnet, daß er jemals irgend etwas dergleichen getan habe. Endlich fragt er selbst den Buddha, wie die Welt hervorgebracht sei – durch wen? Nun werden alle Veränderungen der Welt *den moralischen Werken animalischer Wesen* zugeschrieben und wird gesagt, daß alles in der Welt bloße *Illusion* sei, keine Realität in den Dingen, alles leer. Der also in Buddhas Lehre unterrichtete Brahma wird sein Anhänger.‹

elender und zugleich sündlicher ist, während Judentum und Heidentum optimistisch waren. Jene von jedem tief und schmerzlich gefühlte Wahrheit schlug durch und hatte das Bedürfnis der Erlösung in ihrem Gefolge. –

Ich wende mich zur allgemeinen Betrachtung der andern Art der Metaphysik, also derjenigen, welche ihre Beglaubigung in sich selbst hat und *Philosophie* genannt wird. Ich erinnere an den oben erörterten Ursprung derselben aus einer *Verwunderung* über die Welt und unser eigenes Dasein, indem diese sich dem Intellekt als ein Rätsel aufdringen, dessen Lösung sodann die Menschheit ohne Unterlaß beschäftigt. Hier nun will ich zuvörderst darauf aufmerksam machen, daß diesem nicht so sein könnte, wenn die Welt im Spinozischen, in unsern Tagen unter modernen Formen und Darstellungen als Pantheismus so oft wieder vorgebrachten Sinn eine *›absolute Substanz‹*, mithin ein *schlechthin notwendiges Wesen* wäre. Denn dies besagt, daß sie mit einer so großen Notwendigkeit existiere, daß neben derselben jede andere unserm Verstande als solche faßliche Notwendigkeit wie ein Zufall aussehn müßte: sie wäre nämlich alsdann etwas, das nicht nur alles wirkliche, sondern auch alles irgend mögliche Dasein dergestalt in sich begriffe, daß, wie *Spinoza* eben auch angibt, die Möglichkeit und die Wirklichkeit desselben ganz und gar eins wären, dessen Nichtsein daher auch die Unmöglichkeit selbst wäre, also etwas, dessen Nichtsein oder Anderssein völlig undenkbar sein müßte, welches mithin sich sowenig wegdenken ließe wie z.B. der Raum oder die Zeit. Indem ferner *wir selbst* Teile, Modi, Attribute oder Akzidenzien einer solchen absoluten Substanz wären, welche das einzige wäre, was in irgendeinem Sinne jemals und irgendwo dasein könnte; so müßte unser und ihr Dasein nebst der Beschaffenheit desselben, weit entfernt, sich uns als auffallend, problematisch, ja als das unergründliche, uns stets beunruhigende Rätsel darzustellen, sich im Gegenteil noch viel mehr von selbst verstehn, als daß 2 mal 2 vier ist. Denn wir müßten gar nicht anders irgend zu denken fähig sein, als daß die Welt sei und so sei, wie sie ist: mithin müßten wir ihres Daseins *als solchen*, d.h. als eines Problems zum Nachdenken sowenig uns bewußt werden, als wir die unglaublich schnelle Bewegung unsers Planeten empfinden.

Diesem allen ist nun aber ganz und gar nicht so. Nur dem gedankenlosen Tiere scheint sich die Welt und das Dasein von selbst zu verstehn: dem Menschen hingegen ist sie ein Problem, dessen sogar der Roheste und Beschränkteste in einzelnen helleren Augenblicken lebhaft innewird, das aber jedem um so deutlicher und anhaltender ins Bewußtsein tritt, je heller und besonnener dieses ist und je mehr Stoff zum Denken er durch Bildung sich angeeignet hat, welches alles endlich in den zum Philosophieren geeigneten Köpfen sich zu Platons θαυμάζειν μάλα φιλοσοφικὸν πάθος (mirari valde philosophicus affectus) [die Verwunderung als ein sehr philosophischer Affekt; ›Theaetetus‹ p. 155 D] steigert, nämlich zu derjenigen *Verwunderung* die das Problem, welches die edlere Menschheit jeder Zeit und jedes Landes unablässig beschäftigt und ihr keine Ruhe läßt, in seiner ganzen Größe erfaßt. In der Tat ist die Unruhe, welche die nie ablaufende Uhr der Metaphysik in Bewegung erhält, das Bewußtsein, daß das Nichtsein dieser Welt ebenso möglich sei wie ihr Dasein. Daher also ist die Spinozistische Ansicht derselben als eines absolut notwendigen Wesens, d.h. als etwas, das schlechterdings und in jedem Sinn sein sollte und müßte, eine falsche. Geht doch selbst der einfache Theismus in seinem kosmologischen Beweise stillschweigend davon aus, daß er vom Dasein der Welt auf ihr vorheriges Nichtsein schließt: er nimmt sie mithin vorweg als ein Zufälliges. Ja was mehr ist, wir fassen sehr bald die Welt auf als etwas, dessen Nichtsein nicht nur denkbar, sondern sogar ihrem Dasein vorzuziehn wäre; daher unsere Verwunderung über sie leicht übergeht in ein Brüten über jene *Fatalität*, welche dennoch ihr Dasein hervorrufen konnte und vermöge deren eine so unermeßliche Kraft, wie zur Hervorbringung und Erhaltung einer solchen Welt erfordert ist, so sehr gegen ihren eigenen Vorteil geleitet werden konnte. Das philosophische Erstaunen ist demnach im Grunde ein bestürztes und betrübtes: die Philosophie hebt wie die Ouvertüre zum ›Don Juan‹ mit einem Mollakkord an. Hieraus ergibt sich, daß sie weder Spinozismus noch Optimismus sein darf. – Die soeben ausgesprochene nähere Beschaffenheit des Erstaunens, welches zum Philosophieren treibt, entspringt offenbar aus dem Anblick *des Übels und des Bösen* in der Welt, welche, selbst wenn sie im gerechtesten Verhältnis zu einander ständen, ja auch noch vom Guten weit überwogen würden, dennoch etwas sind, was ganz und gar und überhaupt nicht sein sollte. Weil nun aber nichts aus nichts entstehn kann; so müssen auch jene ihren Keim im Ursprunge oder im Kern der Welt selbst haben. Dies anzunehmen wird uns schwer, wenn wir auf die Größe, Ordnung und Vollendung der physischen Welt sehn, indem wir meinen, daß, was die Macht hatte, eine solche hervorzubringen, auch wohl hätte das Übel und das Böse müssen vermeiden können. Am allerschwersten wird jene Annahme (deren aufrichtigster Ausdruck Ormuzd und Ahriman ist) begreiflicherweise dem Theismus. Daher wurde, um zuvörderst das *Böse* zu beseitigen, die Freiheit des Willens erfunden: diese ist jedoch nur eine versteckte Art, etwas aus nichts zu machen; indem sie ein operari [Handeln] annimmt, das aus keinem esse [Sein] hervorginge (siehe ›Die beiden Grundprobleme der Ethik‹ S. 58ff.). Sodann das *Übel* suchte man dadurch loszuwerden, daß man es der Materie oder auch einer unvermeidlichen Notwendigkeit zur Last legte; wobei man ungern den Teufel zur Seite liegen ließ, der eigentlich das rechte expediens ad hoc [Mittel zu diesem Zweck] ist. Zum Übel gehört auch der *Tod:* das *Böse* aber ist bloß das Von-sich-auf-einen-andern-Schieben des jedesmaligen Übels. Also, wie oben gesagt, das Böse, das Übel und der Tod sind es, welche das philosophische Erstaunen qualifizieren und erhöhen: nicht bloß, daß die Welt vorhanden, sondern noch mehr, daß sie eine so trübselige sei, ist das punctum pruriens [die juckende Stelle] der Metaphysik, das Problem, welches die Menschheit in eine Unruhe versetzt, die sich weder durch Skeptizismus noch durch Kritizismus beschwichtigen läßt.

Mit der Erklärung der Erscheinungen in der Welt finden wir auch die *Physik* (im weitesten Sinne des Worts) beschäftigt. Aber in der Natur ihrer Erklärungen selbst liegt schon, daß sie nicht genügen können. Die *Physik* vermag nicht auf eigenen Füßen zu stehn, sondern bedarf einer *Metaphysik*, sich darauf zu stützen; so vornehm sie auch gegen diese tun mag. Denn sie erklärt die Erscheinungen durch ein noch Unbekannteres, als diese selbst sind: durch Naturgesetze, beruhend auf Naturkräften, zu welchem auch die Lebenskraft gehört. Allerdings muß der ganze gegenwärtige Zustand aller Dinge auf der Welt oder in der Natur notwendig aus rein physischen Ursachen erklärbar sein. Allein ebenso notwendig müßte eine solche Erklärung gesetzt, man gelangte wirklich so weit, sie geben zu können – stets mit zwei wesentlichen Unvollkommenheiten behaftet sein (gleichsam mit zwei faulen Flecken oder wie Achill mit der verwundbaren Ferse oder der Teufel mit dem Pferdefuß), vermöge welcher alles so Erklärte doch wieder eigentlich unerklärt bliebe. Erstlich nämlich mit dieser, daß der *Anfang* der alles erklärenden Kette von Ursachen und Wirkungen, d.h. zusammenhängenden Veränderungen, schlechterdings *nie* zu erreichen ist, sondern eben wie die Grenzen der Welt in Raum und Zeit unaufhörlich und ins Unendliche zurückweicht; und zweitens mit dieser, daß sämtliche wirkende[n] Ursachen, aus denen man alles erklärt, stets auf einem völlig Unerklärbaren beruhen, nämlich auf den ursprünglichen *Qualitäten* der Dinge und den in diesen sich hervortuenden *Naturkräften*, vermöge welcher jene auf bestimmte Art wirken, z.B. Schwere, Härte, Stoßkraft, Elastizität, Wärme, Elektrizität, chemische Kräfte usw., und welche nun in jeder gegebenen Erklärung stehnbleiben wie eine gar nicht wegzubringende unbekannte Größe in einer sonst vollkommen aufgelösten algebraischen Gleichung; wonach es dann keine noch so geringgeschätzte Tonscherbe gibt, die nicht aus lauter unerklärlichen Qualitäten zusammengesetzt wäre. Also diese zwei unausweichbaren Mängel in jeder rein physikalischen, d.h. kausalen Erklärung zeigen an, daß eine solche nur *relativ* wahr sein kann und daß die ganze Methode und Art derselben nicht die einzige, nicht die letzte, also nicht die genügende, d.h. nicht diejenige sein kann, welche zur befriedigenden Lösung des schweren Rätsels der Dinge und zum wahren Verständnis der Welt und des Daseins jemals zu führen vermag; sondern daß die *physische* Erklärung überhaupt und als solche noch einer *metaphysischen* bedarf, welche den Schlüssel zu allen ihren Voraussetzungen lieferte, ebendeshalb aber auch einen ganz andern Weg einschlagen müßte. Der erste Schritt hiezu ist, daß man den Unterschied beider, mithin den zwischen *Physik* und *Metaphysik*, zum deutlichen Bewußtsein bringt und festhält. Er beruht im allgemeinen auf der Kantischen Unterscheidung zwischen *Erscheinung* und *Ding an sich*. Eben weil *Kant* das letztere für schlechthin unerkennbar erklärte, gab es ihm zufolge gar keine *Metaphysik*, sondern bloß immanente Erkenntnis, d.h. bloße *Physik*, welche stets nur von Erscheinungen reden kann, und daneben eine Kritik der nach Metaphysik strebenden Vernunft. Hier aber will ich, um den rechten Anknüpfungspunkt meiner Philosophie an die Kantische nachzuweisen, das zweite Buch antizipierend hervorheben, daß *Kant* in seiner schönen Erklärung des Zusammenbestehns der Freiheit mit der Notwendigkeit (›Kritik der reinen Vernunft‹, erste Auflage S. 532–554 und ›Kritik der praktischen Vernunft‹ S. 224–231 der Rosenkranzischen Ausgabe) dartut, wie eine und dieselbe Handlung einerseits aus dem Charakter des Menschen, dem Einfluß, den er im Lebenslauf erlitten, und den jetzt ihm vorliegenden Motiven als notwendig eintretend vollkommen erklärbar sei, dabei aber andererseits doch als das Werk seines freien Willens angesehn werden müsse: und in gleichem Sinne sagt er § 53 der ›*Prolegomena*‹: ›Zwar wird aller Verknüpfung der Ursache und Wirkung in der Sinnenwelt Naturnotwendigkeit anhangen, dagegen doch derjenigen Ursache, die selbst keine Erscheinung ist (obzwar ihr zum Grunde liegt), Freiheit zugestanden, Natur also und Freiheit ebendemselben Dinge, aber in verschiedener Beziehung einmal als Erscheinung, das andere Mal als einem Dinge an sich selbst ohne Widerspruch beigelegt werden können.‹ Was nun also *Kant* von der Erscheinung des Menschen und seines Tuns lehrt, das dehnt meine Lehre auf *alle* Erscheinungen in der Natur aus, indem sie ihnen den *Willen* als Ding an sich zum Grunde legt. Dies Verfahren rechtfertigt sich zunächst schon dadurch, daß nicht angenommen werden darf, der Mensch sei von den übrigen Wesen und Dingen in der Natur spezifisch, toto genere und von Grund aus verschieden, vielmehr nur dem Grade nach. – Von dieser antizipierenden Abschweifung kehre ich zurück zu unserer Betrachtung der Unzulänglichkeit der Physik, die letzte Erklärung der Dinge abzugeben. – Ich sage also: physisch ist freilich alles, aber auch nichts erklärbar. Wie für die Bewegung der gestoßenen Kugel muß auch zuletzt für das Denken des Gehirns eine physische Erklärung an sich möglich sein, die dieses ebenso begreiflich machte, als jene es ist. Aber eben jene, die wir so vollkommen zu verstehn wähnen, ist uns im Grunde so dunkel wie letzteres: denn was das innere Wesen der Expansion im Raum, der Undurchdringlichkeit, Beweglichkeit, der Härte, Elastizität und Schwere sei – bleibt nach allen physikalischen Erklärungen ein Mysterium so gut wie das Denken. Weil aber bei diesem das Unerklärbare am unmittelbarsten hervortritt, machte man hier sogleich einen Sprung aus der Physik in die Metaphysik und hypostasierte eine Substanz ganz anderer Art als alles Körperliche – versetzte ins Gehirn eine Seele. Wäre man jedoch nicht so stumpf gewesen, nur durch die auffallendeste Erscheinung frappiert werden zu können; so hätte man die Verdauung durch eine Seele im Magen, die Vegetation durch eine Seele in der Pflanze, die Wahlverwandtschaft durch eine Seele in den Reagenzien, ja das Fallen eines Steines durch eine Seele in diesem erklären müssen. Denn die Qualität jedes unorganischen Körpers ist ebenso geheimnisvoll wie das Leben im lebendigen: auf gleiche Weise stößt daher überall die physische Erklärung auf ein Metaphysisches, durch welches sie vernichtet wird, d.h. aufhört, Erklärung zu sein. Nimmt man es streng, so ließe sich behaupten, daß alle Naturwissenschaft im Grunde nichts weiter leistet als was auch die Botanik: nämlich das Gleichartige zusammenzubringen, zu klassifizieren. – Eine Physik, welche behauptete, daß ihre Erklärungen der Dinge – im Einzelnen aus Ursachen und im Allgemeinen aus Kräften – wirklich ausreichten und also das Wesen der Welt erschöpften, wäre der eigentliche *Naturalismus*. Vom Leukippos, Demokritos und Epikuros an bis herab zum ›Système de la nature‹ [von Baron Holbach], dann zu de Lamarck, Cabanis und zu dem in diesen letzten Jahren wieder aufgewärmten Materialismus können wir den fortgesetzten Versuch verfolgen, eine *Physik ohne Metaphysik* aufzustellen, d.h. eine Lehre, welche die Erscheinung zum Dinge an sich machte. Aber alle ihre Erklärungen suchen den Erklärern selbst und andern zu verbergen, daß sie die Hauptsache ohne weiteres voraussetzen. Sie bemühen sich zu zeigen, daß alle Phänomene, auch die geistigen, physisch sind: mit Recht; nur sehn sie nicht ein, daß alles Physische andererseits zugleich ein Metaphysisches ist. Dies ist aber auch ohne *Kant* schwer einzusehn; da es die Unterscheidung der Erscheinung vom Ding an sich voraussetzt. Dennoch hat sich, selbst ohne diese, *Aristoteles*, sosehr er auch zur Empirie geneigt und von Platonischer Hyperphysik entfernt war, von jener beschränkten Ansicht frei gehalten: er sagt: Εἰ μὲν οὖν μή ἐστί τις ἑτέρα οὐσία παρὰ τὰς φύσει συνεστηκυίας, ή φυσικὴ ἂν εἴη πρώτη ἐπιστήμη· εἰ δέ ἐστί τις οὐσία ἀκίνητος, αὕτη προτέρα καὶ φιλοσοφία πρώτη καὶ καθόλου οὕτως, ὅτι πρώτη· καὶ περὶ τοῦ ὄντος ᾗ ὄν, ταύτης ἂν εἴη θεωρῆσαι. (Si igitur non est aliqua alia substantia praeter eas, quae natura consistunt, physica profecto prima scientia esset: quodsi autem est aliqua substantia immobilis, haec prior et philosophia prima et universalis sic, quod prima; et de ente prout ens est, speculari huius est.) [Wenn es nun keine Wesenheit gibt außer der in der Natur vorkommenden, so würde die Physik die erste Wissenschaft sein; wenn es aber eine unwandelbare Wesenheit gibt, so ist diese die frühere und die Philosophie von ihr die erste und darum die allgemeinste, weil sie die erste ist, und ihre Aufgabe würde es sein, nach dem Seienden selbst zu forschen.]

›Metaphysica‹ 5, 1 [1026 a 27]. Eine solche *absolute Physik*, wie oben beschrieben, welche für keine *Metaphysik* Raum ließe, würde die natura naturata [geschaffene Natur] zur natura naturans [schaffenden Natur] machen: sie wäre die auf den Thron der Metaphysik gesetzte Physik, würde jedoch auf dieser hohen Stelle sich fast so ausnehmen, wie Holbergs theatralischer Kannengießer, den man zum Burgemeister gemacht. Sogar hinter dem an sich abgeschmackten, auch meistens boshaften Vorwurf des Atheismus liegt als seine innere Bedeutung und ihm Kraft erteilende Wahrheit der dunkle Begriff einer solchen absoluten Physik ohne Metaphysik. Allerdings müßte eine solche für die Ethik zerstörend sein, und wie man fälschlich den Theismus für unzertrennlich von der Moralität gehalten hat, so gilt dies in Wahrheit nur von einer *Metaphysik überhaupt*, d.h. von der Erkenntnis, daß die Ordnung der Natur nicht die einzige und absolute Ordnung der Dinge sei. Daher kann man als das notwendige Kredo aller Gerechten und Guten dieses aufstellen: ›Ich glaube an eine Metaphysik‹. In dieser Hinsicht ist es wichtig und notwendig, daß man sich von der Unhaltbarkeit einer *absoluten Physik* überzeuge; um so mehr, da diese, der eigentliche *Naturalismus*, eine Ansicht ist, die sich dem Menschen von selbst und stets von neuem aufdringt und nur durch tiefere Spekulation vernichtet werden kann, als deren Surrogat in dieser Hinsicht allerlei Systeme und Glaubenslehren, insofern und solange sie gelten, freilich auch dienen. Daß aber eine grundfalsche Ansicht sich dem Menschen von selbst aufdringt und erst künstlich entfernt werden muß, ist daraus erklärlich, daß der Intellekt ursprünglich nicht bestimmt ist, uns über das Wesen der Dinge zu belehren, sondern nur ihre Relationen in bezug auf unsern Willen uns zu zeigen: er ist, wie wir im zweiten Buche finden werden, das bloße Medium der Motive. Daß nun in diesem die Welt sich auf eine Weise schematisiert, welche eine ganz andere als die schlechthin wahre Ordnung der Dinge darstellt, weil sie eben uns nicht den Kern, sondern nur die äußere Schale derselben zeigt, geschieht accidentaliter [zufällig, beiläufig] und kann dem

Intellekt nicht zum Vorwurf gereichen; um so weniger, als er doch wieder in sich selbst die Mittel findet, jenen Irrtum zu rektifizieren, indem er zur Unterscheidung zwischen Erscheinung und Wesen an sich der Dinge gelangt; welche Unterscheidung im Grunde zu allen Zeiten da war, nur meistens sehr unvollkommen zum Bewußtsein gebracht und daher ungenügend ausgesprochen wurde, sogar oft in seltsamer Verkleidung auftrat. Schon die christlichen Mystiker z.B. erklären den Intellekt, indem sie ihn das *Licht der Natur* nennen, für unzulänglich, das wahre Wesen der Dinge zu erfassen. Er ist gleichsam eine bloße Flächenkraft wie die Elektrizität und dringt nicht in das Innere der Wesen.

Die Unzulänglichkeit des reinen Naturalismus tritt, wie gesagt, zuvörderst auf dem empirischen Wege selbst dadurch hervor, daß jede physikalische Erklärung das Einzelne aus seiner Ursache erklärt, die Kette dieser Ursachen aber, wie wir a priori, mithin völlig gewiß wissen, ins Unendliche rückwärts läuft, so daß schlechthin keine jemals die erste sein konnte. Sodann aber wird die Wirksamkeit jeder Ursache zurückgeführt auf ein Naturgesetz und dieses endlich auf eine Naturkraft, welche nun als das schlechthin Unerklärliche stehnbleibt. Dieses Unerklärliche aber, auf welches alle Erscheinungen jener so klar gegebenen und so natürlich erklärbaren Welt von der höchsten bis zur niedrigsten zurückgeführt werden, verrät eben, daß die ganze Art solcher Erklärung nur eine bedingte, gleichsam nur ex concessis [auf Grund dessen, was man zugestanden hat] ist und keineswegs die eigentliche und genügende; daher ich oben sagte, daß physisch alles und nichts erklärbar sei. Jenes schlechthin Unerklärliche, welches alle Erscheinungen durchzieht, bei den höchsten, z.B. bei der Zeugung, am auffallendesten, jedoch auch bei den niedrigsten, z.B. den mechanischen, ebensowohl vorhanden ist, gibt Anweisung auf eine der physischen Ordnung der Dinge zum Grunde liegende, ganz anderartige, welche eben das ist, was *Kant* die Ordnung der Dinge an sich nennt und was den Zielpunkt der Metaphysik ausmacht. – Zweitens aber erhellt die Unzulänglichkeit des reinen Naturalismus aus jener philosophischen Grundwahrheit, welche wir in der ersten Hälfte dieses Buches ausführlich betrachtet haben und die eben auch das Thema der ›Kritik der reinen Vernunft‹ ist: daß nämlich alles *Objekt* sowohl seinem objektiven Dasein überhaupt als der Art und Weise (dem Formellen) dieses Daseins nach durch das erkennende *Subjekt* durchweg bedingt, mithin bloße Erscheinung, nicht Ding an sich ist; wie dies § 7 des ersten Bandes auseinandergesetzt und daselbst dargetan worden, daß nichts täppischer sein kann, als daß man nach Weise aller Materialisten das Objektive unbesehen als schlechthin gegeben nimmt, um aus ihm alles abzuleiten, ohne irgend das Subjektive zu berücksichtigen, mittelst dessen, ja in welchem allein doch jenes dasteht. Proben dieses Verfahrens liefert zu allernächst unser heutiger Mode-Materialismus, der ebendadurch eine rechte Barbiergesellen-und-Apothekerlehrlings-Philosophie geworden ist. Ihm in seiner Unschuld ist die unbedenklich als absolut real genommene Materie das Ding an sich und Stoßkraft die einzige Fähigkeit eines Dinges an sich, indem alle andern Qualitäten nur Erscheinungen derselben sein können.

Mit dem Naturalismus oder der rein physikalischen Betrachtungsart wird man demnach nie ausreichen: sie gleicht einem Rechnungsexempel, welches nimmermehr aufgeht. End- und anfangslose Kausalreihen, unerforschliche Grundkräfte, unendlicher Raum, anfangslose Zeit, endlose Teilbarkeit der Materie, und dieses alles noch bedingt durch ein erkennendes Gehirn, in welchem allein es dasteht so gut wie der Traum und ohne welches es verschwindet – machen das Labyrinth aus, in welchem sie uns unaufhörlich herumführt. Die Höhe, zu welcher in unsern Zeiten die Naturwissenschaften gestiegen sind, stellt in dieser Beziehung alle früheren Jahrhunderte in tiefen Schatten und ist ein Gipfel, den die Menschheit zum erstenmal erreicht. Allein, wie große Fortschritte auch die *Physik* (im weiten Sinn der Alten verstanden) je machen möge; so wird damit noch nicht der kleinste Schritt zur *Metaphysik* geschehn sein; sowenig wie eine Fläche durch noch so weit fortgesetzte Ausdehnung je Kubikinhalt gewinnt. Denn solche Fortschritte werden immer nur die Kenntnis der *Erscheinung* vervollständigen; während die *Metaphysik* über die Erscheinung selbst hinausstrebt zum Erscheinenden. Und wenn sogar die gänzlich vollendete Erfahrung hinzukäme; so würde dadurch in der Hauptsache nichts gebessert sein. Ja wenn selbst einer alle Planeten sämtlicher Fixsterne durchwanderte; so hätte er damit noch keinen Schritt in der *Metaphysik* getan. Vielmehr werden die größten Fortschritte der *Physik* das Bedürfnis einer *Metaphysik* nur immer fühlbarer machen; weil eben die berichtigte, erweiterte und gründlichere Kenntnis der Natur einerseits die bis dahin geltenden metaphysischen Annahmen immer untergräbt und endlich umstößt, andererseits aber das Problem der Metaphysik selbst deutlicher, richtiger und vollständiger vorlegt, dasselbe von allem bloß Physischen reiner absondert und eben auch das vollständiger und genauer erkannte Wesen der einzelnen Dinge dringender die Erklärung des Ganzen und Allgemeinen fordert, welches, je richtiger, gründlicher und vollständiger empirisch erkannt, nur desto rätselhafter sich darstellt. Dies alles wird freilich der einzelne, simple Naturforscher in einem abgesonderten Zweige der Physik nicht sofort deutlich inne: vielmehr schläft er behaglich bei seiner erwählten Magd im Hause des Odysseus, sich aller Gedanken an die Penelopeia entschlagend (siehe Kap. 12 am Ende). Daher sehn wir heutzutage die *Schale der Natur* auf das genaueste durchforscht, die Intestina [Eingeweide] der Intestinalwürmer und das Ungeziefer des Ungeziefers haarklein gekannt: kommt aber einer wie z. B, ich und redet vom *Kern der Natur;* so hören sie nicht hin, denken eben, es gehöre nicht zur Sache und klauben an ihren Schalen weiter. Jene überaus mikroskopischen und mikrologischen Naturforscher findet man sich versucht, die Topfgucker der Natur zu nennen. Die Leute aber, welche vermeinen, Tiegel und Retorte seien die wahre und einzige Quelle aller Weisheit, sind in ihrer Art ebenso verkehrt, wie es weiland ihre Antipoden, die Scholastiker, waren. Wie nämlich diese, ganz und gar in ihre abstrakten Begriffe verstrickt, mit diesen sich herumschlugen, nichts außer ihnen kennend noch untersuchend; so sind jene ganz in ihre Empirie verstrickt, lassen nichts gelten, als was ihre Augen sehn, und vermeinen, damit bis auf den letzten Grund der Dinge zu reichen, nicht ahnend, daß zwischen der Erscheinung und dem darin sich Manifestierenden, dem Dinge an sich, eine tiefe Kluft, ein radikaler Unterschied ist, welcher nur durch die Erkenntnis und genaue Grenzbestimmung des subjektiven Elements der Erscheinung aufgeklärt wird und durch die Einsicht, daß die letzten und wichtigsten Aufschlüsse über das Wesen der Dinge allein aus dem Selbstbewußtsein geschöpft werden können – ohne welches alles man nicht einen Schritt über das den Sinnen unmittelbar Gegebene hinauskann, also nicht weiter gelangt als bis zum Problem. – Jedoch sei auch andererseits bemerkt, daß die möglichst vollständige Naturerkenntnis die berichtigte *Darlegung des Problems* der Metaphysik ist: daher soll keiner sich an diese wagen, ohne zuvor eine, wenn auch nur allgemeine, doch gründliche, klare und zusammenhängende Kenntnis aller Zweige der Naturwissenschaft sich erworben zu haben. Denn das Problem muß der Lösung vorhergehn. Dann aber muß der Blick des Forschers sich nach innen wenden: denn die intellektuellen und ethischen Phänomene sind wichtiger als die physischen, in demselben Maße, wie z.B. der animalische Magnetismus eine ungleich wichtigere Erscheinung als der mineralische ist. Die letzten Grundgeheimnisse trägt der Mensch in seinem Innern, und dieses ist ihm am unmittelbarsten zugänglich; daher er nur hier den Schlüssel zum Rätsel der Welt zu finden und das Wesen aller Dinge an einem Faden zu erfassen hoffen darf. Das eigenste Gebiet der *Metaphysik* liegt also allerdings in dem, was man Geistesphilosophie genannt hat.

Du führst die Reihe der Lebendigen
Vor mir vorbei und lehrst mich meine Brüder
Im stillen Busch, in Luft und Wasser kennen:
– –

Dann führst Du mich zur sichern Höhle, zeigst
Mich dann mir selbst, und meiner eignen Brust
Geheime, tiefe Wunder öffnen sich.

[Goethe, ›Faust‹ I, Vers 3225–3234]

Was nun endlich die *Quelle oder das Fundament* der metaphysischen Erkenntnis betrifft; so habe ich schon weiter oben mich gegen die auch von *Kant* wiederholte Voraussetzung erklärt, daß es in *bloßen Begriffen* liegen müsse. Begriffe können in keiner Erkenntnis das Erste sein: denn sie sind allemal aus irgendeiner Anschauung abgezogen. Was aber zu jener Annahme verleitet hat, ist wahrscheinlich das Beispiel der Mathematik gewesen. Diese kann, wie besonders in der Algebra, Trigonometrie, Analysis geschieht, die Anschauung ganz verlassend, mit bloßen abstrakten, ja nur durch Zeichen statt der Worte repräsentierten Begriffen operieren und doch zu einem völlig sichern und dabei so fernliegenden Resultate gelangen, daß man, auf dem festen Boden der Anschauung verharrend, es nicht hätte erreichen können. Allein die Möglichkeit hievon beruht, wie *Kant* genugsam gezeigt hat, darauf, daß die Begriffe der Mathematik aus den allersichersten und bestimmtesten Anschauungen, nämlich aus den a priori und doch intuitiv erkannten Größenverhältnissen abgezogen sind und daher durch diese stets wieder realisiert und kontrolliert werden können entweder arithmetisch mittelst Vollziehung der durch jene Zeichen bloß angedeuteten Rechnungen oder geometrisch mittelst der von *Kant* so genannten Konstruktion der Begriffe. Dieses Vorzugs hingegen entbehren die Begriffe, aus welchen man vermeint hatte die Metaphysik aufbauen zu können, wie z.B. Wesen, Sein, Substanz, Vollkommenheit, Notwendigkeit, Realität, Endliches, Unendliches, Absolutes, Grund usw. Denn ursprünglich wie vom Himmel gefallen oder auch angeboren sind dergleichen Begriffe keineswegs; sondern auch sie sind wie alle Begriffe aus Anschauungen abgezogen, und da sie nicht wie die mathematischen das bloß Formale der Anschauung, sondern mehr enthalten; so liegen ihnen empirische

Anschauungen zum Grunde: also läßt sich aus ihnen nichts schöpfen, was nicht auch die empirische Anschauung enthielte, d.h. was Sache der Erfahrung wäre und was man, da jene Begriffe sehr weite Abstraktionen sind, viel sicherer und aus erster Hand von dieser empfinge. Denn aus Begriffen läßt sich nie mehr schöpfen, als die Anschauungen enthalten, aus denen sie abgezogen sind. Verlangt man *reine* Begriffe, d.h. solche, die keinen empirischen Ursprung haben; so lassen sich bloß die aufweisen, welche Raum und Zeit, d.h. den bloß formalen Teil der Anschauung betreffen, folglich allein die mathematischen und höchstens noch der Begriff der Kausalität, welcher zwar nicht aus der Erfahrung entsprungen ist, aber doch nur mittelst derselben (zuerst in der Sinnesanschauung) ins Bewußtsein tritt; daher zwar die Erfahrung nur durch ihn möglich, aber auch er nur in ihrem Gebiete gültig ist; weshalb eben Kant gezeigt hat, daß derselbe bloß dient, der Erfahrung Zusammenhang zu erteilen, nicht aber, sie zu überfliegen, daß er also bloß physische Anwendung gestattet, nicht metaphysische. Apodiktische Gewißheit kann einer Erkenntnis freilich nur ihr Ursprung a priori geben: ebendieser aber beschränkt sie auf das bloß *Formelle* der Erfahrung überhaupt, indem er anzeigt, daß sie durch die subjektive Beschaffenheit des Intellekts bedingt sei. Dergleichen Erkenntnis also, weit entfernt, uns über die Erfahrung hinauszuführen, gibt bloß einen *Teil* dieser selbst, nämlich den *formellen*, ihr durchweg eigenen und daher allgemeinen, mithin bloße Form ohne Gehalt. Da nun die Metaphysik am allerwenigsten hierauf beschränkt sein kann; so muß auch sie *empirische* Erkenntnisquellen haben: mithin ist jener vorgefaßte Begriff einer rein a priori zu findenden Metaphysik notwendig eitel. Es ist wirklich eine petitio principii [Erschleichung des Beweisgrundes] *Kants*, welche er § 1 der ›Prolegomena‹ am deutlichsten ausspricht, daß Metaphysik ihre Grundbegriffe und Grundsätze nicht aus der Erfahrung schöpfen dürfe. Dabei wird nämlich zum voraus angenommen, daß nur das, was wir *vor* aller Erfahrung wissen, weiter reichen könne als mögliche Erfahrung. Hierauf gestützt, kommt dann *Kant* und beweist, daß alle solche Erkenntnis nichts weiter sei als die Form des Intellekts zum Behuf der Erfahrung, folglich über diese nicht hinausleiten könne; woraus er dann die Unmöglichkeit aller Metaphysik richtig folgert. Aber erscheint es nicht vielmehr geradezu verkehrt, daß man, um die Erfahrung, d.h. die uns allein vorliegende Welt zu enträtseln, ganz von ihr wegsehn, ihren Inhalt ignorieren und bloß die a priori uns bewußten, leeren Formen zu seinem Stoff nehmen und gebrauchen solle? Ist es nicht vielmehr der Sache angemessen, daß die *Wissenschaft von der Erfahrung überhaupt* und als solcher eben auch aus der Erfahrung schöpfe? Ihr Problem selbst ist ihr ja empirisch gegeben; warum sollte nicht auch die Lösung die Erfahrung zu Hülfe nehmen? Ist es nicht widersinnig, daß, wer von der Natur der Dinge redet, die Dinge selbst nicht ansehn, sondern nur an gewisse abstrakte Begriffe sich halten sollte? Die Aufgabe der Metaphysik ist zwar nicht die Beobachtung einzelner Erfahrungen, aber doch die richtige Erklärung der Erfahrung im ganzen. Ihr Fundament muß daher allerdings empirischer Art sein. Ja sogar die *Apriorität* eines Teils der menschlichen Erkenntnis wird von ihr als eine gegebene *Tatsache* aufgefaßt, aus der sie auf den subjektiven Ursprung desselben schließt. Eben nur sofern das Bewußtsein seiner Apriorität ihn begleitet, heißt er bei Kant *transzendental* zum Unterschiede von *transzendent*, welches bedeutet ›alle Möglichkeit der Erfahrung überfliegend‹ und seinen Gegensatz hat an *immanent*, d.h. in den Schranken jener Möglichkeit bleibend. Ich rufe gern die ursprüngliche Bedeutung dieser von *Kant* eingeführten Ausdrücke zurück, mit welchen eben wie auch mit dem der *Kategorie* u.a.m. heutzutage die Affen der Philosophie ihr Spiel treiben. – Überdies nun ist die Erkenntnisquelle der Metaphysik nicht die *äußere* Erfahrung allein, sondern ebensowohl die *innere;* ja ihr Eigentümlichstes, wodurch ihr der entscheidende Schritt, der die große Frage allein lösen kann, möglich wird, besteht, wie ich im ›Willen in der Natur‹ unter der Rubrik ›Physische Astronomie‹ ausführlich und gründlich dargetan habe, darin, daß sie an der rechten Stelle die äußere Erfahrung mit der innern in Verbindung setzt und diese zum Schlüssel jener macht.

Der hier erörterte, redlicherweise nicht abzuleugnende Ursprung der Metaphysik aus empirischen Erkenntnisquellen benimmt ihr freilich die Art apodiktischer Gewißheit, welche allein durch Erkenntnis a priori möglich ist: diese bleibt das Eigentum der Logik und Mathematik, welche Wissenschaften aber auch eigentlich nur das lehren, was jeder schon von selbst, nur nicht deutlich weiß: höchstens lassen noch die allerersten Elemente der Naturlehre sich aus der Erkenntnis a priori ableiten. Durch dieses Eingeständnis gibt die Metaphysik nur einen alten Anspruch auf, welcher dem oben Gesagten zufolge auf Mißverständnis beruhte und gegen welchen die große Verschiedenheit und Wandelbarkeit der metaphysischen Systeme wie auch der sie stets begleitende Skeptizismus jederzeit gezeugt hat. Gegen ihre Möglichkeit überhaupt kann jedoch diese Wandelbarkeit nicht geltend gemacht werden; da dieselbe ebensosehr alle Zweige der Naturwissenschaft, Chemie, Physik, Geologie, Zoologie usf. trifft und sogar die Geschichte nicht damit verschont geblieben ist. Wann aber einmal ein, soweit die Schranken des menschlichen Intellekts es zulassen, richtiges System der Metaphysik gefunden sein wird; so wird ihm die Unwandelbarkeit einer a priori erkannten Wissenschaft doch zukommen: weil sein Fundament nur die *Erfahrung überhaupt* sein kann, nicht aber die einzelnen und besondern Erfahrungen, durch welche hingegen die Naturwissenschaften stets modifiziert werden und der Geschichte immer neuer Stoff zuwächst. Denn die Erfahrung im Ganzen und Allgemeinen wird nie ihren Charakter gegen einen neuen vertauschen.

Die nächste Frage ist: wie kann eine aus der Erfahrung geschöpfte Wissenschaft über diese hinausführen und so den Namen *Metaphysik* verdienen? – Sie kann es nicht etwan so, wie aus drei Proportionalzahlen die vierte oder aus zwei Seiten und dem Winkel das Dreieck gefunden wird. Dies war der Weg der vorkantischen Dogmatik, welche eben nach gewissen, uns a priori bewußten Gesetzen vom Gegebenen auf das Nichtgegebene, von der Folge auf den Grund, also von der Erfahrung auf das in keiner Erfahrung möglicherweise zu Gebende schließen wollte. Die Unmöglichkeit einer Metaphysik auf diesem Weg tat *Kant* dar, indem er zeigte, daß jene Gesetze, wenn auch nicht aus der Erfahrung geschöpft, doch nur für dieselbe Gültigkeit hätten. Er lehrt daher mit Recht, daß wir auf solche Art die Möglichkeit aller Erfahrung nicht überfliegen können. Allein es gibt noch andere Wege zur Metaphysik. Das Ganze der Erfahrung gleicht einer Geheimschrift und die Philosophie der Entzifferung derselben, deren Richtigkeit sich durch den überall hervortretenden Zusammenhang bewährt. Wenn dieses Ganze nur tief genug gefaßt und an die äußere die innere Erfahrung geknüpft wird; so muß es aus sich selbst *gedeutet, ausgelegt* werden können. Nachdem *Kant* uns unwiderleglich gezeigt hat, daß die Erfahrung überhaupt aus zwei Elementen, nämlich den Erkenntnisformen und dem Wesen an sich der Dinge erwächst und daß sogar beide sich darin gegeneinander abgrenzen lassen; nämlich als das a priori uns Bewußte und das a posteriori Hinzugekommene; so läßt sich wenigstens im allgemeinen angeben, was in der gegebenen Erfahrung, welche zunächst bloße *Erscheinung* ist, der durch den Intellekt bedingten *Form* dieser Erscheinung angehört und was nach dessen Abziehung dem *Dinge an sich* übrigbleibt. Und wenngleich keiner durch die Hülle der Anschauungsformen hindurch das Ding an sich erkennen kann; so trägt andererseits doch jeder dieses in sich, ja ist es selbst: daher muß es ihm im Selbstbewußtsein, wenn auch noch bedingterweise, doch irgendwie zugänglich sein. Die Brücke also, auf welcher die Metaphysik über die Erfahrung hinausgelangt, ist nichts anderes als eben jene Zerlegung der Erfahrung in Erscheinung und Ding an sich, worin ich *Kants* größtes Verdienst gesetzt habe. Denn sie enthält die Nachweisung eines von der Erscheinung verschiedenen Kernes derselben. Dieser kann zwar nie von der Erscheinung ganz losgerissen und als ein ›ens extramundanum‹ [eine außerweltliche Wesenheit] für sich betrachtet werden, sondern er wird immer nur in seinen Verhältnissen und Beziehungen zur Erscheinung selbst erkannt. Allein die Deutung und Auslegung dieser in bezug auf jenen ihren innern Kern kann uns Aufschlüsse über sie erteilen, welche sonst nicht ins Bewußtsein kommen. In diesem Sinne also geht die Metaphysik über die Erscheinung, d.i. die Natur hinaus zu dem in oder hinter ihr Verborgenen (τὸ μετὰ τὸ φυσικόν), es jedoch immer nur als das in ihr Erscheinende, nicht aber unabhängig von aller Erscheinung betrachtend: sie bleibt daher immanent und wird nicht transzendent. Denn sie reißt sich von der Erfahrung nie ganz los, sondern bleibt die bloße Deutung und Auslegung derselben, da sie vom Dinge an sich nie anders als in seiner Beziehung zur Erscheinung redet. Wenigstens ist dies der Sinn, in welchem ich mit durchgängiger Berücksichtigung der von *Kant* nachgewiesenen Schranken der menschlichen Erkenntnis das Problem der Metaphysik zu lösen versucht habe: daher lasse ich seine ›Prolegomena zu jeder Metaphysik‹ auch für die meinige gelten und bestehn. Diese geht demnach nie eigentlich über die Erfahrung hinaus, sondern eröffnet nur das wahre Verständnis der in ihr vorliegenden Welt. Sie ist weder nach der auch von *Kant* wiederholten Definition der Metaphysik eine Wissenschaft aus bloßen Begriffen noch ist sie ein System von Folgerungen aus Sätzen a priori, deren Untauglichkeit zum metaphysischen Zweck *Kant* dargetan hat. Sondern sie ist ein Wissen, geschöpft aus der Anschauung der äußern, wirklichen Welt und dem Aufschluß, welchen über diese die intimste Tatsache des Selbstbewußtseins liefert, niedergelegt in deutlichen Begriffen. Sie ist demnach Erfahrungswissenschaft: aber nicht einzelne Erfahrungen, sondern das Ganze und Allgemeine aller Erfahrung ist ihr Gegenstand und ihre Quelle. Ich lasse ganz und gar *Kants* Lehre bestehn, daß die Welt der Erfahrung bloße Erscheinung sei und daß die Erkenntnisse a priori bloß in bezug auf diese gelten: ich aber füge hinzu, daß sie gerade als Erscheinung die Manifestation desjenigen ist, was erscheint, und nenne es mit ihm das Ding an sich. Dieses muß daher sein Wesen und seinen Charakter in der Erfahrungswelt ausdrücken, mithin solcher aus ihm herauszudeuten sein, und zwar aus dem Stoff, nicht aus der bloßen Form der Erfahrung. Demnach ist die Philosophie nichts anderes als das richtige, universelle Verständnis der Erfahrung selbst, die wahre Auslegung ihres Sinnes und Gehaltes. Dieser ist das Metaphysische, d.h. das in die Erscheinung bloß Gekleidete und in ihre Formen Verhüllte, ist das, was sich zu ihr verhält wie der Gedanke zu den Worten.

Eine solche Entzifferung der Welt in Beziehung auf das in ihr Erscheinende muß ihre Bewährung aus sich selbst erhalten, durch die Übereinstimmung, in welche sie die so verschiedenartigen Erscheinungen der Welt zueinander setzt und welche man ohne sie nicht wahrnimmt. – Wenn man eine Schrift findet, deren Alphabet unbekannt ist; so versucht man die Auslegung so lange, bis man auf eine Annahme der Bedeutung der Buchstaben gerät, unter welcher sie verständliche Worte und zusammenhängende Perioden bilden. Dann aber bleibt kein Zweifel an der Richtigkeit der Entzifferung; weil es nicht möglich ist, daß die Übereinstimmung und der Zusammenhang, in welchen diese Auslegung alle Zeichen jener Schrift setzt, bloß zufällig wäre und man bei einem ganz andern Werte der Buchstaben ebenfalls Worte und Perioden in dieser Zusammenstellung derselben erkennen könnte. Auf ähnliche Art muß die Entzifferung der Welt sich aus sich selbst vollkommen bewähren. Sie muß ein gleichmäßiges Licht über alle Erscheinungen der Welt verbreiten und auch die heterogensten in Übereinstimmung bringen, so daß auch zwischen den kontrastierendesten der Widerspruch gelöst wird. Diese Bewährung aus sich selbst ist das Kennzeichen ihrer Echtheit. Denn jede falsche Entzifferung wird, wenn sie auch zu einigen Erscheinungen paßt, den übrigen desto greller widersprechen. So z.B. widerspricht der Leibnizische Optimismus dem augenfälligen Elend des Daseins; die Lehre des Spinoza, daß die Welt die allein mögliche und absolut notwendige Substanz sei, ist unvereinbar mit unserer Verwunderung über ihr Sein und Wesen; der Wolffischen Lehre, daß der Mensch von einem ihm fremden Willen seine existentia [Wirklichkeit] und essentia [Wesenheit] habe, widerstreitet unsere moralische Verantwortlichkeit für die aus diesen im Konflikt mit den Motiven streng notwendig hervorgehenden Handlungen; der oft wiederholten Lehre von einer fortschreitenden Entwickelung der Menschheit zu immer höherer Vollkommenheit, oder überhaupt von irgendeinem Werden mittelst des Weltprozesses, stellt sich die Einsicht a priori entgegen, daß bis zu jedem gegebenen Zeitpunkt bereits eine unendliche Zeit abgelaufen ist, folglich alles, was mit der Zeit kommen sollte, schon dasein müßte; und so ließe sich ein unabsehbares Register der Widersprüche dogmatischer Annahmen mit der gegebenen Wirklichkeit der Dinge zusammenstellen. Hingegen muß ich in Abrede stellen, daß auf dasselbe irgendeine Lehre meiner Philosophie redlicherweise einzutragen sein würde; eben weil jede derselben in Gegenwart der angeschauten Wirklichkeit durchdacht worden und keine ihre Wurzel allein in abstrakten Begriffen hat. Da es dabei dennoch ein Grundgedanke ist, der an alle Erscheinungen der Welt als ihr Schlüssel gelegt wird; so bewährt sich derselbe als das richtige Alphabet, unter dessen Anwendung alle Worte und Perioden Sinn und Bedeutung haben. Das gefundene Wort eines Rätsels erweist sich als das rechte dadurch, daß alle Aussagen desselben zu ihm passen. So läßt meine Lehre Übereinstimmung und Zusammenhang in dem kontrastierenden Gewirre der Erscheinungen dieser Welt erblicken und löst die unzähligen Widersprüche, welche dasselbe von jedem andern Standpunkt aus gesehn darbietet: sie gleicht daher insofern einem Rechenexempel, welches aufgeht; wiewohl keineswegs in dem Sinne, daß sie kein Problem zu lösen übrig, keine mögliche Frage unbeantwortet ließe. Dergleichen zu behaupten wäre eine vermessene Ableugnung der Schranken menschlicher Erkenntnis überhaupt. Welche Fackel wir auch anzünden und welchen Raum sie auch erleuchten mag; stets wird unser Horizont von tiefer Nacht umgrenzt bleiben. Denn die letzte Lösung des Rätsels der Welt müßte notwendig bloß von den Dingen an sich, nicht mehr von den Erscheinungen reden. Aber gerade auf diese allein sind alle unsere Erkenntnisformen angelegt: daher müssen wir uns alles durch ein Nebeneinander, Nacheinander und Kausalitätsverhältnisse faßlich machen. Aber diese Formen haben bloß in Beziehung auf die Erscheinung Sinn und Bedeutung; die Dinge an sich selbst und ihre möglichen Verhältnisse lassen sich durch jene Formen nicht erfassen. Daher muß die wirkliche, positive Lösung des Rätsels der Welt etwas sein, das der menschliche Intellekt zu fassen und zu denken völlig unfähig ist; so daß, wenn ein Wesen höherer Art käme und sich alle Mühe gäbe, es uns beizubringen, wir von seinen Eröffnungen durchaus nichts würden verstehn können. Diejenigen sonach, welche vorgeben, die letzten, d.i. die ersten Gründe der Dinge, also ein Urwesen, absolutum oder wie sonst man es nennen will, nebst dem Prozeß, den Gründen, Motiven oder sonst was, infolge welcher die Welt daraus hervorgeht oder quillt oder fällt oder produziert, ins Dasein gesetzt, ›entlassen‹ und hinauskomplimentiert wird, zu erkennen – treiben Possen, sind Windbeutel, wo nicht gar Scharlatane.

Als einen großen Vorzug meiner Philosophie sehe ich es an, daß alle ihre Wahrheiten unabhängig voneinander durch die Betrachtung der realen Welt gefunden sind, die Einheit und Zusammenstimmung derselben aber, um die ich unbesorgt gewesen war, sich immer nachher von selbst eingefunden hat. Darum auch ist sie reich und hat breite Wurzeln auf dem Boden der anschaulichen Wirklichkeit, aus welchem alle Nahrung abstrakter Wahrheiten quillt: und darum wieder ist sie nicht langweilig; welche Eigenschaft man sonst, nach den philosophischen Schriften der letzten fünfzig Jahre zu urteilen, für eine der Philosophie wesentliche halten könnte. Wenn hingegen alle Lehren einer Philosophie bloß eine aus der andern und zuletzt wohl gar aus einem ersten Satze abgeleitet sind; so muß sie arm und mager, mithin auch langweilig ausfallen; da aus keinem Satze mehr folgen kann, als was er eigentlich schon selbst besagt: zudem hängt dann alles von der Richtigkeit *eines* Satzes ab, und durch einen einzigen Fehler in der Ableitung wäre die Wahrheit des

Ganzen gefährdet. – Noch weniger Gewährleistung geben die Systeme, welche von einer intellektualen Anschauung, d.i. einer Art Ekstase oder Hellsehn ausgehn: jede so gewonnene Erkenntnis muß als subjektiv, individuell und folglich problematisch abgewiesen werden. Selbst wenn sie wirklich vorhanden wäre, würde sie nicht mitteilbar sein; denn nur die normale Gehirnerkenntnis ist mitteilbar: wenn sie eine abstrakte ist, durch Begriffe und Worte; wenn eine bloß anschauliche, durch Kunstwerke.

Wenn man, wie so oft geschieht, der Metaphysik vorwirft, im Laufe so vieler Jahrhunderte so geringe Fortschritte gemacht zu haben; so sollte man auch berücksichtigen, daß keine andere Wissenschaft gleich ihr unter fortwährendem Drucke erwachsen, keine von außen so gehemmt und gehindert worden ist, wie sie allezeit durch die Religion jedes Landes, als welche überall im Besitz des Monopols metaphysischer Erkenntnisse sie neben sich ansieht wie ein wildes Kraut, wie einen unberechtigten Arbeiter, wie eine Zigeunerhorde und sie in der Regel nur unter der Bedingung toleriert, daß sie sich bequeme, ihr zu dienen und nachzufolgen. Wo ist denn je wahre Gedankenfreiheit gewesen? Geprahlt hat man genug damit: aber sobald sie weitergehn wollte, als etwan in untergeordneten Dogmen von der Landesreligion abzuweichen, ergriff die Verkündiger der Toleranz ein heiliger Schauder über die Vermessenheit, und es hieß: keinen Schritt weiter! – Welche Fortschritte der Metaphysik waren unter solchem Drucke möglich? – Ja nicht allein auf die *Mitteilung* der Gedanken, sondern auf das *Denken* selbst erstreckt sich jener Zwang, den die privilegierte Metaphysik ausübt, dadurch, daß ihre Dogmen dem zarten, bildsamen, vertrauensvollen und gedankenlosen Kindesalter unter [ein]studiertem, feierlich ernstem Mienenspiel so fest eingeprägt werden, daß sie von dem an mit dem Gehirn verwachsen und fast die Natur angeborener Gedanken annehmen, wofür manche Philosophen sie daher gehalten haben, noch mehrere aber sie zu halten vorgeben. Nichts kann jedoch der Auffassung auch nur des *Problems* der Metaphysik so fest entgegenstehn wie eine ihm vorhergängige, aufgedrungene und dem Geiste früh eingeimpfte Lösung desselben: denn der notwendige Ausgangspunkt zu allem echten Philosophieren ist die tiefe Empfindung des Sokratischen: ›Dies eine weiß ich, daß ich nichts weiß‹ [nach Platon, ›Apologia‹ cap. 6]. Die Alten standen auch in dieser Rücksicht im Vorteil gegen uns; da ihre Landesreligionen zwar die Mitteilung des Gedachten etwas beschränkten, aber die Freiheit des Denkens selbst nicht beeinträchtigten, weil sie nicht förmlich und feierlich den Kindern eingeprägt, wie auch überhaupt nicht so ernsthaft genommen wurden. Daher sind die Alten noch unsere Lehrer in der Metaphysik.

Bei jenem Vorwurf der geringen Fortschritte der Metaphysik und ihres trotz so anhaltendem Bemühen noch immer nicht erreichten Zieles soll man ferner erwägen, daß sie unterweilen immerfort den unschätzbaren Dienst geleistet hat, den unendlichen Ansprüchen der privilegierten Metaphysik Grenzen zu setzen und dabei zugleich doch dem gerade durch diese als unausbleibliche Reaktion hervorgerufenen eigentlichen Naturalismus und Materialismus entgegenzuarbeiten. Man bedenke, wohin es mit den Anmaßungen der Priesterschaft jeder Religion kommen würde, wenn der Glaube an ihre Lehren so fest und blind wäre, wie jene eigentlich wünscht. Man sehe dabei zurück auf alle Kriege, Unruhen, Rebellionen und Revolutionen in Europa vom achten bis zum achtzehnten Jahrhundert: wie wenige wird man finden, die nicht zum Kern oder zum Vorwand irgendeine Glaubensstreitigkeit, also metaphysische Probleme gehabt haben, welche der Anlaß wurden, die Völker aufeinanderzuhetzen. Ist doch jenes ganze Jahrtausend ein fortwährendes Morden bald auf dem Schlachtfeld, bald auf dem Schafott, bald auf den Gassen – in metaphysischen Angelegenheiten! Ich wollte, ich hätte ein authentisches Verzeichnis aller Verbrechen, die wirklich das Christentum verhindert, und aller guten Handlungen, die es wirklich erzeugt hat, um sie auf die andere Waagschale legen zu können.

Was endlich die *Verpflichtungen* der Metaphysik betrifft, so hat sie nur eine einzige; denn es ist eine, die keine andere neben sich duldet: die Verpflichtung, *wahr* zu sein. Wollte man neben dieser ihr noch andere auflegen wie etwan die, spiritualistisch, optimistisch, monotheistisch, ja auch nur die, moralisch zu sein; so kann man nicht zum voraus wissen, ob diese nicht der Erfüllung jener ersten entgegenstände, ohne welche alle ihre sonstigen Leistungen offenbar wertlos sein müßten. Eine gegebene Philosophie hat demnach keinen andern Maßstab ihrer Schätzung als den der Wahrheit. – Übrigens ist die Philosophie wesentlich *Weltweisheit:* ihr Problem ist die Welt: mit dieser allein hat sie es zu tun und läßt die Götter in Ruhe, erwartet aber dafür, auch von ihnen in Ruhe gelassen zu werden.

VIII. ZUR METAPHYSIK DER GESCHLECHTSLIEBE

Die Dichter ist man gewohnt hauptsächlich mit der Schilderung der Geschlechtsliebe beschäftigt zu sehn. Diese ist in der Regel das Hauptthema aller dramatischen Werke, der tragischen wie der komischen, der romantischen wie der klassischen, der indischen wie der europäischen: nicht weniger ist sie der Stoff des bei weitem größten Teils der lyrischen Poesie und ebenfalls der epischen; zumal wenn wir dieser die hohen Stöße von Romanen beizählen wollen, welche in allen zivilisierten Ländern Europas jedes Jahr so regelmäßig wie die Früchte des Bodens erzeugt, schon seit Jahrhunderten. Alle diese Werke sind ihrem Hauptinhalte nach nichts anderes als vielseitige, kurze oder ausführliche Beschreibungen der in Rede stehenden Leidenschaft. Auch haben die gelungensten Schilderungen derselben, wie z.B. ›Romeo und Julia‹, die ›Neue Heloise‹, der ›Werther‹ unsterblichen Ruhm erlangt. Wenn dennoch *Larochefoucauld* meint, es sei mit der leidenschaftlichen Liebe wie mit den Gespenstern: alle redeten davon, aber keiner hätte sie gesehn; und ebenfalls *Lichtenberg* in seinem Aufsatze ›Über die Macht der Liebe‹ die Wirklichkeit und in Naturgemäßheit jener Leidenschaft bestreitet und ableugnet; so ist dies ein großer Irrtum. Denn es ist unmöglich, daß ein der menschlichen Natur Fremdes und ihr Widersprechendes, also eine bloß aus der Luft gegriffene Fratze zu allen Zeiten vom Dichtergenie unermüdlich dargestellt und von der Menschheit mit unveränderter Teilnahme aufgenommen werden könne; da ohne Wahrheit kein Kunstschönes sein kann:

> Rien n'est beau que le vrai; le vrai seul est aimable.
> [Die Wahrheit nur ist schön, nur sie ist liebenswert.]
> Boileau [›Epîtres‹ 9, 23]

Allerdings aber bestätigt es auch die Erfahrung, wenngleich nicht die alltägliche, daß das, was in der Regel nur als eine lebhafte, jedoch noch bezwingbare Neigung vorkommt, unter gewissen Umständen anwachsen kann zu einer Leidenschaft, die an Heftigkeit jede andere übertrifft und dann alle Rücksichten beseitigt, alle Hindernisse mit unglaublicher Kraft und Ausdauer überwindet, so daß für ihre Befriedigung unbedenklich das Leben gewagt, ja, wenn solche schlechterdings versagt bleibt, in den Kauf gegeben wird. Die Werther und Jacopo Ortis [›Ultime lettere di Jacopo Ortis‹ von Ugo Fascolo] existieren nicht bloß im Romane; sondern jedes Jahr hat deren in Europa wenigstens ein halbes Dutzend aufzuweisen: ›sed ignotis perierunt mortibus illi‹ [jedoch vom Tod, den sie starben, ward keinerlei Kunde; Horaz, ›Sermones‹ lib. 1, satira 3, 108]: denn ihre Leiden finden keinen andern Chronisten als den Schreiber amtlicher Protokolle oder den Berichterstatter der Zeitungen. Doch werden die Leser der polizeigerichtlichen Aufnahmen in englischen und französischen Tagesblättern die Richtigkeit meiner Angabe bezeugen. Noch größer aber ist die Zahl derer, welche dieselbe Leidenschaft ins Irrenhaus bringt. Endlich hat jedes Jahr auch einen und den andern Fall von gemeinschaftlichem Selbstmord eines liebenden, aber durch äußere Umstände verhinderten Paares aufzuweisen; wobei mir inzwischen unerklärlich bleibt, wie die, welche, gegenseitiger Liebe gewiß, im Genusse dieser die höchste Seligkeit zu finden erwarten, nicht lieber durch die äußersten Schritte sich allen Verhältnissen entziehn und jedes Ungemach erdulden, als daß sie mit dem Leben ein Glück aufgeben, über welches hinaus ihnen kein größeres denkbar ist. – Was aber die niedern Grade und die bloßen Anflüge jener Leidenschaft anlangt, so hat jeder sie täglich vor Augen und, solange er nicht alt ist, meistens auch im Herzen.

Also kann man nach dem hier in Erinnerung Gebrachten weder an der Realität noch an der Wichtigkeit der Sache zweifeln und sollte daher, statt sich zu wundern, daß auch ein Philosoph dieses beständige Thema aller Dichter einmal zu dem seinigen macht, sich darüber wundern, daß eine Sache, welche im Menschenleben durchweg eine so bedeutende Rolle spielt, von den Philosophen bisher so gut wie gar nicht in Betrachtung genommen ist und als ein unbearbeiteter Stoff vorliegt. Wer sich noch am meisten damit abgegeben hat, ist *Platon*, besonders im ›Gastmahl‹ und im ›Phaedrus‹: was er jedoch darüber vorbringt, hält sich im Gebiete der Mythen, Fabeln und. Scherze, betrifft auch größtenteils nur die griechische Knabenliebe. Das wenige, was *Rousseau* im ›Discours sur l'inégalité‹ (p. 96, editio Bipontini) über unser Thema sagt, ist falsch und ungenügend. *Kants* Erörterung des Gegenstandes im dritten Abschnitt der Abhandlung ›Über das Gefühl des Schönen und Erhabenen‹ (S. 435 ff. der Rosenkranzischen Ausgabe) ist sehr oberflächlich und ohne Sachkenntnis, daher zum Teil auch unrichtig. Endlich *Platners* Behandlung der Sache in seiner ›Anthropologie‹ §§ 1347 ff. wird jeder platt und seicht finden, Hingegen verdient *Spinozas* Definition wegen ihrer überschwenglichen Naivetät zur Aufheiterung angeführt zu werden: ›amor est titillatio concomitante idea causae externae‹ [die Liebe ist ein Kitzel, die von der Vorstellung einer äußeren Ursache begleitet ist] (›Ethica‹ 4, prop. 44, demonstratio). Vorgänger habe ich demnach weder zu benutzen noch zu widerlegen: die Sache hat sich mir objektiv aufgedrungen und ist von selbst in den Zusammenhang meiner Weitbetrachtung getreten. – Den wenigsten Beifall habe ich übrigens von denen zu hoffen, welche gerade selbst von dieser Leidenschaft beherrscht sind und demnach in den sublimsten und ätherischesten Bildern ihre überschwenglichen Gefühle auszudrücken suchen: ihnen wird meine Ansicht zu physisch, zu materiell erscheinen; so metaphysisch, ja transzendent sie auch im Grunde ist. Mögen sie vorläufig erwägen, daß der Gegenstand, welcher sie heute zu Madrigalen und Sonetten begeistert, wenn er achtzehn Jahre früher geboren wäre, ihnen kaum einen Blick abgewonnen hätte.

Denn alle Verliebtheit, wie ätherisch sie sich auch gebärden mag, wurzelt allein im Geschlechtstriebe, ja ist durchaus nur ein näher bestimmter, spezialisierter, wohl gar im strengsten Sinn individualisierter Geschlechtstrieb. Wenn man nun, dieses festhaltend, die wichtige Rolle betrachtet, welche die Geschlechtsliebe in allen ihren Abstufungen und Nuancen nicht bloß in Schauspielen und Romanen, sondern auch in der wirklichen Welt spielt, wo sie nächst der Liebe zum Leben sich als die stärkste und tätigste aller Triebfedern erweist, die Hälfte der Kräfte und Gedanken des jüngern Teiles der Menschheit fortwährend in Anspruch nimmt, das letzte Ziel fast jedes menschlichen Bestrebens ist, auf die wichtigsten Angelegenheiten nachteiligen Einfluß erlangt, die ernsthaftesten Beschäftigungen zu jeder Stunde unterbricht, bisweilen selbst die größten Köpfe auf eine Weile in Verwirrung setzt, sich nicht scheut, zwischen die Verhandlungen der Staatsmänner und die Forschungen der Gelehrten störend mit ihrem Plunder einzutreten, ihre Liebesbriefchen und Haarlöckchen sogar in ministerielle Portefeuilles und philosophische Manuskripte einzuschieben versteht, nicht minder täglich die verworrensten und schlimmsten Händel anzettelt, die wertvollsten Verhältnisse auflöst, die festesten Bande zerreißt, bisweilen Leben oder Gesundheit, bisweilen Reichtum, Rang und Glück zu ihrem Opfer nimmt, ja den sonst Redlichen gewissenlos, den bisher Treuen zum Verräter macht, demnach im ganzen auftritt als ein feindseliger Dämon, der alles zu verkehren, zu verwirren und umzuwerfen bemüht ist – da wird man veranlaßt auszurufen: Wozu der Lärm? Wozu das Drängen, Toben, die Angst und die Not? Es handelt sich ja bloß darum, daß jeder Hans seine Grete[1] finde: weshalb sollte eine solche Kleinigkeit eine so wichtige Rolle spielen und unaufhörlich Störung und Verwirrung in das wohlgeregelte Menschenleben bringen? – Aber dem ernsten Forscher enthüllt allmälig der Geist der Wahrheit die Antwort: Es ist keine Kleinigkeit, worum es sich hier handelt: vielmehr ist die Wichtigkeit der Sache dem Ernst und Eifer des Treibens vollkommen angemessen. Der

1 Ich habe mich hier nicht eigentlich ausdrücken dürfen: der geneigte Leser hat daher die Phrase in eine Aristophanische Sprache zu übersetzen.

Endzweck aller Liebeshändel, sie mögen auf dem Soccus oder dem Kothurn gespielt werden, ist wirklich wichtiger als alle andern Zwecke im Menschenleben und daher des tiefen Ernstes, womit jeder ihn verfolgt, völlig wert. Das nämlich, was dadurch entschieden wird, ist nichts Geringeres als *die Zusammensetzung der nächsten Generation. Die* ›dramatis personae‹, welche auftreten werden, wann wir abgetreten sind, werden hier ihrem Dasein und ihrer Beschaffenheit nach bestimmt durch diese so frivolen Liebeshändel. Wie das Sein, die existentia jener künftigen Personen durch unsern Geschlechtstrieb überhaupt, so ist das Wesen, die essentia derselben durch die individuelle Auswahl bei seiner Befriedigung, d.i. die Geschlechtsliebe durchweg bedingt und wird dadurch in jeder Rücksicht unwiderruflich festgestellt. Dies ist der Schlüssel des Problems: wir werden ihn bei der Anwendung genauer kennenlernen, wann wir die Grade der Verliebtheit von der flüchtigsten Neigung bis zur heftigsten Leidenschaft durchgehn, wobei wir erkennen werden, daß die Verschiedenheit derselben aus dem Grade der Individualisation der Wahl entspringt.

Die sämtlichen *Liebeshändel* der gegenwärtigen Generation zusammengenommen sind demnach des ganzen Menschengeschlechts ernstliche ›meditatio compositionis generationis futurae, e qua iterum pendent innumerae generationes‹ [das Sinnen auf die Zusammensetzung der künftigen Generation, von der wiederum unzählige Generationen abhängig sind]. Diese hohe Wichtigkeit der Angelegenheit, als in welcher es sich nicht wie in allen übrigen um *individuelles* Wohl und Wehe, sondern um das Dasein und die spezielle Beschaffenheit des Menschengeschlechts in künftigen Zeiten handelt und daher der Wille des einzelnen in erhöhter Potenz als Wille der Gattung auftritt, diese ist es, worauf das Pathetische und Erhabene der Liebesangelegenheiten, das Transzendente ihrer Entzückungen und Schmerzen beruht, welches in zahllosen Beispielen darzustellen die Dichter seit Jahrtausenden nicht müde werden; weil kein Thema es an Interesse diesem gleichtun kann, als welches, indem es das

Wohl und Wehe der *Gattung* betrifft, zu allen übrigen, die nur das Wohl der einzelnen betreffen, sich verhält wie Körper zu Fläche. Daher eben ist es so schwer, einem Drama ohne Liebeshändel Interesse zu erteilen, und wird andererseits selbst durch den täglichen Gebrauch dies Thema niemals abgenutzt.

Was im individuellen Bewußtsein sich kundgibt als Geschlechtstrieb überhaupt und ohne die Richtung auf ein bestimmtes Individuum des andern Geschlechts, das ist an sich selbst und außer der Erscheinung der Wille zum Leben schlechthin. Was aber im Bewußtsein erscheint als auf ein bestimmtes Individuum gerichteter Geschlechtstrieb, das ist an sich selbst der Wille, als ein genau bestimmtes Individuum zu leben. In diesem Falle nun weiß der Geschlechtstrieb, obwohl an sich ein subjektives Bedürfnis, sehr geschickt die Maske einer objektiven Bewunderung anzunehmen und so das Bewußtsein zu täuschen: denn die Natur bedarf dieses Strategems zu ihren Zwecken. Daß es aber, so objektiv und von erhabenem Anstrich jene Bewunderung auch erscheinen mag, bei jedem Verliebtsein doch allein abgesehn ist auf die Erzeugung eines Individuums von bestimmter Beschaffenheit, wird zunächst dadurch bestätigt, daß nicht etwan die Gegenliebe, sondern der Besitz, d.h. der physische Genuß das Wesentliche ist. Die Gewißheit jener kann daher über den Mangel dieses keineswegs trösten: vielmehr hat in solcher Lage schon mancher sich erschossen. Hingegen nehmen stark Verliebte, wenn sie keine Gegenliebe erlangen können, mit dem Besitz, d.i. dem physischen Genuß vorlieb. Dies belegen alle gezwungenen Heiraten, imgleichen die so oft ihrer Abneigung zum Trotz mit großen Geschenken oder sonstigen Opfern erkaufte Gunst eines Weibes, ja auch die Fälle der Notzucht. Daß dieses bestimmte Kind erzeugt werde, ist der wahre, wenngleich den Teilnehmern unbewußte Zweck des ganzen Liebesromans: die Art und Weise, wie er erreicht wird, ist Nebensache. – Wie laut auch hier die hohen und empfindsamen, zumal aber die verliebten Seelen aufschreien mögen über den derben Realismus meiner Ansicht; so sind sie doch im Irrtum. Denn ist nicht die genaue Bestimmung der Individualitäten der nächsten Generation ein viel höherer und würdigerer Zweck als jene ihre überschwenglichen Gefühle und übersinnlichen Seifenblasen? Ja, kann es unter irdischen Zwecken einen wichtigeren und größeren geben? Er allein entspricht der Tiefe, mit welcher die leidenschaftliche Liebe gefühlt wird, dem Ernst, mit welchem sie auftritt, und der Wichtigkeit, die sie sogar den Kleinigkeiten ihres Bereiches und ihres Anlasses beilegt. Nur insofern man *diesen* Zweck als den wahren unterlegt, erscheinen die Weitläufigkeiten, die endlosen Bemühungen und Plagen zur Erlangung des geliebten Gegenstandes der Sache angemessen. Denn die künftige Generation in ihrer ganzen individuellen Bestimmtheit ist es, die sich mittelst jenes Treibens und Mühens ins Dasein drängt. Ja sie selbst regt sich schon in der so umsichtigen, bestimmten und eigensinnigen Auswahl zur Befriedigung des Geschlechtstriebes, die man Liebe nennt. Die wachsende Zuneigung zweier Liebenden ist eigentlich schon der Lebenswille des neuen Individuums, welches sie zeugen können und möchten; ja schon im Zusammentreffen ihrer sehnsuchtsvollen Blicke entzündet sich sein neues Leben und gibt sich kund als eine künftig harmonische, wohl zusammengesetzte Individualität. Sie fühlen die Sehnsucht nach einer wirklichen Vereinigung und Verschmelzung zu einem einzigen Wesen, um alsdann nur noch als dieses fortzuleben; und diese erhält ihre Erfüllung in dem von ihnen Erzeugten, als in welchem die sich vererbenden Eigenschaften beider zu einem Wesen verschmolzen und vereinigt fortleben. Umgekehrt ist die gegenseitige entschiedene und beharrliche Abneigung zwischen einem Mann und einem Mädchen die Anzeige, daß, was sie zeugen könnten, nur ein übelorganisiertes, in sich disharmonisches, unglückliches Wesen sein würde. Deshalb liegt ein tiefer Sinn darin, daß Calderon die entsetzliche Semiramis zwar die Tochter der Luft benennt, sie jedoch als die Tochter der Notzucht, auf welche der Gattenmord folgte, einführt.

*

Jetzt zur gründlicheren Untersuchung der Sache. – Der Egoismus ist eine so tief wurzelnde Eigenschaft aller Individualität überhaupt, daß, um die Tätigkeit eines individuellen Wesens zu erregen, egoistische Zwecke die einzigen sind, auf welche man mit Sicherheit rechnen kann. Zwar hat die Gattung auf das Individuum ein früheres, näheres und größeres Recht als die hinfällige Individualität selbst: jedoch kann, wann das Individuum für den Bestand und die Beschaffenheit der Gattung tätig sein und sogar Opfer bringen soll, seinem Intellekt, als welcher bloß auf individuelle Zwecke berechnet ist, die Wichtigkeit der Angelegenheit nicht so faßlich gemacht werden, daß sie derselben gemäß wirkte. Daher kann in solchem Fall die Natur ihren Zweck nur dadurch erreichen, daß sie dem Individuo einen gewissen *Wahn* einpflanzt, vermöge dessen ihm als ein Gut für sich selbst erscheint, was in Wahrheit bloß eines für die Gattung ist, so daß dasselbe dieser dient, während es sich selber zu dienen wähnt; bei welchem Hergang eine bloße gleich darauf verschwindende Chimäre ihm vorschwebt und als Motiv die Stelle einer Wirklichkeit vertritt. Dieser *Wahn* ist der *Instinkt*. Derselbe ist in den allermeisten Fällen anzusehn als der Sinn der *Gattung*, welcher das *ihr* Frommende dem Willen darstellt. Weil aber der Wille hier individuell geworden; so muß er dergestalt getäuscht werden, daß er das, was der Sinn der *Gattung* ihm vorhält, durch den Sinn des *Individui* wahrnimmt, also individuellen Zwecken nachzugehn wähnt, während er in Wahrheit bloß generelle (dies Wort hier im eigentlichsten Sinn genommen) verfolgt. Die äußere Erscheinung des Instinkts beobachten wir am besten an den Tieren, als wo seine Rolle am bedeutendesten ist; aber den innern Hergang dabei können wir wie alles Innere allein an uns selbst kennenlernen. Nun meint man zwar, der Mensch habe fast gar keinen Instinkt, allenfalls bloß den, daß das Neugeborene die Mutterbrust sucht und ergreift. Aber in der Tat haben wir einen sehr bestimmten, deutlichen, ja komplizierten Instinkt, nämlich den der so feinen, ernstlichen und eigensinnigen Auswahl des andern Individuums zur Geschlechtsbefriedigung. Mit dieser Befriedigung an sich selbst, d.h. sofern sie ein auf dringendem Bedürfnis des Individuums beruhender sinnlicher Genuß ist, hat die Schönheit oder Häßlichkeit des andern Individuums gar nichts zu schaffen. Die dennoch so eifrig verfolgte Rücksicht auf diese nebst der daraus entspringenden sorgsamen Auswahl bezieht sich also offenbar nicht auf den Wählenden selbst, obschon er es wähnt, sondern auf den wahren Zweck, auf das zu Erzeugende, als in welchem der Typus der Gattung möglichst rein und richtig erhalten werden soll. Nämlich durch tausend physische Zufälle und moralische Widerwärtigkeiten entstehn gar vielerlei Ausartungen der menschlichen Gestalt: dennoch wird der echte Typus derselben in allen seinen Teilen immer wieder hergestellt; welches geschieht unter der Leitung des Schönheitssinnes, der durchgängig dem Geschlechtstriebe vorsteht und ohne welchen dieser zum ekelhaften Bedürfnis herabsinkt. Demgemäß wird jeder erstlich die schönsten Individuen, d.h. solche, in welchen der Gattungscharakter am reinsten ausgeprägt ist, entschieden vorziehn und heftig begehren; zweitens aber wird er am andern Individuo besonders *die* Vollkommenheiten verlangen, welche ihm selbst abgehn, ja sogar die Unvollkommenheiten, welche das Gegenteil seiner eigenen sind, schön finden: daher suchen z.B. kleine Männer große Frauen, die Blonden lieben die Schwarzen usw. – Das schwindelnde Entzücken, welches den Mann beim Anblick eines Weibes von ihm angemessener Schönheit ergreift und ihm die Vereinigung mit ihr als das höchste Gut vorspiegelt, ist eben *der Sinn der Gattung*, welcher, den deutlich ausgedrückten Stempel derselben erkennend, sie mit diesem perpetuieren möchte. Auf diesem entschiedenen Hange zur Schönheit beruht die Erhaltung des Typus der Gattung: daher wirkt derselbe mit so großer Macht. Wir werden die Rücksichten, welche er befolgt, weiter unten speziell betrachten. Was also den Menschen hiebei leitet, ist wirklich ein Instinkt, der auf das Beste der Gattung gerichtet ist, während der Mensch selbst bloß den erhöhten eigenen Genuß zu suchen wähnt. – In der Tat haben wir hieran einen lehrreichen

Aufschluß über das innere Wesen *alles* Instinkts, als welcher fast durchgängig wie hier das Individuum für das Wohl der Gattung in Bewegung setzt. Denn offenbar ist die Sorgfalt, mit der ein Insekt eine bestimmte Blume oder Frucht oder Mist oder Fleisch oder wie die Ichneumonien [Schlupfwespen] eine fremde Insektenlarve aufsucht, um seine Eier nur *dort* zu legen, und, um dieses zu erreichen, weder Mühe noch Gefahr scheut, derjenigen sehr analog, mit welcher ein Mann zur Geschlechtsbefriedigung ein Weib von bestimmter ihm individuell zusagender Beschaffenheit sorgsam auswählt und so eifrig nach ihr strebt, daß er oft, um diesen Zweck zu erreichen, aller Vernunft zum Trotz sein eigenes Lebensglück opfert durch törichte Heirat, durch Liebeshändel, die ihm Vermögen, Ehre und Leben kosten, selbst durch Verbrechen wie Ehebruch oder Notzucht; alles nur, um dem überall souveränen Willen der Natur gemäß der Gattung auf das zweckmäßigste zu dienen, wenngleich auf Kosten des Individuums. Überall nämlich ist der Instinkt ein Wirken wie nach einem Zweckbegriff und doch ganz ohne denselben. Die Natur pflanzt ihn da ein, wo das handelnde Individuum den Zweck zu verstehn unfähig oder ihn zu verfolgen unwillig sein würde: daher ist er in der Regel nur den Tieren, und zwar vorzüglich den untersten, als welche den wenigsten Verstand haben, beigegeben, aber fast allein in dem hier betrachteten Fall auch dem Menschen, als welcher den Zweck zwar verstehn könnte, ihn aber nicht mit dem nötigen Eifer, nämlich sogar auf Kosten seines individuellen Wohls verfolgen würde. Also nimmt hier wie bei allem Instinkt die Wahrheit die Gestalt des Wahnes an, um auf den Willen zu wirken. Ein wollüstiger Wahn ist es, der dem Manne vorgaukelt, er werde in den Armen eines Weibes von der ihm zusagenden Schönheit einen größern Genuß finden als in denen eines jeden andern; oder der, gar ausschließlich auf ein *einziges* Individuum gerichtet, ihn fest überzeugt, daß dessen Besitz ihm ein überschwengliches Glück gewähren werde. Demnach wähnt er für seinen eigenen Genuß Mühe und Opfer zu verwenden, während es bloß für die Erhaltung des regelrechten Typus der

Gattung geschieht oder gar eine ganz bestimmte Individualität, die nur von diesen Eltern kommen kann, zum Dasein gelangen soll. So völlig ist hier der Charakter des Instinkts, also ein Handeln wie nach einem Zweckbegriff und doch ganz ohne denselben vorhanden, daß der von jenem Wahn Getriebene den Zweck, welcher allein ihn leitet, die Zeugung oft sogar verabscheut und verhindern möchte: nämlich bei fast allen unehelichen Liebschaften. Dem dargelegten Charakter der Sache gemäß wird nach dem endlich erlangten Genuß jeder Verliebte eine wundersame Enttäuschung erfahren und darüber erstaunen, daß das so sehnsuchtsvoll Begehrte nichts mehr leistet als jede andere Geschlechtsbefriedigung; so daß er sich nicht sehr dadurch gefördert sieht. Jener Wunsch nämlich verhielt sich zu allen seinen übrigen Wünschen, wie sich die Gattung verhält zum Individuo, also wie ein Unendliches zu einem Endlichen. Die Befriedigung hingegen kommt eigentlich nur der Gattung zugute und fällt deshalb nicht in das Bewußtsein des Individuums, welches hier, vom Willen der Gattung beseelt, mit jeglicher Aufopferung einem Zwecke diente, der gar nicht sein eigener war. Daher also findet jeder Verliebte nach endlicher Vollbringung des großen Werkes sich angeführt: denn der Wahn ist verschwunden, mittelst dessen hier das Individuum der Betrogene der Gattung war. Demgemäß sagt *Platon* sehr treffend: ἡδονὴ ἁπάντων ἀλαζονέστατον (voluptas omnium maxime vaniloqua) [es gibt nichts, was so prahlerisch ist wie die Lust]. ›Philebus‹ [cap. 41, p. 65 C; editio Bipontini p. 318].

*

Die Sehnsucht der Liebe, der ἵμερος, welchen in zahllosen Wendungen auszudrücken die Dichter aller Zeiten unablässig beschäftigt sind und den Gegenstand nicht erschöpfen, ja ihm nicht genugtun können, diese Sehnsucht, welche an den Besitz eines bestimmten Weibes die Vorstellung einer unendlichen Seligkeit knüpft und einen unaussprechlichen Schmerz an den Gedanken, daß er nicht zu erlangen sei – diese Sehnsucht und dieser Schmerz der Liebe können nicht ihren Stoff entnehmen aus den Bedürfnissen eines ephemeren Individuums; sondern sie sind der Seufzer des Geistes der Gattung, welcher hier ein unersetzliches Mittel zu seinen Zwecken zu gewinnen oder zu verlieren sieht und daher tief aufstöhnt. Die Gattung allein hat unendliches Leben und ist daher unendlicher Wünsche, unendlicher Befriedigung und unendlicher Schmerzen fähig. Diese aber sind hier in der engen Brust eines Sterblichen eingekerkert: kein Wunder daher, wenn eine solche bersten zu wollen scheint und keinen Ausdruck finden kann für die sie erfüllende Ahndung unendlicher Wonne oder unendlichen Wehes. Die also gibt den Stoff zu aller erotischen Poesie erhabener Gattung, die sich demgemäß in transzendente, alles Irdische überfliegende Metaphern versteigt. Dies ist das Thema des *Petrarca*, der Stoff zu den St. Preuxs [in ›La nouvelle Héloise‹], Werthern und Jacopo Ortis, die außerdem nicht zu verstehn noch zu erklären sein würden. Denn auf etwanigen geistigen, überhaupt auf objektiven, realen Vorzügen der Geliebten kann jene unendliche Wertschätzung derselben nicht beruhen; schon weil sie dazu dem Liebenden oft nicht genau genug bekannt ist; wie dies Petrarcas Fall war. Der Geist der Gattung allein vermag mit *einem* Blicke zu sehn, welchen Wert sie für *ihn*, zu seinen Zwecken hat. Auch entstehn die großen Leidenschaften in der Regel beim ersten Anblick:

> Who ever lov'd, that lov'd not at first sight?[1]
> Shakespeare, ›As you like it‹ 3, 5.

Merkwürdig ist in dieser Hinsicht eine Stelle in dem seit 250 Jahren berühmten Roman ›Guzman de Alfarache‹ von Mateo Aleman: ›No es necessario, para que uno ame, que pase distancia de tiempo, que siga discurso, ni haga eleccion, sino que con aquella

1 Wer liebte je, der nicht beim ersten Anblick liebte?

primera y sola vista, concurran juntamente cierta correspondencia ó consonancia, ó lo que acá solemos vulgarmente decir, una *confrontacion de sangre* à que por particular influxo suelen mover las estrellas.‹ (Damit einer liebe, ist es nicht nötig, daß viel Zeit verstreiche, daß er Überlegung anstelle und eine Wahl treffe; sondern nur, daß bei jenem ersten und alleinigen Anblick eine gewisse Angemessenheit und Übereinstimmung gegenseitig zusammentreffe oder das, was wir hier im gemeinen Leben eine *Sympathie des Blutes* zu nennen pflegen und wozu ein besonderer Einfluß der Gestirne anzutreiben pflegt.) parta 2, libro 3, cap, 5. Demgemäß ist auch der Verlust der Geliebten durch einen Nebenbuhler oder durch den Tod für den leidenschaftlich Liebenden ein Schmerz, der jeden andern übersteigt; eben weil er transzendenter Art ist, indem er ihn nicht bloß als Individuum trifft, sondern ihn in seiner essentia aeterna [ewigen Wesenheit], im Leben der Gattung angreift, in deren speziellem Willen und Auftrage er hier berufen war. Daher ist Eifersucht so qualvoll und so grimmig, und ist die Abtretung der Geliebten das größte aller Opfer, – Ein Held schämt sich aller Klagen, nur nicht der Liebesklagen; weil in diesen nicht er, sondern die Gattung winselt, – In der ›Großen Zenobia‹ des *Calderon* ist im zweiten Akt eine Szene zwischen der Zenobia und dem Decius, wo dieser sagt:

> Cielos, luego tu me quieres?
> Perdiera cien mil victorias,
> Volviérame, etc.
> (Himmel! also Du liebst mich?!
> Dafür würde ich hunderttausend
> Siege aufgeben, würde umkehren, usw.)

Hier wird die Ehre, welche bisher jedes Interesse überwog, aus dem Felde geschlagen, sobald die Geschlechtsliebe, d.i. das Interesse der Gattung ins Spiel kommt und einen entschiedenen Vorteil vor sich sieht: denn dieses ist gegen jedes auch noch so wichtige Interesse bloßer Individuen unendlich überwiegend. Ihm allein weichen daher Ehre, Pflicht und Treue, nachdem sie jeder andern Versuchung, selbst der Drohung des Todes widerstanden haben. – Ebenso finden wir im Privatleben, daß in keinem Punkte Gewissenhaftigkeit so selten ist wie in diesem: sie wird hier bisweilen sogar von sonst redlichen und gerechten Leuten beiseite gesetzt und der Ehebruch rücksichtslos begangen, wann die leidenschaftliche Liebe, d.h. das Interesse der Gattung sich ihrer bemächtigt hat. Es scheint sogar, als ob sie dabei einer höheren Berechtigung sich bewußt zu sein glaubten, als die Interessen der Individuen je verleihen können; eben weil sie im Interesse der Gattung handeln. Merkwürdig ist in dieser Hinsicht *Chamforts* Äußerung: ›Quand un homme et une femme ont l'un pour l'autre une passion violente, il me semble toujours que, quelques soient les obstacles qui les séparent, un mari, des parents etc., les deux amants sont l'un à l'autre, *de par la nature*, qu'ils s'appartiennent *de droit divin*, malgré les lois et les conventions humaines.‹ [Wenn ein Mann und ein Weib für einander heftige Leidenschaft haben, so kommt es mir immer vor, als ob die beiden Liebenden, welche Hindernisse auch immer sie trennen mögen, ein Gatte, Eltern usw., durch die Natur und nach göttlichem Rechte einander angehören, was auch immer Gesetze und Menschensatzungen dazu sagen mögen; ›Maximes‹ chap. 6, p. 74]. Wer sich hierüber ereifern wollte, wäre auf die auffallende Nachsicht zu verweisen, welche der Heiland im Evangelio der Ehebrecherin widerfahren läßt, indem er zugleich dieselbe Schuld bei allen Anwesenden voraussetzt. – Der größte Teil des *Dekameron* erscheint von diesem Gesichtspunkt aus als bloßer Spott und Hohn des Genius der Gattung über die von ihm mit Füßen getretenen Rechte und Interessen der Individuen. – Mit gleicher Leichtigkeit werden Standesunterschiede und alle ähnlichen Verhältnisse, wann sie der Verbindung leidenschaftlich Liebender entgegenstehn, beseitigt und für nichtig erklärt vom Genius der Gattung, der, seine endlosen Generationen angehörenden Zwecke verfolgend, solche Menschensatzungen und Bedenken wie Spreu wegbläst. Aus demselben tiefliegenden Grunde wird, wo es die Zwecke verliebter Leidenschaft gilt, jede Gefahr willig übernommen, und selbst der sonst Zaghafte wird hier mutig. – Auch im Schauspiele und im Roman sehn wir mit freudigem Anteil die jungen Leute, welche ihre Liebeshändel, d.i. das Interesse der Gattung verfechten, den Sieg davontragen über die Alten, welche nur auf das Wohl der Individuen bedacht sind. Denn das Streben der Liebenden scheint uns um so viel wichtiger, erhabener und deshalb gerechter als jedes ihm etwan entgegenstehende, wie die Gattung bedeutender ist als das Individuum. Demgemäß ist das Grundthema fast aller Komodien das Auftreten des Genius der Gattung mit seinen Zwecken, welche dem persönlichen Interesse der dargestellten Individuen zuwiderlaufen und daher das Glück derselben zu untergraben drohen. In der Regel setzt er es durch, welches als der poetischen Gerechtigkeit gemäß den Zuschauer befriedigt; weil dieser fühlt, daß die Zwecke der Gattung denen der Individuen weit vorgehn. Daher verläßt er am Schluß die sieggekrönten Liebenden ganz getrost, indem er mit ihnen den Wahn teilt, sie hätten ihr eigenes Glück gegründet, welches sie vielmehr dem Wohl der Gattung zum Opfer gebracht haben, dem Willen der vorsorglichen Alten entgegen. In einzelnen abnormen Lustspielen hat man versucht, die Sache umzukehren und das Glück der Individuen auf Kosten der Zwecke der Gattung durchzusetzen: allein da empfindet der Zuschauer den Schmerz, den der Genius der Gattung erleidet, und wird durch die dadurch gesicherten Vorteile der Individuen nicht getröstet. Als Beispiele dieser Art fallen mir ein paar sehr bekannte kleine Stücke bei: ›La reine de 16 ans‹ und ›Le mariage de raison‹. In Trauerspielen mit Liebeshändeln gehn meistens, indem die Zwecke der Gattung vereitelt werden, die Liebenden, welche deren Werkzeug waren, zugleich unter: z.B. in ›Romeo und Julia‹, ›Tancrède‹, ›Don Carlos‹, ›Wallenstein‹, ›Braut von Messina‹ u.a. mehr.

Das Verliebtsein eines Menschen liefert oft komische, mitunter auch tragische Phänomene; beides, weil er, vom Geiste der

Gattung in Besitz genommen, jetzt von diesem beherrscht wird und nicht mehr sich selber angehört: dadurch wird sein Handeln dem Individuo unangemessen. Was bei den höheren Graden des Verliebtseins seinen Gedanken einen so poetischen und erhabenen Anstrich, sogar eine transzendente und hyperphysische Richtung gibt, vermöge welcher er seinen eigentlichen, sehr physischen Zweck ganz aus den Augen zu verlieren scheint, ist im Grunde dieses, daß er jetzt vom Geiste der Gattung, dessen Angelegenheiten unendlich wichtiger als alle bloße Individuen betreffenden sind, beseelt ist, um in dessen speziellem Auftrag die ganze Existenz einer indefinit langen Nachkommenschaft von *dieser* individuell und genau bestimmten Beschaffenheit, welche sie ganz allein von *ihm* als Vater und seiner Geliebten als Mutter erhalten kann, zu begründen, und die außerdem als eine *solche* nie zum Dasein gelangt, während die Objektivation des Willens zum Leben dieses Dasein ausdrücklich erfordert. Das Gefühl, in Angelegenheiten von so transzendenter Wichtigkeit zu handeln, ist es, was den Verliebten so hoch über alles Irdische, ja über sich selbst emporhebt und seinen sehr physischen Wünschen eine so hyperphysische Einkleidung gibt, daß die Liebe eine poetische Episode sogar im Leben des prosaischesten Menschen wird; in welchem letzteren Fall die Sache bisweilen einen komischen Anstrich gewinnt. – Jener Auftrag des in der Gattung sich objektivierenden Willens stellt im Bewußtsein des Verliebten sich dar unter der Maske der Antizipation einer unendlichen Seligkeit, welche für ihn in der Vereinigung mit diesem weiblichen Individuo zu finden wäre. In den höchsten Graden der Verliebtheit wird nun diese Chimäre so strahlend, daß, wenn sie nicht erlangt werden kann, das Leben selbst allen Reiz verliert und nunmehr so freudenleer, schal und ungenießbar erscheint, daß der Ekel davor sogar die Schrecken des Todes überwindet; daher es dann bisweilen freiwillig abgekürzt wird. Der Wille eines solchen Menschen ist in den Strudel des Willens der Gattung geraten oder dieser hat so sehr das Übergewicht über den individuellen Willen erhalten, daß, wenn solcher in ersterer

Eigenschaft nicht wirksam sein kann, er verschmäht, es in letzterer zu sein. Das Individuum ist hier ein zu schwaches Gefäß, als daß es die auf ein bestimmtes Objekt konzentrierte unendliche Sehnsucht des Willens der Gattung ertragen könnte. In diesem Fall ist daher der Ausgang Selbstmord, bisweilen doppelter Selbstmord beider Liebenden; es sei denn, daß die Natur zur Rettung des Lebens Wahnsinn eintreten ließe, welcher dann mit seinem Schleier das Bewußtsein jenes hoffnungslosen Zustandes umhüllt. – Kein Jahr geht hin, ohne durch mehrere Fälle aller dieser Arten die Realität des Dargestellten zu belegen.

Aber nicht allein hat die unbefriedigte verliebte Leidenschaft bisweilen einen tragischen Ausgang, sondern auch die befriedigte führt öfter zum Unglück als zum Glück, Denn ihre Anforderungen kollidieren oft so sehr mit der persönlichen Wohlfahrt des Beteiligten, daß sie solche untergraben, indem sie mit seinen übrigen Verhältnissen unvereinbar sind und den darauf gebauten Lebensplan zerstören. Ja nicht allein mit den äußeren Verhältnissen ist die Liebe oft im Widerspruch, sondern sogar mit der eigenen Individualität, indem sie sich auf Personen wirft, welche, abgesehn vom Geschlechtsverhältnis, dem Liebenden verhaßt, verächtlich, ja zum Abscheu sein würden. Aber so sehr viel mächtiger ist der Wille der Gattung als der des Individuums, daß der Liebende über alle jene ihm widerlichen Eigenschaften die Augen schließt, alles übersieht, alles verkennt und sich mit dem Gegenstande seiner Leidenschaft auf immer verbindet; so gänzlich verblendet ihn jener Wahn, welcher, sobald der Wille der Gattung erfüllt ist, verschwindet und eine verhaßte Lebensgefährtin übrigläßt. Nur hieraus ist es erklärlich, daß wir oft sehr vernünftige, ja ausgezeichnete Männer mit Drachen und Eheteufeln verbunden sehn und nicht begreifen, wie sie eine solche Wahl haben treffen können. Dieserhalb stellten die Alten den Amor blind dar. Ja ein Verliebter kann sogar die unerträglichen Temperaments- und Charakterfehler seiner Braut, welche ihm ein gequältes Leben verheißen, deutlich erkennen und bitter empfinden und doch nicht abgeschreckt werden:

I ask not, I care not,
If guilt's in thy heart;
I know that I love thee,
Whatever thou art[2].
[Thomas Moore, ›Irish Melodies‹,
›Come, rest in this Bosom‹]

Denn im Grunde sucht er nicht *seine* Sache, sondern die eines Dritten, der erst entstehn soll; wiewohl ihn der Wahn umfängt, als wäre, was er sucht, seine Sache. Aber gerade dieses Nicht-*seine*-Sache-Suchen, welches überall der Stempel der Größe ist, gibt auch der leidenschaftlichen Liebe den Anstrich des Erhabenen und macht sie zum würdigen Gegenstande der Dichtung. – Endlich verträgt sich die Geschlechtsliebe sogar mit dem äußersten Haß gegen ihren Gegenstand; daher schon Platon sie der Liebe der Wölfe zu den Schafen verglichen hat. Dieser Fall tritt nämlich ein, wann ein leidenschaftlich Liebender trotz allem Bemühen und Flehen unter keiner Bedingung Erhörung finden kann:

I love and hate her.
(Ich liebe und hasse sie.)
Shakespeare, ›Cymbeline‹ 3, 5.

Der Haß gegen die Geliebte, welcher sich dann entzündet, geht bisweilen so weit, daß er sie ermordet und darauf sich selbst. Ein paar Beispiele dieser Art pflegen sich jährlich zu ereignen: man wird sie in den englischen und französischen Zeitungen finden. Ganz richtig ist daher der Goethesche Vers:

2 Ich frag' nicht, ich sorg' nicht,
Ob Schuld in dir ist:
Ich lieb' dich, das weiß ich,
Was immer du bist.

Bei aller verschmähten Liebe! beim höllischen Elemente!
Ich wollt', ich wüßte was Ärgers, daß ich's fluchen könnte!
[›Faust‹ 1, Vers 2805 f.]

Es ist wirklich keine Hyperbel, wenn ein Liebender die Kälte der Geliebten und die Freude ihrer Eitelkeit, die sich an seinem Leiden weidet, als *Grausamkeit* bezeichnet. Denn er steht unter dem Einfluß eines Triebes, der, dem Instinkt der Insekten verwandt, ihn zwingt, allen Gründen der Vernunft zum Trotz seinen Zweck unbedingt zu verfolgen und alles andere hintanzusetzen: er kann nicht davon lassen. Nicht *einen*, sondern schon manchen *Petrarca* hat es gegeben, der unerfüllten Liebesdrang wie eine Fessel, wie einen Eisenblock am Fuß sein Leben hindurch schleppen mußte und in einsamen Wäldern seine Seufzer aushauchte: aber nur dem *einen* Petrarca wohnte zugleich die Dichtergabe ein; so daß von ihm Goethes schöner Vers gilt:

Und wenn der Mensch in seiner Qual verstummt,
Gab mir ein Gott zu sagen, wie ich leide.
[›Torquato Tasso‹ 5, 5]

In der Tat führt der Genius der Gattung durchgängig Krieg mit den schützenden Genien der Individuen, ist ihr Verfolger und Feind, stets bereit, das persönliche Glück schonungslos zu zerstören, um seine Zwecke durchzusetzen; ja das Wohl ganzer Nationen ist bisweilen das Opfer seiner Launen geworden: ein Beispiel dieser Art führt uns Shakespeare vor in ›Heinrich VI.‹ Teil 3, Akt 3, Szene 2 und 3. Dies alles beruht darauf, daß die Gattung, als in welcher die Wurzel unsers Wesens liegt, ein näheres und früheres Recht auf uns hat als das Individuum; daher ihre Angelegenheiten vorgehn. Im Gefühl hievon haben die Alten den Genius der Gattung im *Cupido* personifiziert, einem, seines kindischen Aussehns ungeachtet, feindseligen, grausamen und daher verschrieenen Gott, einem kapriziosen, despotischen Dämon, aber dennoch Herrn der Götter und Menschen:

Σὺ δ', ὦ θεῶν τύραννε κἀνθρώπων, Ἔρως.
(Tu, deorum hominumque tyranne, Amor!)
[Du, der Götter und Menschen Tyrann, Eros!
Euripides, ›Andromeda‹]

Mörderisches Geschoß, Blindheit und Flügel sind seine Attribute. Die letzteren deuten auf den Unbestand: dieser tritt in der Regel erst mit der Enttäuschung ein, welche die Folge der Befriedigung ist,

Weil nämlich die Leidenschaft auf einem Wahn beruhte, der das, was nur für die Gattung Wert hat, vorspiegelte als für das Individuum wertvoll, muß nach erlangtem Zwecke der Gattung die Täuschung verschwinden. Der Geist der Gattung, welcher das Individuum in Besitz genommen hatte, läßt es wieder frei. Von ihm verlassen, fällt es zurück in seine ursprüngliche Beschränkung und Armut und sieht mit Verwunderung, daß nach so hohem heroischen und unendlichen Streben für seinen Genuß nichts abgefallen ist, als was jede Geschlechtsbefriedigung leistet: es findet sich wider Erwarten nicht glücklicher als zuvor. Es merkt, daß es der Betrogene des Willens der Gattung gewesen ist. Daher wird in der Regel ein beglückter Theseus seine Ariadne verlassen. Wäre *Petrarcas* Leidenschaft befriedigt worden; so wäre von dem an sein Gesang verstummt wie der des Vogels, sobald die Eier gelegt sind.

Hier sei es beiläufig bemerkt, daß, sosehr auch meine Metaphysik der Liebe gerade den in dieser Leidenschaft Verstrickten mißfallen wird, dennoch, wenn gegen dieselbe Vernunftbetrachtungen überhaupt etwas vermöchten, die von mir aufgedeckte Grundwahrheit vor allem andern zur Überwältigung derselben befähigen müßte. Allein es wird wohl beim Ausspruch des alten Komikers bleiben: ›Quae res in se neque consilium neque modum habet ullum, eam consilio regere non potes.‹ [Was in sich weder Vernunft noch Maß besitzt, das läßt sich unmöglich durch Vernunft regieren; Terenz, ›Eunuchus‹ vers. 57f.]

Ehen aus Liebe werden im Interesse der Gattung, nicht der

Individuen geschlossen. Zwar wähnen die Beteiligten ihr eigenes Glück zu fördern: allein ihr wirklicher Zweck ist ein ihnen selbst fremder, indem er in der Hervorbringung eines nur durch sie möglichen Individuums liegt. Durch diesen Zweck zusammengeführt, sollen sie fortan suchen, so gut als möglich mit einander auszukommen. Aber sehr oft wird das durch jenen instinktiven Wahn, welcher das Wesen der leidenschaftlichen Liebe ist, zusammengebrachte Paar im übrigen von der heterogensten Beschaffenheit sein. Dies kommt an den Tag, wann der Wahn, wie er notwendig muß, verschwindet. Demgemäß fallen die aus Liebe geschlossenen Ehen in der Regel unglücklich aus: denn durch sie wird für die kommende Generation auf Kosten der gegenwärtigen gesorgt. ›Quien se casa por amores, ha de vivir con dolores‹ (Wer aus Liebe heiratet, hat unter Schmerzen zu leben), sagt das spanische Sprichwort. – Umgekehrt verhält es sich mit den aus Konvenienz, meistens nach Wahl der Eltern geschlossenen Ehen. Die hier waltenden Rücksichten, welcher Art sie auch sein mögen, sind wenigstens reale, die nicht von selbst verschwinden können. Durch sie wird für das Glück der Vorhandenen, aber freilich zum Nachteil der Kommenden gesorgt; und jenes bleibt doch problematisch. Der Mann, welcher bei seiner Verheiratung auf Geld statt auf Befriedigung seiner Neigung sieht, lebt mehr im Individuo als in der Gattung; welches der Wahrheit gerade entgegengesetzt ist, daher es sich als naturwidrig darstellt und eine gewisse Verachtung erregt. Ein Mädchen, welches dem Rat seiner Eltern entgegen den Antrag eines reichen und nicht alten Mannes ausschlägt, um mit Hintansetzung aller Konvenienzrücksichten allein nach seinem instinktiven Hange zu wählen, bringt sein individuelles Wohl dem der Gattung zum Opfer. Aber ebendeswegen kann man ihm einen gewissen Beifall nicht versagen: denn es hat das Wichtigere vorgezogen und im Sinne der Natur (näher: der Gattung) gehandelt; während die Eltern im Sinne des individuellen Egoismus rieten. – Dem allen zufolge gewinnt es den Anschein, als müßte bei Abschließung einer Ehe entweder das Individuum oder das Interesse der Gattung zu kurz kommen. Meistens steht es auch so: denn daß Konvenienz und leidenschaftliche Liebe Hand in Hand gingen, ist der seltenste Glücksfall. Die physisch, moralisch oder intellektuell elende Beschaffenheit der meisten Menschen mag zum Teil ihren Grund darin haben, daß die Ehen gewöhnlich nicht aus reiner Wahl und Neigung, sondern aus allerlei äußeren Rücksichten und nach zufälligen Umständen geschlossen werden. Wird jedoch neben der Konvenienz auch die Neigung in gewissem Grade berücksichtigt; so ist dies gleichsam eine Abfindung mit dem Genius der Gattung. Glückliche Ehen sind bekanntlich selten; eben weil es im Wesen der Ehe liegt, daß ihr Hauptzweck nicht die gegenwärtige, sondern die kommende Generation ist. Indessen sei zum Troste zarter und liebender Gemüter noch hinzugefügt, daß bisweilen der leidenschaftlichen Geschlechtsliebe sich ein Gefühl ganz andern Ursprungs zugesellt, nämlich wirkliche, auf Übereinstimmung der Gesinnung gegründete Freundschaft, welche jedoch meistens erst dann hervortritt, wann die eigentliche Geschlechtsliebe in der Befriedigung erloschen ist. Jene wird alsdann meistens daraus entspringen, daß die einander ergänzenden und entsprechenden physischen, moralischen und intellektuellen Eigenschaften beider Individuen, aus welchen in Rücksicht auf das zu Erzeugende die Geschlechtsliebe entstand, eben auch in Beziehung auf die Individuen selbst als entgegengesetzte Temperamentseigenschaften und geistige Vorzüge sich zu einander ergänzend verhalten und dadurch eine Harmonie der Gemüter begründen. –

Die ganze hier abgehandelte Metaphysik der Liebe steht mit meiner Metaphysik überhaupt in genauer Verbindung, und das Licht, welches sie auf diese zurückwirft, läßt sich in folgendem resümieren.

Es hat sich ergeben, daß die sorgfältige und durch unzählige Stufen bis zur leidenschaftlichen Liebe steigende Auswahl bei der Befriedigung des Geschlechtstriebes auf dem höchst ernsten Anteil beruht, welchen der Mensch an der speziellen persönlichen Beschaffenheit des kommenden Geschlechtes nimmt.

Dieser überaus merkwürdige Anteil nun bestätigt zwei in den vorhergegangenen Kapiteln dargetane Wahrheiten: 1. die Unzerstörbarkeit des Wesens an sich des Menschen, als welches in jenem kommenden Geschlechte fortlebt. Denn jener so lebhafte und eifrige, nicht aus Reflexion und Vorsatz, sondern aus dem innersten Zuge und Triebe unsers Wesens entspringende Anteil könnte nicht so unvertilgbar vorhanden sein und so große Macht über den Menschen ausüben, wenn dieser absolut vergänglich wäre und ein von ihm wirklich und durchaus verschiedenes Geschlecht bloß der Zeit nach auf ihn folgte; 2. daß sein Wesen an sich mehr in der Gattung als im Individuo liegt. Denn jenes Interesse an der speziellen Beschaffenheit der Gattung, welches die Wurzel aller Liebeshändel von der flüchtigsten Neigung bis zur ernstlichsten Leidenschaft ausmacht, ist jedem eigentlich die höchste Angelegenheit, nämlich die, deren Gelingen oder Mißlingen ihn am empfindlichsten berührt; daher sie vorzugsweise die *Herzensangelegenheit* genannt wird: auch wird diesem Interesse, wann es sich stark und entschieden ausgesprochen hat, jedes bloß die eigene Person betreffende nachgesetzt und nötigenfalls aufgeopfert. Dadurch also bezeugt der Mensch, daß ihm die Gattung näherliegt als das Individuum und er unmittelbarer in jener als in diesem lebt. – Warum demnach hängt der Verliebte mit gänzlicher Hingebung an den Augen seiner Auserkorenen und ist bereit, ihr jedes Opfer zu bringen? – Weil sein *unsterblicher* Teil es ist, der nach ihr verlangt; nach allem sonstigen immer nur der sterbliche. – Jenes lebhafte oder gar inbrünstige auf ein bestimmtes Weib gerichtete Verlangen ist sonach ein unmittelbares Unterpfand der Unzerstörbarkeit des Kerns unsers Wesens und seines Fortbestandes in der Gattung. Diesen Fortbestand nun aber für etwas Geringfügiges und Ungenügendes zu halten ist ein Irrtum, der daraus entspringt, daß man unter dem Fortleben der Gattung sich nichts weiter denkt als das künftige Dasein uns ähnlicher, jedoch in keinem Betracht mit uns identischer Wesen, und dies wieder, weil man, von der nach außen gerichteten Erkenntnis ausgehend, nur die äußere

Gestalt der Gattung, wie wir diese anschaulich auffassen, und nicht ihr inneres Wesen in Betracht zieht. Dieses innere Wesen aber gerade ist es, was unserm eigenen Bewußtsein als dessen Kern zum Grunde liegt, daher sogar unmittelbarer als dieses selbst ist und als Ding an sich frei vom principio individuationis [Prinzip der Individuation] eigentlich dasselbe und Identische ist in allen Individuen, sie mögen neben oder nach einander dasein. Dieses nun ist der Wille zum Leben, also gerade das, was Leben und Fortdauer so dringend verlangt. Dies eben bleibt demnach vom Tode verschont und unangefochten. Aber auch: es kann es zu keinem bessern Zustande bringen, als sein gegenwärtiger ist: mithin ist ihm mit dem Leben das beständige Leiden und Sterben der Individuen gewiß. Von diesem es zu befreien ist der *Verneinung* des Willens zum Leben vorbehalten, als durch welche der individuelle Wille sich vom Stamm der Gattung losreißt und jenes Dasein in derselben aufgibt. Für das, was er sodann ist, fehlt es uns an Begriffen, ja an allen Datis zu solchen. Wir können es nur bezeichnen als dasjenige, welches die Freiheit hat, Wille zum Leben zu sein oder nicht. Für den letztern Fall bezeichnet der Buddhaismus es mit dem Worte *Nirwana*, dessen Etymologie in der Anmerkung zum Schlusse des 41. Kapitels gegeben worden. Es ist der Punkt, welcher aller menschlichen Erkenntnis, eben als solcher, auf immer unzugänglich bleibt. –

IX. ÜBER DIE GRUNDLAGEN DER MORAL

Die Haupt- und Grundtriebfeder im Menschen wie im Tiere ist der *Egoismus*, d.h. der Drang zum Dasein und Wohlsein. – Das deutsche Wort *Selbstsucht* führt einen falschen Nebenbegriff von Krankheit mit sich. Das Wort *Eigennutz* aber bezeichnet den Egoismus, sofern er unter Leitung der Vernunft steht, welche ihn befähigt, vermöge der Reflexion seine Zwecke *planmäßig* zu verfolgen; daher man die Tiere wohl egoistisch, aber nicht eigennützig nennen kann. Ich will also für den allgemeinern Begriff das Wort *Egoismus* beibehalten. – Dieser *Egoismus* ist im Tiere wie im Menschen mit dem innersten Kern und Wesen desselben aufs genaueste verknüpft, ja eigentlich identisch. Daher entspringen in der Regel alle seine Handlungen aus dem Egoismus, und aus diesem zunächst ist allemal die Erklärung einer gegebenen Handlung zu versuchen; wie denn auch auf denselben die Berechnung aller Mittel, dadurch man den Menschen nach irgendeinem Ziele hinzulenken sucht, durchgängig gegründet ist. Der *Egoismus* ist seiner Natur nach grenzenlos: der Mensch will unbedingt sein Dasein erhalten, will es von Schmerzen, zu denen auch aller Mangel und [jede] Entbehrung gehört, unbedingt frei, will die größtmögliche Summe von Wohlsein und will jeden Genuß, zu dem er fähig ist, ja sucht wo möglich noch neue Fähigkeiten zum Genussein sich zu entwickeln. Alles, was sich dem Streben seines Egoismus entgegenstellt, erregt seinen Unwillen, Zorn, Haß: er wird es als seinen Feind zu vernichten suchen. Er will wo möglich alles genießen, alles haben; da aber dies unmöglich ist, wenigstens alles beherrschen: ›Alles für mich, und nichts für die andern‹ – ist sein Wahlspruch. Der Egoismus ist kolossal: er überragt die Welt. Denn wenn jedem einzelnen die Wahl gegeben würde zwischen seiner eigenen und der übrigen Welt Vernichtung; so brauche ich nicht zu sagen, wohin sie bei den allermeisten ausschlagen würde. Demgemäß macht jeder sich zum Mittelpunkte der Welt, bezieht alles auf sich und wird, was nur vorgeht, z. B. die größten Veränderungen im Schicksale der Völker, zunächst auf *sein* Interesse dabei beziehn und, sei dieses auch noch so klein und mittelbar, vor allem daran denken. Keinen größern Kontrast gibt es als den zwischen dem hohen und exklusiven Anteil, den jeder an seinem eigenen Selbst nimmt, und der Gleichgültigkeit, mit der in der Regel alle andern eben jenes Selbst betrachten; wie er ihres. Es hat sogar seine komische Seite, die zahllosen Individuen zu sehn, deren jedes wenigstens in praktischer Hinsicht sich allein für *real* hält und die andern gewissermaßen als bloße Phantome betrachtet. Dies beruht zuletzt darauf, daß jeder sich selber *unmittelbar* gegeben ist, die andern aber ihm nur *mittelbar* durch die Vorstellung von ihnen in seinem Kopfe: und die Unmittelbarkeit behauptet ihr Recht. Nämlich infolge der jedem Bewußtsein wesentlichen Subjektivität ist jeder sich selber die ganze Welt: denn alles Objektive existiert nur mittelbar, als bloße Vorstellung des Subjekts; so daß stets alles am Selbstbewußtsein hängt. Die einzige Welt, welche jeder wirklich kennt und von der er weiß, trägt er in sich als seine Vorstellung, und ist daher das Zentrum derselben. Deshalb eben ist jeder sich alles in allem: er findet sich als den Inhaber aller Realität, und kann ihm nichts wichtiger sein als er selbst. Während nun in seiner subjektiven Ansicht sein Selbst sich in dieser kolossalen Größe darstellt, schrumpft es in der objektiven beinahe zu nichts ein, nämlich zu ungefähr ein Milliardstel der jetzt lebenden Menschheit. Dabei nun weiß er völlig gewiß, daß eben jenes über alles wichtige Selbst, dieser Mikrokosmos, als dessen bloße Modifikation oder Akzidenz der Makrokosmos auftritt, also seine ganze Welt untergehn muß im Tode, der daher für ihn gleichbedeutend ist mit dem Weltuntergange. Dieses also sind die Elemente, woraus auf der Basis des Willens zum Leben der Egoismus erwächst, welcher zwischen Mensch und Mensch stets wie ein breiter Graben liegt. Springt wirklich einmal einer darüber dem andern zu Hülfe, so ist es wie ein Wunder, welches Staunen erregt und Beifall einerntet. Oben § 8 bei Erläuterung des Kantischen Moralprinzips habe ich Gelegenheit gehabt auszuführen, wie der Egoismus sich im Alltagsleben zeigt, wo er trotz der Höflichkeit, die man ihm als Feigenblatt vorsteckt, doch stets aus irgendeiner Ecke hervorguckt. Die Höflichkeit nämlich ist die konventionelle und systematische Verleugnung des Egoismus in den Kleinigkeiten des täglichen Verkehrs und ist freilich anerkannte Heuchelei: dennoch wird sie gefordert und gelobt; weil, was sie verbirgt, der Egoismus, so garstig ist, daß man es nicht sehn will, obschon man weiß, daß es da ist: wie man widerliche Gegenstände wenigstens durch einen Vorhang bedeckt wissen will. – Da der Egoismus, wo ihm nicht entweder äußere Gewalt, welcher auch jede Furcht, sei sie vor irdischen oder überirdischen Mächten, beizuzählen ist, oder aber die echte moralische Triebfeder entgegenwirkt, seine Zwecke unbedingt verfolgt; so würde bei der zahllosen Menge egoistischer Individuen das ›bellum omnium contra omnes‹ [der Krieg aller gegen alle; Hobbes, ›Leviathan‹ 1, 13] an der Tagesordnung sein, zum Unheil aller. Daher die reflektierende Vernunft sehr bald die Staatseinrichtung erfindet, welche, aus gegenseitiger Furcht vor gegenseitiger Gewalt entspringend, den nachteiligen Folgen des allgemeinen Egoismus so weit vorbeugt, als es auf dem *negativen* Wege geschehn kann. Wo hingegen jene zwei ihm entgegenstehenden Potenzen nicht zur Wirksamkeit gelangen, wird er sich sofort in seiner ganzen furchtbaren Größe zeigen, und das Phänomen wird kein schönes sein. Indem ich, um ohne Weitläuftigkeit die Stärke dieser antimoralischen Potenz auszudrücken, darauf bedacht war, die Größe des Egoismus mit *einem* Zuge zu bezeichnen und deshalb nach irgendeiner recht emphatischen Hyperbel suchte, bin ich zuletzt auf diese geraten: mancher Mensch wäre imstande, einen andern totzuschlagen, bloß um mit dessen Fette sich die Stiefel zu schmieren. Aber dabei blieb mir doch der Skrupel, ob es auch wirklich eine Hyperbel sei. – Der *Egoismus* also ist die erste und hauptsächlichste, wiewohl nicht die einzige Macht, welche *die moralische Trieb-*

feder zu bekämpfen hat. Man sieht schon hier, daß diese, um wider einen solchen Gegner aufzutreten, etwas Realeres sein muß als eine spitzfindige Klügelei oder eine aprioristische Seifenblase. – Inzwischen ist im Kriege das erste, daß man den Feind rekognosziert. In dem bevorstehenden Kampfe wird der *Egoismus* als die Hauptmacht seiner Seite vorzüglich sich der Tugend der *Gerechtigkeit* entgegenstellen, welche nach meiner Ansicht die erste und recht eigentliche Kardinaltugend ist.

Hingegen wird der Tugend der *Menschenliebe* öfter das *Übelwollen* oder die *Gehässigkeit* gegenübertreten. Daher wollen wir den Ursprung und die Gradationen dieser zunächst betrachten. Das *Übelwollen* in den niederen Graden ist sehr häufig, ja fast gewöhnlich, und es erreicht leicht die höheren. *Goethe* hat wohl recht zu sagen, daß in dieser Welt Gleichgültigkeit und Abneigung recht eigentlich zu Hause sind (›Wahlverwandtschaften‹ Teil 1, Kap. 3). Es ist sehr glücklich für uns, daß Klugheit und Höflichkeit ihren Mantel darüber decken und uns nicht sehn lassen, wie allgemein das gegenseitige Übelwollen ist und wie das ›bellum omnium contra omnes‹ wenigstens in Gedanken fortgesetzt wird. Aber gelegentlich kommt es doch zum Vorschein, z.B. bei der so häufigen und so schonungslosen übeln Nachrede; ganz sichtbar aber wird es bei den Ausbrüchen des Zorns, welche meistens ihren Anlaß um ein Vielfaches übersteigen und so stark nicht ausfallen könnten, wenn sie nicht wie das Schießpulver in der Flinte komprimiert gewesen wären als lange gehegter, im Innern brütender Haß. – Großenteils entsteht das Übelwollen aus den unvermeidlichen und bei jedem Schritt eintretenden Kollisionen des Egoismus. Sodann wird es auch objektiv erregt durch den Anblick der Laster, Fehler, Schwächen, Torheiten, Mängel und Unvollkommenheiten aller Art, welchen mehr oder weniger jeder den andern, wenigstens gelegentlich, darbietet. Es kann hiemit so weit kommen, daß vielleicht manchem, zumal in Augenblicken hypochondrischer Verstimmung, die Welt, von der ästhetischen Seite betrachtet, als ein Karikaturenkabinett, von der intellektuellen, als ein Narrenhaus, und von der moralischen – als eine Gaunerherberge erscheint. Wird solche Verstimmung bleibend, so entsteht Misanthropie. – Endlich ist eine Hauptquelle des Übelwollens der *Neid;* oder vielmehr dieser selbst *ist* schon Übelwollen, erregt durch fremdes Glück, Besitz oder Vorzüge. Kein Mensch ist ganz frei davon, und schon Herodot ([›Historiae‹] 3, 80) hat es gesagt: Φϑόνος ἀρχῆϑεν ἐμφύεται ἀνϑρώπῳ (Invidia ab origine homini insita est.) [Der Neid ist von Anfang an dem Menschen eingeboren.] Jedoch sind die Grade desselben sehr verschieden. Am unversöhnlichsten und giftigsten ist er, wenn auf persönliche Eigenschaften gerichtet, weil hier dem Neider keine Hoffnung bleibt, und zugleich am niederträchtigsten; weil er haßt, was er lieben und verehren sollte; allein es ist so:

> Di lor par più, che d'altri, invidia s'abbia,
> Che per se stessi son levati a volo,
> Uscendo fuor della commune gabbia[1],

klagt schon Petrarca [›Trionfo di tempo‹ 91 f.]. Ausführlichere Betrachtungen über den Neid findet man im zweiten Bande der ›Parerga‹ § 114. – In gewissem Betracht ist das Gegenteil des Neides die *Schadenfreude.* Jedoch ist Neid zu fühlen menschlich; Schadenfreude zu genießen teuflisch. Es gibt kein unfehlbareres Zeichen eines ganz schlechten Herzens und tiefer moralischer Nichtswürdigkeit als einen Zug reiner, herzlicher Schadenfreude. Man soll den, an welchem man ihn wahrgenommen, auf immer meiden: ›Hic niger est, hunc tu, Romane, caveto.‹ [Dieser ist schwarz, den sollst du meiden, o Römer; Horaz, ›Saturae‹ 1, 4, 85.] – Neid und Schadenfreude sind an sich bloß theoretisch: praktisch werden sie Bosheit und Grausamkeit. Der Egoismus kann zu Verbrechen und Untaten aller Art führen: aber der da-

1 Noch mehr als andre scheint man die zu neiden,
Die, durch der eignen Flügel Kraft gehoben,
Aus dem gemeinen Käfig aller scheiden.

durch verursachte Schaden und Schmerz anderer ist ihm bloß Mittel, nicht Zweck, tritt also nur akzidentell dabei ein. Der Bosheit und Grausamkeit hingegen sind die Leiden und Schmerzen anderer Zweck an sich und dessen Erreichen Genuß. Dieserhalb machen jene eine höhere Potenz moralischer Schlechtigkeit aus. Die Maxime des äußersten Egoismus ist: ›Neminem iuva, imo omnes, si forte conducit (also immer noch bedingt), laede!‹ Die Maxime der Bosheit ist: ›Omnes, quantum potes, laede!‹ – Wie Schadenfreude nur theoretische Grausamkeit ist, so Grausamkeit nur praktische Schadenfreude, und diese wird als jene auftreten, sobald die Gelegenheit kommt.

Die aus den beiden angegebenen Grundpotenzen entspringenden speziellen Laster nachzuweisen wäre nur in einer ausgeführten Ethik an seinem Platz. Eine solche würde etwan aus dem *Egoismus* ableiten Gier, Völlerei, Wollust, Eigennutz, Geiz, Habsucht, Ungerechtigkeit, Hartherzigkeit, Stolz, Hoffart usw. – aus der *Gehässigkeit* aber Mißgunst, Neid, Übelwollen, Bosheit, Schadenfreude, spähende Neugier, Verleumdung, Insolenz, Petulanz, Haß, Zorn, Verrat, Tücke, Rachsucht, Grausamkeit usw. – Die erste Wurzel ist mehr tierisch, die zweite mehr teuflisch. Das Vorwalten der einen oder der andern oder aber der weiterhin erst nachzuweisenden moralischen Triebfeder gibt die Hauptlinie in der ethischen Klassifikation der Charaktere. Ganz ohne etwas von allen dreien ist kein Mensch.

Hiemit hätte ich denn die allerdings erschreckliche Heerschau der antimoralischen Potenzen beendigt, welche an die der Fürsten der Finsternis im Pandaimonion bei *Milton* erinnert. Mein Plan brachte es jedoch mit sich, daß ich zuerst diese düstere Seite der menschlichen Natur in Betracht nähme, wodurch mein Weg freilich von dem aller andern Moralisten abweicht und dem des *Dante* ähnlich wird, der zuerst in die Hölle führt.

Durch die hier gegebene Übersicht der antimoralischen Potenzen wird deutlich, wie sehr schwer das Problem ist, eine Triebfeder aufzufinden, die den Menschen zu einer allen jenen tief in seiner Natur wurzelnden Neigungen entgegengesetzten Handlungsweise bewegen könnte oder, wenn etwan diese letztere in der Erfahrung gegeben wäre, von ihr genügende und ungekünstelte Rechenschaft erteilte. So schwer ist das Problem, daß man zu seiner Lösung für die Menschheit im Großen überall die Maschinerie aus einer andern Welt hat zu Hülfe nehmen müssen. Man deutete auf Götter hin, deren Wille und Gebot die hier geforderte Handlungsweise wäre und welche diesem Gebot durch Strafen und Belohnungen entweder in dieser oder in einer andern Welt, wohin wir durch den Tod versetzt würden, Nachdruck erteilten. Angenommen, daß der Glaube an eine Lehre dieser Art, wie es durch sehr frühzeitiges Einprägen allerdings möglich ist, allgemein Wurzel faßte, und auch, was aber sehr viel schwerer hält und viel weniger Bestätigung in der Erfahrung aufzuweisen hat, daß er die beabsichtigte Wirkung hervorbrächte; so würde dadurch zwar Legalität der Handlungen selbst über die Grenze hinaus, bis zu welcher Justiz und Polizei reichen können, zuwege gebracht sein: aber jeder fühlt, daß es keineswegs dasjenige wäre, was wir eigentlich unter Moralität der Gesinnung verstehn. Denn offenbar würden alle durch Motive *solcher Art* hervorgerufene[n] Handlungen immer nur im bloßen Egoismus wurzeln. Wie sollte nämlich von Uneigennützigkeit die Rede sein können, wo mich Belohnung lockt oder angedrohte Strafe abschreckt? Eine festgeglaubte Belohnung in einer andern Welt ist anzusehn wie ein vollkommen sicherer, aber auf sehr lange Sicht ausgestellter Wechsel. Die überall so häufige Verheißung befriedigter Bettler, daß dem Geber die Gabe in jener Welt tausendfach erstattet werden wird, mag manchen Geizhals zu reichlichem Almosen bewegen, die er als gute Geldanlegung vergnügt austeilt, fest überzeugt, nun auch in jener Welt sogleich wieder als ein steinreicher Mann aufzuerstehn. – Für die große Masse des Volkes muß es vielleicht bei Antrieben dieser Art sein Bewenden haben: demgemäß denn auch die verschiedenen Religionen, welche eben die Metaphysik des Volkes sind, sie ihm vorhalten. Hiebei ist jedoch anzumerken, daß wir über die wahren Motive unsers eigenen Tuns bisweilen ebensosehr im Irrtum sind wie über die des fremden: daher zuverlässig mancher, indem er von seinen edelsten Handlungen nur durch Motive obiger Art sich Rechenschaft zu geben weiß, dennoch aus viel edleren und reineren, aber auch viel schwerer deutlich zu machenden Triebfedern handelt und wirklich aus unmittelbarer Liebe des Nächsten tut, was er bloß durch seines Gottes Geheiß zu erklären versteht. Die Philosophie hingegen sucht hier wie überall die wahren, letzten, auf die Natur des Menschen gegründeten, von allen mythischen Auslegungen, religiösen Dogmen und transzendenten Hypostasen unabhängigen Aufschlüsse über das vorliegende Problem und verlangt sie in der äußern oder innern Erfahrung nachgewiesen zu sehn. Unsere vorliegende Aufgabe aber ist eine philosophische; daher wir von allen durch Religionen bedingten Auflösungen derselben gänzlich abzusehn haben, an welche ich, bloß um die große Schwierigkeit des Problems ins Licht zu stellen, hier erinnert habe.

*

Jetzt wäre zunächst die empirische Frage zu erledigen, ob Handlungen freiwilliger Gerechtigkeit und uneigennütziger Menschenliebe, die alsdann bis zum Edelmut und Großmut gehn mag, in der Erfahrung vorkommen. Leider läßt die Frage sich doch nicht ganz rein empirisch entscheiden; weil in der Erfahrung allemal nur die *Tat* gegeben ist, die *Antriebe* aber nicht zutage liegen: daher stets die Möglichkeit übrigbleibt, daß auf eine gerechte oder gute Handlung ein egoistisches Motiv Einfluß gehabt hätte. Ich will mich nicht des unerlaubten Kunstgriffs bedienen, hier in einer theoretischen Untersuchung die Sache dem Leser ins Gewissen zu schieben. Aber ich glaube, daß sehr wenige sein werden, die es bezweifeln und nicht aus eigener Erfahrung die Überzeugung haben, daß man oft gerecht handelt einzig und allein, damit dem andern kein Unrecht geschehe, ja daß es Leute gibt, denen gleichsam der Grundsatz, dem andern sein Recht widerfahren zu lassen, *angeboren* ist, die daher niemandem absichtlich zu nahe treten, die ihren Vorteil nicht unbedingt suchen, sondern dabei auch die Rechte anderer berücksichtigen, die bei gegenseitig übernommenen Verpflichtungen nicht bloß darüber wachen, daß der andere das Seinige *leiste*, sondern auch darüber, daß er das Seinige *empfange*, indem sie aufrichtig nicht wollen, daß, wer mit ihnen handelt, zu kurz komme. Dies sind *die wahrhaft ehrlichen Leute*, die wenigen aequi [Gerechten] unter der Unzahl der iniqui [Ungerechten]. Aber solche Leute gibt es. Imgleichen wird man mir, denke ich, zugestehn, daß mancher hilft und gibt, leistet und entsagt, ohne in seinem Herzen eine weitere Absicht zu haben, als daß dem andern, dessen Not er sieht, geholfen werde. Und daß Arnold von Winkelried, als er ausrief: ›Trüwen, lieben Eidgenossen, wullt's minem Wip und Kinde gedenken!‹ und dann so viele feindliche Speere umarmte, als er fassen konnte – dabei eine eigennützige Absicht gehabt habe; das denke sich, wer es kann: ich vermag es nicht. – Auf Fälle freier Gerechtigkeit, die ohne Schikane und Obstination nicht abzuleugnen sind, habe ich schon oben § 13 aufmerksam gemacht. – Sollte aber dennoch jemand darauf bestehn, mir das Vorkommen aller solcher Handlungen abzuleugnen; dann würde ihm zufolge die Moral eine Wissenschaft ohne reales Objekt sein gleich der Astrologie und Alchimie, und es wäre verlorene Zeit, über ihre Grundlage noch ferner zu disputieren. Mit ihm wäre ich daher zu Ende und rede zu denen, welche die Realität der Sache einräumen.

Handlungen der besagten Art sind es also allein, denen man eigentlichen *moralischen Wert* zugesteht. Als das Eigentümliche und Charakteristische derselben finden wir die Ausschließung derjenigen Art von Motiven, durch welche sonst alle menschliche[n] Handlungen hervorgerufen werden, nämlich der *eigennützigen* im weitesten Sinne des Worts. Daher eben die Entdekkung eines eigennützigen Motivs, wenn es das einzige war, den moralischen Wert einer Handlung ganz aufhebt und, wenn es akzessorisch wirkte, ihn schmälert. Die Abwesenheit aller egoistischen Motivation ist also *das Kriterium einer Handlung von moralischem Wert.* Zwar ließe sich einwenden, daß auch die Handlungen reiner Bosheit und Grausamkeit nicht *eigennützig* sind: jedoch liegt am Tage, daß diese hier nicht gemeint sein können, da sie das Gegenteil der in Rede stehenden Handlungen sind. Wer indessen auf die Strenge der Definition hält, mag jene Handlungen durch das ihnen wesentliche Merkmal, daß sie fremdes Leiden bezwecken, ausdrücklich ausscheiden. – Als ganz inneres und daher nicht so evidentes Merkmal der Handlungen von moralischem Wert kommt hinzu, daß sie eine gewisse Zufriedenheit mit uns selbst zurücklassen, welche man den Beifall des Gewissens nennt; wie denn gleichfalls die ihnen entgegengesetzten Handlungen der Ungerechtigkeit und Lieblosigkeit, noch mehr die der Bosheit und Grausamkeit eine entgegengesetzte innere Selbstbeurteilung erfahren; ferner noch als sekundäres und akzidentelles äußeres Merkmal, daß die Handlungen der ersten Art den Beifall und die Achtung der unbeteiligten Zeugen, die der zweiten das Gegenteil hervorrufen.

Die so festgestellten und als faktisch gegeben zugestandenen Handlungen von moralischem Wert haben wir nun als das vorliegende und zu erklärende Phänomen zu betrachten und demnach zu untersuchen, *was* es sei, das den Menschen zu Handlungen dieser Art bewegen kann; welche Untersuchung, wenn sie uns gelingt, die echte moralische Triebfeder notwendig an den Tag bringen muß, wodurch, da auf diese alle Ethik sich zu stützen hat, unser Problem gelöst wäre.

*

Nach den bisherigen unumgänglich nötigen Vorbereitungen komme ich zur Nachweisung der wahren allen Handlungen von echtem moralischem Wert zum Grunde liegenden Triebfeder, und als diese wird sich uns eine solche ergeben, welche durch ihren Ernst und durch ihre unzweifelbare Realität gar weit absteht von allen den Spitzfindigkeiten, Klügeleien, Sophismen, aus der Luft gegriffenen Behauptungen und apriorischen Seifenblasen, welche die bisherigen Systeme zur Quelle des moralischen Handelns und zur Grundlage der Ethik haben machen wollen. Da ich diese moralische Triebfeder nicht etwan zur beliebigen Annahme *vorschlagen*, sondern als die allein mögliche wirklich *beweisen* will, dieser Beweis aber die Zusammenfassung vieler Gedanken erfordert; so stelle ich einige Prämissen voran, welche die Voraussetzungen der Beweisführung sind und gar wohl als *Axiomata* gelten können bis auf die zwei letzten, die sich auf oben gegebene Auseinandersetzungen berufen.

1. Keine Handlung kann ohne zureichendes Motiv geschehn; sowenig, als ein Stein ohne zureichenden Stoß oder Zug sich bewegen kann.

2. Ebensowenig kann eine Handlung, zu welcher ein für den Charakter des Handelnden zureichendes Motiv vorhanden ist, unterbleiben, wenn nicht ein stärkeres Gegenmotiv ihre Unterlassung notwendig macht.

3. Was den Willen bewegt, ist allein Wohl und Wehe überhaupt und im weitesten Sinne des Worts genommen; wie auch umgekehrt Wohl und Wehe bedeutet ›einem Willen gemäß oder entgegen‹. Also muß jedes Motiv eine Beziehung auf Wohl und Wehe haben.

4. Folglich bezieht jede Handlung sich auf ein für Wohl und Wehe empfängliches Wesen als ihren letzten Zweck.

5. Dieses Wesen ist entweder der Handelnde selbst oder ein anderer, welcher alsdann bei der Handlung *passive* beteiligt ist, indem sie zu seinem Schaden oder zu seinem Nutz und Frommen geschieht.

6. Jede Handlung, deren letzter Zweck das Wohl und Wehe des Handelnden selbst ist, ist eine *egoistische*.

7. Alles hier von Handlungen Gesagte gilt ebensowohl von [der] Unterlassung solcher Handlungen, zu welchen Motiv und Gegenmotiv vorliegt.

8. Infolge der im vorhergehenden Paragraphen gegebenen Auseinandersetzung schließen *Egoismus* und *moralischer Wert* einer Handlung einander schlechthin aus. Hat eine Handlung

einen egoistischen Zweck zum Motiv; so kann sie keinen moralischen Wert haben: soll eine Handlung moralischen Wert haben; so darf kein egoistischer Zweck, unmittelbar oder mittelbar, nahe oder fern, ihr Motiv sein.

9. Infolge der § 5 vollzogenen Elimination der vorgeblichen Pflichten gegen uns selbst kann die moralische Bedeutsamkeit einer Handlung nur liegen in ihrer Beziehung auf andere: nur in Hinsicht auf diese kann sie moralischen Wert oder Verwerflichkeit haben und demnach eine Handlung der Gerechtigkeit oder Menschenliebe, wie auch das Gegenteil beider sein.

Aus diesen Prämissen ist folgendes evident: Das *Wohl und Wehe*, welches (laut Prämisse 3) jeder Handlung oder Unterlassung als letzter Zweck zum Grunde liegen muß, ist entweder das des Handelnden selbst oder das irgendeines andern bei der Handlung passive Beteiligten. Im *ersten Falle* ist die Handlung notwendig *egoistisch;* weil ihr ein interessiertes Motiv zum Grunde liegt. Dies ist nicht bloß der Fall bei Handlungen, die man offenbar zu seinem eigenen Nutzen und Vorteil unternimmt, dergleichen die allermeisten sind; sondern es tritt ebensowohl ein, sobald man von einer Handlung irgendeinen entfernten Erfolg, sei es in dieser oder einer andern Welt, *für sich* erwartet; oder wenn man dabei seine Ehre, seinen Ruf bei den Leuten, die Hochachtung irgend jemandes, die Sympathie der Zuschauer u.dgl. mehr im Auge hat; nicht weniger, wenn man durch diese Handlung eine Maxime aufrechtzuerhalten beabsichtigt, von deren allgemeiner Befolgung man eventualiter einen Vorteil *für sich selbst* erwartet wie etwan die der Gerechtigkeit, des allgemeinen hülfreichen Beistandes usw. – ebenfalls, wenn man irgendeinem absoluten Gebot, welches von einer zwar unbekannten, aber doch offenbar überlegenen Macht ausginge, Folge zu leisten für geraten hielte; da alsdann nichts anderes als *die Furcht* vor den nachteiligen Folgen des *Ungehorsams*, wenn sie auch bloß allgemein und unbestimmt gedacht werden, dazu bewegen kann – desgleichen, wenn man seine eigene hohe Meinung von sich selbst, seinem Werte oder [seiner] Würde, deutlich oder undeutlich begriffen, die man außer dem aufgeben müßte und dadurch seinen Stolz gekränkt sähe, durch irgendeine Handlung oder Unterlassung zu behaupten trachtet – endlich auch, wenn man nach *Wolffischen* Prinzipien dadurch an seiner eigenen Vervollkommnung arbeiten will. Kurzum: man setze zum letzten Beweggrund einer Handlung, was man wolle; immer wird sich ergeben, daß auf irgendeinem Umwege zuletzt *das eigene Wohl und Wehe des Handelnden* die eigentliche Triebfeder, mithin die Handlung *egoistisch*, folglich *ohne moralischen Wert ist*. Nur einen einzigen Fall gibt es, in welchem dies nicht statthat: nämlich wenn der letzte Beweggrund zu einer Handlung oder Unterlassung geradezu und ausschließlich im *Wohl und Wehe* irgendeines dabei passive beteiligten *andern* liegt, also der aktive Teil bei seinem Handeln oder Unterlassen ganz allein das Wohl und Wehe eines *andern* im Auge hat und durchaus nichts bezweckt, als daß jener andere unverletzt bleibe oder gar Hülfe, Beistand und Erleichterung erhalte. *Dieser Zweck allein* drückt einer Handlung oder Unterlassung den Stempel des *moralischen Wertes* auf; welcher demnach ausschließlich darauf beruht, daß die Handlung bloß zu Nutz und Frommen *eines andern* geschehe oder unterbleibe. Sobald nämlich dies *nicht* der Fall ist; so kann das *Wohl und Wehe*, welches zu *jeder* Handlung treibt oder von ihr abhält, nur das *des Handelnden selbst* sein: dann aber ist die Handlung oder Unterlassung allemal *egoistisch*, mithin *ohne moralischen Wert*.

Wenn nun aber meine Handlung ganz allein *des andern wegen* geschehen soll; so muß *sein Wohl und Wehe unmittelbar mein Motiv* sein: so wie bei allen andern Handlungen das *meinige* es ist. Dies bringt unser Problem auf einen engern Ausdruck, nämlich diesen: wie ist es irgend möglich, daß das Wohl und Wehe *eines andern* unmittelbar, d.h. ganz so wie sonst nur mein eigenes meinen Willen bewege, also direkt mein Motiv werde, und sogar es bisweilen in dem Grade werde, daß ich demselben mein eigenes Wohl und Wehe, diese sonst alleinige Quelle meiner Motive mehr oder weniger nachsetze? – Offenbar nur dadurch, daß jener andere *der letzte Zweck* meines Willens wird ganz so, wie sonst ich selbst es bin: also dadurch, daß ich ganz unmittelbar *sein* Wohl will und *sein* Wehe nicht will, so unmittelbar wie sonst nur *das meinige*. Dies aber setzt notwendig voraus, daß ich bei *seinem* Wehe als solchem geradezu mit leide, *sein* Wehe fühle wie sonst nur meines und deshalb sein Wohl unmittelbar will wie sonst nur meines. Dies erfordert aber, daß ich auf irgendeine Weise *mit ihm identifiziert* sei, d.h. daß jener gänzliche *Unterschied* zwischen mir und jedem andern, auf welchem gerade mein Egoismus beruht, wenigstens in einem gewissen Grade aufgehoben sei. Da ich nun aber doch nicht *in der Haut* des andern stecke, so kann allein vermittelst der *Erkenntnis*, die ich von ihm habe, d.h. der Vorstellung von ihm in meinem Kopf, ich mich so weit mit ihm identifizieren, daß meine Tat jenen Unterschied als aufgehoben ankündigt. Der hier analysierte Vorgang aber ist kein erträumter oder aus der Luft gegriffener, sondern ein ganz wirklicher, ja keineswegs seltener: es ist das alltägliche Phänomen des *Mitleids*, d.h. der ganz unmittelbaren, von allen anderweitigen Rücksichten unabhängigen *Teilnahme* zunächst am *Leiden* eines andern und dadurch an der Verhinderung oder Aufhebung dieses Leidens, als worin zuletzt alle Befriedigung und alles Wohlsein und Glück besteht. Dieses Mitleid ganz allein ist die wirkliche Basis aller *freien* Gerechtigkeit und aller *echten* Menschenliebe. Nur sofern eine Handlung aus ihm entsprungen ist, hat sie moralischen Wert: und jede aus irgendwelchen andern Motiven hervorgehende hat keinen. Sobald dieses Mitleid rege wird, liegt mir das Wohl und Wehe des andern unmittelbar am Herzen, ganz in derselben Art, wenn auch nicht stets in demselben Grade wie sonst allein das meinige: also ist jetzt der Unterschied zwischen ihm und mir kein absoluter mehr.

Allerdings ist dieser Vorgang erstaunenswürdig, ja mysteriös. Er ist in Wahrheit das große Mysterium der Ethik, ihr Urphänomen und der Grenzstein, über welchen hinaus nur noch die metaphysische Spekulation einen Schritt wagen kann. Wir sehn in jenem Vorgang die Scheidewand, welche nach dem Lichte der Natur (wie alte Theologen die Vernunft nennen) Wesen von Wesen durchaus trennt, aufgehoben und das Nicht-Ich gewissermaßen zum Ich geworden. Übrigens wollen wir die metaphysische Auslegung des Phänomens für jetzt unberührt lassen und fürs erste sehn, ob alle Handlungen der freien Gerechtigkeit und der echten Menschenliebe wirklich aus diesem Vorgange fließen. Dann wird unser Problem gelöst sein, indem wir das letzte Fundament der Moralität in der menschlichen Natur selbst werden nachgewiesen haben, welches Fundament nicht selbst wieder ein Problem der *Ethik* sein kann, wohl aber, wie alles Bestehende *als solches*, der *Metaphysik*. Allein die metaphysische Auslegung des ethischen Urphänomens liegt schon über die von der Königlichen Sozietät gestellte Frage, als welche auf die Grundlage der Ethik gerichtet ist, hinaus und kann allenfalls nur als eine beliebig zu gebende und beliebig zu nehmende Zugabe beigefügt werden. – Bevor ich nun aber zur Ableitung der Kardinaltugenden aus der aufgestellten Grundtriebfeder schreite, habe ich noch zwei wesentliche Bemerkungen nachträglich beizubringen.

1. Zum Behuf leichterer Faßlichkeit habe ich die obige Ableitung des Mitleids als alleiniger Quelle der Handlungen von moralischem Wert dadurch vereinfacht, daß ich die Triebfeder der *Bosheit*, als welche, uneigennützig wie das Mitleid, den fremden *Schmerz* zu ihrem letzten Zwecke macht, absichtlich außer acht gelassen habe. Jetzt aber können wir mit Hinzuziehung derselben den oben gegebenen Beweis vollständiger und stringenter so resümieren:

Es gibt überhaupt nur *drei Grundtriebfedern* der menschlichen Handlungen; und allein durch Erregung derselben wirken alle irgend möglichen Motive. Sie sind:

a) Egoismus, der das eigene Wohl will (ist grenzenlos).

b) Bosheit, die das fremde Wehe will (geht bis zur äußersten Grausamkeit),

c) Mitleid, welches das fremde Wohl will (geht bis zum Edelmut und zur Großmut).

Jede menschliche Handlung muß auf eine dieser Triebfedern zurückzuführen sein; wiewohl auch zwei derselben vereint wirken können. Da wir nun Handlungen von moralischem Wert als faktisch gegeben angenommen haben; so müssen auch sie aus einer dieser Grundtriebfedern hervorgehn. Sie können aber vermöge Prämisse 8 nicht aus der *ersten* Triebfeder entspringen noch weniger aus der *zweiten;* da alle aus dieser hervorgehenden Handlungen moralisch verwerflich sind, während die erste zum Teil moralisch indifferente liefert. Also müssen sie von der *dritten* Triebfeder ausgehn, und dies wird seine Bestätigung a posteriori im folgenden erhalten.

2. Die unmittelbare Teilnahme am andern ist auf sein *Leiden* beschränkt und wird nicht, wenigstens nicht direkt, auch durch sein *Wohlsein* erregt: sondern *dieses* an und für sich läßt uns gleichgültig. Dies sagt ebenfalls *Jean Jacques Rousseau* im ›Emile‹ (livre 4): ›Première maxime: Il n'est pas dans le cœur humain, de se mettre à la place des gens, qui sont plus heureux que nous, mais seulement de ceux, qui sont plus à plaindre‹ etc. [Erster Grundsatz: Es ist dem menschlichen Herzen nicht eigen, sich an die Stelle derer zu setzen, die glücklicher sind als wir, sondern nur derer, die beklagenswerter sind usw.]

Der Grund hievon ist, daß der Schmerz, das Leiden, wozu aller Mangel, Entbehrung, Bedürfnis, ja jeder Wunsch gehört, *das Positive, das unmittelbar Empfundene* ist. Hingegen besteht die Natur der Befriedigung, des Genusses, des Glücks nur darin, daß eine Entbehrung aufgehoben, ein Schmerz gestillt ist. Diese wirken also *negativ.* Daher eben ist Bedürfnis und Wunsch die Bedingung jedes Genusses. Dies erkannte schon *Platon* und nahm nur die Wohlgerüche und die Geistesfreuden aus (›Res publica‹ 9, p. 264 sq. editio Bipontini). Auch *Voltaire* sagt: ›Il n'est de vrais plaisirs, qu'avec de vrais besoins.‹ [Es gibt keine wahren Genüsse ohne wahre Bedürfnisse; ›Précis de l'ecclésiaste‹ v. 30.] Also das *Positive*, das sich durch sich selbst Kundgebende ist der Schmerz; Befriedigung und Genüsse sind das *Negative*, die bloße Aufhebung jenes erstern. Hierauf zunächst beruht es, daß nur das Leiden, der Mangel, die Gefahr, die Hülflosigkeit des andern direkt und als solche unsere Teilnahme erwecken. Der Glückliche, Zufriedene *als solcher* läßt uns gleichgültig, eigentlich weil sein Zustand ein negativer ist: die Abwesenheit des Schmerzes, des Mangels und der Not. Wir können zwar über das Glück, das Wohlsein, den Genuß anderer uns freuen: dies ist dann aber sekundär und dadurch vermittelt, daß vorher ihr Leiden und Entbehren uns betrübt hatte; oder aber auch wir nehmen teil an dem Beglückten und Genießenden nicht *als solchem*, sondern sofern er unser Kind, Vater, Freund, Verwandter, Diener, Untertan u.dgl. ist. Aber nicht der Beglückte und Genießende *rein als solcher* erregt unsere unmittelbare Teilnahme, wie es der Leidende, Entbehrende, Unglückliche *rein als solcher* tut. Erregt doch sogar auch *für uns selbst* eigentlich nur unser Leiden, wohin auch jeder Mangel, Bedürfnis, Wunsch, ja die Langeweile zu zählen ist, unsere Tätigkeit; während ein Zustand der Zufriedenheit und Beglückung uns untätig und in träger Ruhe läßt: wie sollte es in Hinsicht auf andere nicht ebenso sein, da ja unsere Teilnahme auf einer Identifikation mit ihnen beruht? Sogar kann der Anblick des Glücklichen und Genießenden *rein als solchen* sehr leicht unsern Neid erregen, zu welchem die Anlage in jedem Menschen liegt und welcher seine Stelle oben unter den antimoralischen Potenzen gefunden hat.

Infolge der oben gegebenen Darstellung des Mitleids als eines unmittelbaren Motiviertwerdens durch die Leiden des andern muß ich noch den nachmals oft wiederholten Irrtum des *Cassina* (›Saggio analitico sulla compassione‹, 1788; deutsch von Pockels, 1790) rügen, welcher meint, das Mitleid entstehe durch eine augenblickliche Täuschung der Phantasie, indem wir selbst uns an die Stelle des Leidenden versetzten und nun in der Einbildung *seine* Schmerzen an *unserer* Person zu leiden wähnten. So ist es keineswegs; sondern es bleibt uns gerade jeden Augenblick klar und gegenwärtig, daß *er* der Leidende ist, nicht *wir:* und geradezu *in seiner* Person, nicht in unserer fühlen wir das Leiden, zu unserer Betrübnis. Wir leiden *mit* ihm, also *in* ihm: wir fühlen seinen Schmerz als den *seinen* und haben nicht die Einbildung, daß es der unserige sei: ja je glücklicher unser eigener Zustand ist und je mehr also das Bewußtsein desselben mit der Lage des andern kontrastiert, desto empfänglicher sind wir für das Mitleid. Die Erklärung der Möglichkeit dieses höchst wichtigen Phänomens ist aber nicht so leicht noch auf dem bloß psychologischen Wege zu erreichen, wie *Cassina* es versuchte. Sie kann nur metaphysisch ausfallen, und eine solche werde ich im letzten Abschnitt zu geben versuchen.

Jetzt aber gehe ich an die Ableitung der Handlungen von echtem moralischem Wert aus der nachgewiesenen Quelle derselben. Als die allgemeine Maxime solcher Handlungen und folglich als den obersten Grundsatz der Ethik habe ich schon im vorigen Abschnitte die Regel aufgestellt: ›Neminem laede, imo omnes, quantum potes, iuva!‹ Da diese Maxime *zwei* Sätze enthält; so zerfallen die ihr entsprechenden Handlungen von selbst in zwei Klassen.

*

Bei näherer Betrachtung des oben als ethisches Urphänomen nachgewiesenen Vorgangs des Mitleids ist auf den ersten Blick ersichtlich, daß es zwei deutlich getrennte Grade gibt, in welchen das Leiden eines andern unmittelbar mein Motiv werden, d.h. mich zum Tun oder Lassen bestimmen kann: nämlich zuerst nur in dem Grade, daß es, egoistischen oder boshaften Motiven entgegenwirkend, mich abhält, dem andern ein Leiden zu verursachen, also herbeizuführen, was noch nicht ist, selbst Ursache fremder Schmerzen zu werden; sodann aber in dem höhern Grade, wo das Mitleid, positiv wirkend, mich zu tätiger Hülfe antreibt. Die Trennung zwischen sogenannten Rechts- und Tugendpflichten, richtiger zwischen Gerechtigkeit und Menschenliebe, welche bei *Kant* so gezwungen herauskam, ergibt sich hier ganz und gar von selbst und bezeugt dadurch die Richtigkeit des Prinzips: es ist die natürliche, unverkennbare und scharfe Grenze zwischen dem Negativen und Positiven, zwischen Nichtverletzen und Helfen. Die bisherige Benennung ›Rechts- und Tugendpflichten‹, letztere auch Liebespflichten, unvollkommene Pflichten genannt, hat zuvörderst den Fehler, daß sie das Genus der Spezies koordiniert: denn die Gerechtigkeit ist auch eine Tugend. Sodann liegt derselben die viel zu weite Ausdehnung des Begriffes *Pflicht* zum Grunde, den ich weiter unten in seine wahren Schranken zurückführen werde. An die Stelle obiger zwei Pflichten setze ich daher zwei Tugenden: die der Gerechtigkeit und die der Menschenliebe, welche ich Kardinaltugenden nenne, weil aus ihnen alle übrigen praktisch hervorgehn und theoretisch sich ableiten lassen. Beide wurzeln in dem natürlichen Mitleid. Dieses Mitleid selbst aber ist eine unleugbare Tatsache des menschlichen Bewußtseins, ist diesem wesentlich eigen, beruht nicht auf Voraussetzungen, Begriffen, Religionen, Dogmen, Mythen, Erziehung und Bildung; sondern ist ursprünglich und unmittelbar, liegt in der menschlichen Natur selbst, hält ebendeshalb unter allen Verhältnissen stich und zeigt sich in allen Ländern und Zeiten; daher an dasselbe als an etwas in jedem Menschen notwendig Vorhandenes überall zuversichtlich appelliert wird, und nirgends gehört es zu den ›fremden Göttern‹. Hingegen nennt man den, dem es zu mangeln scheint, einen Unmenschen; wie auch ›Menschlichkeit‹ oft als Synonym von Mitleid gebraucht wird.

Der erste Grad der Wirksamkeit dieser echten und natürlichen moralischen Triebfeder ist also nur *negativ.* Ursprünglich sind wir alle zur Ungerechtigkeit und Gewalt geneigt, weil unser Bedürfnis, unsere Begierde, unser Zorn und Haß unmittelbar ins Bewußtsein treten und daher das ius primi occupantis [das Recht der ersten Besitzergreifung] haben; hingegen die fremden Leiden, welche unsere Ungerechtigkeit und Gewalt verursacht, nur auf dem sekundären Wege der *Vorstellung* und erst durch die Erfahrung, also *mittelbar* ins Bewußtsein kommen; daher sagt *Seneca;* ›Ad neminem ante bona mens venit quam mala.‹ [Keinem frommt die gute Gesinnung früher als die böse.] (›Epistulae‹ 50 [7]). Der erste Grad der Wirkung des Mitleids ist also, daß es den von mir selbst infolge der mir einwohnenden antimoralischen Potenzen andern zu verursachenden Leiden hemmend entgegentritt, mir ›Halt!‹ zuruft und sich als eine Schutzwehr vor den andern stellt, die ihn vor der Verletzung bewahrt, zu welcher außerdem mein Egoismus oder [meine] Bosheit mich treiben würde. Dergestalt entspringt aus diesem ersten Grade des Mitleids die Maxime ›neminem laede‹, d.i. der Grundsatz der *Gerechtigkeit*, welche Tugend ihren lautern, rein moralischen, von aller Beimischung freien Ursprung allein hier hat und nirgends außerdem haben kann, weil sie sonst auf Egoismus beruhen müßte. Ist mein Gemüt bis zu jenem Grade für das Mitleid empfänglich, so wird dasselbe mich zurückhalten, wo und wann ich, um meine Zwecke zu erreichen, fremdes Leiden als Mittel gebrauchen möchte; gleichviel, ob dieses Leiden ein augenblickliches oder später eintretendes, ein direktes oder indirektes, durch Zwischenglieder vermitteltes sei. Folglich werde ich dann sowenig das Eigentum als die Person des andern angreifen, ihm sowenig geistige als körperliche Leiden verursachen, also nicht nur mich jeder physischen Verletzung enthalten; sondern auch ebensowenig auf geistigem Wege ihm Schmerz bereiten, durch Kränkung, Ängstigung, Ärger oder Verleumdung. Dasselbe Mitleid wird mich abhalten, die Befriedigung meiner Lüste auf Kosten des Lebensglückes weiblicher Individuen zu suchen oder das Weib eines andern zu verführen oder auch Jünglinge moralisch und physisch zu verderben durch Verleitung zur Päderastie. Jedoch ist keineswegs erforderlich, daß in jedem einzelnen Fall das Mitleid wirklich erregt werde; wo es auch oft zu spät käme: sondern aus der *ein für allemal* erlangten Kenntnis von dem Leiden, welches jede ungerechte Handlung notwendig über andere bringt und welches durch das Gefühl des Unrechterduldens, d.h. der fremden Übermacht geschärft wird, geht in edeln Gemütern die Maxime ›neminem laede‹ hervor, und die vernünftige Überlegung erhebt sie zu dem *ein für allemal* gefaßten festen Vorsatz, die Rechte eines jeden zu achten, sich keinen

Eingriff in dieselben zu erlauben, sich von dem Selbstvorwurf, die Ursache fremder Leiden zu sein, frei zu erhalten und demnach nicht die Lasten und Leiden des Lebens, welche die Umstände jedem zuführen, durch Gewalt oder List auf andere zu wälzen, sondern sein beschiedenes Teil selbst zu tragen, um nicht das eines andern zu verdoppeln. Denn obwohl *Grundsätze* und abstrakte Erkenntnis überhaupt keineswegs die Urquelle oder erste Grundlage der Moralität sind; so sind sie doch zu einem moralischen Lebenswandel unentbehrlich als das Behältnis, das Reservoir, in welchem die aus der Quelle aller Moralität, als welche nicht in jedem Augenblicke fließt, entsprungene Gesinnung aufbewahrt wird, um, wenn der Fall der Anwendung kommt, durch Ableitungskanäle dahin zu fließen. Es verhält sich also im Moralischen wie im Physiologischen, wo z.B. die Gallenblase als Reservoir des Produkts der Leber notwendig ist, und in vielen ähnlichen Fällen. Ohne fest gefaßte *Grundsätze* würden wir den antimoralischen Triebfedern, wenn sie durch äußere Eindrücke zu Affekten erregt sind, unwiderstehlich preisgegeben sein. Das Festhalten und Befolgen der Grundsätze, den ihnen entgegenwirkenden Motiven zum Trotz, ist *Selbstbeherrschung*. Hier liegt auch die Ursache, warum die Weiber, als welche wegen der Schwäche ihrer Vernunft, allgemeine *Grundsätze* zu verstehn, festzuhalten und zur Richtschnur zu nehmen, weit weniger als die Männer fähig sind, in der Tugend der Gerechtigkeit, also auch [der] Redlichkeit und Gewissenhaftigkeit diesen in der Regel nachstehn; daher Ungerechtigkeit und Falschheit ihre häufigsten Laster sind und Lügen ihr eigentliches Element: hingegen übertreffen sie die Männer in der Tugend der *Menschenliebe;* denn zu dieser ist der Anlaß meistens *anschaulich* und redet daher unmittelbar zum Mitleid, für welches die Weiber entschieden leichter empfänglich sind. Aber nur das Anschauliche, Gegenwärtige, unmittelbar Reale hat wahre Existenz für sie: das nur mittelst der Begriffe erkennbare Entfernte, Abwesende, Vergangene, Zukünftige ist ihnen nicht wohl faßlich. Also ist auch hier Kompensation: Gerechtigkeit ist mehr die männliche, Menschenliebe mehr die weibliche Tugend. Der Gedanke, Weiber das Richteramt verwalten zu sehn, erregt Lachen; aber die Barmherzigen Schwestern übertreffen sogar die Barmherzigen Brüder. Nun aber gar das *Tier* ist, da ihm die abstrakte oder Vernunft-Erkenntnis gänzlich fehlt, durchaus keiner Vorsätze, geschweige Grundsätze und mithin keiner *Selbstbeherrschung* fähig, sondern dem Eindruck und Affekt wehrlos hingegeben. Daher eben hat es keine bewußte *Moralität;* wiewohl die Spezies große Unterschiede der Bosheit und Güte des Charakters zeigen und in den obersten Geschlechtern selbst die Individuen. – Dem Gesagten zufolge wirkt in den einzelnen Handlungen des Gerechten das Mitleid nur noch indirekt, mittelst der Grundsätze, und nicht sowohl actu als potentia; etwan so, wie in der Statik die durch größere Länge des einen Waagebalkens bewirkte größere *Geschwindigkeit*, vermöge welcher die kleinere Masse der größeren das Gleichgewicht hält, im Zustand der Ruhe nur potentia und doch völlig sogut wie actu wirkt. Jedoch bleibt dabei das Mitleid stets bereit, auch actu hervorzutreten: daher, wenn etwan in einzelnen Fällen die erwählte Maxime der Gerechtigkeit wankt, zur Unterstützung derselben und zur Belebung der gerechten Vorsätze kein Motiv (die egoistischen beiseite gesetzt) wirksamer ist als das aus der Urquelle selbst, dem Mitleid, geschöpfte. Dies gilt nicht etwan bloß, wo es die Verletzung der Person, sondern auch, wo es die des Eigentums betrifft, z.B. wenn jemand eine gefundene Sache von Wert zu behalten Lust spürt; so wird – mit Ausschluß aller Klugheits- und aller Religionsmotive dagegen – nichts ihn so leicht auf die Bahn der Gerechtigkeit zurückbringen wie die Vorstellung der Sorge, des Herzeleids und der Wehklage des Verlierers. Im Gefühl dieser Wahrheit geschieht es oft, daß dem öffentlichen Aufruf zur Wiederbringung verlorenen Geldes die Versicherung hinzugefügt wird, der Verlierer sei ein armer Mensch, ein Dienstbote u.dgl.

Diese Betrachtungen werden es hoffentlich deutlich machen, daß, sowenig es auf den ersten Blick scheinen mag, allerdings auch die Gerechtigkeit als echte, freie Tugend ihren Ursprung im Mitleid hat. Wem dennoch dieser Boden zu dürftig scheinen möchte, als daß jene große, recht eigentliche Kardinaltugend bloß in ihm wurzeln könnte, der erinnere sich aus dem Obigen, wie gering das Maß der echten, freiwilligen, uneigennützigen und ungeschminkten Gerechtigkeit ist, die sich unter Menschen findet; wie diese immer nur als überraschende Ausnahme vorkommt und zu ihrer Afterart, der auf bloßer Klugheit beruhenden und überall laut angekündigten Gerechtigkeit, sich der Qualität und Quantität nach verhält wie Gold zu Kupfer. Ich möchte diese letztere δικαιοσύνη πάνδημος [die irdische Gerechtigkeit], die andere οὐρανία [die himmlische] nennen; da ja sie es ist, welche nach Hesiodos im Eisernen Zeitalter die Erde verläßt, um bei den himmlischen Göttern zu wohnen. Für diese seltene und auf Erden stets nur exotische Pflanze ist die nachgewiesene Wurzel stark genug.

*

Die Gerechtigkeit ist also die erste und grundwesentliche Kardinaltugend. Als solche haben auch die Philosophen des Altertums sie anerkannt, jedoch ihr drei andere unpassend gewählte koordiniert. Hingegen haben sie die Menschenliebe (caritas, ἀγάπη) noch nicht als Tugend aufgestellt: selbst der in der Moral sich am höchsten erhebende *Platon* gelangt doch nur bis zur freiwilligen, uneigennützigen Gerechtigkeit. Praktisch und faktisch ist zwar zu jeder Zeit Menschenliebe dagewesen: aber theoretisch zur Sprache gebracht und förmlich als Tugend, und zwar als die größte von allen aufgestellt, sogar auch auf die Feinde ausgedehnt wurde sie zuerst vom Christentum, dessen allergrößtes Verdienst eben hierin besteht: wiewohl nur hinsichtlich auf Europa; da in Asien schon tausend Jahre früher die unbegrenzte Liebe des Nächsten ebensowohl Gegenstand der Lehre und Vorschrift wie der Ausübung gewesen war, indem Veda und [Manava-]Dharmah-Sastra, Itihasa und Purana, wie auch die Lehre des Buddhas Sakiamuni nicht müde werden, sie zu predigen. – Und wenn wir es streng nehmen wollen, so lassen sich auch bei den Alten Spuren der Anempfehlung der Menschenliebe finden, z.B. beim *Cicero*, ›De finibus bonorum et malorum‹ 5, 23; sogar schon beim Pythagoras, nach Iamblichos, ›De vita Pythagorae‹ cap. 33. Mir liegt jetzt die philosophische Ableitung dieser Tugend aus meinem Prinzip ob.

Der zweite Grad, in welchem mittelst des oben tatsächlich nachgewiesenen, wiewohl seinem Ursprung nach geheimnisvollen Vorgangs des *Mitleids* das fremde Leiden an sich selbst und als solches unmittelbar mein Motiv wird, sondert sich von dem ersten deutlich ab durch den *positiven Charakter* der daraus hervorgehenden Handlungen; indem alsdann das Mitleid nicht bloß mich abhält, den andern zu verletzen, sondern sogar mich antreibt, ihm zu helfen. Je nachdem nun teils jene unmittelbare Teilnahme lebhaft und tiefgefühlt, teils die fremde Not groß und dringend ist, werde ich durch jenes rein moralische Motiv bewogen werden, ein größeres oder geringeres Opfer dem Bedürfnis oder der Not des andern zu bringen, welches in der Anstrengung meiner leiblichen oder geistigen Kräfte für ihn, in meinem Eigentum, in meiner Gesundheit, Freiheit, sogar in meinem Leben bestehen kann. Hier also, in der unmittelbaren, auf keine Argumentation gestützten noch deren bedürfenden Teilnahme liegt der allein lautere Ursprung der Menschenliebe, der caritas, ἀγάπη, also derjenigen Tugend, deren Maxime ist: ›omnes, quantum potes, iuva‹ [hilf allen, soviel du kannst] und aus welcher alles das fließt, was die Ethik unter dem Namen Tugendpflichten, Liebespflichten, unvollkommene Pflichten vorschreibt. Diese ganz unmittelbare, ja instinktartige Teilnahme am fremden Leiden, also das Mitleid ist die alleinige Quelle solcher Handlungen, wenn sie *moralischen Wert haben*, d.h. von allen egoistischen Motiven rein sein und ebendeshalb in uns selbst diejenige innere Zufriedenheit erwecken sollen, welche man das gute, befriedigte, lobende Gewissen nennt; wie auch bei dem Zuschauer die eigentümliche Beistimmung, Hochachtung, Bewunderung und sogar demütigenden Rückblick auf sich selbst hervorrufen sollen, welcher eine nicht abzuleugnende Tatsache ist. Hat hingegen eine wohltätige Handlung irgendein anderes Motiv; so kann sie nicht anders als egoistisch sein, wenn sie nicht gar boshaft ist. Denn entsprechend den oben aufgestellten Urtriebfedern aller Handlungen, nämlich Egoismus, Bosheit, Mitleid lassen sich die *Motive*, welche überhaupt den Menschen bewegen können, unter drei ganz allgemeine und oberste Klassen bringen: 1. eigenes Wohl, 2. fremdes Wehe, 3, fremdes Wohl. Ist nun das Motiv einer wohltätigen Handlung nicht aus der *dritten* Klasse; so muß es schlechterdings *der ersten* oder *zweiten* angehören. *Letzteres* ist wirklich bisweilen der Fall: z.B. wenn ich einem wohltue, um einen andern, dem ich nicht wohltue, zu kränken oder ihm sein Leiden noch fühlbarer zu machen; oder auch um einen Dritten, der demselben nicht wohltat, zu beschämen; oder endlich um den, dem ich wohltue, dadurch zu demütigen, *Ersteres* aber ist viel öfter der Fall, nämlich sobald ich bei einer guten Tat, sei es auch noch so entfernt und auf weitestem Umwege, *mein eigenes Wohl* im Auge habe; also wenn mich Rücksicht auf Belohnung in dieser oder einer andern Welt oder die zu erlangende Hochschätzung und der Ruf eines edeln Herzens oder die Überlegung, daß der, dem heute ich helfe, mir einmal wieder helfen oder sonst nützen und dienen könne; endlich auch, wenn mich der Gedanke treibt, die Maxime des Edelmuts oder der Wohltätigkeit müsse aufrechterhalten werden, da sie mir doch auch einmal zugute kommen könne; kurz: sobald mein Zweck irgendein anderer ist als ganz allein der rein *objektive*, daß ich dem andern geholfen, ihn aus seiner Not und Bedrängnis gerissen, ihn von seinem Leiden befreit wissen will: und nichts darüber und nichts daneben! Nur dann und ganz allein dann habe ich wirklich jene Menschenliebe, caritas, ἀγάπη, bewiesen, welche gepredigt zu haben das große, auszeichnende Verdienst des Christentums ist. Aber gerade die Vorschriften, welche das Evangelium seinem Geheiß der Liebe hinzufügt, wie: μὴ γνώτω ἡ ἀριστερά σου, τί ποιεῖ ἡ δεξία σου (sinistra tua manus haud cognoscat, quae dextra facit) [laß deine Linke nicht wissen, was die Rechte tut; Matth. 6, 3] und ähnliche, sind auf das Gefühl dessen gegründet, was ich hier deduziert habe, daß nämlich ganz allein die fremde Not und keine andere Rücksicht mein Motiv sein muß, wenn meine Handlung moralischen Wert haben soll. Ganz richtig wird ebendaselbst (Matth. 6, 2) gesagt, daß die, welche mit Ostentation geben, ihren Lohn dahin haben. Aber die Veden erteilen auch hier uns gleichsam die höhere Weihe, indem sie wiederholentlich versichern, daß, wer irgendeinen Lohn seiner Werke begehrt, noch auf dem Wege der Finsternis begriffen und zur Erlösung nicht reif sei. – Wenn einer, indem er ein Almosen gibt, mich früge, was er davon hat; so wäre meine gewissenhafte Antwort: ›Dieses, daß jenem Armen sein Schicksal um so viel erleichtert wird; außerdem aber schlechterdings nichts. Ist dir nun damit nicht gedient und daran eigentlich nichts gelegen; so hast du eigentlich nicht ein Almosen geben, sondern einen Kauf tun wollen: da bist du um dein Geld betrogen. Ist dir aber daran gelegen, daß jener, den der Mangel drückt, weniger leide; so hast du eben deinen Zweck erreicht, hast dies davon, daß er weniger leidet, und siehst genau, wieweit deine Gabe sich belohnt.‹

Wie ist es nun aber möglich, daß ein Leiden, welches nicht *meines* ist, nicht *mich* trifft, doch ebenso unmittelbar wie sonst nur mein eigenes Motiv für mich werden, mich zum Handeln bewegen soll? Wie gesagt, nur dadurch, daß ich es, obgleich mir nur als ein Äußeres, bloß vermittelst der äußern Anschauung oder Kunde gegeben, dennoch *mitempfinde*, es als *meines fühle* und doch nicht *in mir*, sondern *in einem andern*, und also eintritt, was schon *Calderon* ausspricht:

> … que entre el ver
> Padecer y el padecer
> Ninguna distancia habia.
> (… daß zwischen Leiden
> Sehn und leiden
> Kein Unterschied sei.)
> ›No siempre el peor es cierto‹ jornada 2, p. 229

Dies aber setzt voraus, daß ich mich mit dem andern gewissermaßen identifiziert habe und folglich die Schranke zwischen Ich und Nicht-Ich für den Augenblick aufgehoben sei: nur dann wird die Angelegenheit des andern, sein Bedürfnis, seine Not, sein Leiden unmittelbar zum meinigen; dann erblicke ich ihn nicht mehr, wie ihn doch die empirische Anschauung gibt, als ein mir Fremdes, mir Gleichgültiges, von mir gänzlich Verschiedenes; sondern *in ihm* leide ich mit, trotzdem daß seine Haut meine Nerven nicht einschließt, Nur dadurch kann *sein* Wehe, *seine* Not Motiv *für mich* werden: außer dem kann es durchaus nur meine eigene. *Dieser Vorgang* ist, ich wiederhole es, *mysteriös:* denn er ist etwas, wovon die Vernunft keine unmittelbare Rechenschaft geben kann und dessen Gründe auf dem Wege der Erfahrung nicht auszumitteln sind. Und doch ist er alltäglich. Jeder hat ihn oft an sich selbst erlebt, sogar dem Hartherzigsten und Selbstsüchtigsten ist er nicht fremdgeblieben. Er tritt täglich ein, vor unsern Augen, im Einzelnen, im Kleinen, überall, wo auf unmittelbaren Antrieb ohne viel Überlegung ein Mensch dem andern hilft und beispringt, ja bisweilen selbst sein Leben für einen, den er zum ersten Male sieht, in die augenscheinlichste Gefahr setzt, ohne mehr dabei zu denken als eben, daß er die große Not und Gefahr des andern sieht. Er tritt im Großen ein, wenn nach langer Überlegung und schwerer Debatte die hochherzige britische Nation zwanzig Millionen Pfund Sterling hingibt, um den Negersklaven in ihren Kolonien die Freiheit zu erkaufen; unter dem Beifallsjubel einer ganzen Welt. Wer diese schöne Handlung im großen Stil dem Mitleid als Triebfeder absprechen wollte, um sie dem Christentum zuzuschreiben, bedenke, daß im ganzen Neuen Testament kein Wort gegen die Sklaverei gesagt ist, so allgemein auch damals die Sache war; und daß vielmehr noch 1860 in Nordamerika bei Debatten über die Sklaverei einer sich darauf berufen hat, daß Abraham und Jakob auch Sklaven gehalten haben.

Was nun in jedem einzelnen Fall die praktischen Ergebnisse jenes mysteriösen innern Vorganges sein werden, mag die Ethik in Kapiteln und Paragraphen über Tugendpflichten oder Liebespflichten oder unvollkommene Pflichten oder wie sonst auseinandersetzen. Die Wurzel, die Grundlage von dem allen ist die hier dargelegte, aus welcher der Grundsatz entspringt: ›omnes, quantum potes, iuva‹; und aus diesem ist hier alles übrige gar leicht abzuleiten, wie aus der ersten Hälfte meines Prinzips, also aus dem ›neminem laede‹ alle Pflichten der Gerechtigkeit. Die Ethik ist in Wahrheit die leichteste aller Wissenschaften; wie es auch nicht anders zu erwarten steht, da jeder die Obliegenheit hat, sie selbst zu konstruieren, selbst aus dem obersten Grundsatz, der in seinem Herzen wurzelt, die Regel für jeden vorkommenden Fall abzuleiten: denn wenige haben die Muße und Geduld, eine fertig konstruierte Ethik zu erlernen. Aus der Gerechtigkeit und Menschenliebe fließen sämtliche Tugenden, daher sind jene die Kardinaltugenden, mit deren Ableitung der Grundstein der Ethik gelegt ist. – Gerechtigkeit ist der ganze ethische Inhalt des Alten Testaments und Menschenliebe der des Neuen: diese ist die καινὴ ἐντολή [das neue Gebot] (Joh. 13, 34), in welcher nach Paulus (Röm. 13, 8–10) alle christlichen Tugenden enthalten sind.

X. ZUR LEBENSKUNST

Aristoteles hat (›Ethica ad Nicomachum‹ 1,8) die Güter des menschlichen Lebens in drei Klassen geteilt – die äußeren, die der Seele und die des Leibes. Hievon nun nichts als die Dreizahl beibehaltend, sage ich, daß, was den Unterschied im Lose der Sterblichen begründet, sich auf drei Grundbestimmungen zurückführen läßt. Sie sind:

1. Was einer *ist:* also die Persönlichkeit im weitesten Sinne. Sonach ist hierunter Gesundheit, Kraft, Schönheit, Temperament, moralischer Charakter, Intelligenz und Ausbildung derselben begriffen.

2. Was einer *hat:* also Eigentum und Besitz in jeglichem Sinne.

3. Was einer *vorstellt:* unter diesem Ausdruck wird bekanntlich verstanden, was er in der Vorstellung anderer ist, also eigentlich, wie er von ihnen *vorgestellt wird*. Es besteht demnach in ihrer Meinung von ihm und zerfällt in Ehre, Rang und Ruhm.

Die unter der ersten Rubrik zu betrachtenden Unterschiede sind solche, welche die Natur selbst zwischen Menschen gesetzt hat; woraus sich schon abnehmen läßt, daß der Einfluß derselben auf ihr Glück oder Unglück viel wesentlicher und durchgreifender sein werde, als was die bloß aus menschlichen Bestimmungen hervorgehenden, unter den zwei folgenden Rubriken angegebenen Verschiedenheiten herbeiführen. Zu den *echten persönlichen Vorzügen*, dem großen Geiste oder großen Herzen, verhalten sich alle Vorzüge des Ranges, der Geburt, selbst der königlichen, des Reichtums u. dgl. wie die Theaterkönige zu den wirklichen. Schon *Metrodoros*, der erste Schüler Epikurs, hat ein Kapitel überschrieben: Περὶ τοῦ μείζονα εἶναι τὴν παρ᾽ ἡμᾶς αἰτίαν πρὸς εὐδαιμονίαν τῆς ἐκ τῶν πραγμάτων. (Maiorem esse causam ad felicitatem eam, quae est ex nobis, ea, quae ex rebus oritur.) [Die Ursache der Glückseligkeit, die in uns liegt, ist größer als die, die aus den Dingen stammt.] (Clemens Alexandrinus, ›Stromata‹ 2, 21, p. 362). Und allerdings ist für das Wohlsein des Menschen, ja für die ganze Weise seines Daseins die Hauptsache offenbar das, was in ihm selbst besteht oder vorgeht. Hier nämlich liegt unmittelbar sein inneres Behagen oder Unbehagen, als welches zunächst das Resultat seines Empfindens, Wollens und Denkens ist; während alles außerhalb Gelegene doch nur mittelbar darauf Einfluß hat. Daher affizieren dieselben äußern Vorgänge oder Verhältnisse jeden ganz anders, und bei gleicher Umgebung lebt doch jeder in einer andern Welt. Denn nur mit seinen eigenen Vorstellungen, Gefühlen und Willensbewegungen hat er es unmittelbar zu tun: die Außendinge haben nur, sofern sie diese veranlassen, Einfluß auf ihn. Die Welt, in der jeder lebt, hängt zunächst ab von seiner Auffassung derselben, richtet sich daher nach der Verschiedenheit der Köpfe: dieser gemäß wird sie arm, schal und flach oder reich, interessant und bedeutungsvoll ausfallen. Während z.B. mancher den andern beneidet um die interessanten Begebenheiten, die ihm in seinem Leben aufgestoßen sind, sollte er ihn vielmehr um die Auffassungsgabe beneiden, welche jenen Begebenheiten die Bedeutsamkeit verlieh, die sie in seiner Beschreibung haben: denn dieselbe Begebenheit, welche in einem geistreichen Kopfe sich so interessant darstellt, würde, von einem flachen Alltagskopf aufgefaßt, auch nur eine schale Szene aus der Alltagswelt sein. Im höchsten Grade zeigt sich dies bei manchen Gedichten Goethes und Byrons, denen offenbar reale Vorgänge zum Grunde liegen: ein törichter Leser ist imstande, dabei den Dichter um die allerliebste Begebenheit zu beneiden, statt um die mächtige Phantasie, welche aus einem ziemlich alltäglichen Vorfall etwas so Großes und Schönes zu machen fähig war. Desgleichen sieht der Melancholikus eine Trauerspielszene, wo der Sanguinikus nur einen interessanten Konflikt und der Phlegmatikus etwas Unbedeutendes vor sich hat. Dies alles beruht darauf, daß jede Wirklichkeit, d.h. jede erfüllte Gegenwart, aus zwei Hälften besteht, dem Subjekt und dem Objekt, wiewohl in so notwendiger und enger Verbindung wie Oxygen und Hydrogen im Wasser. Bei völlig gleicher objektiver Hälfte, aber verschiedener subjektiver ist daher sogut wie im umgekehrten Fall die gegenwärtige Wirklichkeit eine ganz andere: die schönste und beste objektive Hälfte bei stumpfer, schlechter subjektiver gibt doch nur eine schlechte Wirklichkeit und Gegenwart; gleich einer schönen Gegend in schlechtem Wetter oder im Reflex einer schlechten camera obscura. Oder planer zu reden: jeder steckt in seinem Bewußtsein wie in seiner Haut und lebt unmittelbar nur in demselben: daher ist ihm von außen nicht sehr zu helfen. Auf der Bühne spielt einer den Fürsten, ein andrer den Rat, ein dritter den Diener oder den Soldaten oder den General usf. Aber diese Unterschiede sind bloß im Äußern vorhanden; im Innern, als Kern einer solchen Erscheinung, steckt bei allen dasselbe: ein armer Komödiant mit seiner Plage und Not. Im Leben ist es auch so: die Unterschiede des Ranges und Reichtums geben jedem seine Rolle zu spielen; aber keineswegs entspricht dieser eine innere Verschiedenheit des Glücks und Behagens; sondern auch hier steckt in jedem derselbe arme Tropf mit seiner Not und Plage, die wohl dem Stoffe nach bei jedem eine andere ist, aber der Form, d.h. dem eigentlichen Wesen nach, so ziemlich bei allen dieselbe; wenn auch mit Unterschieden des Grades, die sich aber keineswegs nach Stand und Reichtum, d.h. nach der Rolle richten. Weil nämlich alles, was für den Menschen daist und vorgeht, unmittelbar immer nur in seinem *Bewußtsein* daist und für dieses vorgeht; so ist offenbar die Beschaffenheit des Bewußtseins selbst das zunächst Wesentliche, und auf dieselbe kommt in den meisten Fällen mehr an als auf die Gestalten, die darin sich darstellen. Alle Pracht und Genüsse, abgespiegelt im dumpfen Bewußtsein eines Tropfs, sind sehr arm gegen das Bewußtsein des *Cervantes*, als er in einem unbequemen Gefängnisse den ›Don Quichote‹ schrieb. – Die objektive Hälfte der Gegenwart und Wirklichkeit steht in der Hand des Schicksals und ist demnach veränderlich: die subjektive sind wir selbst; daher sie im wesentlichen unveränderlich ist.

Demgemäß trägt das Leben jedes Menschen trotz aller Abwechselung von außen durchgängig denselben Charakter und ist einer Reihe Variationen auf *ein* Thema zu vergleichen. Aus seiner Individualität kann keiner heraus. Und wie das Tier unter allen Verhältnissen, in die man es setzt, auf den engen Kreis beschränkt bleibt, den die Natur seinem Wesen unwiderruflich gezogen hat, weshalb z. B. unsere Bestrebungen, ein geliebtes Tier zu beglükken, eben wegen jener Grenzen seines Wesens und Bewußtseins stets innerhalb enger Schranken sich halten müssen – so ist es auch mit dem Menschen: durch seine Individualität ist das Maß seines möglichen Glückes zum voraus bestimmt. Besonders haben die Schranken seiner Geisteskräfte seine Fähigkeit für erhöhten Genuß ein für allemal festgestellt (vgl. ›Welt als Wille und Vorstellung‹ Bd. 2, S. 73). Sind sie eng, so werden alle Bemühungen von außen, alles, was Menschen, alles, was das Glück für ihn tut, nicht vermögen, ihn über das Maß des gewöhnlichen halbtierischen Menschenglücks und Behagens hinauszuführen: auf Sinnengenuß, trauliches und heiteres Familienleben, niedrige Geselligkeit und vulgären Zeitvertreib bleibt er angewiesen; sogar die Bildung vermag im ganzen zur Erweiterung jenes Kreises nicht gar viel, wenngleich etwas. Denn die höchsten, die mannigfaltigsten und die anhaltendesten Genüsse sind die geistigen, wie sehr auch wir in der Jugend uns darüber täuschen mögen; diese aber hängen hauptsächlich von der angebornen Kraft ab. – Hieraus also ist klar, wie sehr unser Glück abhängt von dem, was wir *sind*, von unsrer Individualität; während man meistens nur unser Schicksal, nur das, was wir *haben* oder was wir *vorstellen*, in Anschlag bringt. Das Schicksal aber kann sich bessern: zudem wird man bei innerm Reichtum von ihm nicht viel verlangen; hingegen ein Tropf bleibt ein Tropf, ein stumpfer Klotz ein stumpfer Klotz bis an sein Ende, und wäre er im Paradiese und von Huris umgeben. Deshalb sagt Goethe:

Volk und Knecht und Überwinder,
Sie gestehn zu jeder Zeit,
Höchstes Glück der Erdenkinder
Sei nur die Persönlichkeit.
›*West-östlicher Divan*‹ [8,7]

Daß für unser Glück und unsern Genuß das Subjektive ungleich wesentlicher als das Objektive sei, bestätigt sich in allem: von dem an, daß Hunger der beste Koch ist und der Greis die Göttin des Jünglings gleichgültig ansieht, bis hinauf zum Leben des Genies und des Heiligen. Besonders überwiegt die Gesundheit alle äußern Güter so sehr, daß wahrlich ein gesunder Bettler glücklicher ist als ein kranker König. Ein aus vollkommener Gesundheit und glücklicher Organisation hervorgehendes, ruhiges und heiteres Temperament, ein klarer, lebhafter, eindringender und richtig fassender Verstand, ein gemäßigter, sanfter Wille und demnach ein gutes Gewissen, dies sind Vorzüge, die kein Rang oder Reichtum ersetzen kann. Denn was einer für sich selbst ist, was ihn in die Einsamkeit begleitet und was keiner ihm geben oder nehmen kann, ist offenbar für ihn wesentlicher als alles, was er besitzen, oder auch, was er in den Augen anderer sein mag. Ein geistreicher Mensch hat in gänzlicher Einsamkeit an seinen eigenen Gedanken und Phantasien vortreffliche Unterhaltung, während von einem Stumpfen die fortwährende Abwechselung von Gesellschaften, Schauspielen, Ausfahrten und Lustbarkeiten die marternde Langeweile nicht abzuwehren vermag. Ein guter, gemäßigter, sanfter Charakter kann unter dürftigen Umständen zufrieden sein; während ein begehrlicher, neidischer und böser es bei allem Reichtum nicht ist. Nun aber gar dem, welcher beständig den Genuß einer außerordentlichen, geistig eminenten Individualität hat, sind die meisten der allgemein angestrebten Genüsse ganz überflüssig, ja nur störend und lästig. Daher sagt Horaz von sich:

Gemmas, marmor, ebur, Tyrrhena sigilla, tabellas,
Argentum, vestes Gaetulo murice tinctas:
Sunt, qui non habeant – est, qui non curat habere.
[Elfenbein, Marmor, Geschmeide, tyrrhenische Statuen, Bilder,
Silbergerät und Gewänder, gefärbt mit gätulischem Purpur:
Viele entbehren dergleichen, und einige fragen danach nicht.
›Epistulae‹ 2, 2, 180–182]

Und Sokrates sagte beim Anblick zum Verkauf ausgelegter Luxusartikel: ›Wie vieles gibt es doch, was ich nicht nötig habe!‹

Für unser Lebensglück ist demnach das, was wir *sind*, die Persönlichkeit, durchaus das erste und wesentlichste – schon weil sie beständig und unter allen Umständen wirksam ist: zudem aber ist sie nicht wie die Güter der zwei andern Rubriken dem Schicksal unterworfen und kann uns nicht entrissen werden. Ihr Wert kann insofern ein absoluter heißen, im Gegensatz des bloß relativen der beiden andern. Hieraus nun folgt, daß dem Menschen von außen viel weniger beizukommen ist, als man wohl meint. Bloß die allgewaltige Zeit übt auch hier ihr Recht: ihr unterliegen allmälig die körperlichen und die geistigen Vorzüge; der moralische Charakter allein bleibt auch ihr unzugänglich. In dieser Hinsicht hätten denn freilich die Güter der zwei letztern Rubriken, als welche die Zeit unmittelbar nicht raubt, vor denen der ersten einen Vorzug. Einen zweiten könnte man darin finden, daß sie, als im Objektiven gelegen, ihrer Natur nach erreichbar sind und jedem wenigstens die Möglichkeit vorliegt, in ihren Besitz zu gelangen; während hingegen das Subjektive gar nicht in unsere Macht gegeben ist, sondern, iure divino [nach göttlichem Recht] eingetreten, für das ganze Leben unveränderlich feststeht; so daß hier unerbittlich der Ausspruch gilt:

Wie an dem Tag, der dich der Welt verliehen,
Die Sonne stand zum Gruße der Planeten,
Bist alsobald und fort und fort gediehen
Nach dem Gesetz, wonach du angetreten.

So mußt du sein, dir kannst du nicht entfliehen,
So sagten schon Sibyllen, so Propheten;
Und keine Zeit und keine Macht zerstückelt
Geprägte Form, die lebend sich entwickelt.
Goethe [›Urworte, Orphisch‹]

Das einzige, was in dieser Hinsicht in unserer Macht steht, ist, daß wir die gegebene Persönlichkeit zum möglichsten Vorteile benutzen, demnach nur die ihr entsprechenden Bestrebungen verfolgen und uns um die Art von Ausbildung bemühen, die ihr gerade angemessen ist, jede andere aber meiden, folglich den Stand, die Beschäftigung, die Lebensweise wählen, welche zu ihr passen.

Ein herkulischer, mit ungewöhnlicher Muskelkraft begabter Mensch, der durch äußere Verhältnisse genötigt ist, einer sitzenden Beschäftigung, einer kleinlichen, peinlichen Handarbeit obzuliegen oder auch Studien und Kopfarbeiten zu treiben, die ganz anderartige, bei ihm zurückstehende Kräfte erfordern, folglich gerade die bei ihm ausgezeichneten Kräfte unbenutzt zu lassen, der wird sich zeitlebens unglücklich fühlen; noch mehr aber der, bei dem die intellektuellen Kräfte sehr überwiegend sind und der sie unentwickelt und unbenutzt lassen muß, um ein gemeines Geschäft zu treiben, das ihrer nicht bedarf, oder gar körperliche Arbeit, zu der seine Kraft nicht recht ausreicht. Jedoch ist hier, zumal in der Jugend, die Klippe der Präsumtion zu vermeiden, daß man sich nicht ein Übermaß von Kräften zuschreibe, welches man nicht hat.

Aus dem entschiedenen Übergewicht unserer ersten Rubrik über die beiden andern geht aber auch hervor, daß es weiser ist, auf Erhaltung seiner Gesundheit und auf Ausbildung seiner Fähigkeiten als auf Erwerbung von Reichtum hinzuarbeiten; was jedoch nicht dahin mißdeutet werden darf, daß man den Erwerb des Nötigen und Angemessenen vernachlässigen sollte. Aber eigentlicher Reichtum, d.h. großer Überfluß, vermag wenig zu unserm Glück; daher viele Reiche sich unglücklich fühlen; weil sie ohne eigentliche Geistesbildung, ohne Kenntnisse und deshalb ohne irgendein objektives Interesse, welches sie zu geistiger Beschäftigung befähigen könnte, sind. Denn was der Reichtum über die Befriedigung der wirklichen und natürlichen Bedürfnisse hinaus noch leisten kann, ist von geringem Einfluß auf unser eigentliches Wohlbehagen: vielmehr wird dieses gestört durch die vielen und unvermeidlichen Sorgen, welche die Erhaltung eines großen Besitzes herbeiführt. Dennoch aber sind die Menschen tausendmal mehr bemüht, sich Reichtum als Geistesbildung zu erwerben; während doch ganz gewiß, was man *ist*, viel mehr zu unserm Glücke beiträgt, als was man *hat*. Gar manchen daher sehn wir in rastloser Geschäftigkeit emsig wie die Ameise vom Morgen bis zum Abend bemüht, den schon vorhandenen Reichtum zu vermehren. Über den engen Gesichtskreis des Bereichs der Mittel hiezu hinaus kennt er nichts: sein Geist ist leer, daher für alles andere unempfänglich. Die höchsten Genüsse, die geistigen, sind ihm unzugänglich: durch die flüchtigen, sinnlichen, wenig Zeit, aber viel Geld kostenden, die er zwischendurch sich erlaubt, sucht er vergeblich jene andern zu ersetzen. Am Ende seines Lebens hat er dann als Resultat desselben, wenn das Glück gut war, wirklich einen recht großen Haufen Geld vor sich, welchen noch zu vermehren oder aber durchzubringen er jetzt seinen Erben überläßt. Ein solcher, wiewohl mit gar ernsthafter und wichtiger Miene durchgeführter Lebenslauf ist daher ebenso töricht wie mancher andere, der geradezu die Schellenkappe zum Symbol hatte.

Also, was einer *an sich selber hat*, ist zu seinem Lebensglücke das Wesentlichste. Bloß weil dieses in der Regel so gar wenig ist, fühlen die meisten von denen, welche über den Kampf mit der Not hinaussind, sich im Grunde ebenso unglücklich wie die, welche sich noch darin herumschlagen. Die Leere ihres Innern, das Fade ihres Bewußtseins, die Armut ihres Geistes treibt sie zur Gesellschaft, die nun aber aus ebensolchen besteht; weil similis simili gaudet [gleich und gleich sich gern gesellt]. Da wird dann gemeinschaftlich Jagd gemacht auf Kurzweil und Unterhaltung, die sie zunächst in sinnlichen Genüssen, in Vergnügungen jeder Art und endlich in Ausschweifungen suchen. Die Quelle der heillosen Verschwendung, mittelst welcher so mancher reich ins Leben tretende Familiensohn sein großes Erbteil in oft unglaublich kurzer Zeit durchbringt, ist wirklich keine andere als nur die Langeweile, welche aus der eben geschilderten Armut und Leere des Geistes entspringt. So ein Jüngling war äußerlich reich, aber innerlich arm in die Welt geschickt und strebte nun vergeblich, durch den äußern Reichtum den innern zu ersetzen, indem er alles *von außen* empfangen wollte – den Greisen analog, welche sich durch die Ausdünstung junger Mädchen zu stärken suchen. Dadurch führte denn am Ende die innere Armut auch noch die äußere herbei.

Die Wichtigkeit der beiden andern Rubriken der Güter des menschlichen Lebens brauche ich nicht hervorzuheben. Denn der Wert des Besitzes ist heutzutage so allgemein anerkannt, daß er keiner Empfehlung bedarf. Sogar hat die dritte Rubrik gegen die zweite eine sehr ätherische Beschaffenheit, da sie bloß in der Meinung anderer besteht. Jedoch nach Ehre, d.h. gutem Namen hat jeder zu streben, nach Rang schon nur die, welche dem Staate dienen, und nach Ruhm gar nur äußerst wenige. Indessen wird die Ehre als ein unschätzbares Gut angesehn und der Ruhm als das Köstlichste, was der Mensch erlangen kann, das goldene Vlies der Auserwählten: hingegen den Rang werden nur Toren dem Besitze vorziehn. Die zweite und dritte Rubrik stehn übrigens in sogenannter Wechselwirkung; sofern das ›habes, haberis‹ [hast du, so giltst du] des Petronius [›Saturae‹ 77, 6] seine Richtigkeit hat und umgekehrt die günstige Meinung anderer in allen ihren Formen oft zum Besitze verhilft.

*

Daß dieses zu seinem Glücke viel mehr beiträgt, als was er *hat* oder was er *vorstellt*, haben wir bereits im allgemeinen erkannt. Immer kommt es darauf an, was einer sei und demnach an sich selber habe: denn seine Individualität begleitet ihn stets und überall und von ihr ist alles tingiert, was er erlebt. In allem und bei allem genießt er zunächst nur sich selbst: dies gilt schon von den physischen, wieviel mehr von den geistigen Genüssen. Daher ist das Englische ›to enjoy oneself‹ ein sehr treffender Ausdruck, mit welchem man z.B. sagt: ›he enjoys himself at Paris‹, also nicht: ›er genießt Paris‹, sondern: ›er genießt *sich* in Paris‹. – Ist nun aber die Individualität von schlechter Beschaffenheit, so sind alle Genüsse wie köstliche Weine in einem mit Galle tingierten Munde. Demnach kommt im guten wie im schlimmen, schwere Unglücksfälle beiseite gesetzt, weniger darauf an, was einem im Leben begegnet und widerfährt, als darauf, wie er es empfindet, also auf die Art und den Grad seiner Empfänglichkeit in jeder Hinsicht. Was einer in sich ist und an sich selber hat, kurz: die Persönlichkeit und deren Wert ist das alleinige Unmittelbare zu seinem Glück und Wohlsein. Alles andere ist mittelbar; daher auch dessen Wirkung vereitelt werden kann, aber die der Persönlichkeit nie. Darum eben ist der auf persönliche Vorzüge gerichtete Neid der unversöhnlichste, wie er auch der am sorgfältigsten verhehlte ist. Ferner ist allein die Beschaffenheit des Bewußtseins das Bleibende und Beharrende, und die Individualität wirkt fortdauernd, anhaltend, mehr oder minder in jedem Augenblick: alles andere hingegen wirkt immer nur zuzeiten, gelegentlich, vorübergehend, und ist zudem auch noch selbst dem Wechsel und Wandel unterworfen: daher sagt Aristoteles: Ἡ γὰρ φύσις βεβαία, οὐ τὰ χρήματα. (Nam natura perennis est, non opes.) [Denn die Natur ist zuverlässig, nicht das Geld.] (›Ethica Eudemia‹ 7, 2 [p. 1238 a 12]). Hierauf beruht es, daß wir ein ganz und gar von außen auf uns gekommenes Unglück mit mehr Fassung ertragen als ein selbstverschuldetes: denn das Schicksal kann sich ändern; aber die eigene Beschaffenheit nimmer. Demnach also sind die subjektiven Güter, wie ein edler Charakter, ein fähiger Kopf, ein glückliches Temperament, ein heiterer Sinn und ein wohlbeschaffener, völlig gesunder Leib, also überhaupt ›mens sana in corpore sano‹ [ein gesunder Geist in einem gesundem Körper; Juvenal, ›Saturae‹ 10, 356] zu unserm Glücke die ersten und wichtigsten; weshalb wir auf die Beförderung und Erhaltung derselben viel mehr bedacht sein sollten als auf den Besitz äußerer Güter und äußerer Ehre.

Was nun aber von jenen allen uns am unmittelbarsten beglückt, ist die Heiterkeit des Sinnes: denn diese gute Eigenschaft belohnt sich augenblicklich selbst. Wer eben fröhlich ist, hat allemal Ursache es zu sein: nämlich eben diese, daß er es ist. Nichts kann so sehr wie diese Eigenschaft jedes andere Gut vollkommen ersetzen; während sie selbst durch nichts zu ersetzen ist. Einer sei jung, schön, reich und geehrt; so frägt sich, wenn man sein Glück beurteilen will, ob er dabei heiter sei; ist er hingegen heiter, so ist es einerlei, ob er jung oder alt, gerade oder bucklig, arm oder reich sei: er ist glücklich. In früher Jugend machte ich einmal ein altes Buch auf und da stand: ›Wer viel lacht, ist glücklich, und wer viel weint, ist unglücklich‹ – eine sehr einfältige Bemerkung, die ich aber wegen ihrer einfachen Wahrheit doch nicht habe vergessen können, sosehr sie auch der Superlativ eines truism [Gemeinplatzes] ist. Dieser wegen also sollen wir der Heiterkeit, wann immer sie sich einstellt, Tür und Tor öffnen: denn sie kommt nie zur unrechten Zeit; statt daß wir oft Bedenken tragen, ihr Eingang zu gestatten, indem wir erst wissen wollen, ob wir denn auch wohl in jeder Hinsicht Ursache haben, zufrieden zu sein; oder auch, weil wir fürchten, in unsern ernsthaften Überlegungen und wichtigen Sorgen dadurch gestört zu werden; allein, was wir durch diese bessern, ist sehr ungewiß, hingegen ist Heiterkeit unmittelbarer Gewinn. Sie allein ist gleichsam die bare Münze des Glückes und nicht wie alles andere bloß der Bankzettel, weil nur sie unmittelbar in der Gegenwart beglückt; weshalb sie das höchste Gut ist für Wesen, deren Wirklichkeit die Form einer unteilbaren Gegenwart zwischen zwei unendlichen Zeiten hat. Demnach sollten wir die Erwerbung und Beförderung dieses Gutes jedem andern Trachten vorsetzen. Nun ist gewiß, daß zur Heiterkeit nichts weniger beiträgt als Reichtum und nichts mehr als Gesundheit: in den niedrigen arbeitenden, zumal das Land bestellenden Klassen sind die heitern und zufriedenen Gesichter; in den reichen und vornehmen die verdrießlichen zu Hause. Folglich sollten wir vor allem bestrebt sein, uns den hohen Grad vollkommener Gesundheit zu erhalten, als dessen Blüte die Heiterkeit sich einstellt. Die Mittel hiezu sind bekanntlich Vermeidung aller Exzesse und Ausschweifungen, aller heftigen und unangenehmen Gemütsbewegungen, auch aller zu großen oder zu anhaltenden Geistesanstrengung, täglich zwei Stunden rascher Bewegung in freier Luft, viel kaltes Baden und ähnliche diätetische Maßregeln. Ohne tägliche gehörige Bewegung kann man nicht gesund bleiben: alle Lebensprozesse erfordern, um gehörig vollzogen zu werden, Bewegung sowohl der Teile, darin sie vorgehn, als des Ganzen. Daher sagt Aristoteles mit Recht: Ὁ βίος ἐν τῇ κινήσει ἐστί – das Leben besteht in der Bewegung und hat sein Wesen in ihr. Im ganzen Innern des Organismus herrscht unaufhörliche, rasche Bewegung: das Herz, in seiner komplizierten doppelten Systole und Diastole, schlägt heftig und unermüdlich; mit 28 seiner Schläge hat es die gesamte Blutmasse durch den ganzen großen und kleinen Kreislauf hindurchgetrieben; die Lunge pumpt ohne Unterlaß wie eine Dampfmaschine; die Gedärme winden sich stets im motus peristalticus; alle Drüsen saugen und sezernieren beständig, selbst das Gehirn hat eine doppelte Bewegung mit jedem Pulsschlag und jedem Atemzug. Wenn nun hiebei, wie es bei der ganz und gar sitzenden Lebensweise unzähliger Menschen der Fall ist, die äußere Bewegung sogut wie ganz fehlt; so entsteht ein schreiendes und verderbliches Mißverhältnis zwischen der äußern Ruhe und dem innern Tumult. Denn sogar will die beständige innere Bewegung durch die äußere etwas unterstützt sein: jenes Mißverhältnis aber wird dem analog, wenn infolge irgendeines Affekts es in unserm Innern kocht, wir aber nach außen nichts davon sehn lassen dürfen. Sogar die Bäume bedürfen, um zu gedeihen, der Bewegung durch den Wind. Dabei gilt eine Regel, die sich am kürzesten lateinisch ausdrücken läßt: ›Omnis motus quo celerior, eo magis motus.‹ [Je schneller jede Bewegung ist, desto mehr ist sie Bewegung.] – Wie sehr unser Glück von der Heiterkeit der Stimmung und diese vom Gesundheitszustande abhängt, lehrt die Vergleichung des Eindrucks, den die nämlichen äußern Verhältnisse oder Vorfälle am gesunden und rüstigen Tage auf uns machen, mit dem, welchen sie hervorbringen, wann Kränklichkeit uns verdrießlich und ängstlich gestimmt hat. Nicht, was die Dinge objektiv und wirklich sind, sondern was sie für uns, in unserer Auffassung sind, macht uns glücklich oder unglücklich; dies eben besagt Epiktets: Ταράσσει τοὺς ἀνθρώπους οὐ τὰ πράγματα, ἀλλὰ τὰ περὶ τῶν πραγμάτων δόγματα. (Commovent homines non res, sed de rebus opiniones.) [Nicht die Dinge beunruhigen die Menschen, sondern die Meinungen über die Dinge; ›Enchiridion‹ cap. 5.]

*

Der allgemeinste Überblick zeigt uns als die beiden Feinde des menschlichen Glückes den Schmerz und die Langeweile. Dazu noch läßt sich bemerken, daß in dem Maße, als es uns glückt, vom einen derselben uns zu entfernen, wir dem andern uns nähern, und umgekehrt; so daß unser Leben wirklich eine stärkere oder schwächere Oszillation zwischen ihnen darstellt. Dies entspringt daraus, daß beide in einem doppelten Antagonismus zu einander stehn, einem äußern oder objektiven und einem innern oder subjektiven. Äußerlich nämlich gebiert Not und Entbehrung den Schmerz; hingegen Sicherheit und Überfluß die Langeweile. Demgemäß sehn wir die niedere Volksklasse in einem beständigen Kampf gegen die Not, also den Schmerz; die reiche und vornehme Welt hingegen in einem anhaltenden, oft wirklich verzweifelten Kampf gegen die Langeweile[1]. Der innere oder

1 Das *Nomadenleben*, welches die unterste Stufe der Zivilisation bezeichnet, findet sich auf der höchsten im allgemein gewordenen *Touristenleben* wieder ein. Das erste ward von der *Not*, das zweite von der *Langenweile* herbeigeführt.

subjektive Antagonismus derselben aber beruht darauf, daß im einzelnen Menschen die Empfänglichkeit für das eine in entgegengesetztem Verhältnis zu der für das andere steht, indem sie durch das Maß seiner Geisteskräfte bestimmt wird. Nämlich Stumpfheit des Geistes ist durchgängig im Verein mit Stumpfheit der Empfindung und Mangel an Reizbarkeit, welche Beschaffenheit für Schmerzen und Betrübnisse jeder Art und Größe weniger empfänglich macht: aus eben dieser Geistesstumpfheit aber geht andererseits jene auf zahllosen Gesichtern ausgeprägte, wie auch durch die beständig rege Aufmerksamkeit auf alle, selbst die kleinsten Vorgänge in der Außenwelt sich verratende *innere Leerheit* hervor, welche die wahre Quelle der Langenweile ist und stets nach äußerer Anregung lechzt, um Geist und Gemüt durch irgend etwas in Bewegung zu bringen. In der Wahl desselben ist sie daher nicht ekel; wie dies die Erbärmlichkeit der Zeitvertreibe bezeugt, zu denen man Menschen greifen sieht, imgleichen die Art ihrer Geselligkeit und Konversation, nicht weniger die vielen Türsteher und Fenstergucker. Hauptsächlich aus dieser inneren Leerheit entspringt die Sucht nach Gesellschaft, Zerstreuung, Vergnügen und Luxus jeder Art, welche viele zur Verschwendung und dann zum Elende führt. Vor diesem Abwege bewahrt nichts so sicher als der *innere* Reichtum, der Reichtum des Geistes: denn dieser läßt, je mehr er sich der Eminenz nähert, der Langenweile immer weniger Raum. Die unerschöpfliche Regsamkeit der Gedanken aber, ihr an den mannigfaltigen Erscheinungen der Innen- und Außenwelt sich stets erneuerndes Spiel, die Kraft und der Trieb zu immer andern Kombinationen derselben setzen den eminenten Kopf, die Augenblicke der Abspannung abgerechnet, ganz außer den Bereich der Langenweile. Andererseits nun aber hat die gesteigerte Intelligenz eine erhöhte Sensibilität zur unmittelbaren Bedingung und größere Heftigkeit des Willens, also der Leidenschaftlichkeit zur Wurzel: aus ihrem Verein mit diesen erwächst nun eine viel größere Stärke aller Affekte und eine gesteigerte Empfindlichkeit gegen die geistigen und selbst gegen körperliche Schmerzen, sogar größere Ungeduld bei allen Hindernissen oder auch nur Störungen; welches alles zu erhöhen die aus der Stärke der Phantasie entspringende Lebhaftigkeit sämtlicher Vorstellungen, also auch der widerwärtigen mächtig beiträgt. Das Gesagte gilt nun verhältnismäßig von allen den Zwischenstufen, welche den weiten Raum vom stumpfesten Dummkopf bis zum größten Genie ausfüllen. Demzufolge steht jeder, wie objektiv, so auch subjektiv, der einen Quelle der Leiden des menschlichen Lebens um so näher, als er von der andern entfernter ist. Dementsprechend wird sein natürlicher Hang ihn anleiten, in dieser Hinsicht das Objektive dem Subjektiven möglichst anzupassen, also gegen *die* Quelle der Leiden, für welche er die größere Empfänglichkeit hat, die größere Vorkehr zu treffen. Der geistreiche Mensch wird vor allem nach Schmerzlosigkeit, Ungehudeltsein, Ruhe und Muße streben, folglich ein stilles, bescheidenes, aber möglichst unangefochtenes Leben suchen und demgemäß nach einiger Bekanntschaft mit den sogenannten Menschen die Zurückgezogenheit und bei großem Geiste sogar die Einsamkeit wählen. Denn je mehr einer an sich selber hat, desto weniger bedarf er von außen und desto weniger auch können die übrigen ihm sein. Darum führt die Eminenz des Geistes zur Ungeselligkeit. Ja wenn die Qualität der Gesellschaft sich durch die Quantität ersetzen ließe, da wäre es der Mühe wert, sogar in der großen Welt zu leben: aber leider geben hundert Narren auf einem Haufen noch keinen gescheuten Mann. – Der vom andern Extrem hingegen wird, sobald die Not ihn zu Atem kommen läßt, Kurzweil und Gesellschaft um jeden Preis suchen und mit allem leicht vorliebnehmen, nichts so sehr fliehend wie sich selbst. Denn in der Einsamkeit, als wo jeder auf sich selbst zurückgewiesen ist, da zeigt sich, was er *an sich selber* hat: da seufzt der Tropf im Purpur unter der unabwälzbaren Last seiner armseligen Individualität; während der Hochbegabte die ödeste Umgebung mit seinen Gedanken bevölkert und belebt. Daher ist sehr wahr, was *Seneca* sagt: ›Omnis stultitia laborat fastidio sui‹ [Alle Dummheit leidet an ihrem eigenen Überdruß] (›Epistulae‹ 9,

§ 22), wie auch Jesus Sirachs [22, 12] Ausspruch: ›Des Narren Leben ist ärger denn der Tod.‹ Demgemäß wird man im ganzen finden, daß jeder in dem Maße gesellig ist, wie er geistig arm und überhaupt gemein ist[2]. Denn man hat in der Welt nicht viel mehr als die Wahl zwischen Einsamkeit und Gemeinheit. Die geselligsten aller Menschen sollen die Neger sein, wie sie eben auch intellektuell entschieden zurückstehn. Nach Berichten aus Nordamerika in französischen Zeitungen (›Le Commerce‹, octobre 19, 1837) sperren die Schwarzen, Freie und Sklaven durcheinander, in großer Anzahl sich in den engsten Raum zusammen, weil sie ihr schwarzes Stumpfnasengesicht nicht oft genug wiederholt erblicken können.

*

Gegen dieses alles jedoch kommt andererseits in Betracht, daß die großen Geistesgaben infolge der überwiegenden Nerventätigkeit eine überaus gesteigerte Empfindlichkeit für den Schmerz in jeglicher Gestalt herbeiführen, daß ferner das sie bedingende leidenschaftliche Temperament und zugleich die von ihnen unzertrennliche größere Lebhaftigkeit und Vollkommenheit aller Vorstellungen eine ungleich größere Heftigkeit der durch diese erregten Affekte herbeiführt, während es doch überhaupt mehr peinliche als angenehme Affekte gibt; endlich auch, daß die großen Geistesgaben ihren Besitzer den übrigen Menschen und ihrem Treiben entfremden, da, je mehr er an sich selber hat, desto weniger er an ihnen finden kann und hundert Dinge, an welchen sie großes Genüge haben, ihm schal und ungenießbar sind; wodurch denn das überall sich geltend machende Gesetz der Kompensation vielleicht auch hier in Kraft bleibt; ist doch sogar oft genug und nicht ohne Schein behauptet worden, der geistig beschränkteste Mensch sei im Grunde der glücklichste; wenngleich keiner ihn um dieses Glück beneiden mag. In der defini-

2 Was die Menschen gesellig macht, ist eben ihre Armut.

tiven Entscheidung der Sache will ich umso weniger dem Leser vorgreifen, als selbst *Sophokles* hierüber zwei einander diametral entgegengesetzte Aussprüche getan hat:

> Πολλῷ τὸ φρονεῖν εὐδαιμονίας πρῶτον ὑπάρχει.
> (Sapere longe prima felicitatis pars est.)
> [Verständig zu sein ist der Hauptteil des Glücks.]
> ›Antigone‹ 1328

und wieder:

> Ἐν τῷ φρονεῖν γὰρ μηδὲν ἥδιστος βίος.
> (Nihil cogitantium iucundissima vita est.)
> [Im Nichts-Verstehn besteht das angenehmste Leben.]
> ›Aiax‹ 550

Ebenso uneinig miteinander sind die Philosophen des Alten Testaments: ›Des Narren Leben ist ärger denn der Tod!‹ (Τοῦ γὰρ μώρου ὕπερ θανάτου ζωὴ πονηρά; Jesus Sirach 22, 12) und: ›Wo viel Weisheit ist, da ist viel Grämens‹ (Ὁ προστιθεὶς γνῶσιν προσθήσει ἄλγημα; Koheleth 1, 18). Inzwischen will ich hier doch nicht unerwähnt lassen, daß der Mensch, welcher infolge des streng und knapp normalen Maßes seiner intellektuellen Kräfte *keine geistige[n] Bedürfnisse hat*, es eigentlich ist, den ein der deutschen Sprache ausschließlich eigener, vom Studentenleben ausgegangener, nachmals aber in einem höheren, wiewohl dem ursprünglichen durch den Gegensatz zum Musensohne immer noch analogen Sinne gebrauchter Ausdruck als den *Philister* bezeichnet. Dieser nämlich ist und bleibt der ἄμουσος ἀνήρ [amusische Mensch]. Nun würde ich zwar von einem höhern Standpunkt aus die Definition der Philister so aussprechen, daß sie Leute wären, die immerfort auf das ernstlichste beschäftigt sind mit einer Realität, die keine ist. Allein eine solche schon transzendentale Definition würde dem populären Standpunkt, auf welchen ich mich in dieser Abhandlung gestellt habe, nicht angemessen, daher auch vielleicht nicht durchaus jedem Leser faßlich sein. Jene erstere hingegen läßt leichter eine spezielle Erläuterung zu und bezeichnet hinreichend das Wesentliche der Sache, die Wurzel aller der Eigenschaften, die den *Philister* charakterisieren. Er ist demnach *ein Mensch ohne geistige Bedürfnisse*. Hieraus nun folgt gar mancherlei: erstlich *in Hinsicht auf ihn selbst*, daß er ohne geistige *Genüsse* bleibt; nach dem schon erwähnten Grundsatz: ›Il n'est de vrais plaisirs, qu'avec de vrais besoins‹. Kein Drang nach Erkenntnis und Einsicht um ihrer selbst willen belebt sein Dasein, auch keiner nach eigentlich ästhetischen Genüssen, als welcher dem ersteren durchaus verwandt ist. Was dennoch von Genüssen solcher Art etwan Mode oder Auktorität ihm aufdringt, wird er als eine Art Zwangsarbeit möglichst kurz abtun. Wirkliche Genüsse für ihn sind allein die sinnlichen: durch diese hält er sich schadlos. Demnach sind Austern und Champagner der Höhepunkt seines Daseins, und sich alles, was zum leiblichen Wohlsein beiträgt, zu verschaffen ist der Zweck seines Lebens. Glücklich genug, wenn dieser ihm viel zu schaffen macht! Denn sind jene Güter ihm schon zum voraus oktroyiert, so fällt er unausbleiblich der Langenweile anheim; gegen welche dann alles Ersinnliche versucht wird: Ball, Theater, Gesellschaft, Kartenspiel, Hasardspiel, Pferde, Weiber, Trinken, Reisen usw. Und doch reicht dies alles gegen die Langeweile nicht aus, wo Mangel an geistigen Bedürfnissen die geistigen Genüsse unmöglich macht. Daher auch ist dem Philister ein dumpfer, trockener Ernst, der sich dem tierischen nähert, eigen und charakteristisch. Nichts freut ihn, nichts erregt ihn, nichts gewinnt ihm Anteil ab. Denn die sinnlichen Genüsse sind bald erschöpft; die Gesellschaft, aus ebensolchen Philistern bestehend, wird bald langweilig, das Kartenspiel zuletzt ermüdend. Allenfalls bleiben ihm noch die Genüsse der Eitelkeit nach seiner Weise, welche denn darin bestehn, daß er an Reichtum oder Rang oder Einfluß und Macht andere übertrifft, von welchen er dann deshalb geehrt wird; oder aber auch darin, daß er wenigstens mit solchen, die in dergleichen eminieren, Umgang hat und so sich im Reflex ihres Glanzes sonnt (a snob). – Aus der aufgestellten Grundeigenschaft des Philisters folgt *zweitens, in Hinsicht auf andere,* daß, da er keine geistige, sondern nur physische Bedürfnisse hat, er den suchen wird, der diese, nicht den, der jene zu befriedigen imstande ist. Am allerwenigsten wird daher unter den Anforderungen, die er an andere macht, die irgend überwiegender geistiger Fähigkeiten sein: vielmehr werden diese, wenn sie ihm aufstoßen, seinen Widerwillen, ja seinen Haß erregen; weil er dabei nur ein lästiges Gefühl von Inferiorität und dazu einen dumpfen, heimlichen Neid verspürt, den er aufs sorgfältigste versteckt, indem er ihn sogar sich selber zu verhehlen sucht, wodurch aber gerade solcher bisweilen bis zu einem stillen Ingrimm anwächst. Nimmermehr demnach wird es ihm einfallen, nach dergleichen Eigenschaften seine Wertschätzung oder Hochachtung abzumessen; sondern diese wird ausschließlich dem Range und Reichtum, der Macht und dem Einfluß vorbehalten bleiben, als welche in seinen Augen die allein wahren Vorzüge sind, in denen zu exzellieren auch sein Wunsch wäre. – Alles dieses aber folgt daraus, daß er ein Mensch *ohne geistige Bedürfnisse* ist.

Ein großes Leiden aller Philister ist, daß *Idealitäten* ihnen keine Unterhaltung gewähren, sondern sie, um der Langenweile zu entgehn, stets der *Realitäten* bedürfen. Diese nämlich sind teils bald erschöpft, wo sie, statt zu unterhalten, ermüden; teils führen sie Unheil jeder Art herbei; während hingegen die Idealitäten unerschöpflich und an sich unschuldig und unschädlich sind. –

Ich habe in dieser ganzen Betrachtung der persönlichen Eigenschaften, welche zu unserm Glücke beitragen, nächst den physischen hauptsächlich die intellektuellen berücksichtigt. Auf welche Weise nun aber auch die moralische Trefflichkeit unmittelbar beglückt, habe ich früher in meiner ›Preisschrift über das Fundament der Moral‹ § 22, S. 275 dargelegt, wohin ich also von hier verweise.

XI. SCHOPENHAUER ÜBER SICH SELBST

Aus einem Brief an Goethe (11. 11. 1815)

Ewr Excellenz

haben mir durch Ihr gütiges Schreiben eine große Freude gemacht, weil Alles was von Ihnen kommt für mich von unschätzbarem Werth, ja mir ein Heiligthum ist. Ueberdies enthält Ihr Brief das Lob meiner Arbeit, und Ihr Beifall überwiegt in meiner Schätzung jeden andern. Besonders erfreulich aber ist es mir, daß Sie in diesem Lobe selbst, mit der Ihnen eignen Divination, grade wieder den rechten Punkt getroffen haben, indem Sie nämlich die Treue und Redlichkeit rühmen, mit der ich gearbeitet habe. Nicht nur was ich in diesem beschränkten Felde gethan habe, sondern Alles was ich in Zukunft zu leisten zuversichtlich hoffe, wird einzig und allein dieser Treue und Redlichkeit zu danken seyn. Denn diese Eigenschaften die ursprünglich nur das Praktische betreffen, sind bei mir in das Theoretische und Intellektuale übergegangen: ich kann nicht rasten, kann mich nicht zufrieden geben, so lange irgend ein Theil eines von mir betrachteten Gegenstandes noch nicht reine, deutliche Kontour zeigt,

Jedes Werk hat seinen Ursprung in einem einzigen glücklichen Einfall, und dieser giebt die Wollust der Konception: die Geburt aber, die Ausführung, ist, wenigstens bei mir nicht ohne Pein: denn alsdann stehe ich vor meinem eignen Geist: wie ein unerbittlicher Richter vor einem Gefangenen der auf der Folter liegt, und lasse ihn antworten, bis nichts mehr zu fragen übrig ist. Einzig aus dem Mangel an jener Redlichkeit scheinen mir fast alle Irrthümer und unsäglichen Verkehrtheiten entsprungen zu seyn, davon die Theorien und Philosophien so voll sind. Man fand die Wahrheit nicht, bloß darum daß man sie nicht suchte, sondern statt ihrer immer nur irgend eine vorgefaßte Meinung wiederzufinden beabsichtigte, oder wenigstens irgend eine Lieblingsidee durchaus nicht verletzen wollte, zu diesem Zweck aber

Winkelzüge gegen Andere und sich selbst anwenden mußte. Der Muth keine Frage auf dem Herzen zu behalten ist es der den Philosophen macht. Dieser muß dem Oedipus des Sophokles gleichen, der Aufklärung über sein eignes schreckliches Schicksal suchend, rastlos weiter forscht, selbst wenn er schon ahndet daß sich aus den Antworten das Entsetzlichste für ihn ergeben wird. Aber da tragen die Meisten die Jokaste in sich, welche den Oedipus um aller Götter willen bittet, nicht weiter zu forschen: und sie geben ihr nach, und darum steht es auch mit der Philosophie noch immer wie es steht. – Wie Odin am Höllenthor die alte Seherin in ihrem Grabe immer weiter ausfragt, ihres Sträubens und Weigerns und Bittens um Ruhe ohngeachtet, so muß der Philosoph unerbittlich sich selbst ausfragen. Dieser philosophische Muth aber, der Eins ist mit der Treue und Redlichkeit des Forschens, die Sie mir zuerkennen, entspringt nicht aus der Reflexion, läßt sich nicht durch Vorsätze erzwingen, sondern ist angeborne Richtung des Geistes. Mit meinem Wesen innig verwebt, zeigt jene Treue und Redlichkeit sich nebenher auch im Praktischen und Persönlichen, so daß ich häufig mit Wohlbehagen erfahre, wie fast nie ein Mensch Mistrauen gegen mich hegt, vielmehr fast Jeder ohne alle nähere Bekanntschaft mir ganz und gar vertraut.

Diese Eigenschaft (über die ich fürchten müßte zu selbstgefällig mich ausgelassen zu haben, wenn nicht Ehrlichkeit das Einzige wäre das Jeder von sich rühmen darf) ist es nun auch, die mir die Zuversicht giebt, zu Ew^{r} Excellenz so offen, ja frei zu reden, wie ich es heute im Sinn habe.

Aus einem Brief an den Verleger Brockhaus (28. 3. 1818)

Herrn Buchhändler *Brockhaus* in *Leipzig*.

P.P.

Da mir Hr. v. Biedenfeld gesagt hat, daß Sie, auf eine vorläufige Anfrage, nicht abgeneigt wären, ein Manuskript von mir zu drucken; so nehme ich mir die Freiheit Ihnen näher anzugeben, wovon die Rede ist.

Ich will namlich zur nächsten MichaelisMesse ein philosophisches Werk erscheinen lassen, an welchem ich hier seit 4 Jahren unablässig gearbeitet habe. – Es wäre nun einerseits sehr am unrechten Ort, dem Verleger gegenüber als Schriftsteller den Bescheidenen spielen zu wollen: andrerseits ist es überall unrecht den Charlatan zu machen. Daher will ich Ihnen zugleich offen und gewissenhaft über mein Werk dasjenige sagen, woran Ihnen, meines Erachtens, gelegen seyn kann. Zugleich aber nehme ich Ihnen, als einem Mann von Ehre, hiemit das Versprechen ab, das Gesagte streng zu verschweigen, sogar den Titel des Buchs, welchen Niemand früher als aus dem Meßkatalog erfahren soll.

Mein Werk also ist ein neues philosophisches System: aber neu im ganzen Sinn des Worts: nicht neue Darstellung des schon Vorhandenen: sondern eine im höchsten Grad zusammenhangende Gedankenreihe, die bisher noch nie in irgend eines Menschen Kopf gekommen. Das Buch, in welchem ich das schwere Geschäft, sie Andern verständlich mitzutheilen ausgeführt habe, wird, meiner festen Ueberzeugung nach, eines von denen seyn, welche nachher die Quelle und der Anlaß von hundert andern Büchern werden. Jene Gedankenreihe war, dem Wesentlichen nach, schon vor 4 Jahren in meinem Kopfe vorhanden: aber um sie zu entwickeln und sie durch unzählige Aufsätze und Studien mir selber vollkommen deutlich zu machen, bedurfte es ganzer

4 Jahre, in welchen ich mich ausschließlich damit und mit den dazu gehörigen Studien fremder Werke beschäftigt habe. Vor einem Jahre fieng ich an das Ganze in zusammenhangendem Vortrag für Andre faßlich zu machen, und bin damit eben jetzt fertig geworden. Dieser Vortrag selbst ist gleich fern von dem hochtönenden, leeren und sinnlosen Wortschwall der neuen philosophischen Schule und vom breiten platten Geschwätze der Periode vor Kant: er ist im höchsten Grade deutlich, faßlich, dabei energisch und ich darf wohl sagen nicht ohne Schönheit: nur wer ächte eigene Gedanken hat, hat ächten Stil. Der Werth, den ich auf meine Arbeit lege, ist sehr groß: denn ich betrachte sie als eine ganze Frucht meines Daseyns. Der Eindruck nämlich, welchen auf einen individuellen Geist die Welt macht, und der Gedanke, durch welchen der Geist, nach erhaltener Bildung, auf jenen Eindruck reagirt, ist allemal nach zurückgelegtem dreißigsten Jahre da, vorhanden und geschehn: alles Spätere sind nur Entwickelungen und Variationen desselben. Ist nun diese Reaktion, dieser Gedanke, ein vom gewöhnlichen, wie er sich täglich in Millionen Individuen wiederholt, verschiedener und wirklich eigenthümlicher; so kann nun auch das Werk in welchem er sich ausspricht und mittheilt, sogleich vollendet werden, sobald nur ein günstiges Geschick die Muße, die innere und äußere Ruhe dazu giebt. Dies ist nun, wie ich glaube, mein Fall gewesen. Wollte ich demnach, gemäß dem Werthe, welchen ich auf mein Werk lege, meine Forderungen an Sie abmessen, so würden diese außerordentlich, ja unerschwingbar ausfallen. Sogar aber wenn ich auch nur nach dem Werth, den, meines Erachtens, das Manuskript für den Verleger haben wird, die Forderungen machen wollte, würden sie schon stark seyn. Allein auch dieses werde ich nicht, weil ich nicht verlangen kann, daß Sie alles Gesagte mir ganz auf mein Wort glauben, sondern Sie natürlich argwöhnen müssen, ich sei durch Eigenliebe bestochen. Dies annehmend bequeme ich mich von der Rücksicht auszugehn, daß mein Name noch sehr wenig bekannt ist, und daß ein philosophisches Werk, solange es keinen Ruhm erlangt hat, vor's

Erste kein großes Publikum findet, wiewohl nachher ein desto größeres. Hierauf also gründen sich folgende höchst billige Forderungen.

Das Werk hat zum Titel: »Die Welt als Wille und Vorstellung, von Arthur Schopenhauer, nebst einem Anhang, der die Kritik der Kantischen Philosophie enthält.«

Ihnen das *MS* zur Durchsicht schicken, kann ich nicht, theils weil es jetzt nur mir leserlich ist, theils weil ich es nicht aus den Händen gebe, solange keine Abschrift vorhanden, endlich auch weil ich beständig damit beschäftigt bin.

Ihre gefällige ganz entschiedene Antwort erbitte ich mir ohne Aufschub, weil, falls Sie meinen Antrag nicht annehmen, ich Jemanden, der nach Leipzig geht, auftragen werde, mir dort auf der Messe einen Verleger zu suchen.

Es scheint daß Hr: v. Biedenfeld Ihnen geschrieben, ich wollte den Artikel *Farbe* zum Konversationslexikon liefern: das ist aber ganz und gar ein Irrthum: dergleichen Arbeiten mache ich nie. Ich hatte mich bloß dazu verstanden, daß wenn Hr: v. B. selbst jenen Artikel machen wollte, ich denselben durchsehn und berichtigen würde, wie ich es dem Prof: Ficinus bei seinem Artikel Farbe zum Pier'schen Wörterbuch gethan habe.

Letzten Herbst hatten Sie die Güte mir 2 *Louisd'or* den Bogen für Beiträge zum Kunstblatt anzubieten, wovon ich jedoch keinen Gebrauch machen kann, da ich nie an Zeitschriften arbeiten werde.

Ich will nur noch bemerken, daß ich nicht etwa mich dazu verstehn werde, das *MS* theilweise früher abzuliefern, als zur angegebenen Zeit. Die Vollendung die ich dem Werke geben will erlaubt das durchaus nicht.

Mich ergebenst empfehlend
Arthur Schopenhauer

Dresden,
d 28sten März
1818.

Lebenslauf (1819)

Die Aufgabe, über meinen Lebenslauf zu berichten, bringt mir Vieles mehr, dessen zu erwähnen ist, vor die Erinnerung, als bei der gleichen Arbeit Anderer wohl der Fall zu sein pflegt. Es rührt dies daher, daß mir den Beruf, dem ich folge, die gelehrte Tätigkeit, der ich mich hingegeben habe, nicht wie den Meisten der Zufall entgegengebracht noch die berechnende Fürsorge Anderer angewiesen, sondern die eigene freie Wahl allein zugeteilt hat, und daß mir der Weg, auf welchem ich dahin, wo ich bin, gelangte, nicht allein nicht gebahnt und geebnet, sondern behindert und versperrt gewesen, ja daß ich ihn anfangs nicht einmal kannte.

Ich stamme aus Danzig, wo ich am 22. Februar 1788 das Licht erblickte. Mein Vater war Heinrich Floris Schopenhauer, meine noch lebende, durch eine Reihe von Schriften bekannte Mutter ist eine geborene Johanna Henriette Trosiener. Wenig aber fehlte, so wäre ich Engländer geworden; denn erst da ihre Niederkunft schon nahe bevorstand verließ meine Mutter England, um in die Heimat zurückzukehren. Mein vortrefflicher Vater war ein wohlhabender Kaufmann und Königlich polnischer Hofrat, obwohl er nie gestattete daß man ihn so nannte. Er war ein gestrenger heftiger Mann, aber von tadelloser Unbescholtenheit, Rechtlichkeit und unverbrüchlicher Treue, dabei in Handelsgeschäften mit vorzüglicher Einsicht begabt. Wie viel ich ihm verdanke, vermag ich kaum in Worten auszudrücken: denn, wenn auch die Laufbahn, die er mir zu eröffnen beschlossen hatte, in seinen Augen freilich die beste, meinem Geiste nicht angemessen war, daß ich frühzeitig in nützliche Kenntnisse eingeweiht wurde, daß mir dann die Freiheit, die Muße und alle Hilfsmittel zur Verfolgung des Ziels, für das allein ich geboren war, zur Gelehrten-Ausbildung nicht fehlten, daß mir endlich auch später, in reiferen Jahren, ohne mein Zutun Vorteile zu Teil wurden, deren die Wenigsten meiner Art und Anlage sich zu erfreuen gehabt haben, nämlich freie Zeit und eine vollkommen sorgenlose Existenz, kraft deren es mir gestattet war, eine Reihe von Jahren hindurch Studien, die in Hinsicht auf Gelderwerb die unfruchtbarsten sind, Untersuchungen und Meditationen der allerschwierigsten Gattung ausschließlich nachzuhängen und zuletzt, was ich erforscht und durchdacht, durch nichts abgezogen oder gestört, niederzuschreiben – das Alles danke ich einzig jenem Manne: Denn kein Kaiser hat uns diese Muße bereitet.

Deshalb werde ich, so lange ich lebe, diese unaussprechlichen Verdienste und Wohltaten des besten Vaters immer im Herzen bewahren und sein Gedächtnis heilig halten.

Als im Jahre 1793 der König von Preußen, des wohlregierenden allerhöchster Vater, die Stadt Danzig seiner Herrschaft unterwarf, ertrug mein Vater, dessen Herz nicht weniger warm für die Freiheit als für die Vaterstadt schlug, den Anblick des Untergangs der alten Republik nicht; wenige Stunden vor der Besetzung der Stadt durch die preußischen Truppen verließ er sie deshalb mit Weib und Kind, blieb die Nacht über in seinem Landhause und reiste am folgenden Tage in Eiltouren nach Hamburg ab. Aber nicht ohne große Vermögenseinbuße kaufte er sich allein mit den Seinigen von dem Geschicke Danzigs los; denn abgesehen von dem für den Kaufmann höchst nachteiligen Ortswechsel und der in so ungünstigem Zeitpunkt nicht ohne Schaden zu bewerkstelligenden Verkäufe mußte er auch noch den zehnten Teil seiner gesamten Habe dem Fiskus abgeben, wogegen er dann von jeder Verbindlichkeit gegen die Stadt frei und entbunden erklärt wurde. So ward ich schon in zarter Kindheit, ich stand damals im fünften Jahre, heimatlos; auch habe ich seitdem niemals eine neue Heimat erworben. Denn wennschon mein Vater von jener Zeit an bis zu seinem Ende seinen Wohnsitz in Hamburg hatte und daselbst eine Handlung betrieb, so wollte er doch nie unter die Zahl der Bürger aufgenommen werden, sondern wohnte dort nach dem daselbst gültigen Rechte der Ausländer als Beisasse.

Über mich aber, seinen einzigen Sohn und damals alleinigen Erben – meine Schwester ist zehn Jahre nach mir geboren –, hatte er beschlossen, daß ich ein tüchtiger Kaufmann und zugleich ein Mann von Welt und feinen Sitten werden sollte. Zu diesem Zweck hielt er vor allem für nötig, daß ich vollkommen französisch lernte. Als er daher 1797 eine Vergnügungsreise nach Frankreich und England antrat, nahm er mich, der ich damals im 10. Jahre stand und bis dahin in einem Privatinstitut in den üblichen Fächern Unterricht genossen hatte, mit sich. Nachdem wir Paris gesehen, führte er mich nach Le Havre, wo er mich, damit aus mir wo möglich ein ganzer Franzose werde, bei einem Geschäftsfreunde zurückließ. Dieser, ein lieber guter sanfter Mann, hielt mich ganz wie seinen zweiten Sohn und ließ mich mit seinem eignen mir gleichalterigen Sohne gemeinsam erziehen. So wurden wir von zu uns kommenden Privatlehrern in allen, jenem zarten Lebensalter angemessenen Kenntnissen und Fertigkeiten unterrichtet, so daß ich neben der französischen Sprache vieles Andere dort lernte, auch einige Anfangsgründe im Lateinischen, diese jedoch mehr, damit davon die Rede sein könne, und überhaupt nur in der Absicht, damit ich, wenn mir einmal ein lateinisches Wort aufstieße, nicht ganz befremdet sei.

In jener freundlichen an der Seinemündung und der Meeresküste gelegenen Stadt verlebte ich so den weitaus frohesten Teil meiner Kindheit. Nach einem mehr als zweijährigen Aufenthalt vor Vollendung meines zwölften Jahres fuhr ich allein zu Schiff nach Hamburg zurück. Unbändig freute sich mein guter Vater, als er mich plaudern hörte wie wenn ich ein Franzose wäre: die Muttersprache dagegen hatte ich dermaßen verlernt, daß man sich darin mir nur mit größter Schwierigkeit verständlich machen konnte,

In Hamburg nun kam ich in eine von den Söhnen der höherstehenden und vermögenderen Hamburger besuchte Privat-Erziehungsanstalt, deren Vorsteher Dr. phil. Runge, auch Verfasser einer pädagogischen Schrift, war. Unter der Leitung dieses vortrefflichen Mannes sowie der anderen in dessen Anstalt tätigen

Lehrer lernte ich Alles gründlich was einem Kaufmanne von Nutzen ist und dem Gebildeten wohl ansteht. Dem Lateinischen aber wurde nur eine einzige Stunde in der Woche und auch das nicht ernstlich, nur zum Schein gewidmet. Diesen Unterricht genoß ich fast vier Jahre lang. Lange vor Ablauf dieser Zeit jedoch erfaßte mich eine starke Neigung zur Gelehrtenlaufbahn, und ich ging meinen Vater mit inständigen Bitten an, mir in dieser Beziehung den Willen zu tun und mich nicht Kaufmann werden zu lassen. Dieser aber hegte hiergegen den größten Widerwillen und ließ sich, da er, nach seinem Dafürhalten einzig meinen Vorteil im Auge hatte, nicht erweichen. Da ich jedoch, durch keine Fehlbitte abgeschreckt noch ermüdet, ihm stets mit dem nämlichen Anliegen in den Ohren lag, und auch Dr. Runge mir das Zeugnis gab, daß ich andere und höhere Geistesfähigkeiten besitze, als welche der Kaufmann braucht, so wurde endlich der überaus feste Sinn meines Vaters soweit gebrochen, oder doch wankend gemacht, daß er sich, obwohl widerstrebend, einzuwilligen geneigt zeigte und davon sprach, mich dem Gymnasium zu übergeben. Da seiner väterlichen Liebe mein Wohl vor allem am Herzen lag und in seiner Ideenverbindung die Begriffe Gelehrtentum und Dürftigkeit unzertrennlich verknüpft waren, so glaubte er vor Allem dafür sorgen zu müssen, daß dieser drohenden Gefahr bei Zeiten vorgebeugt werde. Er beschloß deshalb, mich zum Hamburger Kanonikus zu machen und begann sich mit den dazu erforderten Bedingungen zu beschäftigen. Indem er jedoch über die, in der Tat hohe Einkaufssumme nicht sofort einig wurde, verzögerte dies die ganze über die Veränderung meines Lebensplans zu treffende Entscheidung. Aus diesem Aufschube schöpfte mein Vater neue Hoffnung mich von meinem Gedanken abzubringen. Daß er dies nicht mit Gewalt durchsetzte, davon hielt ihn die ihm angeborene Achtung vor der Freiheit jedes Menschen zurück. Aber mich mit List zu versuchen nahm er keinen Anstand. Er wußte daß ich sehr begierig war die Welt zu sehen sowie daß ich mich lebhaft sehnte, wieder einmal nach Le Havre und zu meinen teuren Freunden dort zu kommen. Deshalb eröffnete er mir, daß er im nächsten Frühjahre mit seiner Frau eine länger andauernde Vergnügungsreise durch einen großen Teil Europas unternehmen werde und daß ich diese herrliche Tour, auf der ich Gelegenheit haben würde, auch Le Havre wiederzusehen, mitmachen könne, wenn ich ihm nur versprechen wolle, mich nachher ganz dem Kaufmannsstande zu widmen; wolle ich dagegen auf dem Vorhaben der Gelehrten-Laufbahn bestehen, so müsse ich, um Lateinisch zu lernen, in Hamburg bleiben. Die Wahl stehe bei mir.

Einer solchen Versuchung widerstand das jugendliche Herz nicht: nachdem ich mir seinem Verlangen gemäß die Sache überlegt hatte, leistete ich das Versprechen. So verließ ich im Frühling des Jahres 1803, nachdem ich das 16. Jahr angetreten hatte, mit den Eltern Hamburg. Wir sahen zuerst Holland und fuhren dann von Frankreich nach England hinüber. Nachdem wir uns in London anderthalb Monate aufgehalten hatten, setzten meine Eltern die Reise in das Innere von England und nach Schottland fort, während ich bei einem in der Nähe Londons wohnenden Geistlichen zurückgelassen wurde, damit ich die englische Sprache gründlich erlerne, was ich in den drei daselbst verlebten Monaten gut zu Wege brachte. Nach der Rückkehr meiner Eltern nach London schloß ich mich ihnen wieder an und nachdem wir nochmals anderthalb Monate daselbst zugebracht hatten, fuhren wir wieder nach Holland, von wo wir uns durch Belgien nach Paris begaben, um daselbst den größten Teil des Winters zu verweilen. Von dort besuchte ich auch Le Havre wieder. Darauf sahen wir Bordeaux, Montpellier, Nimes, Marseille, Toulon und die Hièrischen Inseln. Nachdem wir auch Lyon besucht hatten, fuhren wir in die Schweiz. Als diese ganz durchreist war, gingen wir nach Wien, von dort nach Dresden und Berlin, endlich nach Danzig. Nachdem wir so auch die alte Heimat wiedergesehn, kehrten wir in den ersten Tagen des Jahres 1805 nach fast zweijähriger Abwesenheit nach Hamburg zurück.

Es leuchtet ein, daß mir durch diese lang andauernde Reise zwei Jugendjahre, die sonst zur Erlernung der klassischen Lehrfächer und Sprachen verwendet zu werden pflegen, in dieser Hinsicht gänzlich nutzlos verstrichen, und dennoch zweifle ich heute noch, ob nicht eine Frucht jener Reise mir zu gut gekommen ist, die jenen verlorenen Vorteil vollständig ausgleicht, ja überwiegt. Denn gerade in den Jahren der erwachenden Mannbarkeit, in welchen die menschliche Seele sowohl Eindrücken jeder Art am meisten offen steht, als nach der Aufnahme und Erkenntnis der Dinge am stärksten verlangt und neugierig ist, wurde mein Geist, nicht, wie gewöhnlich geschieht, mit leeren Worten und Berichten von Dingen, von denen er noch keine richtige und sachgemäße Kenntnis haben konnte, angefüllt und auf diese Weise die ursprüngliche Schärfe des Verstandes abgestumpft und ermüdet; sondern statt dessen durch die Anschauung der Dinge genährt und wahrhaft unterrichtet und lernte daher, was und wie die Dinge seien, früher als er die über ihre Beschaffenheit und Veränderung fortgepflanzten Meinungen in sich aufgenommen hatte. Besonders erfreue ich mich dessen, daß mich dieser Bildungsgang frühzeitig daran gewöhnt hat, mich nicht mit den bloßen Namen von Dingen zufrieden zu geben, sondern die Betrachtung und Untersuchung der Dinge selbst und ihre aus der Anschauung erwachsende Erkenntnis dem Wortschalle entschieden vorzuziehen, weshalb ich später nie Gefahr lief, Worte für Dinge zu nehmen.

Somit lasse ich mir diese Reise mitnichten leid sein. Es blieb mir danach jedoch ein viel schlimmerer, in Wahrheit zu beklagender Nachteil. Denn, nach Hamburg zurückgekehrt mußte ich Wort halten und mich ohne Ausflüchte dem kaufmännischen Beruf widmen. Ich kam deshalb zu einem angesehenen Hamburger Kaufmann und Senator in die Lehre. Nie aber hat es einen schlechteren Handlungsbeflissenen gegeben als mich. Meine ganze Natur widerstrebte diesen Geschäften; immer auf Anderes gerichtet, vernachlässigte ich meine Obliegenheiten und war Tag für Tag nur darauf bedacht, Zeit zu gewinnen, die ich zu Hause den Büchern widmen oder in der ich mich wenigstens an Gedanken und Phantasien weiden könne. Auch hatte ich auf dem Komptoir immer Bücher versteckt, an denen ich mich, sobald ich unbewacht war, ergötzte. Als der berühmte Stirnschauer und Urheber der Schädellehre, Gall, in Hamburg Vorlesungen hielt, hinterging ich, um dessen Vorträge fleißig hören zu können, meinen Lehrherrn täglich mit List und Betrug. Außer diesen Eigenschaften machte eine tiefe Niedergeschlagenheit mich unfügsam und für Andere beschwerlich, teils weil an die Stelle der fortwährenden Zerstreuungen, an welche mich die lange Reise gewöhnt hatte, nunmehr eine verhaßte Beschäftigung und die schlimmste Knechtschaft getreten war, teils weil ich mehr und mehr zur Einsicht kam, daß ich einen verkehrten Lebensweg eingeschlagen habe – ein Fehler, den wieder gut machen zu können ich gänzlich verzweifelte.

Zu diesem meinem Unglück kam bald der schrecklichste Schicksalsschlag: mein geliebter bester Vater wurde mir durch einen jähen, von Ungefähr eingetretenen grausamen Tod plötzlich entrissen. Infolge dieses Trauerfalls steigerte sich die Verdüsterung meines Gemüts so sehr, daß sie von wirklicher Melancholie wenig mehr entfernt war. Obwohl ich sozusagen schon mein eigner Herr war, und meine Mutter mir in nichts im Wege stand, fuhr ich fort, meine Stelle bei dem Kaufherrn zu versehen, teils weil der übergroße Schmerz die Energie meines Geistes gebrochen hatte, teils weil ich mir ein Gewissen daraus machte, die Beschlüsse des Vaters alsbald nach seinem Tode wieder aufzuheben, endlich weil ich bereits in einem zu weit vorgeschrittenen Alter zu stehen glaubte um die alten Sprachen noch erlernen zu können. Daß das Schicksal mit mir, wie einst die Sibylle mit dem Tarquinius verfahre, ahndete ich nicht. Fast zwei Jahre verbrachte ich bei jenem Kaufmanne, die mir ohne irgend welchen Nutzen gänzlich verloren gingen. Endlich gegen das Ende dieser Zeit, als ich, von unerträglichen Gemütsleiden gequält, in den Briefen an meine bereits in Weimar wohnende Mutter mich in jämmerlichen Klagen über den vereitelten Lebenszweck erging, über den unersetzlichen Verlust der auf nichtige Arbeit vergebens verwendeten Kräfte und Jugend, endlich über mein vorgeschrittenes Lebensalter, das mir nicht mehr verstatte, die gewählte Laufbahn zu verlassen und eine neue zu beginnen – da geschah es daß der berühmte Fernow, ein Mann von wirklich ausgezeichneten Geistesgaben und meiner Mutter damals eng befreundet, Einsicht in diese Briefe nahm und dadurch, obwohl ich ihm übrigens unbekannt war, bewogen ward, sich mir gegenüber schriftlich zu äußern, indem er mir klar machte, daß die bis dahin verlorene Zeit noch ersetzbar sei, dies durch sein eignes Beispiel sowie dasjenige Anderer, selbst der bedeutendsten Gelehrten, welche erst spät die gelehrte Laufbahn angetreten hätten, bewies, und mir riet, Alles im Stich zu lassen, um mich auf die Erlernung der alten Sprachen zu werfen. Als ich diesen Brief gelesen, brach ich in heftiges Weinen aus, und auf der Stelle stand in mir, dem sonst jede Wahl Qual machte, der Entschluß fest. Nachdem ich meinem Lehrherrn gekündigt, reiste ich sogleich nach Weimar. Es war dies zu Anfang des Jahres 1807, als ich eben das achtzehnte Jahr zurückgelegt hatte.

Auf Fernows Rath begab ich mich sodann ohne Verzug nach Gotha, wo ich in dem daselbst blühenden berühmten Gymnasium als Schüler Aufnahme fand. Jedoch konnte ich wegen meiner gänzlichen Unkenntnis der alten Sprachen nur an den Unterrichtsstunden teilnehmen, die in meiner Muttersprache gegeben wurden. Der rühmlichst bekannte Direktor des Gymnasiums, Döring, aber gab mir täglich zwei Privatstunden, in welchen er mich die Anfangsgründe des Lateinischen lehrte; denn so groß war meine Unwissenheit in dieser Sprache, daß ich erst deklinieren und konjugieren lernen mußte. Bald aber, meiner unglaublich raschen Fortschritte halber prophezeite mir Döring für die Zukunft das Beste und Rühmlichste, infolge dessen ich aus jener Niedergeschlagenheit und Mutlosigkeit nach und nach wieder emporgerichtet neue Hoffnung faßte und das mir vorgesteckte Ziel mit großer Frische und Spannkraft verfolgte.

Aber, o neues Mißgeschick! noch hatte ich nicht gelernt, mich gefährlicher Scherze zu enthalten, was mich zu Fall brachte. Ein

Gymnasialprofessor namens Schultz, den ich meines Erinnerns nie gesehen, hatte sich in einem Tagesblatt nachteilig über die Selekta, der auch ich für die deutsch gehaltenen Lehrstunden angehörte, ausgesprochen, und diese in die Öffentlichkeit gelangte Äußerung zog ich bei Tische mit etlichen Witzen durch. Meine Verwegenheit wurde ihm hinterbracht und hatte zur Folge, daß mir Döring den Privatunterricht aufsagte. Zugleich jedoch gab er mir die Versicherung, daß es ihm zu besonderem Genusse gereicht habe, mich zu unterrichten, daß er aber sein gegebenes Wort halten müsse; auch sprach er den Wunsch aus, ich solle im Gymnasium bleiben und bei jemand Anderem Privatstunden nehmen, was ich jedoch nicht wollte. Mit Ablauf des Semesters verließ ich deshalb Gotha und begab mich nach Weimar, wo der rühmlichst bekannte Passow, jetzt Professor an der Universität zu Breslau, mir im Lateinischen und bald auch im Griechischen Privatunterricht erteilte. Später beschränkte er sich aufs Griechische, während ich bei dem ausgezeichneten, in der lateinischen Redekunst wohl unübertrefflichen Weimarer Gymnasialdirektor Lenz lateinische Konversationsstunden hatte. Beiden vortrefflichen, um mich hochverdienten Männern bleibe ich zu größtem Dank verpflichtet. Von Wissensdurst getrieben war ich meinesteils nun angestrengt ja ängstlich bestrebt mit unermüdlicher Emsigkeit, höchstem Eifer und unverdrossener Arbeit die Schäden der vergangenen Lebenszeit zu ersetzen und durch späten Fleiß die verlorene Frucht so vieler Jahre einzubringen. Nicht mit dem Gelde zur Anschaffung von Hilfsmitteln jeder Art, aber mit der Muße geizend saß ich einen Tag wie den andern bis in die Mitternacht so emsig hinter meinen Büchern und Papieren, als hätte ich mich für des Leibes tägliche Nahrung und Notdurft abzuquälen. Auch wohnte ich nicht bei meiner Mutter, sondern mit Passow in dem selben Hause, so daß ich den Lehrer stets bei der Hand hatte. Weitaus am meisten beschäftigten mich die alten Sprachen; außerdem trieb ich, nur mit Hilfe von Büchern, Mathematik und Geschichte, in deren Elemente ich schon früher eingeweiht worden war. So verbrachte ich zwei

Jahre in Weimar, nach deren Ablauf meine Lehrer mich für die Universität reif erklärten, und der Wahrheit gemäß darf ich, obwohl es Wunder nehmen mag, bekennen, daß ich damals in zweieinhalb Jahren allen aus der früheren Versäumnis erwachsenen Schaden wieder gutgemacht habe. Den erfreulichen Beweis davon habe ich später daraus entnommen, daß ich auf der Universität bei dargebotener Gelegenheit öfters in Erfahrung brachte, wie ich in der Kenntnis der alten Sprachen den anderen Studierenden nicht allein gleichstand, sondern die allermeisten und zuweilen sogar die Philologen übertraf. Es ist dies wenigstens teilweise daraus herzuleiten, daß ich, zum größten Teil Autodidakt, weit mehr alte Klassiker gelesen hatte, als es die in Gymnasien Aufgewachsenen vermochten, wo alle nur zusammen in der Herde und schrittweise vorwärtskommen. Dieses unablässige Lesen der griechischen und römischen Klassiker habe ich auch später während meiner ganzen Universitätszeit gewissenhaft fortgesetzt, indem ich ihm täglich zwei Stunden widmete. Hieraus sind mir besonders die folgenden Vorteile erwachsen: zunächst wurde ich mehr und mehr in das Altertum eingeweiht und gewann allmählich die Einsicht in dessen Vorzüglichkeit und Eigenart, die sich mir freilich am meisten erst offenbarte, als ich in diesem nun zu Ende gehenden Jahre das Glück hatte, in Italien die ehrwürdigen herrlichen Denkmäler des Altertums vor Augen zu sehen und selbst aus den geringsten Überresten des klassischen Zeitalters dessen eigentümlichen Geist zu erfassen. Sodann wurde durch dieses andauernd fortgesetzte Lesen der alten Autoren, besonders der griechischen Philosophen meine deutsche Schreibart, mein Stil wesentlich gefördert, verbessert und gereinigt; endlich verhinderte dieses beharrliche Lesen, daß mir die so schnell erworbene Kenntnis der alten Sprachen nicht ebenso schnell wieder verloren gegangen ist, vielmehr so tief in mir Wurzel geschlagen hat, daß sie bis heute, nachdem doch so viele und verschiedenartige Studien dazwischengetreten, nicht geschwunden ist und jüngst selbst das anhaltende Italienischsprechen, obwohl nichts für die Fähigkeit des Lateinsprechens und -schreibens Nachteiligeres gedacht werden kann, mir nicht geschadet hat. Zur Beglaubigung dessen versichere ich in allem Ernste, daß ich dies Alles hier ohne irgend eines Sterblichen Beihilfe niederschreibe und, ehe ich es nach Berlin sende, Niemandem zeigen werde: indem, obwohl ich weiß, daß auch ich der Rede fehlen kann, dies, wenn es vorkäme, doch nur menschlicher Schwäche und Unvollkommenheit, nicht meiner Unwissenheit zuzuschreiben wäre. Daß ich aber solches Alles vorbringe, möge einem Menschen verziehen werden, der erst in seinem neunzehnten Jahre das Wort »mensa« deklinieren lernte; denn sonst wäre dies die eitelste Großsprecherei und zwar in unbedeutender Sache.

Gegen Ende des Jahres 1809, mit erreichter Volljährigkeit, erhielt ich von der Mutter mein Erbe, d.h. den dritten Teil des vom Vater hinterlassenen Vermögens, soviel davon noch übrig war, womit mir ein genügender Lebensunterhalt gesichert wurde. Darauf bezog ich die Universität Göttingen, wo ich mich als Mediziner einschreiben ließ. Nachdem ich aber mich selbst und zugleich die Philosophie, wenn auch nur oberflächlich so doch einigermaßen kennen gelernt hatte, änderte ich meinen Vorsatz, gab die Medizin auf und widmete mich ausschließlich der Philosophie. Die Zeit, welche ich auf das Studium der ersteren verwendet, war jedoch keineswegs verloren, weil ich erst solche Vorlesungen gehört hatte, die auch dem Philosophen nützlich ja notwendig sind. Während zweier in Göttingen verbrachter Jahre lag ich mit dem anhaltenden Fleiße, an den ich bereits gewöhnt war, den wissenschaftlichen Studien ob, von denen mich der Umgang mit den anderen Studenten durchaus nicht abzuhalten oder wegzulocken vermochte, weil mein reiferes Alter, meine reichere Erfahrung und grundverschiedenes Naturell mich jederzeit zur Absonderung und Einsamkeit führten. Infolge dessen blieb mir, obgleich ich den Vorlesungen regelmäßig beiwohnte, doch noch viel Zeit zum Bücherlesen übrig, die ich vorzugsweise Platon und Kant widmete. Im Laufe dieser zwei Jahre besuchte ich G. E. Schulzes Vorlesungen über Logik, Metaphysik und Psychologie, hörte bei Thibaut reine Mathematik, bei Heeren alte und neuere Geschichte sowie die Geschichte der Kreuzzüge und Ethnographie, bei Lüder deutsche Reichsgeschichte, bei Blumenbach Naturgeschichte, Mineralogie, Physiologie und vergleichende Anatomie, bei Hempel Anatomie des menschlichen Körpers, bei Strohmeier Chemie, bei Tobias Maier Physik und physikalische Astronomie, bei Schrader Botanik. Dankbar erkenne ich den mir aus dem Unterrichte dieser ausgezeichneten Männer erwachsenen großen Gewinn. Im Herbst des Jahres 1811 zog ich nach Berlin, wurde auch dort in die Zahl der Studierenden aufgenommen und war nach Kräften bemüht in der Schule der berühmten Lehrer, an welchen diese Universität so reich ist, Geist und Gemüt höher auszubilden. So hörte ich Wolfs Vorlesungen über griechische und römische Dichter, griechische Altertümer und griechische Literaturgeschichte; Schleiermachers Geschichte der Philosophie und, mit hohem Genuß, Ermans öffentliche Vorträge über Magnetismus und Elektrizität; ferner durch drei Semester hindurch Lichtensteins sämtliche zoologischen Kollegien, Experimental-Chemie bei Klaproth, ebenso Physik bei Fischer, Astronomie bei Bode, Geognosie bei Weiß, allgemeine Physiologie bei Horkel, Anatomie des menschlichen Gehirns bei Rosenthal. Der großen Verdienste dieser ausgezeichneten Männer um mich werde ich stets dankbaren Sinnes eingedenk bleiben. Auch Fichten, der seine Philosophie vortrug, folgte ich, um sie nachher um so gerechter beurteilen zu können, aufmerksam; einmal stritt ich in der von ihm seinen Zuhörern gegebenen Sprechstunde lange mit ihm – eine Disputation, deren sich die dabei zugegen Gewesenen vielleicht noch erinnern werden. Auch in Berlin würde ich zwei Jahre lang geblieben sein, wenn mich nicht während des letzten Halbjahres, 1813, die Kriegsunruhen vertrieben hätten, was ich umsomehr zu beklagen hatte, als ich mich gerade damals rüstete, bei der hochansehnlichen philosophischen Fakultät der Berliner Universität den Doktorgrad im verordneten Wege zu erlangen.

Zu diesem Zweck hatte ich, nachdem ich von dem berühmten, mir stets besonders wohlwollenden Lichtenstein über die Bedingungen und Erfordernisse dazu belehrt worden war, die Abhandlung über die vierfache Wurzel des Satzes vom zureichenden Grunde zu schreiben begonnen, und zwar den Statuten hochlöblicher Fakultät gemäß in deutscher Sprache,

Da jedoch infolge des ungewissen Ausgangs des Treffens bei Lützen die Stadt Berlin bedroht schien und Alle, denen es frei stand, die Flucht ergriffen, die meisten nach Frankfurt oder Breslau, ich meines Teils aber es für das Beste hielt, dem Feind entgegenzugehen, so richtete ich meinen Weg nach Dresden, wo ich nach mancherlei Zwischenfällen und Gefährdungen endlich am zwölften Tage ankam. Ich hatte im Sinn gehabt dort zu bleiben; da mich jedoch von den dieser Stadt bevorstehenden Gefahren eine Ahnung überkam, ging ich weiter nach Weimar. Hier aber, wo ich in der Wohnung meiner Mutter abgestiegen war, mißfielen mir gewisse häusliche Verhältnisse so sehr, daß ich, einen anderen Zufluchtsort suchend, mich nach Rudolstadt zurückzog, wo ich im Gasthause, als dem in jenen unruhvollen Zeiten für einen heimatlosen Menschen passendsten und eigens angemessenen Aufenthaltsort, den übrigen Teil des Jahres verbrachte. Übrigens war ich damals gemütlich wiederum tief leidend und niedergeschlagen, hauptsächlich weil ich mein Leben in eine Zeit gefallen sah, die ganz andere Gaben erforderte, als zu welchen ich das Zeug in mir fühlte. In meiner Rudolstädter Zurückgezogenheit indessen fesselten mich die unaussprechlichen Reize der dortigen Gegend. Meiner ganzen Natur nach dem Militärwesen abhold, war ich glücklich in dem nach allen Seiten hin von bewaldeten Bergen umhegten Tale jenen ganzen kriegerischen Sommer hindurch keinen Soldaten zu sehen und keine Trommel zu hören, und lag in tiefster Einsamkeit, durch nichts zerstreut oder abgezogen, ununterbrochen den abgelegensten Problemen und Untersuchungen ob. Mit Büchern ging mir die Weimarische Bibliothek an die Hand.

So vollendete ich dort meine Dissertation über die vierfache Wurzel des Satzes vom zureichenden Grunde, immer in der Hoffnung nach Berlin zurückkehren zu können, wo ich promovieren wollte. Da es aber nicht dazu kam, indem die Wege weder während des Waffenstillstandes noch während des darauf gefolgten Krieges frei wurden, der Doktortitel mir aber damals von großem Nutzen war, so richtete ich an die verehrliche philosophische Fakultät der Universität Jena, die mir die nächste war, unter Einsendung der Dissertation mit Sendschreiben die Bitte: mir den philosophischen Doktorgrad zu erteilen, was mir deren Güte auch gewährte.

Mit hereinbrechendem Winter, der mir in meinem ländlich abgelegenen Zufluchtsort, welcher zudem damals Militär hatte, gar zu traurig erschien, wandte ich mich wieder nach Weimar, wo ich den ganzen Winter zubrachte. Damals aber, zum Troste in solchen Leiden, ward mir zu Teil, was ich zu den erfreulichsten und glücklichsten Ereignissen meines Lebens zähle: denn jene in Wahrheit hohe Zierde unseres Jahrhunderts und der deutschen Nation, der große Goethe, dessen Namen alle Zeiten im Munde führen werden, würdigte mich seiner Freundschaft und seines vertrauten Umgangs. Bis dahin nämlich war ich ihm bloß von Ansehen bekannt und pflegte er mich nicht anzureden; nachdem er aber in meiner Abhandlung geblättert hatte, kam er aus eignem Antriebe mir entgegen und fragte ob ich seine Farbenlehre studieren wolle, indem er versprach, mir mit allen dazu dienenden Hilfsmitteln und Erläuterungen Beistand zu leisten, so daß dieser Gegenstand den Winter über unseren öfteren Unterhaltungen, möge ich nun seinen Sätzen Zustimmung geben oder opponieren, Stoff bieten könne. Wenige Tage darauf schickte er mir seinen eigenen Apparat und die zur Herstellung der Farbenerscheinungen nötigen Instrumente, und später zeigte er mir selbst die schwierigeren Experimente, hocherfreut daß mein von keinerlei vorgefaßten Meinungen geblendeter Sinn die Wahrheit seiner Lehre anerkannte, welcher freilich bis auf den heutigen Tag, aus Ursachen, deren Erörterung nicht hierher gehört, Zustimmung und schuldige Anerkennung von den Meisten versagt werden. Als der große Mann sodann den ganzen Winter hindurch mich häufiger kommen ließ, blieb die Unterhaltung keineswegs auf Fragen, welche die Farbenlehre betrafen, beschränkt, sondern unsere Gespräche wurden auf alle möglichen philosophischen Gegenstände gelenkt und spannen sich viele Stunden lang fort. Aus diesem vertrauten Umgange habe ich überaus großen, unglaublichen Nutzen gezogen.

Mit Beginn des Frühjahrs 1814, nachdem die allgemeine Ruhe hergestellt war, begab ich mich nach Dresden zur weiteren Fortsetzung meiner Studien, besonders aber zur Begründung des Systems der Philosophie, das mir damals bereits im Kopfe lag. Hierzu gewährte mir dort vor allem die vorzügliche königliche Bibliothek, sodann die berühmte Gemäldegalerie und die Sammlungen antiker Bildwerke, in Originalen und Gipsabgüssen, endlich die vorzüglichen naturwissenschaftlichen Apparate die reichsten Hilfsmittel. In jener reizenden Stadt lebte ich ungestört viereinhalb Jahre, ausschließlich mit vielfältigen wissenschaftlichen Forschungen beschäftigt, hauptsächlich aber mit der Lesung aller je dagewesenen Philosophen, d.h. derer, die ihre eignen Gedanken vorgetragen, nicht jener, die nur, was Andere gedacht, erläutert und wieder aufgekocht haben.

Zwischen diesen Studien sann ich im Jahre 1815 eine neue Farbentheorie aus. Als zweifellos hatte ich erkannt, daß Goethe nur das Wesen und die Entstehung der sogenannten physischen Farben gefunden, dagegen keineswegs eine allgemeine Farbentheorie gegeben habe, die nach meiner Ansicht offenbar weder eine physikalische noch chemische, sondern eine rein physiologische sein mußte. Uber diese meine Farbentheorie nun, die ich damals Goethe im Manuskript zusandte, verhandelte ich mit ihm, Briefe wechselnd, ein ganzes Jahr lang; ihr Beifall zu schenken versagte der große Mann jedoch beharrlich, obwohl er mir nie auch nur den geringsten Grund dagegen eingewendet hat; nur deshalb, weil meine Theorie, wie sie der Newtonschen in allen Stücken widerstreitet, so in einigen Einzelheiten auch mit der Goetheschen nicht im Einklange steht. »Die Einsicht aber«, wie Bacon von Verulam sagt, »ist nicht trocknen Lichts, sondern vom Willen und von den Affekten beeinflußt.« Diese Abhandlung über die Farben veröffentlichte ich im Jahre 1816, nicht zweifelnd, daß ich als der Erste erstanden sei, der Goethe zugestimmt. Übrigens bin ich fest und fester überzeugt, daß die darin entwickelte Theorie die richtige, die allein richtige sei; auch ist mir nicht bange, daß sie nicht in Bälde Anerkennung finden werde, indem ich meine Beruhigung darin finde, daß weder böswilliges Verschweigen noch hartnäckiges Ableugnen die Wahrheit zu verdrehen oder zu unterdrücken vermag. Denn um mich der Worte des Livius zu bedienen, die Wahrheit, sagt man, habe oft einen schweren Stand; ausgelöscht werden könne sie nie.

Im Jahre 1818 endlich brachte ich mein philosophisches System, an dem ich fünf Jahre lang anhaltend gearbeitet hatte, zum Abschlusse. Dann aber, nach elfjähriger fortgesetzter wissenschaftlicher Tätigkeit, beschloß ich mich durch Reisen zu erholen. Ich begab mich über Wien nach Italien, sah Venedig, Bologna, Florenz und kam endlich nach Rom, wo ich fast vier Monate verweilte und mich an der Betrachtung der Denkmäler des Altertums wie der neueren Kunstwerke weidete. Ich sah Neapel, zollte Pompeji, Herkulanum, Puteoli, Bajä und Cumä meine Bewunderung und kam bis Pästum, wo ich im Angesicht der uralten herrlichen, im Laufe von fünfundzwanzig Jahrhunderten nicht erschütterten Tempel der Poseidonstadt mit Ehrfurchtsschauer daran dachte, daß ich auf dem Boden stehe, den vielleicht Platons Fußsohle betreten. Darauf verweilte ich wieder fast einen Monat in Florenz, besuchte zum zweitenmal Venedig, ging dann Padua, Vicenza, Verona und Mailand zu sehen und kam endlich über den St.-Gotthardberg in die Schweiz. Nachdem ich so elf Monate auf Reisen zugebracht, kehrte ich im August dieses Jahres nach Dresden zurück.

Nun aber ergriff mich, den bis dahin nur die Begierde zu lernen getrieben hatte, auch das Verlangen zu lehren. Es befriedigen zu dürfen, darum habe ich die hochansehnliche Philosophische Fakultät der Universität Berlin angegangen.

Aus dem Lateinischen von Wilhelm Gwinner

Quellenverzeichnis

Der vorliegenden Auswahl liegen folgende Ausgaben zugrunde:

Arthur Schopenhauer: Der handschriftliche Nachlaß. Erster Band: Frühe Manuskripte (1804–1818). Herausgegeben von Arthur Hübscher. Frankfurt am Main 1966 [= HN I].

Arthur Schopenhauer: Die Reisetagebücher. Herausgegeben von Ludger Lütkehaus. Zürich 1988 [= Reisetagebücher].

Arthur Schopenhauer: Sämtliche Werke. Textkritisch bearbeitet und herausgegeben von Wolfgang Frhr. von Löhneysen. 5 Bde. Frankfurt am Main 1986 [= SW].
Mit freundlicher Genehmigung der Suhrkamp Verlag GmbH & Co. KG, Berlin.

Arthur Schopenhauer: Gesammelte Briefe. Herausgegeben von Arthur Hübscher. Bonn 1978 [= GBr].

I. FRÜHE ERFAHRUNGEN

Zwei Jugendgedichte

An die Zeit (HN I, 1)

O Wollust, o Hölle (HN I, 1/2)

Zwei Urszenen aus den Reisetagebüchern

Die Niederungen des Lebens. Galeeren-Sklaven (Reisetagebücher, 8. 4. 1803, 140–145)

Das Höhenerlebnis. Die Besteigung des Pilatus (Reisetagebücher, 3. 6. 1803, 194–198)

II. INSPIRATIONEN, IDEEN (IM TAGEBUCH)

(2) HN I, 8; (8) HN I, 10; (26) HN I, 17; (33) HN I, 21; (39) HN I, 24; (40) HN I, 24; (47) HN I, 27; (48) HN I, 28; (77) HN I, 40; (81) HN I,

41/42; (92) HN I, 55; (99) HN I, 68; (103) HN I, 70/71; (128) HN I, 79; (147) HN I, 87; (184) HN I, 102; (200) HN I, 109; (204) HN I, 111; (219) HN I, 126; (225) HN I, 130; (229) HN I, 133; (256) HN I, 153–55; (269) HN I, 165; (350) HN I, 218; (508) HN I, 341

III. GRUNDGEDANKEN

Die Welt als Vorstellung (SW II, 11–16; SW II, 22)

Die Welt als Wille (SW I, 156–157; SW II, 252–256; SW I, 169–170; SW I, 180–81; SW I, 218–219; SW I, 223–226)

IV. DIE ANSICHT DES LEBENS

Schmerz und Lust (SW I, 425–443)

Zeit und Tod (SW I, 380–394)

Das Ende einer Illusion (SW I, 480–487)

Das Mitleid (SW I, 510–514)

V. STUFEN DER VERNEINUNG

Askese (SW I, 514–517; SW I, 530–531)

Selbstmord? (SW I, 541–543)

Nichts? (SW I, 554–558)

VI. DER SINN UND DIE SINNE DES SCHÖNEN

Kontemplation, Willenlosigkeit (SW I, 279–285)

Die Darstellung des Menschen (SW I, 347–349)

Die Tragödie (SW I, 353–356)

Die Musik (SW I, 356–358; SW I, 368–369)

Kunst als befristete Erlösung (SW I, 372)

VII. DER MENSCH – DAS METAPHYSISCHE TIER

SW II, 206–243

VIII. ZUR METAPHYSIK DER GESCHLECHTSLIEBE

SW II, 679–685; SW II, 688–691; SW II, 705–717

IX. ÜBER DIE GRUNDLAGEN DER MORAL

SW III, 727–749; SW III, 759–764

X. ZUR LEBENSKUNST

SW IV, 377–385; 385–389; 392–395; 409–412

XI. SCHOPENHAUER ÜBER SICH SELBST

Aus einem Brief an Goethe (11. 11. 1815; GBr, 18)

Aus einem Brief an den Verleger Brockhaus (28. 3. 1818; GBr, 29–30)

Lebenslauf (1819; verfaßt für die Philosophische Fakultät der Universität zu Berlin, aus dem Lateinischen von Wilhelm Gwinner; GBr, 647–656)